Diogenes Taschenbuch 21046

de
te
be

W0240395

Henry Slesar

Coole Geschichten für clevere Leser

Aus dem Amerikanischen von Thomas Schlück

Diogenes

Alle Geschichten erschienen bisher nur in amerikanischen Zeitschriften, die meisten in ›Alfred Hitchcock's Mystery Magazine‹, und wurden in der gebundenen Ausgabe 1981 erstmals in Buchform veröffentlicht.

Umschlagzeichnung von
Tomi Ungerer

Veröffentlicht als Diogenes Taschenbuch, 1983

80/83/29/1
ISBN 3 257 21046 9

Inhalt

Drei Meilen bis Marleybone

Die Glocke im Schlafzimmer des Obergeschosses hatte ausgeklingelt. Nie wieder würde Mary die teppichbespannte Treppe ersteigen und das Silbertablett mit Daddys Frühstück, Mittagessen oder Abendbrot hinauftragen. Das Bett dort oben war leer.

Mr. Bogash begleitete Mary von der Beerdigung nach Hause. Er war Daddys Anwalt gewesen; jetzt schien er der ihre zu sein und gewissermaßen zum Gesamterbe zu gehören. Während der Rückfahrt im Auto hatte er ihr mit der graubehandschuhten Rechten den Arm getätschelt und gesagt: »Nun, wir müssen bald einmal ausführlich miteinander plaudern. Sie wissen sicher, daß Sie nach dem Testament Ihres Vaters alles erben. Es geht dabei um eine beträchtliche Summe«, fuhr er fort und senkte die Stimme, als befinde er sich in der Kirche, »und demgemäß auch um eine große Verantwortung...«

Demgemäß, daraus folgernd, so sei es, murmelte Mary vor sich hin und seufzte erleichtert auf, als Mr. Bogash endlich davongefahren war und sie mit der Haushälterin Sophie alleingelassen hatte. Doch nicht mehr ganz so erleichtert, als Sophie mit der Nachmittagspost ins Wohnzimmer kam und die übliche Litanei anstimmte.

»Du mußt einmal an dich selbst denken, Kind. Das habe ich dir schon tausendmal gesagt, nur gilt es jetzt mehr denn je. Du mußt Pläne machen, Mary. Du mußt dir ein eigenes Leben gestalten, heiraten...«

»Bitte, Sophie! Können wir nicht ein andermal darüber sprechen? Ist das die Post?«

Sophie verfolgte mit verschränkten Händen, wie Mary

die gelben Umschläge öffnete und die Beileidstelegramme studierte, ohne daß ihre Augen feucht wurden. Die meisten stammten von Daddys Geschäftspartnern; offenbar hatte er Dutzende davon gehabt. Nach einer Weile liefen die düsteren Worte zu einem bedeutungslosen Chor zusammen.

Dann schrie sie auf: »*Sophie!*«

Die Haushälterin fuhr zusammen und war auf einen schlimmen Gefühlsausbruch gefaßt. Doch Mary lächelte mit verklärten Augen.

»Sophie, Onkel Vernon hat geschrieben! *Onkel Vernon!* Er lebt, Sophie! Er kommt zur Beerdigung!«

»Aber die ist doch längst vorbei!«

»Wahrscheinlich wußte er nicht, wann sie war. In seinem Telegramm heißt es, er käme, so schnell er kann. Abgeschickt in New York.« Sie hob den Blick, »Onkel Vernon *lebt*, Sophie! Der Bruder meines Vaters! Als ich ihn zum letztenmal sah, war ich noch ein Kind!«

»Und wo hat er die ganze Zeit gesteckt?«

»Sicher überall, überall in der Welt. Er arbeitet im Theater, beim Varieté. Einmal hat er sogar vor dem König von England gespielt, Sophie, stell dir vor!« Eifrig studierte sie noch einmal das Telegramm. »Ich hielt ihn für tot. Wir haben lange nicht mehr von ihm gehört…«

»Hm«, machte Sophie mit verkniffenen Lippen. »Ein Varietékünstler – danach hört es sich in der Tat an. Was für ein Mensch muß das sein, der sich erst nach dem Tod seines Bruders wieder blicken läßt?«

»Daddy hat nie viel von Onkel Vernon erzählt. Die beiden sind wohl nicht gut miteinander ausgekommen. Als ich noch klein war, kam er immer ganz überraschend. Beim letztenmal war ich zwölf…«

»Und so benimmst du dich jetzt auch – als wärst du erst zwölf.« Aber das Leuchten in Marys Augen ließ nicht nach, und Sophie beschloß an ihrer Freude teilzuhaben. »Na, vermutlich will er ein Weilchen bleiben. Das blaue Gästezimmer ist seit Monaten nicht geputzt worden; ich muß mich darum kümmern. Mary...« Sie berührte das Mädchen an der Schulter. »Laß dich nur nicht zu sehr von diesem Mann beeinflussen, auch wenn er dein Onkel ist. Du brauchst einen jungen Mann, jemanden zum Liebhaben und Heiraten.«

»Ich benehme mich wohl ziemlich töricht«, sagte Mary. »Ich habe ihn seit vielen Jahren nicht mehr gesehen. Sicher haben wir uns beide sehr verändert...« Ihre Hochstimmung war verflogen, und sie stand auf. »Ich bin müde, Sophie. Ich gehe nach oben.«

Doch sie nahm das Telegramm mit.

Um 8.30 Uhr am nächsten Morgen kam es zur Eröffnung der Feindseligkeiten, als Sophie dem kecken Ton der Türklingel folgte und sich Onkel Vernon Somerset gegenübersah. Die beiden musterten sich von Kopf bis Fuß, erkannten ihre weit auseinanderklaffenden Interessen, die sie zu unversöhnlichen Feinden machten, und wahrten dann doch die Form. Mit dem Lächeln eines Troubadours zerrte Onkel Vernon den Tirolerhut vom Kopf, verneigte sich so tief, daß Sophie das dichte, paraffinähnliche Haar bewundern konnte, das seinen Kopf bedeckte, und fragte nach seiner Nichte.

Schon hastete Mary die Treppe herab und sah dabei schöner aus, als Sophie sie seit Monaten gesehen hatte. Mary hatte das zarte Gesicht ihrer Mutter und die kräftigen schwedischen Knochen ihres Vaters, doch noch nie hatte die Mischung so reizvoll ausgesehen wie in diesem Augenblick.

»Mary!« sagte Onkel Vernon und breitete die Arme aus. »Ach, Mary, mein Kind! Der Herr schließe dich in Sein Herz!«

Ihr hastiger Lauf wurde von plötzlicher Scheu gebremst.

Ja, das war Onkel Vernon, doch zugleich stand dort ein Fremder, viel kleiner, als sie ihn in Erinnerung hatte, der breite Kragen abgestoßen, die Krawatte zerknittert, ein runder Bauch, der die Weste zu sprengen drohte, die Augen blutunterlaufen und matt.

Doch schon war der Augenblick vorüber, und sie fiel ihm strahlend in die Arme, zuerst lachend, dann weinend, und Onkel Vernons runde Hände tätschelten ihr tröstend den Rücken, während seine verquollenen Augen wie auf ein Stichwort Tränen verströmten.

»Ach, mein Püppchen«, sagte er. »Ach, in welch trauriger Stunde sehen wir uns wieder, mein kleines Marypüppchen!«

Eine Stunde später saß Onkel Vernon auf der Veranda und verschlang die zweite Portion Eier mit Speck. Es war ein Wunder, daß er überhaupt Zeit zum Essen fand, so viel redete er. Seine Gabel fuhr in der Luft herum und verdeutlichte die Satzzeichen, betonte die exotischen Namen, die über seine Lippen kamen, als wolle er sie an einer Weltkarte befestigen.

»Bombay!« sagte er. »Hong Kong! Paris! Die *Ginza* in Tokio! Das *Palladium* in London! Meine abgestoßenen alten Schuhe haben mich mehr sehen lassen als manchen Schiffskapitän!«

»Wo warst du zuletzt, Onkel Vernon?«

»Nun, in Europa, mein Liebling, auf dem Kontinent. Zufällig hielt ich mich in New York auf, als ich die traurige Nachricht erhielt. Ich wollte mit meinem Agenten über ... na ja, über etwas sehr Aufregendes sprechen ... im Theater, meine ich.«

»Was soll das heißen? Kommst du etwa nach Amerika zurück?«

Er lachte leise und bestrich einen neuen Toast mit Butter. »Sogar wir alten Gespenster kehren dann und wann zurück. Ich wußte doch, der Broadway würde nicht ewig ohne Varietékünstler auskommen!«

»Das wäre ja wunderbar! Wir könnten uns oft sehen. Mußt du bald wieder nach New York?«

»N-e-i-n – solche Dinge brauchen ihre Zeit. Mein Agent hat versprochen, mich hier anzurufen, sobald er etwas erfährt. Du mußt deinen alten Onkel also schon ein Weilchen ertragen.«

»Solange du willst«, sagte Mary fröhlich. »Je länger, desto besser.«

Sophie, die an der Tür stand, verschränkte die Arme.

In den folgenden Tagen glich Sophie einer Katze, die geduldig vor dem Mauseloch auf den ersten falschen Schritt der Maus wartete. Aber Onkel Vernon war eine erfahrene alte Maus, und in den ersten beiden Wochen war er ein Muster von Hausgast. Wenn er es sich ein bißchen zu gemütlich machte, wenn er mehr aß, als ein gewöhnlicher Appetit rechtfertigte, so war das doch eigentlich kein Grund zur Klage. Sophie wartete ab.

Es war Mr. Bogash, der die Maus zum erstenmal aufs Glatteis lockte. An dem Abend, da der Anwalt seinen Besuch machte, war Onkel Vernon zufällig in der Stadt. Er hatte nicht lange gebraucht, um festzustellen, wie gemütlich es in der Taverne des Ortes war – im *Schwertfisch*.

Mr. Bogash erwähnte Onkel Vernon erst, als die wichtigsten geschäftlichen Dinge erledigt waren. Mary mußte Papiere unterschreiben, zahlreiche Dokumente voller Formulierungen, die sie nicht begriff. Schließlich hob Mr. Bogash geziert seine Kaffeetasse und sagte: »Ach, übrigens, dieser Onkel von Ihnen...«

»Danach wollte ich Sie schon fragen«, sagte Mary. »Natürlich erwähnt Daddy ihn in seinem Testament nicht; wir alle hielten ihn für tot.«

»Nein«, sagte der Anwalt. »Ihr Vater wußte durchaus,

daß er noch lebte. Das Testament sieht absichtlich kein Legat für ihn vor, auch hat er keinerlei Anspruch darauf, egal was man Ihnen erzählt haben mag.«

»Mir erzählt?«

»Ich dachte, Ihr Onkel hätte vielleicht davon gesprochen.«

»Nein, kein Wort. Wie kommen Sie darauf?«

Bogash räusperte sich. »Nun, er hat mich besucht.«

»Onkel Vernon?«

»Ja. Er sprach gestern nachmittag in meinem Büro vor, um sich nach dem Erbe zu erkundigen. Ich habe ihm dasselbe gesagt wie eben Ihnen.«

»Wußte ich es doch!« sagte Sophie triumphierend. »Nur deshalb ist er wieder aufgetaucht – um zu sehen, was für ihn dabei herausspringt!«

»Das glaube ich nicht!« Mary wandte sich besorgt an den Anwalt. »Das stimmt doch nicht, oder?«

»Nun, ganz so würde ich es nicht ausdrücken. Als ich Mr. Somerset die Bedingungen des Testaments erläuterte, meinte er, genau das habe er erwartet. Er hielt die Regelung für fair.«

»Siehst du?« fragte Mary.

Auf diese Frage antwortete Sophie erst, als der Anwalt gegangen war: »Nein, ich sehe nichts! Ich traue diesem Onkel nicht über den Weg, Mary. Wenn ich ihn nur anschaue, tun mir die Hühneraugen weh.«

»Sophie, bitte!«

»Er behandelt mich wie eine Dienstbotin, Mary; so bist du nie zu mir gewesen. Er ist ein raffinierter alter Knabe...«

Mary wirbelte zu ihr herum, eine Mary, wie Sophie sie noch nie erlebt hatte. »Du bist eifersüchtig auf ihn, Sophie, das ist es!«

»Mary!«

»Daß du mir nie wieder so über ihn sprichst! Und das ist mein voller Ernst, Sophie, wirklich!«

Sie eilte aus dem Zimmer, und Sophie begann keuchend zu atmen, wie ein im Wasser watendes Kind, das plötzlich den Boden unter den Füßen verliert.

Als der Brief eintraf, war Onkel Vernon genau drei Wochen im Haus.

»Es ist passiert, Püppchen!« jubilierte Onkel Vernon. »Aus dem guten alten New York, von meinem Agenten!«

»Dann ist es wirklich wahr? Du wirst wieder am Broadway auftreten?«

»Die Finanzleute wollen sich morgen vorsprechen lassen. Wenn ich nicht gerade von der Bühne falle, stehen die Chancen ganz gut. Ich muß heute abend ein paar Sachen zusammenpacken.«

»Ich helfe Ihnen gern dabei«, sagte Sophie trocken und überging Marys Stirnrunzeln.

Aber es gab ein Problem. »Es handelt sich bloß um eine Probe«, fuhr Onkel Vernon fort. »Ich bin nicht länger als zwei, drei Tage fort. Wahrscheinlich komme ich Freitag zurück – hoffentlich mit guten Nachrichten.«

Seine Absicht, die Reise so kurz wie möglich zu gestalten, wurde am nächsten Morgen offenkundig: das kleine Bündel, das er bei sich hatte, mochte kaum für eine Übernachtung ausreichen. Trotzdem weinte Mary, als handele es sich um einen Abschied für immer. Sie fuhr ihn zum Bahnhof und winkte ihm vom Bahnsteig nach, bis der Zug nicht mehr zu sehen war. Als sie nach Hause zurückkehrte, war ihre Stimmung ins Melancholische abgesunken.

Onkel Vernons Stimmung im Zug war besser. Pfeifend nahm er den Brief aus der Tasche und las ihn zum drittenmal. Es war nur eine kurze Notiz, enthielt aber wunderbare Zukunftsaussichten. Der gute alte Harry Domino!

Hätte er gewußt, daß Vernon ihn als »Agent« dargestellt hatte, wäre er purpurrot angelaufen. Harry haßte Agenten, seit vielen Jahren schon. Domino der Große! Onkel Vernon lachte leise vor sich hin und lehnte sich gegen das Zugfenster, halb dösend, halb seinen Gedanken nachhängend: er dachte an Harry und fragte sich, wie die Zeit wohl mit ihm umgesprungen war. Fragte sich, ob die lange Untätigkeit ihm das Können geraubt hatte, jene geheimnisvolle Fähigkeit, die Onkel Vernon schon immer mit einem ehrfürchtigen Schauder erfüllt hatte. Der gute alte Harry! Onkel Vernon schloß die Augen und sah den Namen wie auf einem Theaterplakat in riesigen roten Lettern: *Domino der Große! Domino, der Mann mit den Wunderaugen!*

Sie wußte später gar nicht mehr, wann die Schlaflosigkeit eingesetzt hatte. Sicher nicht lange nach Onkel Vernons Rückkehr aus New York. Standen die beiden Dinge im Zusammenhang? Wie ein besiegter Krieger mit trostlos herabhängender Flagge war er ins Haus gestapft. Wacker hatte er seine Gefühle zu verbergen getrachtet, doch Mary hatte bei seinem Bericht gelitten. Nein, er war nicht von der Bühne gefallen, aber er war einfach zu alt.

Lag hier die Ursache für ihre Schlaflosigkeit? Oder war es etwas anderes? Wartete sie auf einen Laut, den sie nie wieder hören würde, das Läuten einer Glocke im leeren Schlafzimmer auf der anderen Flurseite? Fehlte ihr der Vater so sehr? Wie immer der Grund aussehen mochte, Mary schlief nicht mehr gut.

Sophie nahm das Problem von der praktischen Seite. Eines Tages traf sie Mary um ein Uhr früh in der Küche an, wie sie sich auf dem Herd eine Schale Milch warm machte. »Du mußt zum Arzt«, sagte sie entschlossen. »Mary, man kann ohne Schlaf nicht leben! Das ist einfach nicht natürlich.«

»Es liegt sicher nur an den Nerven, Sophie.«

»Und das ist ja auch kein Wunder! Seit Mr. Showbusiness ins Haus gezogen ist, bin sogar ich mit den Nerven runter.«

»Onkel Vernon kannst du das nicht anlasten!«

»Na, vielleicht ist es Vitaminmangel oder so. Nur ein Arzt kann dir das sagen. Machst du morgen mit Dr. Hazelton einen Termin aus?«

»Mal sehen.«

»Ach, Mary!« klagte Sophie. »Warum hörst du nicht mehr auf mich? Soll ich denn bloß Dienstbotin sein, wie es sich dein Onkel wünscht?«

Mary umfaßte ihre Hand. »Natürlich nicht! Gleich morgen gehe ich zu Dr. Hazelton, Sophie.«

Sie fuhr am nächsten Tag mit dem Cabrio in die Stadt. Der frische Fahrtwind belebte sie bereits; nicht nur ihre Stimmung besserte sich, sondern auch ihr Aussehen. Der Wind packte ihr widerspenstiges Haar und kämmte es in einer sauberen kastanienbraunen Kaskade zurück. Sie genoß die zehn Meilen zur Nachbarschaft Montcalm.

Dr. Hazeltons Praxis befand sich in dem Haus, in dem er auch wohnte, einem sauberen weißen Gebäude im Kolonialstil, in einer Seitenstraße gelegen, von der Hauptstraße mühelos zu erreichen. Für Mary war der Doktor immer der »alte« Dr. Hazelton gewesen: weißhaarig und schon nicht mehr jung, als sie noch die Kinderkrankheiten wie Masern und Mumps und Keuchhusten durchmachte.

In dem kleinen Vorzimmer erkannte sie die Stimme der mütterlichen Sprechstundengehilfin, mit der sie telefoniert hatte. Während sie auf einer Bank wartete, öffnete sich die innere Tür, und ein junger Mann mit einer etwas breiten Nase, einem humorvoll verzogenen Mund und dunklen Augen blickte sie an und sagte etwas zu der Matrone. Sein weißer Kittel wies ihn als »Arzt« aus.

»Wer war denn das?« fragte Mary.

»Wer, meine Liebe?«

»Der Mann, der da eben herausgeschaut hat.«

»Na, das ist Dr. Hazelton.«

»Großartig!« sagte Mary. »Was für Vitamine hat er denn genommen?«

»Wie bitte?«

Natürlich handelte es sich um Hazeltons Sohn, das wußte sie sofort, als sie den Behandlungsraum betrat. Der alte Dr. Hazelton konnte gar nicht mehr praktizieren, vielleicht war er sogar schon tot. Vor sich sah sie seinen Sohn und Nachfolger, den Erben all der Zungenspatel und Thermometer und Wehwehchen aus dem Ort. Er hatte bereits eine neue wissenschaftliche Dimension eingeführt; im Zimmer standen schimmernde Sterilisatoren und Schränke und Röntgenmaschinen.

Er bemerkte ihren verwirrten Blick und fragte: »Sie haben doch nicht etwa meinen Vater erwartet?«

»Ich glaube doch. Er ist doch nicht...«

»Tot? Nein, Vater muß man eines Tages mit dem Knüppel umbringen. Er hat sich allerdings vor acht Monaten aufs Altenteil zurückgezogen, und ich habe seine Praxis übernommen. Seien Sie unbesorgt. Ich habe meine Ausbildung schon vor zehn Jahren abgeschlossen und dann in Boston als Arzt gearbeitet. Dad überredete mich schließlich zu diesem Wechsel.« Er grinste. »Zum erstenmal habe ich das Gefühl, daß das ein guter Entschluß war.«

Mary spürte, wie sie errötete, was aber sofort auf den jungen Mann wirkte; sein Ton wurde ganz sachlich. Sorgfältig schrieb er Marys Namen, Alter und Anschrift und ihre bisherige Krankengeschichte nieder und erkundigte sich dann nach ihren jetzigen Beschwerden. Sie schilderte ihm das Problem, zuerst zögernd, dann entspannter, als seine zurückhaltenden Fragen ihr Sicherheit verliehen. Bei der eigentlichen Untersuchung war sie fast – aber nicht völlig – unbefangen.

Als es vorüber war, setzte er sich an einen alten Sekretär mit Jalousieverschluß, offenbar das einzige Stück, das aus der Zeit des alten Dr. Hazelton geblieben war, und teilte ihr seine Meinung mit.

»Ich glaube nicht, daß es sich um etwas Organisches handelt. Ich nehme mal eine Blutprobe, doch würde ich sagen, Sie sind bei bester Gesundheit. Was trinken Sie lieber, Kaffee oder Tee?«

»Keins von beidem.« Sie reckte das Kinn. »Sicher sind es nur meine Nerven. Das ist doch die übliche Erklärung, oder?«

»Mag sein. Aber dafür gibt es andere Ärzte. Ich kann nur dafür sorgen, daß Sie wieder schlafen können. Ich verschreibe Ihnen etwas.«

»Na schön.«

Sie sah zu, wie er das Rezept ausschrieb. Seltsamerweise machte die etwas verformte Nase sein Profil noch anziehender. Seine Hände waren kräftig und wohlgeformt. Als er ihr den Zettel überreichte, berührten sich ihre Finger.

»Nehmen Sie jeden Abend etwa eine halbe Stunde vor dem Zubettgehen eine Tablette. Sobald Sie wieder normal schlafen, hören Sie damit auf. Und – ich würde Sie gern wiedersehen.«

»Wann?«

Er grinste.

»Wie wär's, wenn ich Sie mal wegen eines Termins anrufe?«

Als sie die Praxis verließ, verabschiedete die Sprechstundenhilfe sie mit einem Lächeln, als erriete sie, daß sich, wenn schon nicht ihre Gesundheit, so doch wenigstens ihre Laune gebessert hatte. Später warf sie einen Blick auf das Rezeptformular, um zu erfahren, wie der Arzt mit Vornamen hieß: Bartholemew.

Mary gab das Rezept in einem Drugstore in Marleybone ab. Zu Hause stellte sie fest, daß Sophie mit dem großen Wagen ihren wöchentlichen Einkauf im Supermarkt von Montcalm machte. Onkel Vernon saß im Arbeitszimmer und ordnete Ausschnitte in dem verblaßten Album, das zu seinem Reisegepäck gehörte. Sie berichtete ihm von dem Arztbesuch.

»Na, das hört sich doch ganz gut an. Wann sind die Tabletten fertig? Ich muß in etwa einer Stunde in die Stadt.«

Am späten Nachmittag kehrte er damit zurück. Die kleine Plastikflasche enthielt ein Dutzend weiße Pillen, nicht größer als Aspirintabletten.

Mary nahm die erste um elf Uhr und legte sich eine halbe Stunde später hin und hoffte auf das medizinische Wunder. Ihr Herz klopfte heftig, und ihre Arme und Beine fühlten sich seltsam steif an. *Ich verkrampfe mich zu sehr*, dachte sie. *Ich muß mich entspannen.*

Eine Stunde später war sie noch immer wach. Sie grub die Hände ins Laken und flehte um den erlösenden Schlaf.

Am nächsten Morgen betrachtete Sophie ihre schwarzumränderten Augen. »Um Himmels willen, hast du denn das Mittel nicht genommen? Die Tablette?«

»Doch«, sagte Mary tonlos. »Hat nur nicht gewirkt.«

»Dieser Doktor! Wenn nur sein alter Vater noch hier wäre...«

Onkel Vernon war womöglich noch kritischer. »Meine arme Mary! Habe ich dir nicht gesagt, daß Ärzte nicht alles wissen? Jetzt mußt du aber auf deinen Onkel Vernon hören. Ehe du zu Bett gehst, nimmst du ein schönes heißes Bad, um dich zu entspannen...«

Mary legte sich in die Wanne, kurz nachdem sie die

Schlaftablette genommen hatte. Im Wasser liegend, spürte sie, wie Arme und Beine sich entspannten und ihre Lider schwer wurden; endlich schien das Rezept zu wirken. Sie stieg ins Bett und fühlte sich warm und entspannt.

Doch noch immer wollte sich der Schlaf nicht einstellen, sie entschlummerte erst gegen drei Uhr morgens, und Tränen trockneten auf ihren Wangen.

Am nächsten Tag nahm Onkel Vernon sie ins Gebet. »Jetzt hörst du mir aber zu, Püppchen. Ich weiß, ich bin ein törichter alter Mann, der nichts als dumme Liedchen und Varietéwitze im Kopfe hat, aber mit Schlafstörungen kenne ich mich aus. Willst du auf mich hören?«

»Ja«, sagte Mary.

»Du wirst mich für verrückt halten«, sagte er warnend. »Ich habe aber selbst gesehen, daß es funktioniert. Sogar die modernen Ärzte müssen zugeben, daß an der Sache etwas dran ist...«

»Was denn, Onkel Vernon?«

»Versprich mir, daß du nicht lachst, Mary! Ich meine Hypnose.«

»Hypnose?«

»Nun sieh mich nicht so seltsam an. Ich weiß, was du jetzt denkst – schwarze Magie und solchen Unsinn. Nun, so ist das aber nicht, Mary, die Hypnose ist eine angesehene Kunst, für die man heute sogar einen hübschen wissenschaftlichen Namen hat: Hypnotherapie.«

Sie lächelte. »Dir ist es ja wirklich ernst!«

»Natürlich ist es mir ernst! Hör zu, als ich früher noch auf Tournee war, gab es in jeder zweiten Truppe einen Hypnotiseur. Die Burschen holen sich ein paar Leute aus dem Publikum und bringen sie dazu, die verrücktesten Sachen zu machen...«

»Ich habe so etwas schon gesehen, Onkel Vernon...«

»Aber heute ist das eben nicht nur Blödsinn. Man zieht

Zähne unter Hypnose und heilt Leute, die in Trance sind. Es hat sogar Frauen gegeben, die haben unter Hypnose ihre Kinder zur Welt gebracht, ohne Narkose!«

»Ja, davon habe ich gehört.«

»Ich persönlich kenne einen Mann, habe ihn auf einer Tour im Süden kennengelernt, muß so gegen 1946 gewesen sein. Er war Hypnotiseur und wurde bald zum inoffiziellen Arzt der Truppe. Einmal befreite er einen orientalischen Akrobaten von seinen Kopfschmerzen, indem er ihn hypnotisierte. Außerdem heilte er einen hartnäckigen Fall von Schlaflosigkeit.«

Mary beobachtete ihn konzentriert.

»Es handelte sich um eine Frau«, sagte er. »Sie hieß Angela und gehörte zu einem Tanzduo, das als ›Tony und der Engel‹ auftrat. Angela hatte Ärger mit ihrem Mann. Tony war eine Art Casanova, und Angela konnte nachts nie schlafen. Eines Tages erfährt sie, was der Hypnotiseur für den Akrobaten getan hat, und fragt ihn, ob er ihr nicht auch helfen könne. Nun, er will es versuchen, sagt er.«

»Und hat er es geschafft?«

»O ja«, sagte Onkel Vernon feierlich. »Er hat sie in weniger als einer Woche kuriert, Mary, wirklich und wahrhaftig.«

»Und was wurde aus Tony?« fragte Mary.

»Nun.« Onkel Vernon lachte leise. »Tony brannte mit einem Mädchen aus der Jongleurtruppe durch, aber das war etwas, das nicht einmal ein Hypnotiseur verhindern konnte.« Er stand auf und umfaßte Marys Hände. »Aber ich spreche im vollen Ernst, Mary. Es tut mir weh, dich leiden zu sehen.«

»Das ist sehr nett von dir, Onkel Vernon. Aber – na ja, ich bin nicht sicher, ob ich überhaupt hypnotisierbar bin. Dafür eignet sich doch nicht jeder.«

»Bei den meisten Leuten geht es, mein Liebling. Vielleicht sind nur zwei oder drei Konsultationen erforderlich, um dein Problem zu lösen. Darf ich mich mal darum kümmern, Püppchen?«

»Na schön«, sagte Mary. »Schaden kann es ja nicht, oder?«

Einige Stunden später dachte sie gerade leicht amüsiert über Onkel Vernons Ratschläge nach, als das Telefon klingelte.

»Hier Bart Hazelton«, sagte die Stimme. »Ich rufe wegen eines Termins an. Hätten Sie heute abend Zeit?«

Sie lachte. »Soll's ein Hausbesuch werden?«

»Ja. Ich hole Sie um sieben Uhr ab. An der Marleybone Road gibt es ein Lokal, das Anton heißt. Ich verschreibe Ihnen eine Portion von dem Steak.«

»Sie sind der Arzt«, antwortete Mary.

Das Rezept erwies sich als gut, und Mary machte sich mit erstaunlichem Appetit darüber her. Bart wartete bis nach dem Hauptgericht, ehe er sich nach dem anderen Rezept erkundigte, dem weniger wirksamen Mittel.

»Schlaftabletten schlagen natürlich nicht immer an«, sagte er. »Das hängt von der Widerstandskraft des einzelnen gegenüber Betäubungsmitteln ab. Trotzdem verstehe ich die Reaktion nicht.«

»Vielleicht bin ich ja nur mit den Nerven völlig herunter«, sagte Mary. »Vielleicht sollte ich einen Psychiater aufsuchen oder dem Rat meines Onkels folgen.«

»Und wozu rät Ihnen der Onkel?«

»Sie halten es sicher für Unsinn, aber er war so begeistert davon...« Sie trank einen Schluck Wasser. »Er wollte, daß ich zu einem Hypnotiseur gehe.«

Im ersten Augenblick schien Bart überhaupt nicht zu reagieren.

»Na, ich habe schon verrücktere Vorschläge gehört«, sagte er dann. »Die Hypnotherapie setzt sich als vollwertige

Behandlungsmethode immer mehr durch. Ich will ehrlich sein, ich habe selbst schon damit gearbeitet.«

»Ach wirklich?«

»Auf der Universität. Es gab eine Zeit, da spielte ich mit dem Gedanken, in die Psychiatrie zu gehen, und hielt es für interessant, mich näher mit der Methode zu befassen. Dabei stellte ich mich gar nicht so ungeschickt an.«

»Und Sie meinen, Hypnose könnte mir helfen?«

»Möglich wäre es.« Er lächelte sie schief an. »Nur bitten Sie mich nicht, Ihr Svengali zu sein, werte Dame. Wenn ich Sie in meiner Macht hätte, wüßte ich nicht, ob ich mir noch trauen könnte.«

»Aber Sie können einen Menschen mit Hypnose doch nicht dazu bringen, etwas zu tun, das er gar nicht tun will, oder?«

»Das«, sagte Bart und hob den Finger, »ist ein gefährlicher Trugschluß. Gewiß, wenn der Hypnotiseur Ihnen einen Befehl gibt, der Ihrer moralischen oder religiösen Grundhaltung entgegensteht, gehorchen Sie nicht. Aber dieses Hindernis läßt sich umschiffen, meine Hübsche.«

»Wie denn?«

»Nun, mein Beispiel ist einigermaßen kraß – aber sagen wir, ich gäbe Ihnen ein geladenes Gewehr und forderte Sie auf, die Katze zu erschießen.« Mit einer Kopfbewegung deutete er auf eine Tigerkatze, die in der Nähe des Kamins schlummerte. »Würden Sie es tun?«

»Nein!«

»Natürlich nicht«, sagte Bart. »Aber was ist, wenn ich Ihnen sagte, das wäre keine Katze, sondern eine gefährliche Klapperschlange? Da würden Sie wahrscheinlich doch schießen, ohne zu zögern.«

»Wenn Sie mir angst machen wollen, gelingt Ihnen das ganz gut.«

»Nichts liegt mir ferner. Zufällig beurteile ich die Hypnotherapie durchaus positiv. Achten Sie nur darauf, daß Sie sich einen guten Arzt aussuchen.«

Nach dem Abendessen machten sie eine Spazierfahrt. Für einen neu Zugezogenen schien Bart die Gegend recht gut zu kennen. Er zeigte ihr einen Weg, der einen atemberaubenden Blick auf den See bot.

»Sie sind schon einmal hier gewesen«, sagte Mary vorwurfsvoll.

»Ein- oder zweimal.«

»Ich will ja nicht fragen, mit wem.«

Schweigend genossen sie eine Zeitlang das Panorama, dann fragte Mary: »Bart, glauben Sie, daß mit mir etwas nicht stimmt? Geistig, meine ich.«

»Ich weiß nicht«, antwortete er ernst. »Ich finde, Sie belastet etwas, Mary, aber ich weiß nicht, was. Wenn ich raten müßte, würde ich sagen, es ist eine Art Schuldgefühl.«

»Schuldgefühl? Das ist lächerlich! Warum sollte ich mich schuldig fühlen?«

»Keine Ahnung.«

»Ich glaube, Daddy hat mich so durcheinander gebracht. Er fehlt mir so sehr – das wird es sein!«

»Glauben Sie das wirklich?«

»Ja!« sagte sie heftig. »Ja, wirklich! Ich habe Daddy sehr geliebt. Ich habe mich jahrelang um ihn gekümmert…«

»Selbstverständlich haben Sie ihn geliebt, das war ganz natürlich. Aber ein Mensch kann gleichzeitig lieben und hassen, Mary. Wir können uns gegen die Liebe auflehnen, die andere von uns fordern, und das kann einen Menschen zerreißen.«

»Das ist doch billige Psychologie!«

»Ich habe auch nicht behauptet, daß sie teuer sei. Es ist nur tatsächlich denkbar, daß jemand beim Tod eines geliebten Menschen Erleichterung verspürt. Und schon wäre dem Schuldgefühl Tür und Tor geöffnet.«

Sie starrte ihn in offenem Entsetzen an.

»Glauben Sie etwa, ich war *froh*, als Daddy starb?«

Er berührte sie am Arm. »Ich spreche doch gar nicht von Ihnen! Dazu kenne ich Sie noch nicht gut genug – doch ich hoffe auf die Chance, Sie näher kennenzulernen. Lassen wir das Thema fallen, ja?«

»Ja«, sagte sie kühl. »Lassen wir das Thema. Wenn Sie nichts dagegen haben, möchte ich jetzt nach Hause.«

Er erhob Einwände, doch sie antwortete nicht mehr. Der Abschied vor dem Haus fiel kurz aus, und in dieser Kürze lag etwas Endgültiges.

Mary war auf der Treppe, als Onkel Vernon aus dem Arbeitszimmer trat.

»War es nett, Liebling?«

Sie wich seinem Blick aus. »Ja.«

»Dein Arzt macht einen ausgezeichneten Eindruck. Hast du ihn zufällig wegen unserer Unterhaltung von heute früh gefragt?«

»Wegen des Hypnotiseurs? Ja, wir sprachen darüber. Er schien es für eine gute Idee zu halten.«

»Ach, wirklich?« Onkel Vernon strahlte. »Das ist ja wunderbar, Mary! Ich habe nämlich schon ein wenig herumtelefoniert und Bekannte um Rat gefragt. Ich glaube, ich weiß schon jemanden für dich.«

»Ach?«

»Einen gewissen Dr. Herbert Dudley. Er hat eine Praxis in Boston. Seine Spezialität ist die Hypnotherapie, er gehört auf diesem Gebiet zu den besten Ärzten.« Onkel Vernon kam zu Mary und umfaßte ihre Hände. »Bitte sei nicht böse auf deinen alten Onkel Vernon – ich habe ihn bereits angerufen.«

»Was hat er gesagt?«

»Nun, am Telefon klang er sehr nett. Ich erklärte ihm das Problem, deine Schlaflosigkeit und alles – und er äußerte sich positiv. Er glaubt dir helfen zu können, Mary. Gehst du zu ihm, Püppchen – für mich?«

Sie blickte in seine liebevoll flehenden Augen.

»Ja, Onkel Vernon«, sagte sie. »Natürlich gehe ich hin.«

Die Anschrift war ein Mietshaus an der Commonwealth Avenue. Die Praxis wurde durch ein kleines rechteckiges Namensschild über der Klingel angezeigt: Dr. med. HERBERT L. DUDLEY.

Der Name klang beruhigend; die vertrauten Buchstabenkürzel waren irgendwie tröstend. Mary drückte auf den kleinen weißen Knopf, und ein leiser Glockenklang rief den Arzt an die Tür.

Ihr erster Gedanke galt seinen Augen. Aus irgendeinem Grund hatte sie damit gerechnet, daß ein Hypnotiseur schwarze, zwingende Augen haben müsse. Dr. Dudley aber blickte mit sanften braunen Augen in die Welt, beschattet von zottigen Brauen, die ihren Glanz dämmten. Er war in mittlerem Alter, hatte vorgebeugte Schultern und wirkte erschöpft, seine Stimme aber strahlte eine überraschende Kraft aus.

»Miss Somerset?« fragte er. »Kommen Sie herein, meine Liebe.«

Scheu betrat sie die Wohnung – es war nichts anderes als eine Wohnung. Von den üblichen ärztlichen Utensilien war nichts zu sehen. Kein Untersuchungszimmer, keine Glasschränke, keine Instrumente. Dr. Dudley arbeitete von seinem Tisch aus. Der übergroße Ledersessel davor war offensichtlich für die Patienten bestimmt. Mary setzte sich auf sein Geheiß, und sie plauderten einige Minuten lang. Er stellte die üblichen Fragen, und sie antwortete mechanisch, während sie im Schoß nervös die Hände rang.

»Entspannen Sie sich doch, meine Liebe«, sagte er beruhigend. »Das ist alles nicht weiter schwierig. Sobald Sie der Hypnosuggestion erst erlegen sind, werden Sie alles sehr angenehm finden. Als erstes müssen Sie sich dazu überwinden, mir zu vertrauen. Ob das wohl möglich ist?«

Er ging zu dem Doppelfenster hinter dem Tisch und zog das Rouleau herab. Dann schaltete er eine kleine Tischlampe an, die einen undurchsichtigen Schirm hatte, und kam um den Tisch zu ihr.

»So ist's richtig«, sagte er. »Lehnen Sie sich zurück und entspannen Sie sich. Der Stuhl ist bequem, nicht wahr? Wissen Sie, einige meiner Patienten sind so gut auf die Behandlung eingestimmt, daß sie schon in Trance fallen, wenn sie sich nur auf den Stuhl setzen.«

Er ist ja so nett, dachte Mary. *Ein freundlicher Mensch*...

»Wir versuchen es mit der Faszinationsmethode«, fuhr Dr. Dudley fort und rückte einen Gegenstand ins Licht der Tischlampe. Es handelte sich um ein kleines, mit Spiegeln besetztes Rad auf einem Podest. Die Schnur, die zur Seite führte, ließ erkennen, daß das Rad elektrisch betrieben wurde. Dr. Dudley legte einen Schalter um, das Rad begann sich zu drehen, das Lampenlicht ließ die sich drehenden Spiegel funkeln. »Wie Sie sehen, ist das Ding in der Tat irgendwie faszinierend. Ihr Blick wird davon angezogen. Sie wollen zusehen, wie sich die Spiegel drehen. Beobachten Sie das Ding, Miss Somerset. Beobachten Sie es und lassen Sie alle anderen Gedanken versickern. Wenn Sie ein bißchen schläfrig werden, ist das durchaus in Ordnung...«

Sie spürte seine Hand über ihren Arm fahren, und wie aus einer anderen Welt fragte Dr. Dudley, ob sie die rechte Hand von der Sessellehne heben könne – eine Hand, die inzwischen bleischwer geworden war. Sie schüttelte verneinend den Kopf, eine Antwort, die ihn zu freuen schien. Dann fragte er: »Wie fühlen Sie sich?«

»Na, gut«, antwortete Mary, blickte hoch und fragte sich, warum Tageslicht auf sein faltiges Gesicht fiel. Sie schaute zum Fenster und sah, daß das Rouleau hochgeschoben worden war, daß sich das kleine Spiegelrad nicht mehr bewegte.

Dr. Dudley spürte ihre Verwirrung und lächelte sie an. »Jawohl, Miss Somerset, Sie waren hypnotisiert. Sie sind ein sehr gutes Medium, wir werden gut miteinander auskommen.«

»Aber ich erinnere mich an nichts!«

»Ich habe Ihnen befohlen, sich an nichts zu erinnern, was während der Hypnose stattfindet – in diesem Stadium sicher die beste Behandlungsmethode. Ich hoffe, daß Sie die positiven Folgen schon heute abend spüren.«

»Sie meinen die Schlaflosigkeit?«

»Wir werden sehen«, sagte Dr. Dudley. »Jedenfalls möchte ich Sie bitten, Donnerstag zur gleichen Zeit wiederzukommen.«

»Ja natürlich.« Sie stand auf und reichte ihm die Hand. »Vielen Dank, Herr Doktor. Eigentlich ... eigentlich war es gar nicht so schlimm.«

Er lachte und brachte sie zur Tür.

Mary war in Hochstimmung, als sie zu Hause eintraf, doch ihre gute Laune verflog beim Anblick von Sophie.

»Es stimmt also wirklich«, sagte die Haushälterin mit zusammengepreßten Lippen. »Du bist zu dem Quacksalber gegangen, nicht wahr?«

»Bitte, Sophie! Ich möchte nicht darüber reden.«

»Ein Hypnotiseur! Als nächstes steht wohl ein Geisterbeschwörer auf dem Programm!«

»Ist Onkel Vernon zu Hause?«

»Nein, er sitzt bei seinen Spezis in der Kneipe. Er hat sich heute toll amüsiert, während du weg warst. Mit deiner Kamera, der guten.«

»Kamera?«

»Ja. Dein Onkel ist plötzlich Fotofan geworden. Er nahm sich die Kamera und den Combi und fuhr los, um in der Gegend Aufnahmen zu machen.«

»Das ist doch in Ordnung, oder?«

»Ich wollte ihm das Ding nicht leihen. Sagte, es wäre nicht meine Sache, den Apparat aus der Hand zu geben. Aber er war so aufdringlich, daß mir nichts anderes übrigblieb. Ich begreife deinen Onkel nicht, Mary! Sosehr ich mich auch bemühe, ich begreife ihn nicht.«

»Ich ziehe mich um«, verkündete Mary und ging nach oben.

Am Abend näherte sie sich nur zögernd ihrem Bett; sie hatte Angst, die Erlebnisse des Tages auf die Probe zu stellen. Dann ließ sie sich doch unter die Decke gleiten, wobei sie überlegte, ob in ihrem Unterbewußtsein wirklich eine posthypnotische Suggestion lauerte, die ihr den ersehnten Schlaf bringen konnte.

Sie schaltete die Nachttischlampe aus, deren Schein erstaunlich langsam verblaßte. Als das Licht verlöscht war, erwies sich die Dunkelheit als so total, daß sie kaum noch die Augen zu schließen brauchte. Dennoch waren ihre Lider schwer, die Augen gingen von allein zu – Mary Somerset schlief.

Als sie am nächsten Morgen zum Frühstück herunterkam, saß Onkel Vernon auf der Veranda. Er hatte eine Tasse Kaffee auf das Geländer gestellt und las ein Exemplar *Variety*. Sie ging zu ihm und küßte ihn auf die Stirn. Zufrieden blickte er auf.

»Ach, mein Püppchen!« sagte er leise. »Es hat geklappt? Es hat wirklich geklappt?«

Sophie hörte die frohe Kunde und war weniger zufrieden, versuchte aber gute Miene zum bösen Spiel zu machen. Sie war glücklich, daß Mary endlich wieder schlafen konnte, wußte aber, daß sie eine strategisch wichtige Position im Haushalt verloren hatte.

Um fünfzehn Uhr rief Bart Hazelton an. Marys »Hallo« klang unterkühlt.

»Regen Sie sich nicht gleich auf«, sagte Bart. »Ich melde mich als Arzt. Wie fühlen Sie sich?«

»Sehr gut, vielen Dank der Nachfrage.«

»Und Ihre Schlaflosigkeit?«

»Ich sagte eben, es geht mir gut. Wenn Sie es unbedingt wissen wollen, ich habe letzte Nacht sehr gut geschlafen, ohne Tablette.«

»Ach wirklich? Soso. Hören Sie, Mary. Ich möchte Sie bald einmal wiedersehen, in der Praxis, meine ich. Nichts Ernstes, ich möchte nur eine zweite Blutprobe entnehmen.«

»Warum? War denn die erste nicht in Ordnung?«

»Sagen wir, daß sich ein ungewöhnlicher Wert eingeschlichen hat. Ihr Blut zeigt einen ziemlich hohen Harnsäureanteil.«

»Was ist Harnsäure?«

»Nun, daraus ließe sich schließen, daß Sie eine Überdosis Koffein im Körper haben. Vielleicht nehmen Sie mehr von dem Zeug zu sich, als Sie glauben – das könnte eine Ursache für Ihr Problem sein.«

»Ich glaube nicht, daß ich noch ein Problem habe«, sagte Mary steif. »Ich kann wieder schlafen.«

»Es könnte nicht schaden, sich zu vergewissern.«

»Mal sehen.«

Als sie aufgelegt hatte, verspürte sie den Drang, sich mit einem anderen Menschen zu unterhalten, und machte sich auf die Suche nach Onkel Vernon. Sie fand ihn im Arbeitszimmer vor einer Reihe schimmernder Fotografien, als wollte er damit eine Patience legen. Er blickte ihr mit etwas törichtem Gesichtsausdruck entgegen und begann die Aufnahmen wieder einzusammeln.

»Sophie hat mir gesagt, daß du fotografierst«, sagte Mary. »Ich wußte gar nicht, daß du dich dafür interessierst.«

»Na, eine Leuchte bin ich nicht«, sagte er und lachte leise. »Einige Versuche sind ziemlich schwach ausgefallen. Freunde von mir haben nach der Gegend gefragt, in der ich jetzt wohne. Ich wollte ihnen ein paar Aufnahmen schikken.«

»Darf ich sie sehen?«

Er zögerte und reichte ihr dann den Stapel. »Nichts Besonderes – nur ein paar Schnappschüsse.«

Mary blätterte sie durch. Es handelte sich vorwiegend um Straßenszenen, offensichtlich aus dem Wagenfenster aufgenommen. Mehrere Aufnahmen eines Abschnitts der Straße zwischen Marleybone und Montcalm, eine scharfe Biegung der Landstraße, die ihr nie gelegen hatte, weil unmittelbar hinter der Leitplanke ein tiefer Abgrund klaffte. Einige Meter vor der Ecke stand ein großes Schild mit der Aufschrift: MARLEYBONE – 3 MEILEN.

»Weshalb hast du diese Aufnahme gemacht?« fragte Mary lächelnd. »Ein Bild von einem Wegweiser!«

»Ach, das«, sagte Onkel Vernon lachend. »Das will ich Freunden in England schicken. Die finden es sicher lustig, wie die Amerikaner Marylebone schreiben.«

Er nahm ihr die Fotos ab und sagte: »Hör mal, Mary, ich hoffe, du gehst weiter zu Dr. Dudley. Eine durchgeschlafene Nacht bedeutet noch keine Heilung.«

»O doch, ich gehe wieder zu ihm. Ich habe Donnerstag einen Termin, zur gleichen Zeit.«

»Das freut mich«, sagte Onkel Vernon.

In dieser Nacht schlief Mary fast genauso gut, doch in der folgenden schon weniger tief, und am Donnerstag freute sie sich tatsächlich auf ihren Besuch bei Dudley, der das hypnotische Rezept erneuern sollte. Kaum hatte er das

Rouleau herabgezogen, als sie sich auch schon angenehm schläfrig fühlte. Das Spiegelrad hatte kaum beschleunigt, als sie seiner freundlichen Stimme auch schon erlag. An diesem Abend schlief sie ein, sobald ihr Kopf das Kissen berührte, schlief traumlos und erwachte in einen sonnigen, optimistischen Morgen.

Bei ihrem dritten Besuch fiel Mary etwas Seltsames auf: offensichtlich war sie nun ruhiger als der Arzt. Irgend etwas ließ seine Stimme weniger kräftig klingen; auf den herabhängenden Schultern schien eine schwere Last zu ruhen. Doch seine Macht über ihr Unterbewußtsein war ungebrochen.

»Es funktioniert wirklich, Doktor«, sagte sie zu ihm. »Seit der letzten Behandlung habe ich jede Nacht geschlafen.«

»Das ist schön, meine Liebe. Ich freue mich sehr.«

»Wie viele Sitzungen brauchen wir noch? Wie oft muß ich noch kommen?«

»Nicht mehr oft, nein«, sagte Dudley geistesabwesend. »Vielleicht ... vielleicht brauchen wir uns nur noch einmal zu verabreden.«

»Sie haben mir sehr geholfen, Dr. Dudley. Ich bin Ihnen dafür sehr dankbar.«

»Ja«, bemerkte der Arzt. »Sagen wir nächsten Freitag.«

Beim Verlassen der Praxis hatte sie dem Arzt bisher immer die Hand gegeben, doch heute machte er keine entsprechende Bewegung. Vielmehr erhob er sich hinter dem Schreibtisch und lächelte unbestimmt, als sie die Tür hinter sich zumachte.

Dr. Dudley blieb allein in seinem Büro zurück. Langsam verblaßte sein Lächeln. Seufzend setzte er sich wieder und breitete auf der Schreibunterlage die Hände aus. Dann öffnete er die obere Schublade und nahm den Briefumschlag zur Hand, der den einzigen Inhalt darstellte. Mit zitternden Fingern zog er die schimmernde Aufnahme heraus.

Das Bild zeigte die scharfe Kurve einer Landstraße, eine Kurve mit Leitplanken, hinter denen ein Abgrund gähnte. Einige Meter vor der Kurve ragte ein Schild auf. MARLEYBONE – 3 MEILEN.

Mary hatte gewußt, daß zwischen Sophie und Onkel Vernon seit dem Tag seiner Ankunft Krieg herrschte, doch sie hoffte, daß ihre Neutralität einen offenen Konflikt verhindern half. Plötzlich aber war der Krieg vorbei; es gab eine Kapitulation. Sophie konnte aus der Niederlage nur ihren Stolz retten. Deshalb zeigte sie sich unerbittlich gegenüber Marys Tränen und Vorhaltungen.

»Tut mir leid, Mary«, sagte sie und konzentrierte sich aufs Kofferpacken. »Dein Onkel und ich kämen nie miteinander aus, nicht im selben Haus...«

»Ich rede mit Onkel Vernon«, sagte Mary. »Ich sage ihm, wie du denkst, Sophie. Wir finden ein Arrangement.«

»Ich könnte dem Mann nicht trauen, Mary, auch wenn er noch soviel Süßholz raspelt. Er hat dich dazu gebracht, ihn für etwas zu halten, das er nicht ist.«

»Glaubst du, ich wüßte nicht, was er ist?« Mary trat an die Seite der Haushälterin. »So dumm bin ich nun auch nicht, Sophie. Ich weiß, er ist ein dummer alter Mann, der aus seinem Leben nichts gemacht hat – aber das ändert für mich nichts.«

»Er ist ein falscher Fünfziger«, sagte Sophie bitter. »Ein nichtsnutziger Schnorrer. All die Geschichten, die er dir erzählt hat...«

»Na schön – das waren Illusionen. Onkel Vernon kann ohne diese Selbstillusionen nicht leben, Sophie. Vielleicht gilt das für uns alle.«

In Sophies Blick standen Mitleid und Liebe.

»Ja«, sagte sie traurig. »Wir alle brauchen unsere Illusionen. Nur habe ich meine längst verloren, Mary. Deshalb muß ich aus dem Haus.«

Onkel Vernon saß im Wohnzimmer, als Sophie mit den Koffern nach unten kam. Sie wollte sich ihre Niederlage nicht anmerken lassen und rauschte hoch erhobenen Kopfes vorbei.

Der nächste Tag war Freitag. Mary hatte nicht viel Zeit, Sophies Abreise zu bedauern; sie mußte sich selbst auf den Weg machen, um in Boston die Praxis von Dr. Herbert Dudley aufzusuchen; es galt die letzte Hypnosebehandlung hinter sich zu bringen.

Freitagnacht schlief sie gut, wurde allerdings durch einen Traum gestört, in dem sie durch dunkle Nacht rennen mußte. Sie war froh, als sie erwachte und Tageslicht ins Zimmer scheinen sah.

»Gehst du einkaufen?« fragte Onkel Vernon später.

»Das muß ich ja wohl«, sagte Mary und musterte ihn über den Frühstückstisch. »Solange die Personalvermittlung mir keine neue Frau schickt, muß ich mich um den Haushalt kümmern.«

»Soll ich mitkommen, Püppchen?«

»Nein, vielen Dank, damit werde ich schon fertig. Ich fahre mit dem Combi zum Supermarkt in Montcalm. Ich bin so rechtzeitig zurück, daß ich uns etwas zu Mittag kochen kann.«

Beim Abfahren sah sie Onkel Vernon hinter dem Wohnzimmerfenster stehen. Er blickte ihr nach.

Es war ein schöner warmer Sommertag. Der wolkenlose blaue Himmel verbesserte ihre Laune. Sie dachte an Sophie, und das nicht ohne Hoffnung. Sie nahm nicht an, daß Sophie sie so einfach im Stich lassen würde. Es bestand immer die Chance, daß sie zurückkehrte.

Der Supermarkt von Montcalm war ein heller, heiterer

Laden, der ihren Einkauf zum Genuß machte. Sie schob das Wägelchen die Gänge auf und ab, vergaß die sorgfältig zusammengestellte Liste und griff immer wieder impulsiv in die Regale.

In der Abteilung mit importierten Delikatessen wollte sie gerade ein Glas mit cognaceingelegten Pfirsichen nehmen, als ihr eine andere Hand zuvorkam. Es war Bart Hazeltons Hand, und sie errötete, als sie sein lächelndes Gesicht erblickte.

»Nein, nein«, sagte er. »Das kann ich nicht empfehlen. Sie bringen es fertig, vor dem Zubettgehen davon zu essen und Ihren Schlafrekord zunichtezumachen.«

»Sie haben keine Sprechstunde, Doktor?«

»Sogar ein Arzt hat manchmal sonnabends frei.«

Sie wandte sich ab.

»Hören Sie, was halten Sie von einem Waffenstillstand?« fragte er. »Sie können unmöglich so zornig auf mich sein – nur wegen ein paar dummer Bemerkungen.«

»Ich bin nicht zornig. Ich habe zu tun.«

Er folgte ihr zur Kasse. Er hatte nichts weiter eingekauft als einen Laib Brot und ein Glas Erdnußbutter. »Mein Mittagessen«, sagte er. »So ernähre ich mich sonnabends.«

Sie lächelte automatisch. »Sie brechen mir das Herz!«

»Natürlich könnte ich auch in ein Lokal gehen. Wenn Sie sich dazu überreden ließen mitzukommen, könnten wir unsere angeschlagene Romanze doch wieder zusammenflicken.«

Die Kassiererin lauschte mit sichtlichem Vergnügen. Bart zog Mary zur Seite.

»Ernsthaft«, sagte er leise. »Ich möchte Sie wiedersehen.«

»Ich muß aber wirklich nach Hause, Bart. Onkel Vernon will sein Mittagessen haben; Sophie hat gestern gekündigt...« Sie begegnete seinem Blick. »Warum kommen Sie nicht mit? Ich kann genausogut für drei kochen.«

»Gemacht«, sagte er grinsend.

Wenn es überhaupt möglich war, daß ein schöner Tag noch schöner wurde, war es jetzt geschehen. Während der Rückfahrt nach Marleybone war Mary bester Stimmung.

»Ich kann nicht glauben, daß Sophie es wirklich ernst meint«, kam sie wieder zum Thema. »Woanders hält sie es bestimmt nicht lange aus.«

»Das ist sicher eine Sache des Stolzes; aber Sophie hat ein weiches Herz. Sie kommt bestimmt zurück.«

»Hoffentlich«, sagte Mary in der plötzlichen Überzeugung, daß er recht hatte, daß von nun an alles besser werden würde.

Mary näherte sich der scharfen Biegung in der Marleybone-Straße, vor der sie stete Angst gehabt hatte, und bewegte automatisch den Fuß zum Bremspedal, noch ehe sie das Warnschild sah. Eine Sekunde später tauchte ein anderes Schild auf: MARLEYBONE – 3 MEILEN.

»Ich hasse diese Ecke«, sagte Mary. »Der steile Abgrund auf der anderen Seite – da müßte wirklich etwas geschehen.«

»Fahren Sie doch langsam«, sagte Bart.

Und sie fuhr langsam. Das Schild ragte größer auf, die verblaßten Buchstaben traten deutlicher hervor. Sie war plötzlich seltsam unruhig; ihre Hände begannen am Steuer zu schwitzen.

»Jemand auf der Straße«, murmelte sie.

»Was?«

»Vor dem Schild...«

Ihr Fuß trat heftig auf das Gaspedal, und der Wagen schoß vorwärts. »He, langsam!« rief Bart.

Sie sah ihn nun ganz deutlich. Er schritt in die Mitte der Landstraße, ohne sich um den herbeirasenden Wagen zu kümmern. Er trug einen grauen Tweedmantel und einen Homburg, und unter dem Mantel ragten die unpassenden

Hosenbeine eines Pyjamas hervor; das Sonnenlicht verwandelte seine Brillengläser in spiegelnde Scheinwerfer. Er hob die Arme über den Kopf, als wollte er sie zum Halten auffordern. Dann sah sie sein Gesicht, und der Anblick war zu schrecklich; ihre Hände ließen das Steuer los und hoben sich vor das Gesicht, um die Augen zu schützen, gleichzeitig überschrie sie entsetzt das Dröhnen des Motors, das fürchterliche Kreischen der Reifen, als das Fahrzeug ins Schleudern geriet und haltlos auf den Abgrund zurutschte...

Mary schluchzte hysterisch, zugleich war ein Teil ihres Verstandes noch zu der Frage fähig, ob Bart sie schlagen würde, ob er ihr ins Gesicht schlagen und sie in die Wirklichkeit zurückholen würde. Doch Bart hielt sie lediglich fest und drückte seine Wange gegen die ihre.

»Mein Gott!« sagte sie. »Ich hätte uns umbringen können...«

»Alles in Ordnung, alles vorbei. Sie haben sich da eben ziemlich verrückt verhalten, Mary. Was haben Sie nur gesehen?«

»Na, den Mann! Haben Sie ihn denn nicht gesehen?«

Bart schüttelte den Kopf.

»Er trat mitten auf die Straße – vor dem Schild. Er trug einen Mantel und hatte darunter einen Schlafanzug an – ich weiß, das klingt verrückt, aber es war so. Wir hätten ihn fast umgefahren.«

»Da war aber niemand, Mary.«

Sie starrte ihn an.

»Aber ich habe ihn doch gesehen!« flüsterte sie. »Ganz deutlich!«

»Na schön. Sie haben etwas gesehen. Aber Sie haben nicht versucht, ihm auszuweichen, Mary. Sie haben die Hände vom Steuer genommen.«

»Sein Gesicht!« ächzte sie. »Ich konnte den Anblick

nicht ertragen. Ich konnte es nicht ansehen. Ich mußte mir die Augen verdecken, ich mußte!«

»Was war denn mit seinem Gesicht?«

»Keine Ahnung. Er trug eine Brille – ich konnte seine Augen nicht sehen, die Sonne spiegelte sich in den Gläsern...«

»Sie müssen mir das glauben, Mary. Da war kein Mann auf derStraße! Sie müssen eine Art Halluzination erlebt haben.«

»O nein! Halten Sie mich für verrückt, Bart?«

»Natürlich nicht. Wir alle sehen ab und zu Dinge, die es gar nicht gibt. Die Sonne ist heute ziemlich grell, vielleicht war es nur ein Schatten.«

»Ein Schatten war es nicht«, antwortete sie erschaudernd. »Ich habe den Mann deutlich gesehen, Bart, ehrlich.«

Bart umfaßte den Türgriff. »Na schön, jetzt tauschen wir.«

»Was?«

»Ab hier fahre ich. Allerdings nicht zu Ihnen nach Hause, Mary, noch nicht gleich. Ich werde wenden und ein Stück zurückfahren.«

»Warum denn?«

»Wir fahren noch einmal durch die Kurve«, sagte Bart. »Sie sollen sie sich noch einmal anschauen, Sie sollen sehen, daß da gar nichts ist. Vielleicht läßt sich damit nichts beweisen, aber versuchen möchte ich's!«

»Muß das sein?«

»Ja.«

Schweigend fuhren sie in Richtung Montcalm. Etwa eine Meile südlich des Schildes setzte Bart rückwärts in einen Seitenweg und bog nach links wieder auf die Marleybone-Straße ein.

Drei Minuten später waren sie in Sichtweite des Schildes, und Marys Blick war starr darauf gerichtet, bis die Worte sichtbar wurden: MARLEYBONE – 3 MEILEN.

Im nächsten Augenblick trat der Mann im Mantel direkt vor den Wagen, der Stoff seiner Pyjamahose flatterte im Wind, die Sonne funkelte auf seiner Brille. Aber Bart hielt nicht an, auch nicht, als die Gestalt die Arme über den Kopf hob, als das unheimliche Gesicht dem herbeirasenden Combiwagen mit einem so schrecklichen Ausdruck entgegenblickte, daß Mary die Arme vor das Gesicht hob und endlose Laute des Schreckens auszustoßen begann...

Weichheit umgab sie, etwas Warmes ruhte an ihrem Hals. »Los«, forderte Barts Stimme sie auf. »Nur ein Schluck, dann ist's vorbei.«

Sie nahm die Tablette und legte sie auf die Zunge. Dann trank sie das Wasser, das Bart ihr reichte, und verschluckte sich dabei. Sie saß auf dem Sofa in Dr. Hazeltons Praxis und erkannte, daß das Warme am Hals seine Hand gewesen war.

»Ich bin wohl ohnmächtig geworden«, murmelte sie.

»Eine blöde Idee, dieses Experiment«, sagte Bart. »Aber ich mußte es wissen!«

»Was wissen? Ob ich verrückt bin? Sie haben auch beim zweitenmal nichts auf der Straße gesehen, oder?«

»Nein.«

»Aber *ich*. Ich sah ihn wieder, Bart, denselben Mann. Tweedmantel, Homburg, Pyjamabeine – das scheußliche Gesicht!«

»Was war so scheußlich daran?«

»Ich weiß es nicht.«

»O Mann!« sagte er und lächelte schwach. »Wenn Sie eine Halluzination haben, dann aber gleich richtig!« Er stand auf und wandte den Kopf ab. »Hören Sie, Mary«, sagte er ernst. »Wir sollten lieber offen darüber sprechen. Wir haben neulich über eine andere Sorte Arzt gesprochen.«

»Bei einem solchen Arzt bin ich gewesen, Bart.«

»Was?«

»Ich ... ich wollte es Ihnen nicht sagen. Ich habe in Boston einen Arzt besucht, einen gewissen Dr. Dudley. Er ist Hypnotherapeut.«

Langsam kam er zu ihr zurück.

»Sie haben sich hypnotisieren lassen?«

»Ja.«

»Hat es geklappt? Hat er Sie beeinflussen können?«

»Ja, ohne weiteres. Ich habe sofort besser geschlafen.« Sie zögerte. »Glauben Sie, daß da ein Zusammenhang besteht? Sie haben einmal gesagt, die Hypnose könnte seltsame Auswirkungen haben?«

»Nein«, sagte er tonlos. »Doch nicht solche Auswirkungen! Wie hieß der Mann?«

»Dr. Herbert Dudley. Er war wunderbar, Bart, wirklich!«

»Wo wohnt er?«

Mary ließ sich von seinem besorgten Gesicht beeindrukken und nannte die Anschrift.

»Was glauben Sie?«

»Ich glaube überhaupt nichts. Ich bin zwar kein Fachmann auf dem Gebiet, doch von solchen posthypnotischen Reaktionen habe ich noch nie gehört. Entspannen Sie sich ein Weilchen. Ich bin gleich zurück.«

Sie lehnte sich zurück und schloß die Augen.

Gleich darauf stand Bart wieder vor ihr und rief sie beim Namen. Das veränderte Licht vor den Fenstern verriet ihr, daß einige Zeit vergangen sein mußte; sein veränderter Gesichtsausdruck ließ erkennen, daß er etwas Wichtiges erfahren hatte.

»Was ist?« fragte sie und richtete sich auf.

»Ich habe mich um Ihren Therapeuten gekümmert, Mary. Ich habe in jedem Verzeichnis nachgesehen, aber es gibt ihn nicht.«

»Unmöglich! Ich bin doch in seiner Praxis gewesen!«

»Ich habe dort angerufen, aber es meldet sich niemand. Daraufhin versuchte ich es beim Hausmeister. Der kannte Dudley. Dudley hat die Wohnung möbliert und wochenweise gemietet. Einzug um den 3. Juli, etwa zu der Zeit, als er Sie zu ›behandeln‹ begann.« Er schwieg einen Augenblick lang. »Er ist gestern abend ausgezogen, Mary.«

»Was bedeutet das, Bart?«

»Es bedeutet, daß er ein Betrüger ist, ein Quacksalber...«

»Aber das kann doch nicht wahr sein! Der Mann hat mir geholfen.«

»Er mag Ihnen mit Hypnose geholfen haben, aber dadurch wird er nicht zum Arzt. Nicht jeder Hypnotiseur hat Medizin studiert.«

»Ich bin sicher, Onkel Vernon hat nicht gewußt, daß ...«

»Dieser Dudley ist Ihnen von Ihrem Onkel empfohlen worden, nicht wahr?«

»Ja.« Sie stand auf, trat vor ihn hin und zwang ihn, sie anzusehen. »Bitte sagen Sie, was Sie denken!«

»Na schön. Auf der Straße vorhin ist etwas ganz Verrücktes passiert, Mary, etwas, das Sie das Leben hätte kosten können.«

Sie klammerte sich an ihn.

»Man hat Ihnen eingegeben, diese Gestalt zu sehen. Das war keine gewöhnliche Halluzination. Irgend etwas gab Ihnen den Befehl, den Mann an dieser Stelle auf der Straße zu sehen und die Hände vor die Augen zu legen, damit Sie nichts mehr sehen mußten. Diese Art halluzinatorische Reaktion auf Hypnose ist selten, Mary, aber durchaus möglich.«

»Soll das heißen, er hat mir aufgetragen, den Mann zu sehen? Dr. Dudley?«

»Ja«, antwortete Bart offen. »Ihnen wurde eine starke posthypnotische Suggestion eingepflanzt. Wenn Sie jetzt an dem Straßenschild vorbeiführen, würden Sie den Mann vermutlich wieder wahrnehmen.«

»Aber warum?« fragte sie bekümmert. »Ich kenne Dr. Dudley doch gar nicht!«

»Nein. Aber er kannte Sie, Mary, oder wußte etwas von Ihnen. Etwas, das Ihren Tod vorteilhaft machte.«

»Meinen Tod?«

»Mary, das Ganze war ein Mordversuch! Das müssen Sie sich klarmachen. Man hätte Sie im Abgrund neben der Marleybone-Straße gefunden, und niemand hätte etwas anderes dahinter vermutet als einen Unfall.«

»Nein«, sagte sie kopfschüttelnd. »Was Sie da vermuten, stimmt nicht, Bart. Es stimmt einfach nicht!«

»Es muß stimmen. Es fällt mir schwer, es auszusprechen. Der Gedanke daran läßt mir das Blut in den Adern erstarren. Die eigene Nichte...«

»Nein, nicht Onkel Vernon! Wenn Sie ihn näher kennen würden...«

»Er hat gut geschauspielert, Mary. Das ist schließlich sein Beruf. Dabei ist er in Wirklichkeit nur aus einem Grund nach Marleybone zurückgekehrt – wegen des Vermögens Ihres Vaters. Dann stellte er fest, daß Sie ihm im Weg standen...«

»Sie irren sich!« rief sie und wich vor ihm zurück.

»Begreifen Sie nicht, daß er alles geplant hat? Schon Ihre Schlaflosigkeit war ganz unnatürlich. Er muß Ihnen Koffein ins Essen und Trinken getan haben, um Sie zu überreizen, um in Ihnen das Bedürfnis nach ärztlicher Behandlung zu wecken.« Er ergriff ihren Arm.

»Lassen Sie mich los!« sagte sie. »Bitte, Bart!«

»Er arrangierte alles mit dem falschen Hypnotherapeuten. Vermutlich handelte es sich um einen Bühnenhypnotiseur, Mary. Er erzählte ihm von der gefährlichen Kurve an der Straße und arrangierte den kleinen Unfall.«

Sie mußte plötzlich an Onkel Vernons fotografische Expedition denken, wies aber die Schlußfolgerung weit von sich.

»Ich möchte ihn sehen«, sagte sie. »Ich möchte mit Onkel Vernon sprechen.«

»Ich kann Sie nicht fortlassen, Mary, so nicht. In Ihrem Gehirn schlummert noch die Halluzination. Es ist, als liefen Sie mit einer scharfen Bombe herum. Wir müssen das loswerden.«

»Wie denn?« fragte sie bedrückt.

»Sie müssen mir vertrauen. Ich möchte Sie ebenfalls hypnotisieren, Mary. Ich will versuchen, das verdammte Gespenst auszutreiben, verstehen Sie?«

Sie begann sich zu entspannen. »Ja«, sagte sie. »Ja, das könnten wir tun...«

»Du mußt mir vertrauen, Mary.«

»Ich vertraue dir, Bart«, sagte sie leise.

Mary kehrte zum Sofa zurück, und Bart zog die Jalousie herab.

»Und jetzt bleib ganz ruhig. Dudley hat bereits bewiesen, daß du ein gutes Medium bist, lehn dich zurück und entspann dich.«

Sie begann tief zu atmen.

»Richtig so. Hör deinen eigenen Atem an. Jetzt hörst du gar kein anderes Geräusch mehr, nur noch meine Stimme und deinen Atem. Deine Lider werden ganz schwer...«

Ihre Augen schlossen sich.

Er redete noch eine Weile auf sie ein und vertiefte damit ihre Trance.

»Du sollst dich später an alles erinnern, was jetzt geschieht, Mary«, fuhr er fort. »Wenn du erwachst, wirst du dich viel besser fühlen, weil du die Wahrheit weißt.« Er beugte sich vor. »Mary, wer ist Dr. Dudley?«

»Der Hypnotiseur.«

»Kannst du dich an die Dinge erinnern, die in seinem Büro geschahen?«

»Nein.«

»Er sprach von einem Straßenschild, nicht wahr? Er sagte dir, du würdest vor dem Schild einen Mann sehen.«

»Ja«, sagte Mary leise. »Einen Mann.«

»Der Mann würde dich erschrecken, er würde dich so sehr erschrecken, daß du ihn gar nicht anschauen könntest. Du müßtest die Hände vor die Augen heben. Hat er dir das gesagt, Mary?«

»Ja.«

»Du wirst diesen Mann nicht mehr sehen, Mary. Wenn du das nächstemal am Marleybone-Schild vorbeikommst, und alle weiteren Male, wird er verschwunden sein. Verstehst du, was ich dir sage?«

»Ja.«

Bart starrte ihr ins Gesicht, erleichtert über ihre gefügige Reaktion, doch noch immer verwirrt und unsicher.

»Mary, wer war der Mann? Wen hast du auf der Straße gesehen. Was hat dich so verängstigt?«

»Nein!« stöhnte sie. »Nein, ich kann darüber nicht sprechen...«

»Der Mann trug unter dem Mantel einen Schlafanzug, Mary. Warum das? Vielleicht, weil dein Vater einen Pyjama getragen hat? Während er krank war?«

Sie hatte zu schluchzen begonnen.

»*Mary, war der Mann auf der Straße dein Vater?* Antworte! Habe ich recht?«

»Ja!« schrie sie. »Es war Daddy!«

Mary zögerte, ehe sie den Schlüssel ins Schloß steckte. Dann betrat sie das Haus.

»Wer ist das da unten?«

»Ich, Onkel Vernon.«

Er trat oben an die Treppe und blickte herab. Sein Gesicht war ausdruckslos. *Bist du überrascht, Onkel Vernon?* dachte sie.

Er kam herab. Als er den Treppenabsatz erreicht hatte, war sein Gesicht rund vor Freundlichkeit. »Na na«, sagte er. »Dein Einkauf hat aber lange gedauert.«

»Tut mir leid«, sagte Mary. »Ich habe ein paar Freunde getroffen.«

»Oh, du brauchst mir keine Rechenschaft abzulegen, Püppchen. Ich habe mir selbst etwas zu essen gemacht. Ich gehe zum Wagen und hole die Sachen herein.« An der Tür blieb er stehen. »Muß ein angenehmes Fahren gewesen sein.«

»Ja«, sagte Mary. »Ja, es gefiel mir so gut, daß ich zurück den langen Weg genommen habe, über Holrood Hill.«

»Aha«, sagte Onkel Vernon. »Ja, das ist eine schöne Route.«

Mary ging ins Wohnzimmer und horchte auf Onkel Vernons Pfeifen, der die Einkaufstüten aus dem Wagen in die Küche brachte. Sie saß in einem Stuhl in der Nähe des Telefons und beobachtete erwartungsvoll den Hörer, forderte den Apparat auf zu klingeln.

Fünf Minuten später läutete das Telefon.

»Nun?« fragte Barts Stimme.

»Ach, guten Tag, Mr. Bogash«, antwortete Mary.

»Weiter«, sagte Bart. »Ich habe dich und Onkel Vernon aufgefordert, mich in meinem Büro zu besuchen.«

»Nun, das ist sicher möglich, Mr. Bogash. Ich muß natürlich noch meinen Onkel fragen...« Plötzlich konnte sie nicht weiter; sie fühlte sich völlig ohne Kraft. »Nein«, sagte Mary, »nein, ich schaffe es doch nicht...«

»Du mußt!« sagte Bart nachdrücklich.

»Es geht nicht! Wirklich, es geht nicht!«

»Wenn du es nicht tust, wirst du die Wahrheit nie erfahren!«

Sie zögerte, dann sagte sie: »Na schön, ich frage ihn – wenn Sie es für wichtig halten.«

Sie legte auf. Trotz seines Pendelverkehrs zwischen Garage und Speisekammer hatte Onkel Vernon sicher alles mitbekommen. Jetzt erschien er an der Tür. »Wer war denn das, mein Püppchen?« fragte er.

»Mr. – Mr. Bogash«, erwiderte Mary. »Der Anwalt. Es scheint da ein Problem mit Daddys Testament und dem Nachlaßgericht zu geben. Mr. Bogash möchte uns beide in seinem Büro sprechen, sobald es irgend geht.«

»Uns beide?«

»Ja, er will auch mit dir sprechen. Geht das in Ordnung?«

»Natürlich, Püppchen! Was du willst. Immer zu Diensten.«

Fünf Minuten später verließen sie das Haus. Mary setzte sich ans Steuer des Combi, und Onkel Vernon nahm neben ihr Platz und machte eine Bemerkung über die laue Luft des nahenden Abends und über seine Hoffnung auf einen herrlichen Sonnenuntergang zwischen den sanft gewellten Hügeln.

»Ein herrlicher Anblick«, sagte Onkel Vernon. »Ich habe die ganze Welt bereist – doch ein richtiger amerikanischer Sonnenuntergang ist mir am liebsten.«

Langsam fuhr sie in Richtung Montcalm. Ihre Hände hatten sich um das Steuer verkrampft.

»Ja, ich bin des Herumziehens müde«, fuhr er fort. »Ich habe beschlossen, mich endlich niederzulassen, Mary. Dies ist mein Zuhause, hier gehöre ich hin. Um mich hier wieder wegzubekommen, müßte man schon mit dem Brecheisen kommen.«

Sie fuhren an der Rückseite des Marleybone Schilds vorbei, und Onkel Vernon warf einen verstohlenen Blick darauf.

»Ich hoffe, daß es mit dem Nachlaß keinen Ärger gibt«, meinte er. »Sähe Ralph gar nicht ähnlich, ein unklares Testament zu hinterlassen.«

»Du hast Daddy in all den Jahren nicht ein einzigesmal geschrieben, Onkel Vernon?«

»Nein, Püppchen. Ich wußte, daß deinem Vater nicht einmal meine armseligen Briefe willkommen gewesen wären.« Er seufzte abgrundtief. »Nein, Ralph und ich sind leider überhaupt nicht miteinander ausgekommen. Für ihn war ich ein Versager, ein nichtsnutziger Herumtreiber.« Er zwang den warmen Ton in seine Stimme zurück. »Aber was geschehen ist, ist geschehen, Püppchen. Jetzt ändert sich alles. Über der alten Zeit geht die Sonne unter...«

Mit pochendem Herzen verlangsamte sie die Fahrt.

»O je!« rief sie. »Die Unterlagen!«

»Was?«

»Die Papiere, die Mr. Bogash mir zur Unterschrift geschickt hat. Ich sollte sie jetzt mitbringen!«

Onkel Vernon schnalzte mit der Zunge. »Wir sind doch schon halb da. Können wir die nicht ein andermal mitnehmen?«

»Nein, er sagte, es sei wichtig.« Sie bremste, lenkte den Combi in eine Hauseinfahrt und legte den Rückwärtsgang ein.

»Du fährst doch nicht etwa zurück?« fragte Onkel Vernon. »Es wird schon spät, Liebling, die Sonne geht unter.«

»Aber ich *muß* zurück. Mr. Bogash sagte, ich soll die Dokumente auf jeden Fall mitbringen. Ohne sie ist unsere Fahrt sinnlos.« Sie setzte auf die Straße zurück und beschleunigte. »Wir sind in zehn Minuten zu Hause; er wartet sicher auf uns.«

»Aber ich kann nicht warten, Püppchen, ehrlich. Ich

habe heute abend eine Verabredung. Ich treffe mich mit so einem Kerl im *Schwertfisch*...«

Entschlossen trat sie noch fester auf das Gaspedal, als gehe es ihr darum, möglichst schnell nach Hause zurückzukehren und ihren Fehler zu korrigieren. Die Nadel des Tachometers bewegte sich schnell über die Zahlen, und die Entfernung zwischen dem Wagen und dem Marleybone-Schild wurde immer kleiner.

»Ras nicht so, Liebling!« sagte Onkel Vernon keuchend. »Ich glaube, mir ist schlecht, Püppchen. Könnten wir nicht mal einen Augenblick halten?«

»Wir sind doch fast da«, sagte Mary.

»Halt an, Liebling, halt an!« sagte er flehend. »Ich bekomme keine Luft mehr! Mary, bitte!«

»Bald geht es dir besser«, sagte Mary und blickte starr auf die Straße. »Wir sind gleich da. Ich sehe schon das Marleybone-Schild...«

»*Halt an!*« kreischte er und zupfte an ihrem Arm. »Bist du verrückt geworden, Kind! Mary, ich sage dir, mir ist schlecht!«

»Ich seh's, Onkel Vernon, ich seh's!«

»Mary...«

»Da ist etwas auf der Straße«, sagte Mary und starrte mit zusammengekniffenen Augen in die Dämmerung. »Siehst du es auch? Sieht aus wie ein Mann.«

»Halt! Halt!« rief er. »Du bringst uns um, du bringst uns beide um!«

»*Da ist er! Da! Vor dem Schild!*«

Sie hörte ihn schreien und erlebte ein Gefühl, in dem hauptsächlich Zufriedenheit zum Ausdruck kam. Im nächsten Augenblick fummelte er am Türgriff herum; ein Luftstrahl fuhr ihr ins Gesicht, der Fahrtwind jaulte durch das Fahrzeug. Plötzlich war der Sitz neben ihr leer, und die bittere Zufriedenheit verflog, als sie erkannte, was Onkel

Vernon getan hatte, um dem Schicksal zu entkommen, das sie auf der gewundenen Straße erwartete.

Sie trat heftig auf die Bremse und brachte den Wagen mit kreischenden Reifen zum Stillstand. Dann stieg sie aus und rannte blindlings die Straße entlang. Mary sah kaum den Wagen, der am Straßenrand parkte, sie merkte kaum, daß sich Bart Hazelton bereits über die reglose Gestalt beugte, die auf dem Straßensplit lag.

»Warte!« sagte er, richtete sich auf und verstellte ihr den Weg. »Das ist kein Anblick für dich, Mary. Du hast heute schon genug gesehen.«

»Du hattest recht«, sagte sie. »Er drehte durch, als er das Schild kommen sah, Bart. Er dachte, wir würden in den Abgrund fahren, und sprang aus dem Wagen...« Sie sank gegen ihn und begann heftig zu schluchzen.

Bart drückte Mary an sich, bis die Tränen versiegt waren.

Eine Viertelstunde später traf die Polizei ein, und am nächsten Tag kehrte Sophie nach Marleybone zurück. Sie redete Mary nie wieder ins Gewissen, jedenfalls nicht wegen des Heiratens – aber das war schließlich gar nicht mehr erforderlich.

Letzte Abrechnung

4. Februar 1960

Liebe Mutter,

es tut mir leid, daß ich so lange nicht geschrieben habe, doch in der letzten Woche bin ich so sehr mit den Nerven runter gewesen, daß ich einfach keinen Stift in die Hand nehmen konnte. Ist nun schon gut ein Jahr her, daß Joe von der Polizei weg ist und im Ruhestand lebt, doch ich mach mir immer noch Sorgen wegen der miesen Verbrecher, mit denen er zu schaffen hatte. Du weißt ja, dic Kerle vergessen nie etwas, Mutter. Sie sind wie Elefanten, jedenfalls einige, und Joe hat in seiner Dienstzeit so viele hinter Gitter gebracht, daß ich langsam am Ende meiner Weisheit bin. Na, Du kannst Dir vorstellen, wie mir letzte Woche zumute war, als dieser schreckliche Brief kam. Ein Drohbrief ohne Unterschrift, doch Joe meint, er weiß, woher das Ding kommt, nämlich von Willy Luddock, der im Januar auf Bewährung rausgekommen ist. Du erinnerst Dich sicher an Willy Luddock, das war der Kerl, der wie ein Gorilla aussah und 1945 von Joe verhaftet wurde, weil er einen Schuhmacher umgebracht hatte. Gott allein weiß, warum man einem solchen Mann Bewährung gibt! Einem Mörder! Kaum hat Joe den Brief gesehen, da wußte er, daß Willy Luddock dahintersteckte. Noch vor einer Woche hatte er nämlich von ihm gesprochen und überlegt, ob es wohl Ärger geben würde.

Na, du kannst Dir vorstellen – als ich den Brief sah, bin ich fast gestorben vor Schreck. Darin stand, Joe hätte nicht mehr lange zu leben, er wäre bald dran und sollte schon mal zu beten anfangen. Aber Du kennst ja Joe,

Mutter, trotz seines Alters läßt er sich nicht ins Bockshorn jagen, er fluchte nur, wie es seine Art ist, und bekam schlechte Laune. Ich bat ihn, die Polizei zu informieren, oder wenigstens Sam Crawford, damit die ein bißchen aufpassen, aber er regte sich nur noch mehr auf und sagte, er könnte schon selbst auf sich achtgeben, und mich ginge das alles ja nichts an.

Na ja, Mutter, viel mehr gibt es nicht zu berichten. Der Drohbrief hat mich so durcheinandergebracht, ich kann an nichts anderes mehr denken. Eins weiß ich, kriegt Joe noch so ein Schreiben, bestehe ich darauf, daß er die Polizei einschaltet. Man hat ja schließlich Nerven! Aber mach Dir bitte keine Sorgen um mich und achte auf Deine Gesundheit. Ich wäre zu gern bei Dir, wo Du doch krank bist. Wenn Du nur hier wohnen könntest, wo ich Dich versorgen könnte, aber Du weißt ja, wie die Dinge stehen. Grüß Poochie und schreib mir, wenn Du Dich besser fühlst.

Martha

An J. Quinn –

Bulle, du hast nur noch wenige Tage zu leben. Bis dahin – träum süß!

Gnadenkiller

Lieutenant Sam Crawford
Morddezernat
12. Revier, Grandview

Lieber Sam,

Deine Frau scheint Dich wirklich unter dem Pantoffel zu haben. Wann nehmen wir beide uns mal ein paar Tage frei und machen einen drauf?

Aber ich schreibe nicht, um Dich von den Schürzenzipfeln Deiner Frau wegzulocken. Es geht um eine ernste Sache. Ich brauche Dir nicht erst zu sagen, daß sich jeder Polizeibeamte, wenn er nur einen Schuß Pulver wert ist, Feinde macht. Vor meiner Pensionierung habe ich mir eine Liste meiner Feinde zusammengestellt – die war so lang wie mein Arm. Jedenfalls habe ich vor einer Woche einen Drohbrief erhalten. Der Text war auf liniertem gelbem Papier geschrieben, mit sehr sauberen Blockbuchstaben. Gestern kam ein ähnlicher Brief.

Glaub mir, ich mache mir keine Sorgen. Wozu auch? Der Kerl, der mir diese Briefe schrieb, will, daß ich an den Fingernägeln knabbere und nervös werde – wahrscheinlich, ich sage: *wahrscheinlich* hat er gar nicht die Absicht, Ernst zu machen.

Mein einziger Fehler war es, Martha davon zu erzählen. Man sieht ihr an, daß sie kurz vor dem Zusammenbrechen steht. Schon als noch alles in Ordnung war, benahm sie sich, als stünde der Weltuntergang bevor, doch als der Brief kam, stellte sie sich dermaßen an, daß ich sie zum Arzt schicken mußte.

Ich glaube, ich kann die Sache schnell klären, denn ich habe so eine Ahnung, wer der Briefschreiber ist. Ich bin zu neunundneunzig Prozent sicher, daß Willy Luddock dahintersteckt, der 1945 einen Schuhmacher ermordete. Schon damals wurde gegen die sogenannte Polizeibrutalität polemisiert, und mit Hilfe eines der klügsten Anwälte des Landes sprang uns Willy fast von der Schippe. Na ja, jetzt sind fünfzehn Jahre herum, und die Gesellschaft hat den Killer wieder am Hals.

Am Tag, als das Urteil gesprochen wurde – ich werde diesen Augenblick nie vergessen –, wandte Willy sein Schlachtergesicht zu mir um und schwor, er würde mich umbringen, sobald er wieder heraus wäre. Lohnt es sich, einen solchen Schweinekerl rücksichtsvoll zu behandeln?

Ich hatte die Gelegenheit und das *Recht*, ihn niederzuknallen, ehe ich ihn verhaftete – jetzt tut es mir leid, daß ich es nicht getan habe.

Was kann Willy unternehmen? Ich lebe ziemlich einsam in einem Vorort. Es gibt genug Platz. Und ich habe noch immer meine Automatik. Er müßte sich zum Kampf Mann gegen Mann stellen, dabei ist doch bei Sauhunden wie ihm eines klar – sobald sie auf sich allein gestellt sind, kneifen sie.

Jetzt versteh mich richtig, Sam. Spring nicht in den brandneuen Ford, mit dem man euch heutzutage verweichlicht. Bleib sitzen, wo du bist. Ich will keine Hilfe. Ich wiederhole – keine Hilfe.

Ich bin ein alter Hase und habe meine altmodischen Methoden. Du mußt zugeben, Sam, die Polizei ist weich geworden. So wie die Schau heute läuft, würde man Willy eine gravierte Einladung zum Verhör schicken und einen Psychiater holen, der ihm das Händchen hält. Und schon würde sein schlauer Anwalt eine neue Brutalitätsklage gegen die Stadt einleiten.

Brutalität! Es ist soweit gekommen, daß eine der besten Waffen, die die Justiz je gehabt hat, wie etwas Schlimmes dasteht. Es bleibt unter uns, doch mit meiner rechten Hand habe ich mehr Geständnisse und Verurteilungen erreicht als mit langwierigen Verhören.

Na, jedenfalls lasse ich dich wissen, was passiert. Mach dir keine Sorgen, Sam.

Joe.

An J. Quinn –

Ich weiß, *wie* es dich erwischt. Ich weiß jetzt auch, *wann*. Da nützt dir dein ganzes Morddetzernat nichts!

Gnadenkiller

Lieutenant Sam Crawford
Morddezernat
12. Revier, Grandview

Lieber Sam,

ich weiß Dein Angebot zu schätzen, doch die Antwort lautet nein. Aus Willy ist kein Wörtchen herauszuholen, wenn Du ihn in einen Stuhl setzt und ihn mit Fragen statt mit Fäusten traktierst. Er würde dir die Fragen geradewegs zurückgeben, und dann? Nichts! Damit würdest Du ihm nur zeigen, daß ich mir Sorgen mache – und genau das will er ja. Er würde anschließend nach Hause gehen und gleich wieder seinen gelben Block zur Hand nehmen.

Ich füge Dir den letzten Brief bei, weil ich wirklich lachen mußte, als ich ihn las. Willy hat fünfzehn Jahre wegen Mord im Knast gesteckt und weiß nicht mal, wie man Morddezernat schreibt!

Jedenfalls hat mir ein Freund Willys Anschrift besorgt, und vielleicht kann ich ihm mal ein bißchen Grammatik beibringen. Ich hätte das gestern schon erledigt, nur hatte ich einen fürchterlichen Streit mit Martha wegen ihrer Mutter, die eine Woche bei uns wohnen sollte. Martha und ihre Mutter – o Mann! Jedenfalls hat mich dieser Streit auf eine Sauftour getrieben, die mir einen unheimlichen Brummschädel eintrug. Jetzt ist die Party aber vorbei, ich bin wieder fit. Morgen schaue ich bei Willy vorbei. Sein Brief klingt, als meint er es ernst, aber morgen spuckt er keine so großen Töne mehr!

Nun komm etwa nicht auf den Gedanken, mich aufhalten zu wollen, Sam. Wenn Du diesen Brief bekommst, ist zwischen mir und dem Saukerl alles bereinigt. Ich komme nächste Woche mal im Revier vorbei und erzähle Dir alles. Alles Gute, Sam. Joe

Aktennotiz 15. Februar 1960
Von Lieutenant Sam Crawford
An Inspektor G. Blankenship

George:

dies ist ein erster Bericht über den Luddock-Fall, und ich hoffe, wir können einige Details aus den offiziellen Unterlagen raushalten. Joe Quinn war ein zu guter Polizist, um bei seiner letzten Eintragung eine so schlechte Figur zu machen.

Die Tatsachen liegen folgendermaßen. Quinn hat im letzten Monat Drohbriefe erhalten und ermittelte ziemlich schnell den Schreiber: Willy Luddock, den Joe wegen Mordes an Harry Donzetti, einem Schuhmacher, eingebuchtet hatte, war kurz vor dem ersten Brief auf Bewährung freigelassen worden. Die Zeitungen hatten über Willys Freilassung berichtet, es war also kein Geheimnis. Luddock war sauer auf Joe, und zwei und zwei ergeben eins.

Ich muß mir vorwerfen, nicht schnell genug gehandelt zu haben. Joe hat mir nämlich geschrieben und von den Briefen berichtet. Doch als ich ihn aufforderte, die Angelegenheit uns zu überlassen, benahm er sich wie der alte, störrische Esel, der er seit jeher gewesen ist. Ich rechnete ehrlich gesagt nicht damit, daß wirklich etwas geschehen würde. Joe ist schließlich kein grüner Junge mehr, und schlimmstenfalls hätte er Luddock etwas hart rangenommen. Jedenfalls bin ich nie auf den Gedanken gekommen, er würde den Dienstrevolver mitnehmen.

Na, Du weißt ja, was passiert, wenn zwei Heißsporne aneinandergeraten. Joe spürte Luddock in einer heruntergekommenen Pension in der Stadt auf. Luddock stellte sich wegen der Briefe natürlich dumm, und Joe ging hart ran. Luddock hat sich wahrscheinlich gewehrt, denn plötzlich mischte die Kanone mit. Dies ist der Aspekt, den wir hoffentlich etwas herunterspielen können, denn in seiner dreißigjährigen Dienstzeit hat sich Joe Quinn nicht ein einzigesmal die Waffe abnehmen lassen. Diesmal aber passierte es. Luddock scheint bei der Zwangsarbeit zu Muskeln gekommen zu sein, während Joe wohl unter Marthas guter Küche gelitten hat. Ich weiß nicht, ob Luddock die Waffe benutzen wollte, aber Du kannst Dir vorstellen, daß es schließlich keine andere Möglichkeit mehr gab. Er betätigte den Abzug, als sich Joe auf ihn stürzte, und traf Joe in die Brust. Nach dem Bericht des Gerichtsarztes war er sofort tot.

Natürlich sind die Jungs hier ein bißchen nervös wegen der Sache und wollen Blut sehen. Ich glaube nicht, daß wir Schwierigkeiten haben, Luddock wieder auf Eis zu legen, doch genau genommen war es Notwehr, selbst wenn er die Briefe geschrieben hat, was er noch immer leugnet. Jedenfalls bekommst Du in einigen Tagen einen vollständigen Bericht.

Sam

Liebe Mutter,

vielen Dank für die Pflaumen. So wie ich mich seit Joes Tod gefühlt habe, war mir eigentlich nicht nach Essen, aber die Früchte waren so köstlich, daß ich nicht anders konnte.

Na ja, langsam beruhigt sich mein Leben hier wieder. Der Altwarenhändler war heute früh hier. Eine Schande, was er für die Möbel in Joes Zimmer bietet! Aber ich weiß, daß Du Dich im eigenen Bett wohler fühlst, und so muß es denn sein. Hast Du schon die Umzugsfirma angerufen?

Sam Crawford schrieb mir gestern und sagte, Willy Luddock ist wieder ins Gefängnis geschickt worden, allerdings nur für kurze Zeit. Kannst Du Dir etwas so Unfaires vorstellen? Jedenfalls machen Sie es an Joe wieder gut, indem Sie ihm nachträglich eine Medaille verleihen. Die hat er ja nun wirklich verdient. Schließlich hat er dreißig Jahre im Morddetzernat gearbeitet.

Ich kann es kaum noch erwarten, daß Du zu mir ziehst.

In Liebe,
Martha

Der Handschuhtäter

Eins läßt sich über die Tyrannei sagen: sie einigt ihre Opfer. In den Büros der Stackpole-Handschuhmanufaktur gab es selten Zwietracht; die Angestellten waren sich in ihrem Widerwillen gegenüber Ralph Stackpole einig, dem Präsidenten und Leitenden Direktor der Firma. Stackpole seinerseits wußte das, und es war ihm völlig egal. In seinem fünfzigjährigen Leben und in seinen dreißig Jahren in der Handschuhbranche hatte er sich eine goldene Regel zu eigen gemacht: Tu anderen an, was sie dir antun, aber *ehe* sie dazu kommen.

Der Tag, an dem Stackpole in seiner Firma einen Dieb entdeckte, begann durchaus erfreulich. Er hatte die sechs Querstraßen von seiner Wohnung zur Firma zu Fuß zurückgelegt, und der Januarfrost hatte seine runzligen Wangen mit einem beinahe freundlichen Schimmer überzogen. Beim Frühstück hatte er seine Frau nett behandelt und seine Sekretärin, die ihm die Post brachte, mit Höflichkeit. Blackburn, der Bürochef, dessen nervöse Art ihm eine stetige Quelle des Ärgers war, wurde sogar mit einem kleinen Lächeln begrüßt, als er das Heiligtum des Präsidenten betrat. Dieses Lächeln sollte aber nicht von Dauer sein.

»Ich verstehe das nicht, Mr. Stackpole«, meldete Blackburn. »Die bestellten 205-Modelle. Die Fabrik hat ein Dutzend Muster geschickt, wir haben aber nur noch elf...«

»Na, was soll ich dazu sagen?«

»Aber es geht nicht nur um die 205er, Mr. Stackpole. In letzter Zeit hat es öfter unerklärliche Bestandsdifferenzen gegeben. Es ist fast –« er zögerte einen Sekundenbruchteil lang und zuckte nervös mit den Lidern –, »als hätte da jemand lange Finger gemacht.«

Stackpole schnappte nach Luft. »Soll das heißen, ich werde bestohlen? In meiner Firma?«

»Nun, so wie die Handschuhe hier herumliegen, könnte jeder eine Schachtel im Mantel oder in der Aktentasche verschwinden lassen…«

Der Präsident stand auf, sein Zorn war eines Jupiters würdig. »Niemand nimmt mir etwas, hören Sie, Blackburn? Niemand! Finden Sie den Unhold, und zwar heute noch!«

»Ich?« fragte Blackburn zitternd. »Aber wie denn? Ich wüßte gar nicht, wie ich das anstellen soll!«

»Wissen Sie, wie viele Paare fehlen?«

»Nun, ich würde schätzen, sechs oder sieben.«

»Ja, und vielleicht sogar ein Dutzend. Oder zwei Dutzend! Wer weiß, was der Bursche noch geklaut hat! Briefpapier? Büroklammern? Meine Zigarren!« Er ließ den Deckel des Zigarrenbehälters aufschnellen. »Jeder kann hier rein und meine Zigarren klauen!«

»Natürlich könnte ich eine Aktennotiz verfassen…«

Stackpole schnaubte angewidert. »Raus mit Ihnen!« sagte er. »Keine Aktennotizen. Ich kümmere mich selbst um die Sache.«

Stackpole wählte eine ausgesprochen direkte Methode. Er zog einen Privatdetektiv namens Semple zu Rate und überließ ihm das Problem. Semple, ein untersetzter kleiner Mann, der an die Probleme stressgeplagter Manager gewöhnt war, hörte aufmerksam zu und fragte schließlich:

»Wie ernst ist die Lage denn wirklich, Mr. Stackpole? Soweit ich mitbekommen habe, geht es um einen Warenwert von nicht mehr als fünfzehn Dollar. Kommt das etwa hin?«

»Es geht ums Prinzip«, sagte Stackpole gemessen. »Mir nimmt niemand etwas, Semple! Und schon gar kein Angestellter!«

»Haben Sie eine Vorstellung, wer der Schuldige sein könnte?«

»Jeder kommt in Frage!« knurrte Stackpole. »Die Leute haben alle etwas Verschlagenes. Vielleicht meine eigene Sekretärin. Oder eine Mitarbeiterin im Postausgang. Oder vielleicht dieser Nichtsnutz Fred Cotter.«

»Wer?«

»Cotter? Mein Designer. Junger Mann. Junggeselle mit vielen Freundinnen. Vielleicht tragen die jetzt alle meine Handschuhe. Cotter hat mir nie gefallen.«

»Warum haben Sie ihn dann nicht hinausgeworfen?«

»Er versteht sein Handwerk«, antwortete Stackpole widerwillig. »Wenn er dranbleibt, ist er der Beste in der Branche, aber die Hälfte der Zeit ist er gar nicht im Büro. Er behauptet, er wäre im ›Studio‹, aber das weiß ich besser. Würde mich nicht überraschen, wenn er der Dieb wäre.«

»Na, ich würde da nicht zu voreilig urteilen«, sagte Semple mäßigend. »In dieser Situation baut man am besten eine Falle auf.«

»Eine Falle? Was für eine Falle?«

»Ich habe diese Methode in einigen der größten Firmen des Landes angewendet, und zwar mit großem Erfolg. Man könnte sagen, die Langfinger treten damit deutlich zutage!« Er lachte leise und warf einen sehnsüchtigen Blick auf Stackpoles Zigarre.

»Was ist zu tun?«

»Ganz einfach. Zu einem Zeitpunkt Ihrer Wahl verschaffe ich Ihnen ein feines schimmerndes Puder, das bestimmte Hafteigenschaften aufweist. Wir bestäuben damit mehrere Handschuhkästen und verteilen sie strategisch im Büro, an Orten, wo die Versuchung besonders groß ist.

Sobald wir dann wissen, daß der Dieb wieder zugeschlagen hat, führen wir zielstrebig unsere Ermittlungen durch.«

»Ermittlungen?«

»Ja. Wissen Sie, das Leuchtpulver befindet sich dann an den Händen des Täters, ist aber nur im Dunkeln sichtbar. Mit normaler Seife läßt es sich nicht abwaschen. Auf diese Weise wird er unweigerlich entlarvt, als hätte er eine Tätowierung.«

»Kapiert!« sagte Stackpole kichernd. »Ich brauche also die Leute nur in ein abgedunkeltes Zimmer zu bringen und nach leuchtenden Händen zu suchen.« Er lehnte sich in seinem Drehstuhl zurück, und seine Augen hatten ebenfalls zu leuchten begonnen. »Eine tolle Idee, Semple. Wann kann es losgehen?«

»Ich könnte heute abend alles vorbereiten.«

»Moment«, Stackpole riß den Hörer von der Gabel und rief seinen Bürochef an. »Blackburn? Ist damit zu rechnen, daß morgen jemand fehlt?«

»Nein, Sir!«

»Ganz sicher nicht? Fred Cotter wird hier sein?«

»Ja, Sir, soweit ich weiß, sind morgen alle hier.«

»Schön«, sagte Stackpole und legte auf. Dann grinste er den Detektiv an. »Zigarre?« fragte er.

Als die Büroräume am Abend verlassen dalagen, bauten Stackpole und sein Privatdetektiv die große Falle auf. Der Präsident der Firma kicherte entzückt, während Semple die Handschuhkästen mit dem weißen Pulver bestäubte, und wunderte sich, daß das Mittel kaum zu sehen war. Er bestand darauf, das Pulver auch auf seinen Zigarrenbehälter zu streuen; weiter wollte Semple aber nicht gehen. Zu Hause beschrieb Stackpole die Vorbereitungen seiner Frau; sie hatte ihn noch nie so überschäumend begeistert erlebt.

Am nächsten Tag blieb Stackpole in seinem Privatbüro;

die Türen öffneten sich nur zur Mittagszeit. Von Zeit zu Zeit erkundigte er sich bei Blackburn, ob auch das gesamte Personal anwesend war. Bis auf eine Sekretärin, die von außerhalb etwas besorgen mußte, einen Lagerarbeiter, der mit einem entzündeten Zahn zum Arzt mußte, und einen »Studio«-Besuch Fred Cotters, der zwei Stunden dauerte, gab es keine Ausfälle.

Es wurde vier Uhr nachmittags. In Stackpole wuchs die Sorge, daß sein Plan ins Wasser fallen könnte, daß sich der Dieb ausgerechnet an diesem Tage ehrlich gab. Der Firmenchef war viel zu ungeduldig, um sich auf eine lange Laueraktion einzulassen: er wollte sein Opfer *sofort*. Eine Viertelstunde später sah es so aus, als käme der Erfolg doch noch.

Blackburn rief an.

»Mr. Stackpole?« fragte er gedämpft. »Ich habe eben die Probestapel bei der Buchhaltung noch einmal durchgezählt. Eine Schachtel fehlt.«

»Sind Sie sicher?« fragte Stackpole und riß sich die Zigarre aus dem Mund. »Haben Sie sorgfältig gezählt?«

»Mehrmals. Vorher waren es vierundzwanzig Schachteln, jetzt nur noch dreiundzwanzig.«

Stackpole hieb mit der Hand auf den Tisch. »Sind alle da?«

»Jawohl, Sir. Mr. Cotter ist vor etwa einer halben Stunde zurückgekehrt, es sind alle im Büro.«

»Pünktlich zehn vor fünf sollen sich die Leute im großen Konferenzzimmer versammeln, ohne Ausnahme!«

»Jawohl, Sir!«

Stackpole konnte kaum noch an sich halten; kein noch so gewinnträchtiger Geschäftsabschluß hatte ihn je so erregt. Inzwischen hatte er Semples Anteil an dem Plan vergessen und bildete sich allen Ernstes ein, er sei selbst darauf gekommen.

Zehn Minuten vor fünf fanden sich die Angestellten im fensterlosen Konferenzzimmer ein; sie zogen mürrische Gesichter. Eine Betriebsversammlung dieser Art bedeutete normalerweise eine Zorntirade, einen lahmen Weihnachtsspruch gegen Ende des Jahres oder einen negativen Bericht über die Gewinnentwicklung. Einige Mädchen aus dem Schreibzimmer kicherten, und Fred Cotter, der hemdsärmelig auftrat, hatte ein schiefes Grinsen aufgesetzt.

Stackpole begab sich an die Stirnseite des Konferenztisches.

»Ich erbitte Ihre Aufmerksamkeit«, sagte er sachlich und ließ damit das letzte Scharren und Hüsteln verstummen. »Ich habe Sie heute wegen eines kleinen Experiments zusammengerufen. Sie alle bleiben bitte stehen, wo Sie sind, und strecken die Hände aus.« Er machte es vor – die Handflächen nach oben, die Finger gestreckt.

Verwirrtes Stimmengemurmel klang auf, die Anwesenden zögerten.

»Na, worauf warten Sie noch?«

Die Hände wurden vorgestreckt.

»Bitte das Licht aus, Mr. Blackburn«, sagte Stackpole.

Blackburn ging zum Lichtschalter und bewegte ihn. Es wurde dunkel im Zimmer, und in das überraschte Schweigen hallte ein nervöses Kichern.

»Mr. Stackpole?«

Blackburns Stimme. Stackpole blickte in seine Richtung, und das Triumphgefühl, das in ihm aufstieg, sprengte beinahe sein Hemd. Denn am Ende des Raums schwebten zwei grellschimmernde Hände.

»Licht an! Licht an!« rief Stackpole, drängte sich durch die Menge und packte den Arm des Übeltäters.

Fred Cotter starrte ihn blinzelnd an. »Was ist denn los? Was habe ich getan?«

»Sie waren es also wirklich!« sagte Stackpole begeistert.

»Ich wußte es doch! Ich wußte es! Sie haben sich wohl gedacht, Sie kämen damit durch – Sie dachten, Sie könnten mich hereinlegen...«

»Wovon reden Sie eigentlich?«

»Mr. Cotter, würden Sie mir bitte den Inhalt Ihrer Aktentasche zeigen?«

»Wie bitte?«

»Nein, so dumm sind Sie sicher nicht. Wahrscheinlich haben Sie die Handschuhe längst weitergegeben, habe ich recht? Bei einem Ihrer ›Studio‹-Besuche!« Stackpole fuhr zu seinem Bürovorsteher herum. »Blackburn, stellen Sie Mr. Cotter seinen Gehaltsscheck aus. Er ist fristlos entlassen.«

»Sie setzen mich auf die Straße?« Cotter blickte seine Kollegen flehend an, die es aber nicht wagten, Mitgefühl zu zeigen. »Das begreife ich nicht!«

»Sie haben mich bestohlen! Sie haben die Firma bestohlen! Leugnen Sie es nicht!«

Cotters Gesicht rötete sich. »Na schön, ab und zu hab ich ein Paar genommen. Ich habe darin nichts Falsches gesehen...«

»Das scheint mir auch so. Nun, dann lassen Sie sich sagen, daß mich niemand ungestraft bestiehlt, Mr. Cotter. Nur schade, daß Ihnen das nicht klar war. Sie können Ihren Schreibtisch sofort räumen; ich will Sie morgen nicht mehr hier sehen.«

Stackpole machte kehrt und starrte die übrigen aufgebracht an. Dann entspannte sich sein Gesicht.

»Gute Nacht allerseits«, sagte er.

Stackpole verbrachte den Rest des Abends in seinem Büro und holte die Arbeit nach, die er im Laufe des Tages versäumt hatte. Da es für das Abendessen zu Haus zu spät geworden war, aß er allein in seinem Klub. Als er schließlich in die Wohnung zurückkehrte, war es bereits nach elf Uhr, und seine Frau ging gerade zu Bett.

»Du hast aber lange gearbeitet«, sagte sie und streifte sich das Nachthemd über. »Wie ist dein Experiment gelaufen?«

»Bestens«, antwortete Stackpole lachend. »Und weißt du, wer der Dieb war? Dieser Nichtsnutz Fred Cotter!«

»Cotter? Dein Designer?«

»Genau; du hast ihn letzten Monat bei der Weihnachtsfeier kennengelernt. Der ewige Grinser. Aber heute abend habe ich sein Lächeln ausgelöscht. Ich habe ihm gezeigt, daß mir niemand etwas wegnimmt!«

Zufrieden ächzend kroch er ins Bett und schaltete die Nachttischlampe aus. Als er sich herumrollte, sah er auf dem nackten Rücken seiner Frau den schimmernden Handabdruck.

Verlorene Hoffnung

Clara begrüßte Dr. Rush an der Tür und sah in seinen Augen den Ausdruck, dem sie neuerdings überall begegnete – ein entrücktes Desinteresse an der Umwelt. Der Besuch zeigte aber, daß Dr. Rush weitermachte, daß er auf seinen gewohnten Pfaden zwischen den Kranken der Gemeinde wandelte, daß er wie immer Pillen verschrieb und die Brust abhorchte und sich barsch für oder gegen Leibesertüchtigung oder Bettruhe oder eine Diät aussprach. Er gehörte zu jener Sorte Mensch, die unter allen Umständen den gewohnten Trott beibehielt, im Gegensatz zu jenen, die alles mit einem Achselzucken abtaten, oder jenen, die sich am liebsten verkrochen hätten – das waren die drei Gruppen, die sich in der Bevölkerung herausgeschält hatten, seitdem der bevorstehende Weltuntergang bekannt geworden war.

»Danke, daß Sie gekommen sind«, sagte Clara. »Vielen Dank, Harold. Sie haben sicher viel zu tun…«

Rush brummte vor sich hin. »Viel zu tun? Na ja, das ist wohl richtig. Ein paar Leute wollen vor dem großen Ende tatsächlich noch geheilt und beruhigt werden – fragen Sie mich nicht, warum.«

Seine Worte bedrückten sie sichtlich, und er fügte hastig hinzu: »Achten Sie nicht auf mein Geschwätz, Clara. Sie wissen ja, wie ich so rede. Die Hoffnung stirbt nie, heißt es…«

»Hoffnung?« fragte Clara betäubt und versuchte sich an die Bedeutung des Worts zu erinnern.

Sie gingen zusammen ins Schlafzimmer. Clara hob eine der Jalousien an, um ein wenig Licht in den dunklen

Raum zu lassen. Die Dunkelheit, das wußte sie, diente nicht dem Mann im Bett, sondern ihr. Es war einfach zuviel, in das verwandelte Gesicht des sanftmütigen Mannes zu schauen, den sie vor achtunddreißig Jahren geheiratet hatte, seine erstarrten Gesichtszüge sehen zu müssen, in seine sanften braunen Augen zu blicken und dort nur auf Eiseskälte zu stoßen. Folglich hielt sie das Zimmer dunkel und ersparte sich den Anblick Dr. Ernest Kissingers, ihres geliebten Mannes.

»Wie lange geht es ihm schon so?« fragte Rush energisch und ergriff das dünne Handgelenk.

»Seit Mittwoch. Er hatte die ganze Nacht im Labor gearbeitet und nicht einmal Bescheid gegeben, daß er Überstunden machen würde. Wäre wohl auch sinnlos gewesen, so wie das Telefon funktioniert...«

»Ja«, sagte Rush. »Und weiter?«

»Gegen sieben Uhr früh kam er nach Hause, da war sein Gesicht schon so versteint wie jetzt. Er taumelte, war aber wenigstens noch auf den Füßen. Ich redete ihn an, während er sich auszog und ins Bett legte, aber er antwortete nicht. Ich schaute dann erst um vierzehn Uhr wieder nach ihm – vielleicht wollte er ja etwas essen. Dabei wurde mir klar, wie schlimm es um ihn steht.«

Rush richtete einen dünnen Lichtstrahl auf die Augen des Mannes. »Hat er überhaupt Nahrung zu sich genommen?«

»Ich habe ihm etwas Suppe eingetrichtert, aber das ist alles.«

Rush seufzte und wandte sich zu ihr um. »Sie wissen sicher, was er hat, Clara. So überaus rätselhaft kann Ihnen das nicht vorkommen.«

»Ja, aber...«

»Seitdem die große Nachricht heraus ist, haben wir schon tausend Fälle von Katatonie gehabt. Das war zu erwarten. Sobald die Wissenschaftler die große Wahrheit bestätigten, sobald es keinen Zweifel mehr geben konnte, daß das Ende bevorsteht, ergriffen Menschen die Flucht und versteckten sich in sich selbst, suchten Schutz im eigenen Körper wie in einem Luftschutzbunker, der sie vor der Wahrheit schützen könnte.«

Clara begann zu weinen. Sie hatte in den letzten Stunden bereits viele Tränen vergossen, aber sie weinte.

»Sobald es Gewißheit gab«, sagte Rush verträumt, »sobald die letzte Prozentziffer hinter dem Komma feststand und es nichts anderes mehr gab, als zu warten...«

»Hoffnung!« sagte Clara und versuchte dem Wort Leben einzuhauchen. »Man muß immer hoffen, Doktor.«

»Diesmal nicht, Clara. Und das wissen Sie auch. Die Strahlung ist bereits zu stark. Es kann nur noch wenige Wochen dauern, vielleicht sogar nur Tage. Die Katastrophe läßt sich nicht mehr verhindern.« Er richtete sich auf. »Arbeit ist das einzige, was einem bleibt, Clara, und vielleicht ein wenig Würde.«

»Mein armer Ernest!« schluchzte Clara und legte den Kopf auf seine Brust. »Wenn es nur einen anderen Weg gäbe! Sterben zu müssen, ohne meine Stimme noch einmal zu hören, ohne mich noch einmal zu sehen...«

Rush öffnete sein Köfferchen. »Vielleicht gibt es tatsächlich eine Möglichkeit, Clara. Wenn Sie wollen, kann ich versuchen, ihn ins Bewußtsein zurückzuholen, wenigstens für kurze Zeit.«

Sie ergriff seine Hände. »Wirklich, Doktor? Wäre das möglich?«

»Versuchen kann ich es.«

Er nahm eine Injektionsspritze aus dem Koffer und steckte die Nadel in eine winzige Flasche mit Gummiverschluß. Dann rollte er dem Patienten den Ärmel hoch und wischte ein Stück Haut mit alkoholdurchtränkter Baumwolle ab. Dann gab er die Injektion.

Dr. Ernest Kissingers Atem wurde schneller.

»Ich hätte es nie für möglich gehalten, daß Ernest so auf die Nachricht reagieren würde«, sagte Rush leise. »Ich dachte, er würde bis zur letzten Minute weiterarbeiten...«

»Ja. Ja, das hätte zu Ernest gepaßt. Als er die Nachricht hörte, war er entsetzt wie wir alle. Aber am Abend arbeitete er noch.«

»Jetzt ist er völlig apathisch«, sagte Rush kopfschüttelnd. »Warum, Ernest, warum, alter Freund?«

Der Mann im Bett bewegte sich und stöhnte; Schweiß schimmerte auf seinem Gesicht.

»Er kommt zu sich!« rief Clara.

»Warten Sie. Noch nicht. Vielleicht klappt es ja gar nicht.«

Die Augen gingen auf.

»Ernest!«

Der Patient blickte zwischen seiner Frau und seinem Arzt hin und her, dann schloß er die Augen wieder und stöhnte.

»Ernest, hören Sie mich? Hier spricht Harold. Können Sie meine Worte verstehen, Ernest?«

Der Mann im Bett nickte.

»Sagen Sie etwas, Ernest. Versuchen Sie zu sprechen.«

Die Augen wurden wieder geöffnet, richteten sich auf einen Punkt in der Unendlichkeit. Dann gingen die trockenen Lippen auf und bewegten sich, ohne daß etwas zu hören war. Langsam, schmerzhaft rührten sich auch die Stimmbänder, brachten Laute hervor.

»Ich ... ich...«

»Ja, Ernest, wir hören«, sagte Dr. Rush. »Was wollen Sie uns sagen?«

Dr. Ernest Kissingers Stimme war heiser und stockend.

»Ich habe ein Mittel gegen den Krebs gefunden«, sagte er.

Graben tut not

Lorna Powell taten Knie, Rücken und Arme weh, doch sie war sehr, sehr glücklich. Ihr rundlich-faltenloses Gesicht unter dem breitkrempigen Strohhut zeigte einen Ausdruck freudiger Konzentration. Ihre Rheumaschmerzen nahmen dem Spaten, der sich in die lockere Gartenerde biß, nichts von seinem Schwung. Sie dachte an Tulpen.

»Guten Morgen, Mrs. Powell«, sagte der Briefträger und stützte sich auf den Jägerzaun. »Sind noch immer dabei, wie?«

»Ja, Mr. Forbes«, antwortete Lorna munter. »Haben Sie gesehen, wie die Petunien angehen? Es liegt an der vielen schönen Sonne.«

»Ihnen ist da wirklich ein Wunder gelungen«, sagte Mr. Forbes und lachte leise. »Wally Birch, dem das Haus vorher gehörte, hatte nur Unrat im Garten. Das Grundstück sah aus wie ein Schuttabladeplatz. Sie haben sicher viel fortschaffen müssen.«

»Ja, alle möglichen Sachen.« Lorna lächelte großzügig. »Ich habe Mr. Birch seit der Hausübernahme nicht gesehen. Soweit ich weiß, lebt er irgendwo in der Stadt.«

Der Postbote stieß ein Brummen aus. »Ja, über Keelys Bar oder im Gefängnis. Ich freue mich, Sie auf meiner Runde zu haben, Mrs. Powell, ehrlich.«

»Vielen Dank«, sagte Lorna.

Als der Postbote gegangen war, gönnte sie sich eine kurze Ruhepause und grub dann energischer denn je weiter. Sie hatte das Stück bereits gedüngt, aber der Boden hätte noch dunkler sein können; die jahrelange Vernachlässigung und Entfremdung durch den Müll hatten ihn geschwächt. Noch immer lagen alte Dosen, Zeitungsfetzen, rostige Nägel und anderer Abfall unter der Oberfläche – und die unvermeidlichen Steine, gegen die der Spaten immer wieder klirrte. Jetzt gab es wieder so ein Geräusch, und sie schnalzte mit der Zunge und bemühte sich, das Hindernis zu entfernen.

Ihr Fund war ein seltsam weißer Stein. Sie lockerte die Erde ringsum, bis sich das Gebilde herauslösen ließ. Sie nahm es hoch, stand auf und betrachtete die seltsame Form, die leeren Höhlungen, aus denen einmal menschliche Augen geschaut haben mußten.

Ein Schädel.

Lorna ließ das Gebilde fallen. Es rollte grotesk über den Boden, und sie unterdrückte einen Schrei. Nach kurzer Überlegung tat sie das einzig Vernünftige. Sie bückte sich und nahm den schrecklichen Fund wieder auf; sie hatte Gartenhandschuhe an. Die Augen halb geschlossen, trug sie den Schädel zu ihrer Abfallkiste und ließ ihn hineinfallen.

Die Entdeckung hatte sie so sehr aufgeregt, daß sie nicht weitergraben konnte. Sie warf einen letzten hilflosen Blick auf den Garten und ging ins Haus, um sich mit einer Tasse Tee zu stärken.

Am Nachmittag schaute Lorna in Heathers Geschenkladen im Dorf vorbei. Heather war ebenfalls Gartenliebhaberin, doch heute hatte Lorna nicht nur Samen und Tulpenzwiebeln im Sinn. Sie näherte sich dem Tresen, und Heather, eine ungelenke alte Jungfer mit einer großen Brille vor blitzenden Augen, lächelte ihr freundlich entgegen. »Hallo, liebe Lorna«, sagte sie. »Was macht der Garten?«

»Ach, dem geht es wohl gut«, sagte Lorna geistesabwesend und musterte einige Zinnkrüge.

»Das hört sich ja nicht gerade begeistert an. Hast du wieder Ärger mit dem Rücken?«

»Das bin ich gewohnt.« Aus den Augenwinkeln warf sie einen Blick auf den einzigen anderen Kunden im Laden und senkte die Stimme. »Heather, hast du mir nicht neulich von Mr. Birch erzählen wollen? Du weißt schon, der Mann, von dem ich das Haus gekauft habe!«

Heather runzelte die Stirn. »Birch! Hmph! Über den könnte ich dir so manches erzählen, aber bis jetzt hatte ich den Eindruck, daß du dich nicht sonderlich dafür interessierst. Ich weiß nicht, was mit dir los ist, Lorna, ich finde jedenfalls, daß das Leben in einem solchen Städtchen durch den Klatsch erst schön wird.« Sie lachte leise und fügte hinzu: »Was willst du wissen?«

»Nun, mir war, als hättest du etwas von seiner Frau gesagt...«

»Die ist tot«, stellte Heather tonlos fest. »Sie ist eines frühen Morgens mit dem Boot hinausgerudert, und das Boot kam leer zurück. Das weißt du doch, oder?«

»Ich weiß, daß er letztes Jahr Witwer geworden ist. Vermutlich hat er sich deshalb entschlossen, das Haus zu verkaufen.«

»Man hat nur die Leiche seiner Frau nicht gefunden. Der See soll zu tief sein. Jedenfalls hat man ein paar Tage mit Netzen nach ihr gesucht, dann gab man es auf.«

»Ist das die Zeit –« Lorna zögerte empfindsam –, »als Mr. Birch zu trinken anfing?«

»Der?« Heather lachte laut. »Dafür brauchte Wally Birch nie einen Vorwand. Der hat schon gesoffen, als seine Frau noch lebte. Ein Wunder, daß er überhaupt noch Kundschaft findet.«

»Was macht er denn beruflich?«

»Wenn er überhaupt arbeitet, hilft er als Handwerker aus. Ich habe mir von ihm einmal ein paar Regale anbringen lassen, und das hat er ganz ordentlich gemacht. Hinterher roch der Laden einen Monat lang nach Schnaps.«

Sie musterte Lorna mit zusammengekniffenen Augen. »Sag mal, warum interessiert dich das so plötzlich? Er hat dich doch nicht etwa belästigt?«

»Nein«, sagte Lorna hastig. »Ich habe ihn seit Monaten nicht mehr gesehen. Ich wollte es nur eben – wissen.«

»Na, wenn du noch mehr erfahren willst, brauchst du nur Pauley im Lebensmittelladen zu fragen. Er weiß über alle Leute in der Stadt Bescheid. Dabei heißt es, *Frauen* seien schwatzhaft. Wie findest du die Krüge, Lorna? Sie kosten bloß einen Dollar fünfzig und sind aus echtem Zinn.«

Mr. Pauley wandte sich von den Glastüren des Kühltresens ab; er kaute eine Scheibe Schinken.

»Habe Sie ja seit Tagen nicht mehr gesehen, Mrs. Powell. Man erzählt mir, Sie machen aus Ihrem Garten ein richtiges Schmuckstück.«

»Ja, ich arbeite daran«, antwortete Lorna lächelnd. »Oh, ich brauche frischen Tee, Mr. Pauley. Übrigens«, sagte sie leichthin, als er zum Regal ging, »eine Freundin hat mir vorhin so einiges über die Birchs erzählt. Die beiden waren doch Kunden von Ihnen, oder?«

»Ab und zu. Weniger, wenn sie nicht bezahlen konnten, was alle paar Monate der Fall war, man konnte förmlich die Uhr danach stellen.«

»Bedauerlich, die Sache mit Mrs. Birch, meinen Sie nicht? Daß sie so umgekommen ist, hat den armen Mann sicher schrecklich mitgenommen...«

»Wally mitgenommen?« Der Kaufmann lachte. »Er war *erleichtert*, sie los zu sein. Ehrlich, die beiden haben sich schlimmer gestritten als zwei Hunde um einen Knochen. Jeden zweiten Abend warf sie eine seiner übelriechenden Pfeifen aus dem Fenster – und ihn hinterher.« Er knallte den Teekarton auf den Tresen. »Wegen Wally brauchen

Sie sich keine Sorgen zu machen. Seit ihrem Tod hat er nur noch gefeiert.«

»Es war doch aber ein – rätselhafter Tod, nicht wahr?«

»Verschiedene Leute sind nicht der Meinung«, sagte Mr. Pauley und lehnte sich verschwörerisch vor. »Einige Leute – damit will ich nicht behaupten, daß ich dazu gehöre, schließlich ist Wally Birch ein Freund von mir – einige Leute meinen, das Ganze war kein Unfall. Wally soll seine Hand mit im Spiel gehabt haben.«

»Himmel!« sagte Lorna atemlos. »Sie sprechen doch nicht etwa von – Mord?«

»Manche Leute denken nun mal so«, meinte Mr. Pauley ernst.

Lorna war einigermaßen schockiert, als sie den Laden verließ. War Wally Birchs Haß auf seine Frau eine Erklärung für die besondere Farbigkeit ihrer Tulpen, für die ungewöhnliche Frische der Petunien? Ein schrecklicher Gedanke, von dem sie sich schnell mit vernünftigeren Überlegungen ablenkte. Konnte der Schädel ein Überbleibsel von den Indianern sein, ein Fossil aus längst vergangenen Zeiten? Wozu voreilige Schlußfolgerungen ziehen, die doch nur dazu führen konnten, daß die Polizei mit Spitzhacken und Schaufeln in ihrem Garten ausschwärmte und ihre ganze Arbeit und ihre Chancen bei der Blumenschau zunichte machte?

Ins Haus zurückgekehrt, zog sie die Arbeitshandschuhe an und holte erschaudernd den Schädel aus der Abfallschachtel. Am besten tat sie das Ding in die Besenkammer und wartete auf eine bessere Gelegenheit, die Polizei zu verständigen. Vorsichtig und mit abgewendeten Augen legte sie den Fund in einen Eimer, deckte ihn mit schmutzigen Lappen zu und ging ins Wohnzimmer, um sich mit der Lektüre des Samenkataloges abzulenken.

Als es einige Minuten später klopfte, war sie so erschrocken, daß sie den Katalog fallen ließ.

Sie öffnete die Tür und sah sich einem schmutzigen und unrasierten Wally Birch gegenüber, der mit brutal vorgerecktem Kinn und hochgezogenen Schultern vor ihr stand. Er trug einen alten Arbeitsanzug voller Farbflecken und saugte energisch an einer schmutzigen alten Pfeife.

»Ich will mit Ihnen reden«, knurrte er.

»Ich ... ich...«

»Kann ich reinkommen oder nicht?«

Sie trat zur Seite, und er stampfte an ihr vorbei, wobei er auf dem Teppich deutliche Fußstapfen hinterließ. Eine Rauchwolke wallte aus dem Pfeifenkopf empor; der Gestank war beinahe zuviel für Lorna.

»Wie ich höre, fragen Sie in der Stadt rum«, sagte er. »Was soll das? Sie haben dieses Haus für verdammt wenig Geld gekauft. Das gibt Ihnen nicht das Recht, die Nase in meine Angelegenheiten zu stecken!«

»Das stimmt nicht, Mr. Birch. Wenn es in dieser Stadt jemanden gibt, der sich nur um sich selbst kümmert, dann ich.«

»Nun, dann lassen Sie mich in Ruhe! Wenn Sie irgendwas auf dem Herzen haben, können Sie ja *mich* fragen.«

»Es besteht keine Veranlassung, unfreundlich zu sein. Ich habe heute zum erstenmal von Ihrer Tragödie erfahren, da war ich natürlich neugierig. Warum auch nicht?«

Er trat dicht vor sie hin, begleitet von einem üblen Geruch nach Tabak und Whisky. »Hören Sie, Lady. Es könnte eine noch schlimmere Tragödie geben, wenn Sie weiter herumschnüffeln. Ich sage es Ihnen ein für allemal: Lassen Sie schlafende Hunde ruhen! Die Frauen haben mir schon genug Ärger gemacht!«

»Ich bitte Sie, Mr. Birch!« Sie war entsetzt.

Er hob eine riesige Faust und hielt sie ihr unter die Nase.

»Wenn Sie nicht Ruhe geben, mach ich Sie fertig, hören Sie? Und zwar richtig!«

Er machte kehrt und verließ das Haus. Sie blieb nach Luft schnappend zurück.

Als sie wieder zu Atem gekommen war, öffnete sie als erstes die Fenster; das Herz schlug ihr noch immer bis in den Hals. Als zweites rief sie Letitia Daley an, um sie um Rat zu bitten. Letitia war Mitglied im Gartenklub, ihr Bruder war der Sheriff. Da Letitia nicht zu Hause war, führte der Anruf zu einer Entscheidung. Lorna setzte ihren besten Strohhut auf, zog Lederhandschuhe über und machte sich daran, Wally Birch hinter die kräftigsten Gitter der Stadt zu bringen.

Sheriff Daley war ein kleiner Mann mit freundlichen blauen Augen und einem schimmernden Schädel, auf dem hier und dort blonde Haare sprossen. Lorna saß vor seinem überladenen Schreibtisch und kam sofort zur Sache.

»Ist es nicht zutreffend«, fragte sie, »daß viele Leute annehmen, Wally Birch habe seine Frau umgebracht?«

Daley runzelte die Stirn. »Sie haben einen davon vor sich, Mrs. Powell. Dieser Fall hat mir die größte Enttäuschung meines Lebens eingebracht. Ich *weiß*, daß er vom Temperament her zu der Tat fähig war, daß er Motiv und Gelegenheit hatte. Ich glaube, er hat sie umgebracht, aber verlangen Sie nicht von mir, den Beweis anzutreten. Sind Sie wegen Wally Birch hier?«

»Ja, wegen Wally Birch – und vielleicht wegen des Beweises, den Sie suchen.«

Daley lächelte ungläubig. »Ernsthaft?«

»Ich habe den Beweis, keine Sorge.« Sie strich ihren Rock glatt. »Aber aus bestimmten Gründen, Sheriff, kann ich Ihnen noch nicht sagen, worum es sich handelt. Eine kleine Weile müssen Sie sich noch gedulden.«

Er sah sie verwirrt an. »Haben Sie etwas in seinem Haus gefunden? Einen Brief? Blutflecke?«

»Das kann ich Ihnen noch nicht sagen.«

»Sie *können* nicht?« fragte Daley gereizt. »Und was soll ich nun unternehmen, Mrs. Powell?«

»Ihn natürlich einsperren.«

»Soll das ein Witz sein, Mrs. Powell? Ich kann Birch nicht aufgrund eines Beweises ins Gefängnis stecken, den ich gar nicht habe. Wenn Sie wirklich etwas gefunden haben, bestehe ich darauf, daß Sie es mir übergeben!«

»Das geht nicht«, sagte sie entschlossen und dachte an ihre schönen Blumen, die sie so mühevoll für die Blumenschau hochgepäppelt hatte.

»Mrs. Powell, Sie helfen mir wirklich nicht weiter...«

»Na, können Sie ihn nicht wenigstens dafür einsperren, daß er mich bedroht hat? Das hat er nämlich getan. Heute nachmittag erst.«

»Birch hat Sie bedroht? Weshalb denn?«

»Weil ich herumgefragt habe – deshalb. Er sagte mir, ich sollte damit aufhören, sonst würde es Ärger geben. Können Sie ihn nicht dafür ins Gefängnis stecken?«

Daley seufzte. »Es tut mir leid, Mrs. Powell, das genügt nicht. Am besten sagen Sie mir alles, was Sie wissen. Sonst sind mir die Hände gebunden.«

»Aber er könnte mir – etwas antun!«

»Um so wichtiger ist es, daß Sie offen sprechen!«

Lorna stand auf. Eine Sekunde lang war sie unentschlossen, ob sie es ihm sagen sollte oder nicht. Wenn sie jetzt alles erzählte, würde ihr Garten am nächsten Tag unter der Suche nach dem Rest von Mrs. Birch zu leiden haben. Wenn sie nichts sagte – wenigstens bis nach der Blumenschau...

»Tut mir leid, Sheriff. Ich wollte Ihnen keine Rätsel auftischen, aber Sie wissen ja, wie Frauen manchmal sind. Trotzdem vielen Dank.«

Sie verließ das Büro und stieß im Korridor beinahe mit Mr. Pauley zusammen. Der Kaufmann zog den Hut, lächelte ölig und deutete auf eine Tüte mit Lebensmitteln auf der Bank. »Meine übliche Lieferung für die Gefangenen, Madam«, sagte er. »Freut mich, Sie wiederzusehen.«

»Guten Tag, Mr. Pauley«, sagte Lorna steif.

Einsamkeit oder Dunkelheit hatten Lorna noch nie etwas ausgemacht, ihr langes Witwendasein hatte sie an beides gewöhnt. In dieser Nacht aber hielt sich der Gestank von Wally Birchs Tabak im Vorderzimmer und erinnerte sie aromatisch an Gewalt und Gefahr. Sie versuchte den Geruch zu verdrängen, indem sie ein Blech schwarze Walnußkekse buk, eine List, die bis zum Zubettgehen funktionierte. Doch als sie Anstalten machte, die Lichter auszumachen und nach oben zu gehen, wurde an die Haustür gehämmert.

Ihr Herz bildete das Echo zu den lauten Schlägen, als Lorna die Tür öffnete. Diesmal hatte Wally Birch die Pfeife vergessen; nach dem übermächtigen Gestank, der ihn umgab, auf einem Bartresen. Seine Augen waren glasig und blutunterlaufen. Er war betrunken und konnte kaum noch gehen; er torkelte ins Haus, und Lorna stieß einen Angstschrei aus.

»Alte Hexe!« knurrte er. »Du alte Schnüffeltante! Hab ich nicht gesagt, du sollst mich in Ruhe lassen?«

Sie wich in das Zimmer zurück, zu verängstigt, um an seine Vernunft zu appellieren. »Ich habe Ihnen nichts getan – bitte lassen Sie mich in Ruhe...«

»Glauben Sie wirklich, ich lasse Ihnen das durchgehen? Wie?«

»Raus!« befahl sie mit zittriger Stimme. »Verlassen Sie das Haus, Mr. Birch! Ich möchte Sie hier nicht haben!«

»Sie sind zu den Bullen gegangen, ja?« fauchte er. Dann machte er einen Riesenschritt, schwankte und wäre beinahe umgefallen. »Sie haben den Bullen alles über mich erzählt!«

»Bitte gehen Sie!«

»Pauley hat es mir gesagt«, fuhr er fort. »Pauley hat gehört, was Sie dem miesen Daley erzählt haben. Sie haben also etwas *gefunden*, ja?« Er lachte bellend. »Na schön, her damit...«

»Das stimmt nicht! Ich habe nichts gefunden!«

»Lüg mich nicht an!« brüllte er. »Her damit, sonst schlag ich dir den Schädel ein!«

Er nahm etwas vom Tisch, um seine Drohung zu unterstreichen; erst hinterher erkannte Lorna, daß es sich um ihr Souvenir von der Weltausstellung handelte. Sie hob die Arme und zog den Kopf ein.

»Sie haben Sie also wirklich umgebracht«, wimmerte sie. »Sie haben Ihre Frau getötet...«

»Und dich murkse ich auch ab!« brüllte er. »Ich bringe dich um, du altes Scheusal! Du bist wie sie! Genau wie sie!«

»Bitte, Mr. Birch, nein! Bitte, bitte...«

Er machte einen unsicheren Schritt auf sie zu, und Lorna schrie auf. Die Folgen dieses Schreis überraschten Lorna mehr als Birch. Die Haustür platzte auf. Birch drehte sich schwerfällig um und starrte mit verständnislos blinzelnden Augen auf die uniformierte Gestalt, die ins Zimmer stürmte. Der Beamte hatte nicht einmal die Waffe gezogen; er strahlte eine solche Autorität aus, daß Birch die Hand mit dem Messinggebilde senkte und langsam den Kopf schüttelte, eine flehentlich-unterwürfige Geste.

»Ich habe nichts getan«, murmelte er. »Ehrlich, ich hab nichts getan...«

»Gott sei Dank!« schluchzte Lorna und lief zu dem Polizisten. »Gott sei Dank, daß Sie mich gehört haben...«

Der Beamte berührte sie am Arm. »Schon gut, Mrs. Powell, ich halte schon seit einer Stunde vor Ihrem Haus Wache. Sheriff Daley hat mich beauftragt, in den nächsten Nächten auf Ihr Haus aufzupassen, er meinte, daß Sie vielleicht Schutz brauchten.« Er starrte düster auf Birch. »Und wie ich sehe, hatte er recht.«

»Er hat seine Frau umgebracht!« sagte Lorna und deutete mit zitterndem Finger auf den Mann. »Er hat es zugegeben. Er hat sie umgebracht...«

»Na, Sie wird er jedenfalls nicht mehr belästigen.« Der Polizist packte Birch am Arm und drängte ihn zur Haustür hinaus. »Ich übergebe ihn dem Sheriff.«

Früh am nächsten Morgen standen einige Wolken am Himmel, doch gegen acht Uhr kam die Sonne durch und bestrahlte den Garten. Lorna stand um halb zehn Uhr auf und kam zu dem Schluß, daß sie genug geruht hatte. Sie zog sich an, verzehrte ein leichtes Frühstück und machte sich wieder an ihre Gartenarbeit.

Als Sheriff Daleys Wagen vor dem Jägerzaun hielt, blickte sie von ihren Pflanzen auf und strich sich das Haar aus den Augen.

»Guten Morgen, Mrs. Powell«, sagte Daley fröhlich. »Tut mir leid, daß ich gestern abend nicht mehr mit Ihnen sprechen konnte, aber wir hatten ziemlich viel zu tun.«

Sie stand auf. »Ich möchte Ihnen danken, daß Sie den netten Beamten vor mein Haus gestellt haben. Der Himmel mag wissen, was geschehen wäre, wenn...«

»Nun, dank Ihnen ist ziemlich viel geschehen.« Der Sheriff stützte sich auf den Zaun. »Wally Birch hat gestern abend ein Geständnis abgelegt. Nach so langer Zeit wissen wir endlich die Wahrheit. Er hat seine Frau tatsächlich ermordet.«

»Wie schrecklich!« sagte Lorna. »Ich bin froh, daß alles vorbei ist...«

»Das einzige, was mir zu schaffen macht, ist Ihr Fund, Mrs. Powell. Weshalb waren Sie so sicher, daß es ein Mord war?«

»Wenn ich es Ihnen sage – werden Sie dann nicht meinen Garten umgraben? Wenigstens nicht bis zur Blumenschau?«

»Ihren Garten umgraben? Ich verstehe nicht, was Sie meinen.«

»Sie werden es gleich verstehen«, sagte Lorna seufzend. »Einen Augenblick.«

Sie eilte in die Besenkammer und holte den Schädel.

»Hier«, sagte sie und reichte dem Sheriff das scheußliche Ding. »*Deshalb* war ich von einem Mord so überzeugt. Ich hab's gestern im Garten gefunden.«

Er zog die Stirn kraus und drehte das Gebilde in der Hand.

»Komisch«, sagte er. »Birch hat zugegeben, seine Frau getötet zu haben – aber er behauptet, er hätte sie ertränkt.«

Langsam drehte er den Schädel in den Fingern, als suche er etwas. Plötzlich drückte er gegen die Schädeldecke. Es dauerte eine Weile, bis ein Spalt erschien, dann hob sich der gerundete Knochen an einem kleinen Scharnier.

Daley griff in die Höhlung des Schädels und betastete die winzigen trocken-schwarzen Flocken.

»Pfeifentabak«, sagte er. »Dies ist ein alter Tabakbehälter, Mrs. Powell.«

Die Dame und der Jüngling

Sie waren sehr verschieden, Edwina Bowen und ihr Mann, verschieden sogar im Schlaf. In seinem Bett am Fenster lag Al Bowen wie ein toter Krieger, die mächtige Brust von tiefen Atemzügen geschwollen. Düsenmaschinen mochten über das Dach dröhnen, Busse mochten durch Schlaglöcher poltern – nichts konnte seinen Schlaf stören. Edwina dagegen, bleich wie das Mondlicht, das durch das Fenster hereindrang, wälzte sich murmelnd und stöhnend im Bett und kämpfte gegen die Nacht.

Plötzlich stellte sie den Kampf ein und richtete sich auf.

Sie öffnete die Augen und starrte in die Dunkelheit.

Ohne mit den Lidern zu zucken, zog sie die Bettdecke zur Seite.

Ihre kleinen Füße schoben sich lautlos in die Pantoffeln neben dem Bett. Mit steifen Bewegungen stand sie auf und setzte sich in Bewegung.

Lautlos tapste sie über den Teppich zur Kommode. Ihre Hände umfaßten die Knöpfe der zweiten Schublade und zogen sie heraus.

Eine Hand griff hinein und hob ein sauber gefaltetes Hemd.

Die andere griff zu und nahm einen 45er-Automatic-Revolver heraus.

Edwina schloß die Schublade wieder.

Lautlos machte sie kehrt und ging zu dem Bett vor dem Fenster. Am Fußende blieb sie stehen und blickte mit starren Augen auf ihren schlafenden Mann.

Langsam hob sie die Waffe.

Sorgfältig richtete sie den Lauf auf seinen Kopf.

Al Bowen schlief.

Sie drückte ab.

Die Waffe machte *klick*.

Sie senkte die Automatic und drehte sich um. Sie ging zur Kommode und zog die zweite Schublade auf. Sie schob das frisch gebügelte Hemd zur Seite und legte die Waffe darunter. Dann schloß sie die Schublade und kehrte zu ihrem Bett zurück. Sie stellte die Pantoffeln darunter und ließ sich unter die Decke gleiten. Sie schloß die Augen und schlief.

Tief und zufrieden.

Am nächsten Morgen knallte sich Al die Butter auf den Toast und murrte, als die Menge nicht ausreichte.

»Tut mir leid«, sagte Edwina und stand auf. »Ich glaube, ich habe noch ein Viertelpfund im Eisschrank.«

»Schon gut, schon gut«, brummte Al. »Dazu hab ich keine Zeit mehr. Was ist denn mit dir?«

»Mir ist nicht gut«, antwortete Edwina leise. »Ich weiß nicht, was es ist. Dabei bin ich früh zu Bett gegangen, aber mir kommt vor, als hätte ich überhaupt nicht geschlafen...«

»Wenn du nicht so lange gelesen hättest...«

»Ich habe um halb zwölf das Licht ausgemacht. Du hast schon geschlafen.« Als er den Stuhl zurückschob und nach seiner Jacke griff, fragte sie: »Al, bist du heute abend zu Hause? Du hast gestern von Albany gesprochen.«

»Albany ist morgen«, antwortete er barsch. »Warum bedrängst du mich so, Schätzchen? Willst du mich aus dem Haus haben? Wahrscheinlich kommt heute wieder der kleine Bertie zum Unterricht, ja?«

Sie seufzte und setzte sich wieder. »Fang nicht schon wieder damit an. Natürlich kommt Bertram; er hat noch fünf Stunden. Er macht großartige Fortschritte, Al. Du solltest dir das mal anhören.«

»Dein Klavierspiel reicht mir. Manchmal bereue ich, daß wir das verdammte Ding gekauft haben.«

»Sag das nicht. Du weißt doch, das Unterrichtshonorar können wir gut gebrauchen.«

»Soll das heißen, ich verdiene nicht genug?«

»Nein, natürlich nicht! In diesem Jahr war deine Provision aber nicht...«

»Na schön, wir haben Rezession, ist das meine Schuld? Ich stehe noch viel besser da als die meisten anderen Vertreter bei uns. Vielleicht erreiche ich im firmeninternen Wettbewerb sogar den vierten Platz. Wie fändest du das?«

»Das wäre nett«, meinte Edwina.

»Wo ist mein Musterkoffer?« fragte Al und entdeckte das gute Stück an der Wand. Er griff danach, setzte sich den Hut auf und wandte sich zu ihr um. »Denk daran. Ich bin heute zur normalen Zeit zurück. Da sollte dein kleiner Bertie aus dem Haus sein, sonst ziehe ich ihm die Ohren lang.«

»Al!«

Er schnaubte spöttisch durch die Nase. »Hältst du mich für blind? Ich weiß doch, daß das Jüngelchen ein Auge auf dich geworfen hat, Schätzchen. Am liebsten würde ich ihm mal eine Lektion erteilen, die aber nichts mit dem Klavier zu tun hat.«

»Er ist doch nur ein Junge – noch nicht mal zwanzig...«

Halb amüsiert, halb angewidert blickte er sie an. Dann marschierte er aus dem Zimmer, wobei sein Musterkoffer gegen den Türrahmen knallte. Als er fort war, kam ihr das Haus bemerkenswert ruhig und friedlich vor.

Bertram Mosse hatte einen exquisiten Chopin-Anschlag, und Edwina hörte sich seine Übungen nicht als Lehrerin an, sondern als Zuhörerin. Bei den aggressiveren Passagen schienen ihn die dünnen Finger jedoch im Stich zu lassen, und er blickte hilflos zu ihr auf.

»Hier verfranse ich mich immer«, sagte er leichthin. Ein seltsamer Schimmer lag um seinen blonden Kopf – das Licht des Wohnzimmerfensters.

»Egal, Sie spielen wundervoll«, sagte Edwina. »Sie sind nur ein bißchen schüchtern beim *fortissimo* – das schaffen Sie schon noch.«

Er blickte auf die Tastatur. »Nicht nur dort bin ich schüchtern – Edwina.«

»Beschränken wir unser Gespräch auf die Musik, Bertram.«

»Das will ich aber nicht. Sie wissen, worüber ich mit Ihnen sprechen möchte. Sie wissen das seit der ersten Stunde.«

Ihre Hand lag auf dem Klavierrand. Er legte seine Finger darüber. Sie wehrte ihn nicht ab.

»Edwina, wir können unsere Fehler nicht ewig vor uns herschieben. Wir müssen etwas dagegen unternehmen, wir müssen sie tilgen und neu beginnen.«

»Sie reden Unsinn!«

»Sie wissen, wovon ich rede. Sie gehören eigentlich nicht in dieses Haus, Edwina, nicht zu *ihm*. Sie sind eine schöne und sehr empfindsame Frau...«

»Eine Frau«, sagte sie sanft. »Eine Frau, Bert, und kein Kind.«

»Sie halten mich für ein Kind?«

Ihre Augen füllten sich mit Tränen, und sie legte den Arm um seinen goldenen Kopf und drückte ihn an ihre Brust.

»Nicht«, sagte sie. »Sprechen Sie nicht davon. Die Lage ist schon schlimm genug. Darüber reden macht alles nur schlimmer.«

»Geben Sie mir einen Kuß, Edwina?«

Sie lächelte ein wenig spöttisch und gab ihm einen leichten Kuß auf den Mund. Dann wandte sie sich ab und konzentrierte sich auf ihre Noten.

Bertram stieß ein kurzes Freudenlachen aus und stürzte sich energisch auf die Klaviertasten.

In der Nacht regnete es heftig, und das beständige Rauschen auf dem Dach und am Fenster ließ Al Bowen noch tiefer schlafen als sonst. Er schnarchte, sein Mund war ein klaffender Kreis, der Körper lag hingestreckt auf dem Bett, die Decke war zur Hälfte verrutscht.

In dem anderen Bett kämpfte Edwina Bowen unruhig wimmernd mit der Nacht.

Plötzlich war sie ruhig.

Sie richtete sich auf und starrte mit leerem Blick ins Dunkle. Dann trat sie in Aktion.

Sie zog die Decke zur Seite, ließ die Füße in die Pantoffeln gleiten und ging lautlos zur Kommode.

Sie zog die zweite Schublade auf, nahm das Hemd fort, das die Waffe bedeckte, und hob die Automatic heraus.

Langsam brachte sie sie ans Fußende von Al Bowens Bett.

Sie hob die Waffe und zielte damit auf seine breite Brust.

Sie drückte ab.

Die Waffe machte *klick*.

Sie senkte die Waffe, legte sie wieder in die Schublade und legte sich beruhigt schlafen.

Das Geräusch zuknallender Schubladen und klickender Schlösser weckte sie. Sie fuhr hoch und sah, daß ihr Mann mit Packen beschäftigt war und dabei mürrisch vor sich hin brummte.

»Tut mir leid«, sagte sie. »Du hättest mich wecken sollen, Al.«

»Glaubst du, ich hätte es nicht versucht?« fragte er gereizt. »Du wußtest genau, daß ich den Frühzug erreichen muß – jetzt hast du noch nicht mal den Kaffee aufgestellt.«

Hastig stieg sie aus dem Bett und versuchte ihre Pantoffeln anzuziehen; dabei begann sie zu taumeln. Im letzten Moment hielt sie sich fest.

»Mir ist schon wieder so komisch«, sagte sie. »Als hätte ich überhaupt nicht geschlafen…«

»Morgen abend bin ich zurück«, sagte Al und knallte den Koffer zu. »Die Firma hat mir Finlays zugeteilt, den neuen Laden. Das bedeutet mindestens fünfzig oder sechzig Scheine mehr.«

»Das ist ja wunderbar…«

»Ja.« Er starrte sie mit zusammengepreßten Lippen an. »Fünfzig Piepen sind mehr, als du für zehn Unterrichtsstunden bekommst. Du sagst also Bertie, er soll sich verzischen.«

»Das meinst du doch nicht im Ernst!«

»Und ob! Wir brauchen sein mieses Geld nicht. Er kommt mir nicht mehr ins Haus!«

»Aber es geht nicht nur um das Geld! Ich habe dem Jungen wirklich *helfen* können, Al. Ich kann ihn nicht einfach so fallen lassen.«

»Und ob du das kannst! Wenn ich den mondäugigen Knilch noch mal im Haus erwische, kriegt er eins in die Kiemen! Ruf ihn an und sag ihm, daß der Unterricht beendet ist. Begriffen, Edwina? Der Unterricht ist beendet!«

Sie saß auf der Bettkante und blickte zu Boden.

»Das ist nicht fair, Al. Das ist nicht fair!«

»Wem gegenüber?«

Er trat vor sie hin und beugte sich über sie.

»Wem gegenüber ist das nicht fair?« fragte er. Seine muskulösen Hände griffen zu und zerrten sie hoch, doch sie wich seinem Blick aus. »Was ist?« brüllte er. »Kannst du mir nicht mal mehr in die Augen sehen? Was ist hier eigentlich los?«

»Nicht, Al, bitte...«

»Hör mal, hältst du mich für einen kompletten Idioten? Glaubst du, ich weiß nicht, was hier so passiert? Urplötzlich bist du scharf auf Poesie und Bücher und solche Sachen. Redet ihr beiden über solche Sachen? Hör mal, wofür hältst du mich?« Seine Hände verkrampften sich um ihren Arm, wollten ihr absichtlich Schmerz zufügen. Als Edwina nicht protestierte, ließ er enttäuscht los.

»Na schön«, sagte er tonlos. »Ruf den kleinen Bertie an und kündige ihm, wie es sich gehört. Erwische ich ihn noch mal im Umkreis von fünfzig Metern vom Haus, prügele ich den Chopin aus ihm raus...«

Er schnappte sich den Musterkoffer und sein Reisegepäck. Dann verließ er das Schlafzimmer, nicht ohne mit dem Koffer am Türrahmen anzustoßen.

Als Al fort war, brach sie in Tränen aus. Sie versuchte sich zu fassen und ging zum Telefon. Bertrams Mutter meldete sich und reagierte einigermaßen kühl. Bertrams Stimme dagegen war voller Verständnis und Wärme.

»Edwina! Nett von Ihnen, daß Sie anrufen...«

»Das werden Sie gleich nicht mehr sagen«, begann sie. »Ich muß die Stunde heute leider absagen. Es tut mir leid, Bertram.«

»Alles in Ordnung? Sie haben gestern nicht besonders gut ausgesehen.«

»Mit mir ist alles in Ordnung. Es ist nur ... na ja, mein Mann möchte nicht, daß ich weiter Unterricht gebe. Er ist in der Firma sozusagen befördert worden und meint...« Das Schweigen in der Leitung war schmerzlich. »Bertram?«

»Ich höre. Ihr Mann will mich nicht mehr im Haus haben, ist es das?«

»Nein – das nicht. Er mag es nur nicht, daß ich arbeite. Sie wissen ja, wie altmodisch er ist.«

»Ich weiß, was er ist.«

»Es tut mir leid«, sagte sie gequält. »Wirklich schrecklich leid. Dabei machen Sie so gute Fortschritte. Sie werden eines Tages ein guter Pianist sein. Ich hoffe, daß Sie sich weiter ausbilden lassen, bei jemand anders, meine ich.«

»Ich will aber niemand anders, Edwina! Ich will Sie!« Seine Stimme nahm einen geheimnisvollen Ton an. »Hören Sie, Edwina, muß er denn Bescheid wissen? Er ist doch sowieso meistens weg. Wenn wir einfach weitermachten – wie sollte er es jemals erfahren?«

»Bitte, Bert, das ist unmöglich!«

»Ich möchte Sie besuchen, Edwina. Ich muß Sie besuchen.«

»Nein!«

»Edwina, bitte...«

Um nicht in Versuchung zu kommen, legte sie hastig auf.

Am gleichen Abend gegen zehn Uhr saß Edwina im Nachthemd vor dem Piano, die Hände über die Tasten gebreitet, lautlos. Nach kurzem Zögern, fast ohne Willensanstrengung, begannen die Finger zu spielen. Die leisen, perlenden Töne brachten Schönheit und Melancholie ins Zimmer. Es war zuviel – sie hörte auf zu spielen.

Plötzlich klopfte es.

Sie öffnete und sah sich Bertram Mosse gegenüber. Das goldene Haar fiel ihm wirr ins Gesicht, warf einen Schatten über seine glühenden Augen.

»Edwina«, flüsterte er. »Ich habe es nicht mehr ausgehalten...«

Sie starrte ihn ohne Zorn, ohne Vorwurf an. Dann nahm sie ihn an der Hand und führte ihn wie ein blindes Kind ins Haus, die Tür hinter ihm schließend. Einen Augenblick lang standen sie mitten im Zimmer und starrten sich an. Dann ging Bertram zum Klavier und machte Anstalten, sich zu setzen. Edwina huschte an ihm vorbei und senkte den Deckel.

»Nein«, sagte sie. »Nicht jetzt.«

Er nahm sie in die Arme.

Fast eine Stunde verging, ehe er sich dann doch noch an die Tasten setzte. Seine Musik war leicht und melodisch und wagemutiger als je zuvor. Sie lauschte entzückt; es war wie eine Liebeserklärung.

Als die letzten Akkorde verklangen, ging die Tür auf. Al Bowen knallte den Musterkoffer gegen den Türrahmen und trat ein.

Edwinas Hände zuckten hoch, eine verräterische Geste. »Al«, sagte sie.

Bertram starrte auf die Tasten und drehte sich nicht um.

Al Bowen atmete keuchend wie ein Drache. Sein Atem roch leicht nach Alkohol. Er verbreitete eine Atmosphäre des Hasses. Mit lautem Geräusch landete der Musterkoffer auf dem Teppich. Al ballte die Fäuste und atmete keuchend.

Dann machte er einen Schritt vorwärts, und Edwina sagte: »Al, warte...«

»Aufstehen«, sagte Al im Flüsterton zu dem Jüngling. »Steh auf, du...«

Bertram gehorchte und drehte sich um, unsicher errötend und wieder erbleichend.

Als rechte Hand wurde zu einem geballten Projektil. Es knallte gegen das Hemd des Jungen, raffte gierig Stoff zusammen. Dann zerrte Al den anderen heran und atmete ihm seinen Zorn in das bleiche Gesicht. Die linke Hand wurde zur Peitsche, knallte über die Wange des Jünglings, eine rote Spur hinterlassend.

»Al!« kreischte Edwina. »Tu ihm nichts!«

Ihr Mann schüttelte den jungen Mann, packte den schmalen Körper an einem Arm und wirbelte ihn hin und her. Zuletzt drängte er ihn zur Tür, öffnete sie und schob ihn hinaus. Bertram sperrte sich und versuchte Widerstand zu leisten, die Augen voller Tränen, die Stimme gebrochen vor Protest und Scham. Aber Al war zu stark. Er schleuderte ihn in die Dunkelheit hinaus und knallte die Tür zu.

»Bleib von meinem Haus fern!« brüllte er. »Bleib hier weg, oder ich bringe dich um!«

Dann wandte er sich zu Edwina um.

»Bin zurückgekommen«, sagte er überflüssigerweise. »Der Chef des Ladens war gestorben, da hat man Finlay für den Rest des Tages zugemacht. Aus Respekt. Respekt!« Er lachte bitter.

»Bitte laß mich erklären, Al.«

»Nicht nötig.«

Er drängte sich an ihr vorbei ins Schlafzimmer.

Edwina setzte sich ans Klavier, ohne Tränen, ohne einen Gedanken an die Situation.

Nach einer Weile wußte sie, daß Al nicht zurückkehren würde. Langsam stand sie auf und ging zur Schlafzimmertür. Sie machte auf und trat ein. Ihr Mann hatte den Schlafanzug angezogen und stieg eben ins Bett.

»Müde«, sagte er mit schwerer Zunge. »Erschöpft...«

»Al, wollen wir nicht darüber sprechen?«

»Morgen.«

Sie zog den Hausmantel aus und ging zu ihrem Bett. Als sie das Licht ausmachte, hörte sie ihren Mann leise lachen.

»Hast du sein Gesicht gesehen? Ich habe ihm einen Mordsschrecken eingejagt.«

»Du verstehst den Jungen nicht, Al. Er will uns nichts Böses. Die Musik liegt ihm am Herzen...«

Al richtete sich auf und starrte sie aus zusammengekniffenen Augen an.

»Ich weiß, was ihm am Herzen liegt«, sagte er. »Und meine Worte vorhin waren ernst gemeint. Wenn sich der kleine Bertie hier noch einmal sehen läßt, puste ich ihm das Gehirn aus dem Kopf!«

»Das glaube ich einfach nicht!«

»O doch!« sagte Al und ließ sich auf das Kissen fallen. »Erinnerst du dich an meine alte Armee-Automatic? Nun, die habe ich eben geladen. Und denk nur nicht, daß ich sie nicht benutze, Edwina. Bilde dir das ja nicht ein!«

Er seufzte zufrieden und drehte das Gesicht zum Kissen. Schon nach fünf Minuten war er eingeschlafen.

Bei Edwina dauerte es etwas länger.

Willkommen in unserer Bank

Sternlein, Sternlein am Himmelszelt, ich wünsche mir das Schönste auf der Welt, gebe, daß die First Central Bank ausgeraubt wird! dachte George Picken und betrachtete den hellen Lichtpunkt, der über Southwick Corners durch die Wolken schimmerte. Es war ein Kinderreim, den er seit Jahren aufsagte, etwa seit dem Tag vor sechs Jahren, da er als stellvertretender Kassierer bei der Bank anfing. Inzwischen war er ein voll ausgebildeter Kassierer mit einem eigenen Messing-Namensschild und einer eigenen Kassenbox. Früher hatte er geglaubt, damit seien alle Wünsche seines Lebens erfüllt, doch er sollte schnell merken, daß das nicht stimmte. Arbeit oder Titel waren gar nicht so wichtig. Viel mehr zählte das Geld, das da frisch und grün und vielversprechend knisternd durch seine Hände wanderte und wenig gemein hatte mit der bescheidenen Zuwendung, die er jede zweite Woche von der First Central erhielt. Manchmal waren seinen geschickten Fingern bis zu *fünfzigtausend Dollar* anvertraut, fünfzigtausend grünschimmernde Eintrittskarten zu den Freuden und Annehmlichkeiten der weiten, strahlenden Welt außerhalb von Southwick Corners.

George war ein Bothwick-Schüler, was bedeutete, daß er das Geld nicht selbst stehlen konnte. Bothwick-Schüler, die Abgänger dieser beliebten und gepriesenen Schule, bekamen eingetrichtert, daß Diebstahl Unrecht war. Noch nie war ein Bothwick-Schüler wegen Diebstahls verhaftet worden. Die drei, die man – in dieser Reihenfolge – auf dem elektrischen Stuhl hingerichtet, gehenkt und zu lebenslangem Zuchthaus verurteilt hatte, zählten in dieser

Statistik nicht. *Stehlen* tat kein Bothwick-Schüler. Abgesehen davon gab es drei Menschen auf der Welt, die George nicht enttäuschen durfte. Der erste war Mr. Burrows, der Bankpräsident, der ihm den Job verschafft hatte (und selbst Bothwick-Schüler war). Der zweite war Tante Finney, die George mit Ehrlichkeit, brauner Seife und weichgekochtem Essen großgezogen hatte. Die dritte Person war Jennifer, die George vermutlich heiraten würde, wenn er endlich ein Datum festsetzte.

Nein, George Picken wußte, er würde es nie fertigbringen, die dicken Geldbündel, die ihm anvertraut waren, einfach zu nehmen. Aus diesem Dilemma führte eigentlich nur ein Ausweg. Die First Central mußte überfallen werden. Er dachte ständig daran, besonders wenn er die Morgenzeitung aufschlug und Berichte über Banküberfälle in allen Teilen des Landes darin fand. Bankraub wurde ja förmlich zum nationalen Zeitvertreib, zu einer Art Volkssport, einem neuen Beruf! Heutzutage raubte jedermann Banken aus! Nicht nur Berufsverbrecher mit Waffen, Gasmasken und Fluchtwagen kamen zum Abheben. Kleine Omas schoben den Kassierern Drohbriefe hin, pubertäre Jünglinge entkamen mit vielen tausend Dollar Beute, krasse Amateure leerten Kassenboxen von Maine bis Kalifornien. In Amerika gab es kaum eine Bank, die nicht schon überfallen worden war, überlegte George mürrisch. Rühmliche Ausnahme war natürlich die First Central Bank von Southwick Corners. Was stimmte mit dieser Bank nicht? Hatte sie eine Art monetären Ausschlag? Ließen sich angehende Übeltäter von den bloßen vier Millionen Dollar Aktiva der Bank abschrecken? Oder hatten sie Angst vor Mr. Ackermann, dem uralten Wächter, der in seinen zweiundzwanzig Dienstjahren seine Waffenhalfter kein einzigesmal hatte aufknöpfen müssen? Oder hatte er einfach Pech?

Niedergeschlagen kam George Picken täglich von der Arbeit nach Hause und stellte sich dabei immer wieder diese Fragen. Warum, warum, *warum*? Wo doch Banküberfälle spürbar zunahmen – warum konnte *er* nicht mal an die Reihe kommen?

Natürlich hatte Georges Wahn Methode. Eine Methode, die ihm schon vor langer Zeit eingefallen war. Der Plan war schlicht und ging etwa so:

Wenn Bankräuber A Bankkassierer B überfällt...

Und wenn Bankkassierer B Bankräuber A einen bestimmten Geldbetrag übergibt...

Wer weiß dann genau, *wieviel* Geld Bankräuber A von Bankkassierer B erhalten hat?

Was hindert Bankkassierer B daran, das gesamte verbliebene Geld einzustecken und zu behaupten, es sei ebenfalls von Bankräuber A mitgenommen worden?

Es war eine einfache arithmetische Aufgabe, und jedesmal wenn George Picken den Plan überdachte, hatte er weniger daran auszusetzen.

Der Plan hatte nur einen Haken.

Wo blieb Bankräuber A?

Eines Morgens erwachte George Picken mit einer seltsamen Vorahnung. Als sie ihn am Frühstückstisch erblickte, wußte Tante Finney sofort, daß ihn etwas beunruhigte.

»Bist du krank, George?«

»Nein, Tante Finney. Warum fragst du?«

»Du siehst krank aus. Muß an dem Essen liegen, das du in der Stadt bekommst. Vielleicht ist es besser, wenn du künftig mittags nach Hause kommst. Eine richtig gekochte Mahlzeit am Tag wird dir guttun.«

»Mir fehlt nichts«, sagte George Picken.

Auf dem Weg zur Arbeit traf er Jennifer und verspürte plötzlich den Drang, ihr etwas zu sagen.

»Jennifer...«

»Ja, George?«

»Jennifer, wegen der – Sache, über die wir neulich gesprochen haben. Du weißt schon, in der Hollywoodschaukel.«

Sie errötete. »Ja, George?«

»Ich wollte dir nur sagen, es dauert jetzt nicht mehr lange. Ich hab's in den Knochen.«

Als er die Bank betrat und auf seine Kasse zuging, begrüßte ihn Mr. Burrows, der Präsident, mit dem üblichen Nicken.

»Guten Morgen, Mr. Burrows«, sagte George fröhlich. »Ein *herrlicher* Tag, nicht wahr?«

Mr. Burrows blinzelte ihm erstaunt nach, brummte etwas und ging in sein Büro.

Um zwei Uhr ging die Tür auf, und Bankräuber A erschien.

An seiner Identität bestand kein Zweifel. Zum einen *schlich* er in den Kassenraum. Die Kundschaft der First Central schlenderte oder latschte herein. Schleichen war hier noch nicht beobachtet worden. Eindeutiger war der Umstand, daß der Mann sich vor den unteren Teil des Gesichts ein weißes Taschentuch gebunden hatte. In Southwick Corners trug man so etwas höchstens zum Halloween.

»Herhören«, sagte der Mann heiser. »Dies ist ein Überfall!«

Die Worte zerstreuten nun wirklich den letzten Zweifel an seinen Absichten – unterstrichen durch den häßlichen schwarzen Revolver, den er aus der rechten Tasche zog. Mr. Ackermann, der Wächter, stieß einen leisen spitzen Schrei aus. »Sie«, sagte der Bankräuber zu ihm. »Auf den Boden legen!« Zufrieden seufzend wälzte sich Mr. Ackerman hin, wie ein altersschwacher Dobermann. Mr. Burrows kam aus seinem Büro, knurrte beim Anblick des Banditen und machte Anstalten umzukehren. Der Bankräuber forderte ihn höflich auf, zurückzukommen. Mr. Burrows brummte unwillig, kam der Aufforderung aber nach.

Dann näherte sich der Maskierte George Pickens Schalter.

George seufzte erleichtert auf. Es gab zwei Kassen, seine und die von Miss Dykes, und die Chancen, ins Geschäft zu kommen, standen fünfzig zu fünfzig. Zum Glück verfiel der Bankräuber auf ihn.

»Los!« forderte der Mann. »Raus damit!«

»Jawohl, Sir«, sagte George energisch. »Wie darf's gestückelt sein?«

George griff in seine Kassenbox und nahm die Scheine aus den oberen Fächern. Die Gesamtsumme betrug fast sechstausend Dollar. Darunter befand sich eine zweite Schicht von Geldbündeln, ebenfalls etliche tausend. Er reichte die Pakete hinaus, und der Bankräuber griff gierig danach. Er steckte sie in die Tasche, fuhr herum und eilte zum Ausgang. Während alle Anwesenden die Flucht von Bankräuber A beobachteten, nahm Bankkassierer B in aller Ruhe den Deckel von seiner Kassenbox und ließ unauffällig die größten Scheine in seiner Hosentasche verschwinden.

Die Tür schwang zu, und der Bankräuber war fort.

Beehren Sie uns bald wieder, dachte George.

Dann fiel er in Ohnmacht.

Als er wieder zu sich kam, überfiel ihn die Sorge, daß man ihn womöglich durchsucht hatte. Er legte die Hände auf die Hosentaschen und spürte die dicken Geldscheinbündel. Dann lächelte er in die besorgten Gesichter, die sich über ihn beugten.

»Alles in Ordnung«, sagte er mutig. »Ich habe nichts.«

»War das nicht schrecklich?« fragte Miss Dykes, die

zweite Kassiererin, mit vor Erregung funkelnden Augen. »Haben Sie schon mal so etwas Freches erlebt?«

»Nein«, sagte George. »Mr. Burrows...«

»Mr. Burrows ruft gerade bei der Polizei an«, sagte Mr. Bell, der Chefrevisor. »George, sollen wir bestimmt keinen Arzt holen?«

»Nein, nein, mir fehlt nichts. Wenn ich nur schnell nach Hause gehen könnte...«

»Das sollten Sie tun«, sagte Miss Dykes. »Sie sollten nach Hause gehen, Mr. Picken. Was für ein schreckliches Erlebnis!«

»Ja«, sagte George. »Wirklich schrecklich!«

Wenige Minuten später stand er auf der Straße. Das Geld zählte er erst, als er die Tür seines Zimmers fest hinter sich verschlossen hatte. Siebentausendfünfhundert Dollar. Er war sehr zufrieden.

Am nächsten Morgen erwachte er spät, meinte er doch ein Recht darauf zu haben. Als er schließlich nach unten kam, teilte ihm Tante Finney mit, daß jemand von der Bank angerufen und sich nach seinem Befinden erkundigt habe. Sie habe geantwortet, es gehe ihm gut, er brauche aber noch Ruhe und würde heute wahrscheinlich nicht zur Arbeit kommen.

»O nein«, sagte er entschlossen, wollte er doch weiterhin als fleißiger und loyaler Angestellter gelten. »Das kann ich nicht machen, Tante Finney. Es gibt zu tun.«

»Ach was«, sagte seine Tante. »Deine Gesundheit ist wichtiger. Außerdem bleiben die Schalter heute sowieso geschlossen. Ich glaube, es findet heute eine außerordentliche Kassenrevision statt oder so.«

»Um so wichtiger ist es, daß ich hingehe«, sagte George, wie es sich für einen Bothwick-Schüler gehörte.

Er zog sich an und fuhr in die Stadt. Am Ziel angekommen, sah er, daß seine Tante recht hatte: die Bank blieb offensichtlich geschlossen, obwohl sämtliche Angestellten anwesend waren. Am erstaunlichsten war jedoch der Umstand, daß das Personal außerordentlich guter Laune zu sein schien. Miss Dykes lächelte fröhlich hinter ihrem Gitter, Mr. Bell, der an seiner Additionsmaschine beschäftigt war, blinzelte ihm verschmitzt zu. Der alte Mr. Ackerman rollte federnd von den Zehenspitzen auf die Absätze, hatte die Hände auf dem Rücken verschränkt und wirkte so gelassen wie eh und je. Und als man ihn aufforderte, in Mr. Burrows Büro zu kommen, sah er sich dort einem eigenartig aufgebrachten Bankpräsidenten gegenüber.

»Sie wollten mich sprechen, Mr. Burrows?«

»Gewiß. Kommen Sie rein, George!«

Mr. Burrows' Zähne waren wohlgeraten und makellos. George hatte sie noch nie gesehen.

»Ich möchte Sie jemandem vorstellen, George. Einem alten Freund von Ihnen.« Mr. Burrows lachte leise.

Jetzt erst sah George den Mann im Sessel. Er erkannte ihn sofort als Mr. Carruthers, den Ex-Präsidenten der First Central Bank und derzeitigen Vorsitzenden des Aufsichtsrats, ein Titel, der die Härte der Pensionierung etwas abmildern sollte. Mr. Carruthers, ein drahtiger, energischer Gentleman um die siebzig, lächelte geheimnisvoll und nickte zur Begrüßung.

»Guten Morgen, George. Sehr bedauerlich, der Ärger gestern mittag. Geht es Ihnen wieder besser?«

»O ja, Sir, Mr. Carruthers. Mir geht es wieder gut.«

»Das höre ich gern.« Er lachte fröhlich. »Das war ein Abenteuer, wie? Ein Abenteuer, das uns klarmacht, nicht wahr, wie leicht unsere kleine Bank überfallen werden kann. Wir waren alle ziemlich selbstgefällig, meinen Sie nicht auch?«

»Sir?«

Mr. Burrows ließ ein trockenes Lachen hören. »Lassen

Sie sich von ihm nicht länger auf den Arm nehmen, er hat für die nächste Zeit genug angerichtet. Sagst du es ihm, Dan, oder soll ich?«

»Ich finde, das wäre eher meine Pflicht.« Mr. Carruthers kratzte sich am Kinn. »George, tut mir leid, daß ich Ihnen so mitspielen mußte, aber ich hielt es für eine gute Idee, angesichts der Tatsache, daß heutzutage die Banken reihenweise ausgeraubt werden. Ich wollte beweisen, daß auch unsere Bank dagegen nicht gefeit ist. Ich gelte zwar als pensioniert, aber das bedeutet nicht, daß mein Verstand eingerostet ist. Deshalb habe ich gestern meine kleine Schau abgezogen; künftig sollen alle die Augen offen halten. Es mag zwar ziemlich kindisch aussehen, trotzdem glaube ich, daß wir daraus gelernt haben, meinen Sie nicht auch?«

George schüttelte automatisch den Kopf.

»Ich verstehe kein Wort«, sagte er. »Was für eine Schau? Was meinen Sie?«

Der alte Mann lachte, zog ein weißes Taschentuch aus der Hosentasche, hielt es sich vor den Mund und sagte: »Los, her damit!«

Mr. Burrows lachte schmetternd los, doch George vermochte es ihm nicht nachzumachen.

»Und das Geld?« fragte er gepreßt.

»Ach, darüber machen Sie sich keine Sorgen«, sagte Mr. Carruthers. »Ich hab's in Ihre Kassenbox zurückgetan, George, die ganzen sechstausend. Wir schließen gerade die Kassenprüfung ab.« Er stand auf und schlug George auf die Schulter. »Sie sind ein braver Bursche, George, ein braver Bursche. Bothwick-Schüler, nicht wahr?«

»Jawohl, Sir«, sagte George Picken resigniert.

Hinter den Männern ging die Tür auf, und Mr. Bell, der Chefrevisor, schob den schmalen Kopf ins Zimmer. »Mr. Burrows«, sagte er ernst, »könnte ich Sie mal einen Augenblick sprechen?«

Leichenschau

Seth Powers hatte bereits eine ganze Woche seinen Haß auf den Mann genährt, der seinen Bruder umgebracht hatte. Während er nun in der letzten Reihe des Versammlungsraums von Haughton County saß, konzentrierte sich dieser Haß auf den kleinen dicken Mann, der hinter dem zerkratzten Holztisch thronte, die runden Finger verschränkt, den winzigen Mund zu einem Ausdruck einsichtsvoller Allwissenheit geschürzt. Seth hatte guten Grund, Willard Klay, den Leichenbeschauer des Bezirks, zu hassen, hatte doch Klay seine lodernden Rachegedanken mit kaltem Wasser übergossen, einen Rachedurst, der ihn veranlaßt hatte, nach acht Jahren ins Haughton County zurückzukehren.

»Scheint mir völlig klar zu sein«, sagte Klay gerade. »Bill Powers erschoß sich versehentlich, während er seine Flinte säuberte. Die Pulververbrennungen, die Lage der Leiche und so – alles spricht dafür. Nun, Sie haben die Fakten gehört. Wollen Sie gleich darüber abstimmen oder erst Mittagspause machen?«

Eines der Jurymitglieder murmelte etwas, und Klay sagte: »Na schön, dann stimmen wir ab. Dan, sammle die Zettel ein.«

Es dauerte kaum fünf Minuten, dann konnte der Sprecher verkünden: »Wir befinden, daß der Verstorbene durch Unfall ums Leben gekommen ist.« Klay nickte und sagte: »So sei es denn«, stand auf und gähnte wie ein Mann, der ein längeres Nickerchen hinter sich hat. Füße scharrten über den Boden, Gespräche kamen in Gang; nur Seth Powers, dessen Augen vor Zorn dunkel, dessen Lippen vor Haß schmal geworden waren, rührte sich nicht von der Stelle. Er wollte nicht glauben, daß alles vorbei war, einfach so, daß der Mörder seines Bruders heute abend guten Grund hatte, eine festliche Mahlzeit zu verspeisen und in aller Ruhe zu Bett zu gehen.

Der Saal leerte sich allmählich, doch Seth saß noch immer an seinem Platz. Schließlich kam Joe Garafolo, der Deputy Sheriff des Bezirks, und setzte sich wortlos neben ihn.

»Ich weiß, wie dir zumute ist, Seth«, sagte er und beugte sich vor. »Aber du kannst nichts dagegen tun. Am besten fährst du wieder nach Hause.«

»Nach Hause? Etwas anderes fällt dir nicht ein? Du hast doch Billy gefunden, Joe, warum hast du nichts gesagt?«

Garafolo breitete die Hände aus. »Was verlangst du, Seth? Mehr konnte ich nun wirklich nicht tun. Es gab keinerlei belastende Hinweise. Da war nur dein Bruder und die Waffe. Keine Fußspuren, keine Anzeichen für einen Kampf, nichts. Ich *mußte* die Sache Klay überlassen.«

»Aber du kennst doch Klay. Er hat keine Ahnung!«

»Welcher Leichenbeschauer hat das schon? Die braven Bürger von Haughton County haben ihn jedenfalls gewählt, Seth. Ich habe ihn mir nicht ausgesucht.«

»Aber du *weißt*, daß Billy sich nicht versehentlich erschossen haben kann; seit er neun ist, geht er mit Flinten um, so etwas wäre ihm nie passiert. Warum hat man die Brüder Magruder nicht vorgeladen? Die beiden haben Billy gehaßt, das weißt du. Sie haben immer mit ihm gestritten...«

Garafolo zuckte die Achseln. »Das hier war kein Prozeß, sondern eine Totenschau. Niemand hat Mordvorwürfe erhoben. Woher willst du wissen, daß es die Magruders waren? Warum hätte es nicht auch Jake Damon aus Pine Bluff sein können? Oder ein halbes Dutzend anderer Kerle, die Billy nicht ausstehen konnten? Du wohnst jetzt schon ziemlich lange in der Stadt, Seth. Du kennst den Ort nicht mehr.«

Seth Powers stand auf. Er fand den leeren Saal unerträglich. Gefolgt von Garafolo, ging er zur Tür. Das Gesicht des Deputy war sorgenvoll zerfurcht.

»Du machst doch hoffentlich keine Dummheiten, Seth! Lauf mir nicht in der Gegend herum und wirf den Leuten Mord vor!«

»Ich wüßte gar nicht, wo ich da anfangen sollte«, antwortete Seth müde. »Das wäre eher die Aufgabe der Polizei. Nur muß die Polizei tun, was Klay sagt...«

»So ist es nun auch nicht, Seth. Klay tut seinen Job.«

»Seinen Job? Meinst du ehrlich, er versteht etwas davon? Hältst du ihn für qualifiziert, den Unterschied zwischen Unfall, Selbstmord oder Mord zu erkennen, Joe?«

»Nein«, sagte der Deputy direkt. »Aber so ist nun mal das System, Seth. Klay selbst kannst du das nicht vorwerfen. Wenn wir ihn nächsten November aus dem Amt drängten, käme wahrscheinlich ein Kerl wie er auf die Kandidatenliste. Nicht besser und auch nicht schlechter, nicht qualifizierter als Klay...«

»Das ist einfach nicht fair!«

Joe Garafolo schnaubte durch die Nase. »Wer behauptet denn, das Leben wäre fair? Ich habe nur gesagt, so liegen die Dinge nun mal!«

Eigentlich hatte er angenommen, daß Willard Klay an diesem Abend Gäste haben würde, daß zu seinen Ehren eine Glückwunschparty stattfand. Aber Klay war allein in dem düsteren Holzhaus – ein Haus, das früher für Besucher der Stadt als Schaustück gedient hatte, nach dem Tod von Klays kinderloser Frau aber ziemlich verkommen war.

Auf sein Klopfen öffnete Klay die Tür, blinzelte ihn an

und verzog schließlich mißbilligend den kleinen Mund. Trotzdem ließ er den Besucher herein.

»Sie können sich bestimmt denken, warum ich gekommen bin, Mr. Klay. Es geht um Billy.«

»Ja, das dachte ich mir«, erwiderte der kleine Mann. »Es hat keinen Sinn, darüber zu streiten, Mr. Powers, die Sache ist erledigt.«

»Für mich nicht, Mr. Klay. Das wollte ich Ihnen nur sagen. Ich bin der Meinung, Sie haben heute früh eine falsche Entscheidung getroffen, und lasse die Sache nicht darauf beruhen.«

Klay richtete sich auf, was ihn nicht viel größer machte. »Jetzt hören Sie mir mal zu, Mr. Powers. Ich bin nun schon in der zweiten Amtsperiode gewählter Leichenbeschauer dieses Landkreises. Wir haben eine rechtlich vorgeschriebene Totenschau abgehalten, *super visum corporis*, und nichts kann das ändern. Ihr Bruder ist einem Unfall zum Opfer gefallen, das hat die Jury festgestellt.«

»Aber die Jury hat meinen Bruder nicht gesehen – nur Sie haben ihn gesehen.«

»Ich bin der einzige, der die Leiche sehen *muß*; so steht es im Gesetz. Und ich behaupte, er ist mit der Waffe unvorsichtig umgegangen und hat sich selbst erschossen.«

»Billy war nicht unvorsichtig!« hörte sich Seth brüllen; er hatte seine Stimme nicht mehr im Griff. »Seit seiner Kindheit ist er mit Waffen umgegangen. Dabei hat es nie einen Unfall gegeben, und hätte auch nie einen gegeben! Hier ist ein Mord geschehen, Klay. Mein Bruder ist umgebracht worden!«

Überraschenderweise brüllte der Leichenbeschauer nicht zurück, vielmehr beherrschte er sich und lächelte. Er zog einen Zahnstocher aus der Hosentasche und begann in seinen Backenzähnen herumzustochern.

»Wissen Sie, wo Ihr Problem liegt, Mr. Powers? Sie

waren immer der Meinung, Haughton County wäre nicht gut genug für Sie. Deshalb sind Sie dann in die Stadt gezogen; das einzige, was Sie nun wieder herlocken kann, ist der Tod Ihres Bruders. Sie halten uns alle hier für einen Haufen Idioten, nicht wahr? Was immer wir tun, nichts ist Ihnen gut genug, habe ich nicht recht?«

»Daran liegt es nicht. *Sie* sind hier nicht gut genug. Sie verdienen Ihren Job nicht...«

»Was ist los, Mr. Powers? Wo Sie herkommen, glaubt man wohl nicht an Wahlen?«

»Sie sind Zimmermann!« brüllte Seth. »Sie haben Jeff Oglethorpes Schwester geheiratet, der Bürgermeister war und Sie deshalb auf die Kandidatenliste setzte. Sie haben keine Ahnung von diesem Posten. Sie sind Zimmermann, Klay!«

»Jetzt reicht's mir aber«, sagte der Leichenbeschauer energisch und legte Seth die Hände auf die Brust. »Niemand hat Sie eingeladen, also laden Sie sich auch schleunigst wieder aus. In dieser Stimmung rede ich nicht mit Ihnen.«

»Sie werden mit mir reden müssen, Klay. Ich vergesse Ihnen das nicht...«

Der Leichenbeschauer schob den anderen mit der flachen Hand zurück. Zornig schlug Seth den Arm zur Seite, und Klays Augen wechselten die Farbe. »Raus!« brüllte er und begann Seth zur Tür zu drängen. Aber der jüngere Mann rührte sich nicht von der Stelle. Es kam zum Gerangel und schließlich zum Kampf: Klay brüllte ein zweitesmal los, und Seth spürte plötzlich die Handgelenke des Mannes zwischen seinen Händen und schob den Leichenbeschauer rückwärts auf den Kamin zu. Es gab ein knöchernes Geräusch, die zornigen Züge des Leichenbeschauers entspannten sich, dann glitt Klay mit kindlichem Stöhnen zu Boden. Seth beugte sich über ihn, zu zornig, um Mitgefühl aufzubringen, und forderte ihn brüllend auf, sich zu erheben. Als Klay keine Bewegung mehr machte, brüllte Seth ihn noch einmal an und erkannte plötzlich, daß keine noch so laute Stimme den Vorhang zu durchdringen vermochte, der zwischen ihm und dem Mann auf dem Boden niedergegangen war. Starr blickte er zur Tür, griff danach, riß sie auf und floh in die Nacht.

Eine Woche war vergangen, und der Nachlaß seines Bruders war noch immer nicht ganz geregelt. Trotzdem nahm sich Seth Powers einen Nachmittag frei, um an der Totenschau teilzunehmen.

Ray Oglethorpe, der neu bestellte Leichenbeschauer von Haughton County, ließ den Blick über sein Publikum gleiten und räusperte sich.

»Nach Untersuchung aller Einzelheiten«, sagte er und legte die Fingerspitzen zusammen, »dürfte es keinen Zweifel geben, daß Willard Klay einen seiner Schwindelanfälle erlitt, stürzte und dabei mit dem Kopf gegen den Kaminsims stieß, was einen Schädelbruch auslöste. Nach Ansicht des County ist sein Tod auf einen Unfall zurückzuführen.«

Und als sämtliche Einzelheiten der Totenschau abgewickelt waren, erhob sich Seth Powers zusammen mit den anderen Zuschauern und verließ stumm den Saal.

Der Blick des Witwers

Die schwarz-rote Limousine bog scharf in die baumbeschattete Auffahrt ein und kam nur wenige Zentimeter vor der weiß gestrichenen Garage zum Stillstand. Der Mann am Steuer schien es mit dem Aussteigen nicht halb so eilig zu haben, wie seine schnelle Anfahrt vermuten ließ. Er rauchte zunächst noch seine Zigarette zu Ende und drückte sie sorgsam aus. Als er die Wagentür endlich öffnete und die Füße auf die Kiesauffahrt setzte, blickte er zu dem bescheidenen einstöckigen Haus hinüber und schien sich noch mehr überwinden zu müssen.

Schließlich ging er quer über den Rasen zur Haustür. Er war ein breitschultriger Mann mit dickem Gesicht, das ohne die Bräunung ungesund gewirkt hätte. Die Erklärung für die Bräune fand sich auf dem Nummernschild seines Wagens:

FLORIDA 1959.

Der Mann, der an die Tür kam, hielt die Abendzeitung in der Hand und trug weiche Hauspantoffeln: er war geradezu die Karikatur eines Familienvaters nach Feierabend. Er blinzelte den Besucher durch seine Bifokalbrille an, die sein junges Gesicht wesentlich älter wirken ließ, und fragte: »Ja?«

»Mr. Elwell? Sie erkennen mich wohl nicht wieder. Ich bin ... ich bin Jake Lyons.« Als der andere ihn lediglich ratlos ansah, fügte er hinzu: »An meinen Namen erinnern Sie sich bestimmt nicht gern, Mr. Elwell. Das weiß ich durchaus. Darf ich mal einen Augenblick hineinkommen?«

»Ich weiß nicht recht...«

»Ich bin's, Mr. Elwell.« Er trat mehr ins Licht. »Jake Lyons. Der Mann, der Ihre Frau – umgebracht hat.«

Der typische Feierabendmann mit Pantoffeln und Abendzeitung verschwand – dafür erschien ein anderes Bild. Elwells Gesicht versteinte; der Flur umrahmte seine Hals- und Kinnmuskeln, die sich heftig verkrampften. Er trat einen Schritt zurück, eine Bewegung, die Unsicherheit und Verwirrung verriet.

»Bitte, Mr. Elwell.« Der untersetzte Mann hob flehend die Hand. »Ich weiß, wie Ihnen zumute ist, nur ist das alles sehr lange her. Ich hatte diese Woche im Norden zu tun, und als mir aufging, daß ich nur zwanzig Meilen von Ihnen weg war, da mußte ich Sie einfach besuchen.«

Der Mann in der Tür seufzte.

»Na schön«, sagte er leise. »Was wollen Sie?«

»Mich nur mal mit Ihnen unterhalten. Kann ich reinkommen?«

»Meinetwegen.«

Die Männer betraten das Haus und gingen auf das Wohnzimmer zu. Keiner der beiden hatte es eilig; darin glichen sie zwei verfeindeten Schauspielern, die auf derselben Bühne stehen müssen. Lyons wartete nicht, bis Elwell ihm einen Stuhl anbot; er wählte einen Sessel, setzte sich vorn auf die Kante und starrte auf den niedrigen Mahagonitisch, der vor ihm stand. Darauf befand sich ein Messingtablett mit einer Whiskykaraffe und zwei kleinen Gläsern. Elwell blieb stehen. Er ging zum Bücherschrank und schien die Bände zu betrachten. Plötzlich fiel ihm ein, daß er ja gewisse Pflichten hatte, selbst diesem unwillkommenen Gast gegenüber. »Möchten Sie einen Drink?« fragte er.

»Hätte nichts dagegen.«

Lyons füllte sich ein Glas bis zum Rand und trank einen Fingerbreit ab.

»Vielleicht hätte ich Sie vorher anrufen sollen«, sagte er schließlich. »Aber ich hatte Angst, daß Sie nein sagen würden, daß Sie mich vielleicht nicht sehen wollten. Dabei habe ich seit langem den Wunsch, Sie zu besuchen.«

»Ach?«

»Seit drei Jahren, seit meiner Entlassung aus dem Gefängnis. Ich bin nicht eher gekommen, weil ich nach Florida zog, wo mein alter Herr lebte. Meine Mutter starb, als ich noch im Gefängnis war; anschließend hat er sich in Sarasota niedergelassen. Er bekam eine Art Pension von der Stadt, Sie wissen schon.« Er zögerte, und seine nächsten Worte klangen herausfordernd. »Ich bin nicht fortgeblieben, weil ich mich etwa schämte. Nein, das war es nicht. Jetzt bin ich hier, weil ich Sie bitten möchte, sich anzuhören, was ich zu der Sache zu sagen habe...«

»Was Sie...?« Elwell wandte sich ab.

»Es war ein Unfall, Mr. Elwell. Das wissen alle. Deshalb ist das Strafmaß ja auch so gering ausgefallen, für Totschlag. Es war schließlich nur ein Unfall.«

»Sie waren aber betrunken, nicht wahr?«

Jake Lyons rutschte auf seinem Sitz hin und her. »Ja, ich war betrunken. Das machte ja alles so schlimm. Ich war betrunken, aber das war es nicht allein.«

Elwell drehte ihm wieder den Rücken zu – eine Geste der Ablehnung, die Lyon veranlaßte, sich mit der Zunge über die Lippen zu fahren und schneller zu sprechen.

»Sie müssen mich verstehen, Mr. Elwell. Von Kind auf war ich ziemlich verdreht und ruhelos. Ich hatte immer wieder Pech. Mit acht Jahren rutschte ich in der Schule ein Geländer hinab und stieß dabei einen Mitschüler in die Tiefe; man mußte seine Wunde mit zwanzig Stichen nähen. Mit zwölf schenkte mir mein Vater ein Luftgewehr, und ich schoß einen Botenjungen vom Kaufmann in den Nacken. Nicht weil ich es wollte – verstehen Sie mich nicht falsch; es war keine Absicht. Ich war nicht bösartig, sondern einfach leichtsinnig.«

Elwell wandte den Kopf und musterte ihn mit glasigem Blick.

»Ich weiß nicht, weshalb ich so war. Ich machte mir einfach keine Gedanken über die Dinge, die ich tat. Ich handelte völlig impulsiv. Nach dem Unfall mit dem Gewehr verbot mir mein Vater den Umgang mit gefährlichen Waffen; trotzdem geriet ich immer wieder in die Klemme. Zum Beispiel in der High School.« Die Erinnerung schien ihm Unbehagen zu bereiten. »Eine ziemlich üble Sache. Ich war ein ganz guter Schläger beim Baseball. Einmal schlug ich den Ball fort und warf das Schlagholz hinterher. Das Ding traf den stellvertretenden Direktor an der Schläfe; der Mann lag einen Monat lang auf der Nase. So ist es mir immer wieder gegangen. Das Schlimmste aber war dann der Abend...«

Elwell knurrte tief in der Kehle.

»Ich ... ich war bei einer Party und hatte ziemlich getrunken. Mein Freund zeigte mir seine Kriegssouvenirs; er hatte ein deutsches Gewehr und war sehr stolz darauf. Er sagte, das Ding sei nicht geladen. Ich spielte damit herum; es war verdammt lange her, seit ich eine Schußwaffe in der Hand gehabt hatte; Sie wissen, wie das so ist, wenn man ein paar getrunken hat...

Als ich die Waffe auf das Fenster richtete, war mir nichts ferner, als zu schießen. Aber ich tat's, ich zog durch, und das verdammte Ding knallte los. Ich war außer mir, das müssen Sie mir glauben!«

Er zögerte einen Augenblick, ehe er flüsternd fortfuhr.

»Als ich von draußen das Schreien hörte, war es das Schlimmste, was ich je im Leben gehört habe. Dieses Schreien werde ich nicht vergessen, auch wenn ich hundert

Jahre alt werde. All die durcheinanderbrüllenden Leute... Ich lief hinaus, und dann sah ich sie.

Ich wußte sofort, daß sie tot war. Mir war so übel, daß ich fast ohnmächtig geworden wäre. Aber ich schwöre zu Gott, ich hatte keine Ahnung, daß sie da war. Es war ein Unfall, eine unverzeihliche, blöde Achtlosigkeit...«

Er schüttelte den Kopf und seufzte müde.

»Ich sage Ihnen eins, Mr. Elwell. Als ich aus dem Gefängnis heraus war, faßte ich den Entschluß, mich zu ändern. Ich *mußte* mich einfach ändern. Es ging doch nicht an, daß ich weiter in der Welt herumspazierte und andere unter meinem Leichtsinn leiden ließ.«

Elwell trat ins Licht.

»Und was wollen Sie jetzt von mir?« fragte er.

»Etwas, das Sie mir vielleicht nicht geben wollen, Mr. Elwell.«

»Und das wäre?«

Lyons' nächste Worte waren kaum noch zu verstehen.

»Ihre Vergebung«, flüsterte er. »Deswegen bin ich hier, Mr. Elwell. Mein Leben verläuft inzwischen in normalen Bahnen. Ich habe eine gute Stellung als Vertreter einer Teppichfabrik. Mir geht es gut. Nur eins fehlt mir noch. Daß Sie sagen: ›Okay, Jake, ich verstehe Sie, ich verzeihe Ihnen.‹«

Er schwieg erwartungsvoll.

»Ist das zuviel verlangt, Mr. Elwell?«

Als Elwell schließlich auf ihn zukam, wußte er, daß er die richtige Antwort hören würde.

»Na schön, Mr. Lyons. Wenn Sie extra deswegen zu mir gekommen sind, will ich Ihnen den Gefallen tun. Natürlich kann ich die Erinnerung nicht völlig auslöschen, das ginge auch gar nicht. Aber ich weiß jetzt, daß Sie kein Verbrecher sind. Sie haben für Ihre Tat gebüßt.«

Zögernd berührte er Lyons an der Schulter.

»Ich vergebe Ihnen«, sagte er, und seine Stimme klang feierlich.

Erleichterung und eine geradezu ekstatische Freude malten sich auf Lyons' Gesicht. Er stand auf und verkrampfte die Hände ineinander.

»Vielen Dank«, sagte er heiser. »Vielen Dank, Mr. Elwell. Sie wissen ja gar nicht, was mir das bedeutet! Sie haben wirklich keine Ahnung!«

Er stand auf und ging in den Flur. Da Elwell ihm nicht folgte, öffnete er allein die Haustür. Auf der Schwelle drehte er sich noch einmal um.

»Vielen Dank, Mr. Elwell!« rief er. »Tausend Dank!«

Leichten Schrittes überquerte er den Rasen und schob sich breit lächelnd hinter das Steuer. Er drehte den Schlüssel, legte den Rückwärtsgang ein und trat auf das Gaspedal. Das Gespräch hatte seine Gefühle dermaßen aufgewühlt, daß er nicht nach hinten blickte und die Frau nicht wahrnahm, die über die Straße auf das Haus zukam, eine Einkaufstüte im Arm. Als er endlich von ihr Notiz nahm, hatten sich die hinteren Schutzbleche und vorstehenden Zierflossen des Wagens bereits mit einem häßlichen und unvergeßlich dumpfen Laut in ihren Körper gebohrt. Er bremste mit schreckensbleichem Gesicht – doch schon wußte er, daß er zu spät reagiert hatte. Wie aus weiter Ferne hörte er die Haustür gehen, hörte er Elwells Schritte auf dem Kies. Er stieg aus. Die aufgeplatzte Einkaufstüte lag pathetisch auf dem Bürgersteig neben dem zerschmetterten Frauenkörper, umgeben von Äpfeln und Orangen.

»Dorothy! Dorothy!« Die Stimme wurde schrill. »Dorothy!« kreischte Elwell und beugte sich über die Frau. Jake Lyons stand versteinert neben dem noch immer brummenden Auto und machte sich darauf gefaßt, dem Blick des Witwers zu begegnen.

Veranstaltungen an Bord

Wenn man auf der Rue de Montparnasse Beachtung finden will, wenn man die Blicke von Liebespaaren, Apéritif-Genießern und ausstellenden Künstlern bannen möchte, muß man vom Aussehen oder Betragen her schon etwas Einmaliges bieten. Owen Layton erreichte dieses Ziel mit einem zerknitterten englischen Tweedanzug, einem graugefleckten Bart im Stile eines Ulysses S. Grant und zwei Krücken, die seinen unförmig bandagierten Fuß vor dem Pariser Pflaster schützten. Darüber hinaus zeichnete ihn eine besondere Fröhlichkeit aus, ein offenes Gesicht und eine flotte Art, die nicht recht zu Krücken und Verbänden und den damit verbundenen Schmerzen und Leiden paßten. An jenem Morgen war er »le brave Américain« – eine Rolle, die ihm zu gefallen schien.

Er setzte sich an einen der Tische vor Patricks Café und bewegte dabei geschickt die Krücken. Mit schnellen Schritten näherte sich der Kellner. Lachend entschuldigte sich Owen für sein schlechtes Französisch, bestellte einen Pernod und erkundigte sich nach »mon frère, Monsieur Gérald«, aber der Kellner zuckte nur die Achseln. »Macht nichts«, sagte Owen. »Er muß jeden Augenblick kommen.«

Robin Gerald Layton ließ sich allerdings Zeit und brachte den Grund für seine Verspätung gleich mit – eine schwarzhaarige, braunäugige junge Frau mit einem flotten Pferdeschwanz und einem Schmollmund. Ihre Lippen schoben sich noch weiter vor, als Robin seinen Bruder erblickte, denn er versetzte ihr daraufhin einen spielerischen Schlag und schickte sie fort. Dann setzte er sich zu Owen an den Tisch.

»Owen!« sagte er strahlend und schüttelte ihm überschwenglich die Hand. »Wie geht es dir? Wann bist du eingetroffen? Wartest du schon lange?«

Owen lachte und löste die dicken farbbefleckten Finger von seiner Hand. »Langsam«, sagte er lachend. »Willst du mir den Arm auch noch kaputtmachen?«

Jetzt erst entdeckte Robin den verbundenen Fuß und schnalzte mitfühlend mit der Zunge. Doch Owen tat alle Erklärungen mit einem Achselzucken ab. »Laß dich anschauen«, sagte er. »Wir haben uns seit über einem Jahr nicht mehr gesehen; du siehst französischer aus denn je.« Er umfaßte Robins Schultern und blickte in das bärtige junge Gesicht, ein Gesicht, das ihm nicht unähnlich war, besonders um die klaren, freundlichen Augen. Robin Gerald (das Layton hatte er unter den Tisch fallen lassen) war sechs Jahre jünger als sein Bruder, doch fünf angenehme Jahre im Ausland hatten dazu geführt, daß er womöglich noch jünger aussah.

»Du hast dich auch verändert«, sagte Robin strahlend. »Dieser Bart! Ein richtiger Pelz! Dabei hast du dich immer über mein Gestrüpp lustig gemacht!«

»Ja, sieht ziemlich grimmig aus. Ich spiele schon mit dem Gedanken, ihn zu stutzen, etwa nach deinem Stil. Hier«, fuhr Owen fort und schob sein Glas über den Tisch. »Trink den Pernod für mich zu Ende. Mit meinem Fuß sollte ich so etwas nicht trinken.«

»Fuß?«

»Gicht«, sagte Owen mit schiefem Lächeln. »Du weißt doch, vor ein paar Monaten habe ich dir darüber geschrieben. Kurz vor der Überfahrt hatte ich wieder einen Anfall, der wahrscheinlich längst überwunden wäre, wenn ich der verdammten französischen Küche widerstehen könnte. Ab sofort fahre ich nur noch mit britischen Reedereien.«

»Typische Krankheit für einen Reichen«, sagte Robin lachend. »Du solltest dich nicht beklagen.«

»Ja«, meinte Owen nachdenklich. »Du aber auch nicht, alter Knabe. Vergiß nicht, woher dein Geld kommt.«

Robin sah ihn verlegen an. Sein einziges Einkommen waren die American-Express-Schecks, die Owens Unterschrift trugen. Owen hatte ihn zum »Malen« nach Paris geschickt, was Robin gelegentlich auch tat, wenn er nicht gerade mit Wein oder Weib beschäftigt war. Was Owen anging, so konnte er stets einen guten Grund für seine Parisreisen anführen. Er hatte Geschäfte mit der Weinexport-Firma seiner Frau.

»Und wie geht es Harriet?« fragte Robin. »Noch immer die alte?«

»Ja, meine erstaunliche Harriet ändert sich nicht. Manche Frau wäre es zufrieden gewesen, ihr Erbe in den Händen eines zuverlässigen Vermögensverwalters zu wissen. Aber Harriet ist nicht so. O nein.«

»Trotzdem muß sie sich verändert haben«, stellte Robin fest. »Dieser Bart! Wenn sie *den* Busch zugelassen hat, ist sie nicht mehr die Harriet, die ich von früher kenne!«

Owen lächelte nachdenklich und hob sein Glas.

»Nein«, sagte er. »Sie ist nicht mehr dieselbe. Und genau das ist der Grund, warum ich mir den Bart habe stehenlassen und ins Ausland gegangen bin.«

»Aber warum denn? Ich weiß nicht, was du meinst.«

»Du wirst es schon verstehen«, sagte Owen. »Denn du wirst mir helfen.«

»Wobei helfen?«

»Harriet umzubringen«, erwiderte Owen. Dann nahm er seinem Bruder den Pernod aus der Hand, leerte das Glas, schmatzte mit den Lippen und atmete seufzend die belebende Pariser Luft ein.

Seit Owens letztem Besuch war Robin ins Hotel Raspail

umgezogen, und sein riesiges Studiozimmer überschaute die mächtige Kreuzung von Boulevard Montparnasse und Boulevard Raspail. Robin fand dieses Panorama offenbar anregend; immerhin riß die Parade der Pariser Schönheiten den ganzen Tag nicht ab. Was nun Robins Arbeit betraf, so waren die Ergebnisse offensichtlich. Das Studio war voller Leinwände, von denen kaum eine von Farbe verdorben war.

Als Owen vor seinem Bruder diesen Raum betrat, tat er etwas, das Robin erstaunt die Luft anhalten ließ. Er schleuderte die Krücken zur Seite und marschierte ohne Hilfe zur aufgeschlagenen Liege.

»Dein Fuß!« sagte Robin. »Was ist denn mit der Gicht?«

Owen lachte und streckte sich auf dem Bett aus.

»Die Gicht«, sagte er, »ist der Grundstein meines Plans, alter Knabe. Oh, ich hatte anfangs wirklich Gicht. Bei den ersten Anfällen durchlitt ich die Qualen der Hölle, aber im Grunde brauche ich nur darauf zu achten, was ich esse. Sollte später danach gefragt werden, habe ich jedenfalls eine Krankengeschichte vorzuweisen.«

Verwirrt ließ sich Robin in einen Korbstuhl sinken.

»So habe ich dich ja noch nie erlebt, Owen! Für meine Begriffe quatschst du Unsinn. Die Krücken, der Bart, das wirre Gerede, daß du jemanden umbringen willst...«

»Das ist kein wirres Gerede, sondern ein ausgesprochen kluger Plan, ein Plan, an dessen Verwirklichung dir sehr liegen wird. Das heißt, wenn dir dein jetziger Lebensstil Freude macht.«

»Ob er mir Freude macht? Natürlich!«

»Wäre doch schade, das alles zu verlieren, nicht wahr? All diese Liebe zur – Kunst! Und all die hübschen Frauen von Paris!«

»Ist zwischen dir und Harriet etwas vorgefallen?«

Owen zündete sich eine Zigarette an.

»Nichts Überraschendes«, sagte er. »Jedenfalls kein plötzlicher Zusammenstoß. Es hat sich aber allmählich entwickelt, wahrscheinlich die unvermeidliche Folge der fortschreitenden Jahre. Du weißt, daß ich bei unserer Heirat um etliches jünger war als Harriet. Nach zehn Jahren ist dieser Unterschied plötzlich nicht mehr so groß. Harriet hat gemerkt, daß es auf der Welt noch jüngere Männer gibt als mich.«

Robin stieß einen Fluch aus und ging zum Fenster.

»Willst du mir den Hahn zudrehen? Bist du gekommen, um mir das zu sagen?«

»Nichts dergleichen«, antwortete Owen. »Solange mein Einkommen ausreicht, kannst du dein Talent ruhig weiterentwickeln. Die Frage ist nur, wie lange ich mein Einkommen noch habe.«

»Und deshalb willst du sie umbringen.«

»Das gedenke ich aber sehr vorsichtig anzustellen, alter Knabe, im vollen Bewußtsein der Gefahren, die darin liegen. Ich hätte mich vielleicht nie mit dem Gedanken befaßt, wäre mir nicht ein toller Plan eingefallen. Du siehst, ein Gichtanfall hat auch seine guten Seiten. Einen ganzen Monat lag ich auf meinem Schmerzlager, während sich Harriet anderweitigen Vergnügungen hingab – ihr derzeitiges Hobby sind Tanzstunden. Du verstehst nichts vom Tanz, bis du die Frau nicht bei einer verrückten Übung gesehen hast, die man Twist nennt. In diesem ruhigen Monat hatte ich aber auch Zeit zum Nachdenken. Und da ist mir etwas Großartiges eingefallen.«

»Was?«

»Ein unvergleichliches Phänomen unserer modernen Zeit«, lächelte Owen. »Das großartige Paradoxon des transatlantischen Verkehrs!«

»Verkehr?«

»Aber ja. Du kennst mich ja, Robin. Ich bin ein großer

Freund von Schiffsreisen. Eine Ozeanreise ist für mich ein Beruhigungsmittel, Medizin gegen jede Krankheit. Ein Schiff braucht über den Atlantik fünf Tage; ein Düsenflugzeug schafft die Strecke in wenigen Stunden.«

»Aber du haßt doch Flugzeuge! Du bist in deinem ganzen Leben noch nicht geflogen!«

»Flugzeuge bringen mich in Panik. Ich habe nie versucht, diese Tatsache zu verleugnen. Doch was das Tempo angeht, sind sie unschlagbar, das mußt du zugeben.«

»Ich verstehe noch immer nicht, worauf du hinauswillst. Was hat das mit dem Mord an Harriet zu tun?«

»Alles«, sagte Owen Layton. »Denn wir beide, lieber Bruder, werden dieses transatlantische Paradoxon zu nutzen wissen. Wir werden beweisen, daß der Unterschied zwischen einem Schiff und einem Flugzeug eine herrliche Mordmethode ist.«

Die *S.S. Empire*, Flaggschiff der British Line, war zwar nicht der größte Dampfer, der in Le Havre vor Anker lag, doch Sonnabend früh war er der geschäftigste. In dem wirren Durcheinander, das der Abfahrt nach New York vorausging, kamen die beiden bärtigen Männer nur langsam voran. Einer der beiden ächzte bei jeder Bewegung seiner Krücken und wurde von dem anderen gestützt; so schritten sie langsam durch die plappernde, feierlich gestimmte Menge der Passagiere, Besucher und Besatzungsmitglieder auf dem A-Deck.

Endlich erreichten sie Kabine G, wo Owen seinen grünen Plaidmantel und seinen Homburg ablegte und sich mit nicht gespielter Müdigkeit auf die Koje sinken ließ. Erst der Anblick von Robins blassem Gesicht brachte ihn wieder zum Lächeln.

»Beruhige dich«, sagte er und lachte leise. »Es klappt

schon alles. Zuerst erledigen wir das mit den Pässen, dann rufen wir den Steward.«

Robin schloß die Kabinentür, ehe er den Paß aus der Manteltasche zog. Owen holte ebenfalls sein Reisedokument hervor und machte sich daran, aus beiden Heften die kleinen Photos zu entfernen. Aus einer winzigen Tube preßte er Klebstoff und machte die Bilder wieder fest – jeweils im anderen Paß.

»Schön«, sagte er. »Jetzt klingeln wir nach dem Steward.«

Der Mann, der gleich darauf eintrat, entzückte Owen. Es handelte sich um einen ziemlich alten Cockney mit einem dünnen weißen Haarschopf und den kneistigen Augen eines Kurzsichtigen.

»Alles in Ordnung, Mr. Layton?«

»Alles bestens«, sagte Owen. »Sie sind Mr. Pawkins?«

»Jawohl, Sir, das bin ich, Sir«, antwortete der Steward.

»Kommen Sie doch mal her, Mr. Pawkins«, sagte Owen und stemmte sich mit Hilfe einer Krücke in eine sitzende Position hoch. »Leider werde ich Ihnen auf dieser Reise etwas zur Last fallen, da möchte ich gleich alles regeln.«

»O nein, Sir«, sagte Pawkins und schüttelte energisch den Kopt. »Mir fallen Sie bestimmt nicht zur Last. Service, das ist bei mir selbstverständlich, davon können Sie ausgehen.«

»Siehst du?« Owen grinste seinen Bruder an. »Deshalb gefällt mir die British Line so gut – das Essen ist scheußlich, das Personal dafür um so besser. Mr. Pawkins...«

»Ja, Sir?«

»Wie Sie selbst sehen, bin ich so etwas wie ein Krüppel.«

Der Steward schnalzte bedauernd mit der Zunge. »Meine Güte, Sir. Ihr armer Fuß, wie?«

»Ja, mein armer Fuß. Folglich werde ich alle Mahlzeiten

in der Kabine einnehmen müssen; bitte arrangieren Sie das Nötige. Ich hoffe, es läßt sich einrichten?«

»O ja, Sir, machen Sie sich darüber keine Gedanken.«

»Außerdem werde ich nicht an Deck kommen. Erzählen Sie mir nichts von Ihren großartigen Stabilisatoren, die sind mir nicht neu. Die kleinste Rollbewegung ist schmerzhaft für mich, ich werde mich also bis zum Anlegen in der Kabine aufhalten.«

»Ach!« sagte Pawkins. »Das ist wirklich schade, Sir.«

»Schon gut«, sagte Owen lächelnd. »Ich habe bis New York eine Menge aufzuarbeiten. Der Papierkram wird mich in Atem halten. Wenn Sie mir also nur mein Essen bringen und mir ansonsten alle Störungen vom Hals halten würden, wäre das wunderbar. Einverstanden?«

Pawkins legte zwei Finger an die Mütze. »Ganz wie Sie wünschen, Sir!«

Owen grinste und salutierte spöttisch, als der Steward die Kabine verlassen hatte.

»Püh!« machte Robin. »Mit dem Kerl haben wir Glück, ein hilfsbereiter alter Knabe.«

»Sei dir deiner Sache nicht zu sicher«, warnte Owen. »Er ist mir ein bißchen zu freundlich. Wenn er Konversation zu machen versucht, ignoriere ihn. Sorge dafür, daß er vor dem Eintreten anklopft, damit du Zeit hast, in die Koje zu steigen und dich zwischen die Papiere zu wühlen.«

»Ja.«

»Ab und zu solltest du dich schlafend stellen, mit dem Gesicht zur Wand – oder so ähnlich. Du mußt verhindern, daß er dich richtig anschaut, Robin, das ist wichtig!«

»Ich weiß, ich weiß«, sagte Robin gereizt. »Das hast du mir schon tausendmal gesagt.«

»Ich kann es nicht oft genug wiederholen. Du mußt wie ein *Gefangener* in dieser Kabine hausen, begriffen?«

»Spaß wird es mir nicht machen.«

»Nein«, sagte Owen. Spaß macht es sicher auch nicht, in Hoboken Gastanks zu füllen. Jedenfalls nicht so viel Spaß wie ein Leben am linken Seineufer mit pferdeschwänzigen jungen Pariserinnen...«

»Ich hab doch gesagt, daß ich's mache, Owen! Hör auf, mich zu piesacken!«

Owen lächelte. »Schließlich habe ich mir die harte Arbeit aufgehalst. Einschließlich des Fluges heute nacht.« Er erschauderte. »Für mich ist das das Schlimmste überhaupt. Wie hoch fliegen die verdammten Dinger eigentlich?«

»Neuntausend Meter, glaube ich.«

»Unvorstellbar!« Er griff nach unten und begann die Bandage vom rechten Fuß zu lösen. »Na schön«, sagte er. »Fangen wir an. Die Besucher müssen bald an Land.«

Zehn Minuten später verließ Owen Layton die Kabine. Die Krücken waren zurückgeblieben, die Bandage lag säuberlich um Robins Fuß, und er trug Robins grauen Tweedmantel und Robins breitkrempigen Hut. Gelassen schlenderte er über das A-Deck zur Gangway für Besucher und verließ die *S.S. Empire*.

Zum Flughafen Orly nahm er nur einen Koffer mit. Der Beamte warf einen kurzen Blick in den Paß, gab ihn zurück und sagte energisch: »Vielen Dank, Mr. Gerald.« Der Zollbeamte war großzügig, und der Ticketkontrolleur hätte nicht freundlicher sein können. Als Owen aber das Düsenflugzeug der Air France auf dem Vorfeld erblickte, als er die gewaltige Flügelspannweite wahrnahm und sah, wie relativ klein doch die Düsen waren, wurde ihm weich in den Knien, und sein Gesicht färbte sich so grau wie sein Bart.

Ein Lautsprecher im Abfluggebäude forderte die Passagiere von Flug 5 auf, an Bord der Maschine zu gehen. Jetzt kam der schlimmste Augenblick; nicht einmal der Gedanke an Harriets Ermordung beschäftigte Owen so sehr wie diese Sekunde. Doch er nahm sich zusammen und ging mit schleppenden Schritten zur Abflugrampe.

Seine Erinnerungen an den Flug waren lückenhaft. Er durchlebte fünf Minuten puren Entsetzens während des steilen Starts, acht Stunden im Wechsel zwischen Angst, Apathie und Müdigkeit und eine qualvolle halbe Stunde nach der Ankündigung des Kapitäns, daß man sich nun Idlewild nähere.

Schließlich war die Maschine sicher gelandet, und er war bereit für den wichtigsten Teil seines Plans.

Als er sein Gepäck wiederhatte, war es in New York Mitternacht. Er stieg in ein Taxi und ließ sich zum Grand-Central-Bahnhof fahren.

Dort deponierte er sein Gepäck in einem Schließfach und ließ sich von einem zweiten Taxi zu der Straße fahren, in der Harriet und er die letzten vier Jahre ihrer Ehe verbracht hatten. Das Sandsteinhaus wirkte von außen ganz unscheinbar, doch Harriet hatte das Innere mit viel Geld völlig umbauen und modernisieren lassen.

Es war nach zwei Uhr, als Owen endlich seinen Schlüssel benutzte – die Straße war leer, die Fenster der gegenüberliegenden Häuser zugezogen.

Leise stieg er die Treppe zum Schlafzimmer hinauf und fand es unbenutzt.

Harriet war nicht zu Hause.

Das überraschte Owen nicht. Es war Sonnabend. Er war ja schließlich offiziell in Paris, und Harriet hatte durchaus schon Bereitschaft gezeigt, auch ohne ihn auszugehen. Dennoch war er bekümmert. Harriet machte es ihm noch leichter; ihr Verhalten bestätigte die Berechtigung seines Handelns.

Er streckte sich auf dem Bett aus und wartete im Dunkeln.

Eine Stunde später ging die Haustür. Auf Zehenspitzen schlich er in den Flur.

Harriet war nicht allein. Ein Schatten folgte ihr, groß, hager und mit übertrieben breiten Schultern. Er hörte die Stimmen erst, als sie im Haus waren, und vermochte den Mann erst deutlich zu erkennen, als im Flur das Licht anging.

»Meine Füße, meine Füße!« klagte Harriet lachend. »Douglas, du bist ein Unhold, weißt du das?«

Douglas war ein schnurrbärtiger Unhold mit langen Koteletten. Owen, der sich stirnrunzelnd im Schatten hielt, vermutete, daß er einen von Harriets Tanzlehrern vor sich hatte, der hier offenbar Überstunden machte.

Der Mann umfaßte mit beiden Armen Harriets Taille.

»Laß das«, sagte sie achtlos und drehte sich vor dem Spiegel. Der Mann drückte ihr das Kinn in die Halsgrube, und sie kicherte. »Habe ich dir schon gesagt, daß sich mein Mann gemeldet hat?« fragte sie.

Er zog sie an sich.

»Gestern kam ein Telegramm«, fuhr sie fort. »Er trifft am Zwölften mit der *Empire* ein.«

»Vielleicht sinkt der Kahn ja«, sagte der Mann, und Harriet lachte.

»Genau das tue ich jetzt auch: ich lasse mich in die Federn sinken. Ich bin schrecklich müde, Douglas. Sei ein braver Junge und geh nach Hause.«

»Ich wäre lieber ein böser Junge und bliebe bei dir.«

Sie trat einige Schritte zurück und ging zur Tür.

»Ruf mich morgen an«, sagte sie.

Als er fort war, kam Harriet die Treppe herauf. Owen drückte sich gegen die Wand und ließ sie das Zimmer betreten. Mit einer melodramatischen Geste, an der er insgeheim Spaß hatte, schaltete er das Licht ein.

»Owen!« schrie sie.

Er tötete sie mit einer modernen Grès-Vase, die passenderweise in Paris gekauft worden war.

Jetzt kam eine unangenehme Zeit, unangenehm für einen Mann, der Ordnung und Sauberkeit liebte. Fünf Tage lang mußte er ein anonymes Leben führen. Er hatte sich überlegt, daß es so etwas am ehesten in jenen Stadtteilen gab, in denen die dunklen Seiten des Lebens am dunkelsten waren.

Es schmerzte ihn, seinen englischen Anzug in eine Aschentonne werfen zu müssen, doch er überwand sich. In zerdrückter Hose und Sporthemd und mit beschmutztem und zerzaustem Bart machte er sich auf den Weg in die Bowery. Dort gesellte er sich zunächst zu einer Gruppe von Tramps, die vor einer Kleiderausgabe Schlange standen, und legte sich ein Kostüm zu, das er nicht hätte erfinden können – ein mottenzerfressener, verwaschen-blauer Sweater, ein doppelreihiges Jackett mit zerrissenem Futter und unzähligen Knitterfalten und ein Filzhut mit fleckiger Krempe. Er verließ die Kleiderausgabe, kaufte sich für achtundneunzig Cents eine Flasche Sauterne und belegte im Hotel *Lamb* ein Bett für fünfzig Cents die Nacht.

Er fühlte sich wirklich denkbar unwohl, doch zugleich war er nicht unzufrieden. Hier würde ihn niemand erkennen, in diesen Kreisen bestand nicht die Gefahr, daß er alten Freunden oder Bekannten über den Weg lief. Oder vielleicht doch? Der Gedanke amüsierte ihn.

Montag mittag hob er in einer verrauchten Snackbar, deren Kaffee nach Desinfektionsmittel schmeckte, eine feuchte und fleckige Zeitung vom schmutzigen Kachelboden auf. Auf der zweiten Seite stand ein Artikel, der ihm trotz der übelriechenden Gerichte, die hier serviert wurden, Appetit machte.

FRAUENMORD AUF DER EAST SIDE
Tanzlehrer unter Mordverdacht verhaftet

Das war eine Wende der Dinge, die er nicht berücksichtigt hatte – weder vorher, noch bei der Durchführung des Plans. Die Entwicklung gefiel ihm aber sehr.

Die *S.S. Empire* legte am Morgen des Zwölften an. Eine Stunde vorher machte Owen einen kurzen Besuch im Grand-Central-Bahnhof. Er holte sein Gepäck aus dem Schließfach, rasierte sich im Waschraum und zog saubere Sachen an. Dann mietete er auf den Namen seines Bruders ein Auto und fuhr zum Pier 16.

Die Passagiere begannen aus dem Zollhaus zu strömen. Owen war darauf gefaßt, daß Robin zu den letzten gehören würde.

Endlich hatte er seinen Auftritt in Owens grünem Plaidmantel mit hochgeschlagenem Kragen, Owens Homburg tief über die Augen gezogen. Er hantierte ungeschickt mit Owens Krücken, gab aber einen ganz überzeugenden Krüppel ab.

Owen eilte ihm fürsorglich entgegen. Die Begrüßung erfolgte allerdings durch zusammengebissene Zähne.

»Was ist mit dem Steward?« fragte er gepreßt. »Hast du ihn vor Verlassen des Schiffes gesehen?«

»Nein«, brummte Robin. »Ich konnte ihm aus dem Weg gehen. Ein Trinkgeld habe ich ihm auch nicht gegeben, ganz wie du gesagt hast.«

»Gut!«

Owen half dem Bruder in das wartende Auto. »Schnell!« sagte er energisch. »Nimm die Binden ab, gib mir Hut und Mantel.«

Wie schon einmal wechselten sie die Kleidung. Als Owen den Wagen verließ, trug er Homburg und Mantel, und die Bandagen befanden sich wieder am ursprünglichen Fuß. Die Krücken kamen ihm wie alte Freunde vor, während er zum Pier zurückhumpelte.

Ein Schiffsoffizier kam durch den Passagierausgang. Owen grinste dem näherkommenden Mann entgegen und grüßte ihn in dem Augenblick, als der Offizier nickte.

»Verzeihen Sie«, sagte er freundlich. »Können Sie mir sagen, wann die übrigen Besatzungsmitglieder von Bord gehen?«

»Besatzungsmitglieder? Nun, einige gehen gar nicht an Land. Wen wollten Sie denn sprechen?«

Owen lächelte. »Es ist mir einigermaßen peinlich. Da ist ein Steward, den ich noch sehen wollte, ehe ich meine Kabine verließ. Er hat mich sehr gut versorgt.«

»Wie heißt er?«

»Pawkins, ein alter Knabe, sehr nett.«

Der Offizier lachte leise. »Ach ja, den kenne ich. Nun, da es sich um Pawkins handelt, hätte ich einen Vorschlag. Sie begleiten mich zum Büro des Zahlmeisters, und ich sehe mal zu, ob ich Pawkins dorthin holen kann. Dann können Sie dem Mann richtig danken.«

»Vielen Dank«, sagte Owen.

Pawkins freute sich wirklich sehr. Mit feuchten Augen starrte er auf die beiden Fünfzigdollarscheine und schüttelte Owen energisch die Hand.

»Ich bin Ihnen sehr dankbar«, sagte er. »Sehr dankbar, Sir. Und ich hoffe, daß Sie bald wieder mit uns fahren.«

»Bestimmt«, sagte Owen. »Sie können sich darauf verlassen.«

Er überließ Robin den auf seinen Namen gemieteten Wagen und gab ihm die Anweisung, sich in Greenwich Village eine Wohnung zu nehmen und eine Zeitlang ruhig zu leben. Dann fuhr er im Taxi nach Hause. Dort rechnete er mit Besuch – und wurde nicht enttäuscht.

»Mr. Layton?« fragte der Polizeibeamte. »Wir haben leider schlechte Nachrichten für sie...«

Der Schock über den Tod seiner Frau Harriet fesselte Owen eine Woche lang ans Haus. Verständlicherweise wehrte er Besuche seiner Freunde ab und akzeptierte ihre schriftlichen und fernmündlichen Beileidsbekundungen mit angemessenem Ernst. Als die Presse ihn über den Mord interviewte und sehr direkte Fragen über den gutaussehenden Tanzlehrer stellte, der seiner Anklage durch die Grand Jury entgegensah, hielt er sich mit seinen Antworten sehr zurück. Er habe keinen Grund, seine Frau der Untreue zu verdächtigen; er kenne Douglas Farr nicht und sei sicher, es werde keinen Skandal geben. Wenn Farr den Tod seiner Frau herbeigeführt habe, dann sicher aus Affekt. Sein Verhalten trug ihm gute Noten ein. Die Zeitungen stellten ihn als trauernden Ehemann hin, der in aller Unschuld von einer Geschäftsreise aus dem Ausland zurückkehrt und sein Heim und Glück zerstört findet. Wenn mit der Erwähnung des riesigen Vermögens, das nach Vollzug von Harriets Testament ihm gehören würde, noch anderes angedeutet werden sollte, so wurde solchen Unterstellungen durch die einfachen, klaren Tatsachen jeglicher Wind aus den Segeln genommen:

Als Harriet Layton starb, befand sich ihr Mann mitten auf dem Atlantik. Ein Tanzlehrer, dessen Moral sowohl in der Öffentlichkeit als auch bei der Polizei bekannt war, hatte sie als letzter lebendig gesehen. Ein Streit zwischen Liebenden? Das mutmaßte die Sensationspresse. Owen aber enthielt sich jeder Spekulation. Bewundernswert gefaßt erwartete er die Beschlüsse des Strafgerichts wie auch des Erbschaftsgerichts, überzeugt, daß die Gerechtigkeit hier wie dort siegen werde.

An einem Freitagabend zwei Wochen nach der Rückkehr aus dem Ausland saß Owen allein im unteren Wohnzimmer und beschäftigte sich geduldig mit der Minderung von Harriets Brandyvorräten.

Es war still im Haus, angenehm still. Als diese Ruhe durch das Klingeln des Telefons unterbrochen wurde, fühlte sich Owen gestört. Unwirsch griff er nach dem Hörer und vernahm eine ihm unbekannte Frauenstimme.

»Owen? Hier Sheila.«

»Wie bitte?«

»*Sheila*. Gott, es tut mir schrecklich leid, daß ich nicht vorher anrufen konnte, doch ich habe eben erst davon erfahren, ehrlich, ich hab's in den Zeitungen gelesen, die ganze schlimme Geschichte. Du mußt dich ja schrecklich fühlen!«

»Sind Sie sicher, daß Sie die richtige Nummer gewählt haben? Hier spricht Owen Layton.«

»Ja!« Die Stimme klang verärgert und plötzlich seltsam feindselig. »Hör mal, was für eine Tour soll denn das werden? Ist jemand bei dir?«

»Nein.«

»Weshalb dann die Schau? Hör mal, ich hab dir gesagt, du sollst mir nicht mit Ausreden von einer bloßen Bordromanze kommen. Ich kann das nicht ab.«

»Bordromanze?«

»Hör mal, Owen, ich möchte mich sofort mit dir treffen. Wir haben einiges zu bereden.«

Owen bedeckte die Sprechmuschel mit der Hand und starrte ungläubig auf den Apparat. Dann kam ihm ein schrecklicher Verdacht.

»Hast du Sheila gesagt? Von – der *Empire*?«

»Von der *Empire* – natürlich! Behaupte bloß nicht, du bist so durcheinander! Sicher hast du einen Schock hinter dir, aber so wie du über deine Frau geredet hast, war sie dir doch egal! Hör also endlich auf!«

Owen äußerte in Gedanken einen Fluch, in dem Robin eine große Rolle spielte.

»Ich habe nicht viel Zeit«, fuhr Sheila fort. »Ich möchte dich heute abend sehen.«

»Nein«, sagte er hastig. »Nein, das ist unmöglich.«

»Hör mal, wenn du meinst, du kannst mich so einfach abschieben...«

»Das habe ich ja gar nicht gesagt. Ich habe gesagt, ich kann mich heute abend nicht mit dir treffen. Ich – ich erwarte Besuch, wichtige Leute, Geschäftsfreunde.«

»Also morgen ganz früh.«

»Unmöglich!«

»Hör mal, Owen, so leicht wirst du mich nicht los. Nicht nach der Woche auf dem Schiff. Verstehst du?«

»Ich sage dir, es geht nicht! Ich verreise, ich verlasse die Stadt und weiß nicht, wann ich zurückkomme...«

»Ich bitte dich!«

Er ließ den Hörer fallen, als wäre er plötzlich zu heiß geworden. Der Hörer klapperte auf die Gabel und kam zum Stillstand.

Jetzt fluchte Owen, so laut er konnte.

Dann wählte er Robins Nummer.

»Du Idiot!« schrie er in die Muschel. »Du verdammter Dummkopf!«

»Owen?«

»Ja, Owen!« dröhnte er. »Weißt du, von wem ich eben gehört habe? Von Sheila! Sagt dir der Name etwas?«

Es kam keine Antwort, nur ein vager Laut war zu hören, der darauf schließen ließ, daß Robin trocken heruntergeschluckt hatte.

»Na? Wer ist Sheila?«

»Owen, hör doch zu...«

»Du solltest in der Kabine wie *gefangen* sein, ja? Du solltest keinen Fuß vor die Tür setzen! Wie viele andere Frauen hast du angequatscht? Wahrscheinlich bist du in den Aufenthaltsraum gegangen und hast mit Passagieren Bridge gespielt! Oder hast du gar am Tisch des Kapitäns gesessen?«

»Ich schwöre dir, so war es nicht! Ich habe alles so gemacht, wie du mir gesagt hattest, Owen. Auf meinen Eid! Der Steward hat keinen Blick in mein Gesicht werfen können!«

»Und was ist mit Sheila? Was hat sie gesehen?«

»Sie war die einzige, Owen, ehrlich. In der verdammten Kabine drehte ich langsam durch. Da habe ich einen kleinen Spaziergang an Deck gemacht, nachts...«

»Ein kleiner Spaziergang! Ach, und dabei hast du dir Sheila gegriffen, beim Spazierengehen?«

»Owen, ich schwöre dir...«

»Du hast jetzt genug geschworen. So wie die Frau eben redete, hast du ihr sonstwas versprochen. Sie verlangt mich zu sehen. Sie hat von Harriets Tod erfahren und will nun ein Stück vom Kuchen abhaben. Begreifst du, was das bedeutet?«

»Ach je, Owen, ich hätte nie gedacht...«

»*Ist dir klar, was das bedeutet?* Wenn sie hier aufkreuzt, bin ich geliefert. Dann sitze ich in der Klemme! Ein Blick, und sie weiß, daß ich nicht an Bord des Schiffes war! Glaubst du, dann braucht sie lange, um zwei und zwei zusammenzuzählen?«

Robin stieß einen kummervoll-blökenden Laut aus.

»Kannst du sie denn nicht vertrösten? Wenigstens lange genug, bis...«

»Wie denn? Nachdem du so charmant zu ihr warst?«

»Könntest du nicht ein Weilchen verreisen?«

Owen schwenkte den Hörer wie ein Schlagholz hin und her. Dann sagte er: »Vielleicht hast du recht. Das dürfte im

Augenblick die einzige Lösung sein. Ich fahre nach Paris zurück, um dort meine Geschäfte abzuschließen…«

»Es tut mir leid, Owen.«

»Es tut dir leid!« fauchte er und knallte den Hörer zum zweitenmal hin.

Jetzt brauchte er nur noch einen Anruf zu erledigen, beim Fahrkartenbüro der British Line.

Auf der *S.S.Empire* waren keine Luxuskabinen mehr frei gewesen, und zum erstenmal in seinem Leben mußte sich Owen mit einem Quartier auf dem B-Deck begnügen. Doch war dies eine Widrigkeit, die er hinnehmen mußte, um Sonnabend noch abreisen zu können.

Der Steward, der ihm seine Kabine zeigte, war ein mürrischer, wenig verbindlicher Mann, der keinen sonderlich guten Service verhieß. Allerdings hatte Owen kaum Sonderwünsche. In der letzten Woche hatte er Bandagen und Krücken abgeworfen und seine Gicht für geheilt erklärt.

Die Kabine war klein und eng und schlecht gelüftet; der Wetterbericht verhieß wenig Gutes für die Zeit der Überfahrt. Das Barometer zeigte auf Sturm. Eine ruhige Überfahrt schien ausgeschlossen – doch wenigstens entkam er seinem Schicksal.

Das Schiff legte um sechzehn Uhr ab. Eine Stunde später klopfte es an Owens Tür.

»Herein!« sagte er.

Die Tür ging auf, und eine Frau in einem schmucken blauweißen Hosenanzug stand in der Tür und blickte ihn mit geöffnetem Mund an. Sie hatte eine strenge Frisur, und ihr freundlich-attraktives Gesicht litt unter einem zu kräftig ausgeprägten Mund und Kinn.

»Tut mir leid«, sagte sie. »Ich dachte, dies sei Mr. Laytons Kabine.«

»Ja, ich bin Mr. Layton. Was kann ich für Sie tun?«

Sie zog die Brauen zusammen. »Sie sind nicht Owen Layton.«

»Doch.«

Ein unsicheres Lachen. »Aber das gibt es doch nicht! Ich meine – Mr. Layton ist viel jünger. Ich bin sicher, da liegt ein Irrtum vor...«

»Hätten Sie etwas dagegen, mir zu sagen, was Sie wollen?«

Vorsichtig trat sie ein.

»Ich habe Ihren Namen auf der Passagierliste gesehen. Der Owen Layton, den ich meine – nun, er ist etwa so groß wie Sie, hat einen Bart wie Sie, aber – na ja, er ist im Weinhandel tätig. Sind Sie im Weinhandel?«

Die Luft in der Kabine schien plötzlich unerträglich schwül zu sein; Owen, der an dem schmalen Ankleidetisch saß, fiel das Atmen schwer. Mit entsetzt aufgerissenen Augen starrte er die Frau an.

»Wer sind Sie?« fragte er heiser.

»Sheila Ross«, antwortete die Frau und preßte die Lippen zusammen. »Ich bin hier an Bord für die Veranstaltungen zuständig.«

»Die Veranstaltungen« fragte Owen. »Sie arbeiten auf dem Schiff?«

»Ja. Und wer zum Teufel sind *Sie*?«

Dann machte sie kehrt und ging mit klickenden Absätzen zur Tür.

»Egal«, sagte sie grimmig. »Ich finde heraus, wer Sie sind! Wetten?«

Die Tür knallte hinter ihr zu. Oben an Deck dröhnte die Pfeife der *Empire* auf und warnte die Meere, daß das Schiff unterwegs war, bei jedem Wind und Wetter.

Der letzte Drink

»Langsam einschenken«, sagte Del Harmon, legte die Daumen zusammen und rahmte damit das Bild des Barmannes und der Flasche ein. »Ich möchte Sie so in Erinnerung behalten.« Er kicherte albern, und die Ellenbogen, die ihn stützten, rutschten auf der feuchten Fläche der Bar zur Seite. Rudy der Barmixer reagierte nur mit einem Grinsen, doch Bob Pitter von der Agentur, der mit ernstem Blick neben Del saß, wurde nervös. Er packte den anderen am Arm und sagte: »He, jetzt reicht's aber. Laß den Drink doch sausen!«

»Du verstehst gar nichts«, sagte Del und betonte jede Silbe. »Das hier ist nicht *irgendein* Drink, mein lieber Bobby; es ist der letzte Drink einer langen, langen Reihe. Hab ich nicht recht, Rudy?«

»Jawohl, Sir, Mr. Harmon«, antwortete der Barmixer und blinzelte Pitter zu. »Eine lange Reihe Drinks, das ist richtig. Aber der letzte?«

»Der letzte«, sagte Del durchdringend. »Der absolut letzte, mein guter Freund.« Er setzte das kleine Glas an die Lippen, warf den Kopf zurück und ließ die braune Flüssigkeit in seinem Hals verschwinden. Er schloß die Augen, als genösse er die Reise des Alkohols in sein Inneres, und wirkte im nächsten Augenblick so nüchtern wie noch nie an diesem Abend. »Der letzte Drink«, wiederholte er. »Du müßtest dich eigentlich darüber freuen. Vielleicht kriege ich deine Filmchen nun doch noch fertig, vielleicht brauchst du meine Aufträge gar nicht zu streichen.«

»Wer, ich? *Du* hast doch Schluß gemacht, Del! Du

könntest haufenweise Werbefilme für mich drehen, wenn du nur wolltest.«

»Alles wird anders«, sagte Del ernst und rückte seine gestreifte Krawatte zurecht. »Ich sage dir, ich werde mich ändern. Keine Sauftouren mehr, keine Frauen mehr, alles ganz tugendhaft. Nüchtern, fleißig, was du willst – ich stehe an vorderster Front.« Er setzte ein jungenhaftes Grinsen auf, das sein langes, flaches Gesicht plötzlich attraktiv wirken ließ. »Und jetzt fahre ich nach Hause«, verkündete er. »Nach Hause zu Alma.«

»Alma?« Bob Pitter zuckte zusammen. »Hast du Alma gesagt? Ich dachte, es wäre zwischen euch beiden aus.«

»*War*«, berichtigte Del. »Wir sind wieder zusammen, alter Freund, vereint unter dem Banner der Ehe.« Seine Stimme verlor den spöttischen Ton. »Ich habe mich letztes Wochenende lange mit ihr unterhalten, wir haben uns gründlich ausgesprochen, Bob. Sie hat mir vor Augen geführt, was für ein Schweinehund ich gewesen bin; obwohl mir das eigentlich niemand zu sagen brauchte. Jedenfalls habe ich ihr ein Versprechen gegeben, das ich halten werde. Und damit fängt es an.« Mit dem Daumen wies er auf die Flaschen, die hinter der Bar schimmerten, und griff nach der Brieftasche.

»Laß mich bezahlen«, sagte Bob.

»O nein. Das muß ganz offiziell vor sich gehen. Ich muß dafür bezahlen, begreifst du?« Und er beglich die Rechnung – für den letzten wie für alle vorausgegangenen Drinks. Zuletzt legte er einen Fünfdollarschein auf den Stapel. »Das ist für Sie, Rudy«, sagte er. »Als Ausgleich dafür, daß Sie nun einen Kunden verlieren.«

»O ja«, sagte Rudy nickend. »Vielen Dank, Mr. Harmon.«

Auf der Straße stolperte Del und wäre fast gestürzt. Pitter hielt ihn gerade noch fest und sagte: »Ob das nun der letzte Drink war oder nicht, du bist auf jeden Fall sternhagelvoll. Willst du in diesem Zustand wirklich zu Alma?«

»Das schaffe ich schon«, sagte Del und lachte. »Wenn ich zu Hause ankomme, bin ich bestimmt stocknüchtern. So eine Zugfahrt wirkt Wunder.«

»Soll ich dich zum Bahnhof bringen?«

»Nein, geh nur nach Hause, Bob. Du glücklicher Stadtmensch. Ich wette, vor deiner Tür sitzt schon eine hübsche Blonde.«

Pitter lachte. »Das Glück möchte ich mal haben! Aber wenn du wirklich Schluß machst, kannst du mir ja deine Abgelegten überlassen...«

»Von mir aus, Kumpel, kannst sie alle haben! Ich will nur noch Alma, meine süße kleine Alma...«

»Mann, du bist ja wirklich total umgekrempelt!«

»Ich bin verliebt«, antwortete Del und blickte ihn ernst an. »Ich liebe meine Frau. Ehrlich, ich liebe sie.« Tränen standen in seinen Augen, und Bob Pitter wandte verlegen den Blick ab. Dann schlug er seinen Freund auf die Schulter und fuhr nach Hause.

Del hatte sich geirrt. Die Zugfahrt ernüchterte ihn keineswegs, sondern ließ ihn in einen unruhigen, wenig erfrischenden Schlaf sinken. Als ihn der Schaffner kurz vor North White Plains wachschüttelte, reagierte er völlig verschlafen. Der Tritt des Zuges kam ihm zweimal so hoch vor wie üblich; nur dem Schutzengel aller Betrunkenen war es zu verdanken, daß er sich nicht das Bein brach oder das Fußgelenk verstauchte.

Auf dem Parkplatz belebte ihn die kühle Nachtbrise. Doch als er schließlich den Wagen fand, den niedrigen Zweisitzer, den er liebevoll T-Bird nannte, gelang es ihm nicht, Schloß und Schlüssel zusammenzubringen. Er verwünschte seine unsichere Hand, verwünschte Henry Ford und die sechs Meilen, die ihn noch von zu Hause trennten. Von zu Hause und Alma. Der Gedanke an seine Frau ernüchterte ihn.

»Alma«, sagte er laut, startete den Wagen und fuhr auf die Schnellstraße. Ehrfürchtig wiederholte er den Namen. Ihm war ehrfürchtig zumute. Nach zweijähriger Ehe hatte er plötzlich den wirklichen Sinn, die wahre Freude des Zusammenseins mit seiner Frau entdeckt. Als der Kummer begann, hatte er gemeint, es läge an seinem hektischen Beruf, an der Herstellung von Werbefilmen für das Fernsehen: der ständige Druck, der aufreibende Konflikt zwischen Werbeagenturen und Klienten, der von beiden Seiten über ihn hereinbrach. Es war der Beruf, der das Trinken zur Notwendigkeit erhob, der Überstunden unvermeidlich machte, der ihn unweigerlich mit anderen Frauen zusammenführte. Inzwischen wußte er, daß die Schuld bei ihm lag, daß er sich gegen den Gedanken einer Ehe gewehrt hatte. Diesen Kampf hatte er inzwischen überwunden. Er brauchte Alma. Er liebte Alma.

»Alma, ich liebe dich!« sagte er in die Nacht, und sentimentale Tränen ließen die Straße vor dem Wagen verschwimmen.

Die Umgebung war immer noch undeutlich, als er auf die ungepflasterte Straße abbog, die seinen Heimweg um eine halbe Meile verkürzte. Er wollte möglichst schnell nach Hause; er hatte Alma versprochen, um acht Uhr da zu sein.

Er hatte noch immer Tränen in den Augen, als der grünweiße Blitz über die Straße zuckte. Einen Sekundenbruchteil lang ließen die Scheinwerfer des T-Bird das Phantom deutlich hervortreten, das wirbelnde weiße Kleid und den grünen Pullover der Frau, die neben dem defekten Auto stand. Erst später machte er sich klar, wie dicht am Straßenrand er gefahren war und daß er einen Ruck gespürt und ein dumpfes Geräusch gehört hatte – die Folgen eines Zusammenstoßes. Aber das war später. Zunächst raste er mit aufheulendem Motor von der Stelle fort, auf der Flucht vor einem Ereignis, das zu schrecklich war, als daß er sich damit befassen konnte.

Nach einer Weile wurden seine Gedanken wieder klar, und er verlangsamte die Fahrt. Schließlich stoppte er den Wagen und zündete sich eine Zigarette an. Er dachte über den Vorfall nach und wußte sofort, daß er etwas unternehmen mußte.

»Was soll ich tun?« flüsterte er. »Zum Teufel, was soll ich tun?«

Dann kam ihm der Gedanke, daß die Frau vielleicht noch lebte und Hilfe brauchte.

»Vielleicht hat sie ja nur eine Prellung«, sagte er. »Kommt ja immer wieder vor. Ein bißchen gestreift, nicht weiter schlimm. Ich bin ja gar nicht so schnell gefahren.«

Er warf die Zigarette aus dem Fenster.

»Ich *muß* zurück«, sagte er und widersetzte sich einer leisen Stimme in seinem Kopf, die sich nach dem Grund erkundigte.

Er legte den Rückwärtsgang ein und wendete auf dem weichen Seitenstreifen des Weges. Dann fuhr er zurück.

Als erstes sah er den Wagen, einen dunkelgrünen Plymouth, nicht gerade neu. Sämtliche Lichter waren abgeschaltet. Von der Frau war nichts zu sehen, und schon rührte sich in ihm die Hoffnung, daß sie einfach aufgestanden war, sich abgestäubt hatte und bereits Hilfe holen ging.

Er stellte den T-Bird auf der anderen Seite ab und stieg aus.

Die Frau fand er fast dreißig Meter von ihrem Wagen entfernt. Sie war in das weiche Laub geschleudert worden, das den Weg säumte; als er ihr unverletztes Gesicht bemerkte, hoffte er, sie könne noch am Leben sein. Aber dann bemerkte er die blutigen Arme, das blutverschmierte Kleid, die unnatürliche Stellung ihres Körpers. Sie war tot. Er hob sie hoch (sie war leicht und zerbrechlich, so mühelos zu heben wie Alma) und trug sie zu den Autos.

Im Scheinwerferlicht sah er ihr Gesicht. Sie war eine hübsche Frau Anfang Dreißig, eine Frau, die wohl recht attraktiv gewesen wäre, hätte der Tod nicht jeden Gesichtsausdruck ausgelöscht.

Zum erstenmal betrachtete er das Vorderteil seines Autos und bemerkte die eindeutigen Spuren des Zusammenstoßes. Der Anblick des zerdrückten Metalls war womöglich noch schlimmer als die tote Frau in seinen Armen.

Panik ergriff ihn, eine Panik, gegen die er sich nicht wehrte. Er zitterte so heftig, daß er die geringe Last nicht mehr zu halten vermochte; er legte sie auf den Boden, ließ sich auf die Knie fallen, barg das Gesicht in den Händen und begann zu stöhnen. Aber er klagte nicht um sie; sie war eine Fremde. Die Klagelaute galten ihm selbst, seinem Pech und seiner Alma. Unfair! Ja, es war unfair! Daß so etwas gerade jetzt passieren mußte, kaum daß er sich entschlossen hatte, ein neues Leben zu beginnen...

Er stand auf und blickte auf die Tote hinab, und seine Lippen verzogen sich zu einem Ausdruck, der nur Entrüstung genannt werden konnte.

»Idiotin!« murmelte er. »Alte Idiotin...«

Sein Blick fiel auf das verlassene Auto der Frau. Plötzlich erfüllte ihn der Drang, sie auf den Fahrersitz zu heben, wohin sie gehörte, und sie einfach sitzenzulassen und zu vergessen. Sie hatte kein Recht, nachts auf der Straße zu stehen, ohne Licht, ohne Warnzeichen... Ihre eigene Schuld. Warum benahm sie sich so dämlich!

Er ging zum Plymouth und öffnete die Tür. Der Schlüssel steckte in der Zündung; er drehte ihn, doch es geschah nichts. Batterie, dachte er.

Schließlich setzte er sie doch nicht in ihren Wagen oder ließ sie am Ort des Geschehens zurück. Damit war nichts gelöst. Man würde sie finden und sofort wissen, wie sie gestorben war. Daraufhin würde man ermitteln, wer diesen Weg jeden Abend befuhr, und feststellen, daß er im Zug gewesen war. Dann war es nur noch ein kleiner Schritt bis zu seinem beschädigten T-Bird und unangenehmen Fragen – und wenn es erst so weit war, konnte er seine Schuld nicht verbergen. Das konnte er einfach nicht.

Zeit! dachte Del Harmon. Er brauchte Zeit. Das war die Lösung! Wenn die Frau nicht sofort gefunden wurde, hatte er Zeit, seine Spuren zu verwischen, jede Verbindung zwischen seiner Fahrt und ihrem Tod auszulöschen...

Er bückte sich und hievte die Frau erneut empor. Seltsamerweise kam sie ihm plötzlich schwerer vor. Er brachte sie zum T-Bird und öffnete die rechte Tür. Nicht ohne Mühe drückte er sie in den schmalen Vordersitz. Sie sank nicht nach vorn; der Schalensitz hielt sie fest; auf den ersten Blick sah sie wie eine erschöpfte Beifahrerin aus. Er ging um den Wagen herum und setzte sich wieder hinter das Steuer.

Er wußte nicht, wohin er fuhr; ihn erfüllte ein einziger Gedanke: er mußte fort von dem verlassenen Plymouth. Viele Meilen fort, auf eine abgelegene Straße, die ebenso einsam und bewaldet war wie der Weg, auf dem die Tragödie geschehen war. Ein Ort, an dem er seine Beifahrerin loswerden konnte, eine einsame Stelle, wo die Leiche jahrelang modern konnte, ohne entdeckt zu werden...

Der Weg endete, und er bog auf die Hauptstraße ein. Bis zu der Siedlung, in der er wohnte, war es nur noch eine Meile, eine Meile bis Alma, aber dorthin konnte er jetzt nicht. Der Gedanke war die reinste Qual: die Zuflucht war so nahe und doch so unnahbar. Er raste durch die Vorortstraßen, fluchte über die rote Ampel, die ihn aufhielt, und ließ bei Grün den Motor aufheulen. Die hellerleuchteten Häuser, an denen er vorbeiraste, kamen ihm so gemütlich und voller häuslicher Freude vor, daß Neid ihn erfüllte – und ein irrationaler Haß auf die Fremde neben sich.

Er wußte nicht, wie weit er fuhr; er blickte nicht auf den Meilenzähler. Er erkannte die Pulham-Brücke, die sich fünfzehn Meilen entfernt im Norden befand; anschließend fuhr er noch eine halbe Stunde. Er fuhr immer weiter, auf der Suche nach Seitenwegen, bis er schließlich auf einer unbekannten Landstraße ein Schild fand mit einer Warnung vor einer unfertigen Straße, die ins Nichts führte. Und dorthin wollte er, ins Nichts; er fuhr den Weg bis zu seinem verlassenen Ende, stoppte den Wagen und schaltete die Lichter aus.

Dann zerrte er die Leiche der Frau ins Freie und trug sie tief ins Unterholz.

Dort ließ er sie liegen, bedeckt mit Blättern und Ästen und hastig zusammengekratzter Erde, wie etwas Widerliches, Abscheuliches. Zuletzt kehrte er zum T-Bird zurück, ließ den Motor an und fuhr langsam zur Hauptstraße zurück.

Es war kurz vor Mitternacht, als die Siedlung vor ihm auftauchte; fast drei Stunden waren vergangen seit dem Augenblick, da er das grün-weiße Aufblitzen gesehen hatte.

Als er das sanft geneigte Dach seines Hauses und den gewundenen Holzzaun mit den Rosenranken erblickte, saß ihm ein dicker Kloß im Hals, und seine Augen brannten. Die Fenster waren dunkel; Alma hatte nicht auf ihn gewartet, aber das war durchaus in Ordnung. Er würde ins Schlafzimmer gehen und sie mit einem Kuß auf die glatte

Wange wecken. Dann wollte er sich auf die Bettkante setzen und ihre Hand halten und sich leise mit ihr über die Dinge unterhalten, die für sie beide wichtig waren, über seine neuen Vorsätze, seine Versprechungen für die Zukunft...

Er lenkte den Wagen in die Auffahrt. Da die Garagentür geschlossen war, stoppte er den T-Bird, schaltete den Leerlauf ein und stieg mühsam aus. Er legte die Finger um den Türgriff und ruckte ihn nach oben, doch die Tür rührte sich nicht. Sie war verschlossen.

Er vergaß die zärtlichen Gedanken, die er eben noch gehabt hatte, und begann Alma zu verwünschen. Wie dumm von ihr – typisch! Er blickte zum Auto zurück, das in der Auffahrt stand, auf die verräterischen Spuren des Zusammenstoßes an Kotflügel und Motorhaube, und fluchte über die Gedankenlosigkeit seiner Frau. Er schaltete den Motor ab und ging zur Haustür. Erst jetzt fiel ihm ein, daß er ja gar keinen Schlüssel hatte, daß er seit der Trennung vor sechs Monaten keinen Schlüssel mehr besaß. Sich leise ins Schlafzimmer zu schleichen und ihr einen Kuß auf die Wange zu geben – davon konnte keine Rede mehr sein. Er mußte klingeln.

Und er klingelte.

Als sie nicht herunterkam und hinter den oberen Fenstern auch kein Licht erschien, läutete er zum zweitenmal. Noch immer keine Antwort, und er begann energisch an die Tür zu klopfen.

»Alma!« flüsterte er heiser. »Ich bin es, Del!«

Endlich erschien ein Lichtfleck auf dem Rasen. Er trat von der Haustür zurück und sah den schwachen gelben Schimmer hinter dem Rouleau des Schlafzimmers. Wieder klingelte er.

»Del?« ertönte da ihre Stimme. Dann sagte sie unfaßbarerweise: »Verschwinde...«

Es war ein kaum hörbares Flüstern hinter der Tür. Im ersten Augenblick glaubte er seinen Ohren nicht zu trauen, doch als er wieder klingelte, sagte sie:

»Verschwinde endlich, Del! Hörst du? Fahr weiter!«

»Alma! Alma, ich bin es doch!«

»Das *weiß* ich. Aber ich lasse dich nicht ins Haus, Del. Es hat keinen Sinn, daß du Theater machst.«

»Aber du *mußt* mich einlassen! Alma, um Himmels willen...«

»*Verschwinde!*« kreischte sie. Dann herrschte Stille.

Wieder drückte er auf den Klingelknopf, diesmal in kurzen Abständen. Er hämmerte gegen die Tür, bis sie in den Angeln erbebte, doch von der anderen Seite waren keine Worte mehr zu hören. Das schräge Lichtrechteck, das auf den Rasen geworfen wurde, verschwand.

»*Alma!*« brüllte er. »Alma, laß mich rein!«

Zwanzig Minuten lang hämmerte er vergeblich gegen die Tür, ohne sich darum zu kümmern, daß die Nachbarn Licht zu machen begannen, daß zornige Stimmen durch die Nacht hallten und ihm rieten, endlich den Mund zu halten und zu verschwinden, und ihm schließlich sogar Gewalt und die Polizei androhten. In seiner Verzweiflung probierte er es an der Hintertür und fand sie versperrt. Daraufhin versuchte er das Küchenfenster aufzubrechen, doch ohne Erfolg.

Als er wieder nach vorn kam, näherte sich ein grauweißes Auto, in langsamer Fahrt, unheildrohend. Auf der Vorderbank saßen zwei Uniformierte.

Es blieb keine Zeit für Erklärungen, keine Zeit, den Beamten zu erklären, was er verständlich machen mußte. Sie waren zu neugierig, zu mißtrauisch: der T-Bird in der Auffahrt wurde zum Ziel ihrer hellen Taschenlampen, ehe er die richtigen Worte fand, sie fortzuschicken. »He, Petey, sieh dir das an!« sagte der eine Beamte, und sein Licht zuckte über den zerdrückten Kotflügel des Zweisitzers. »Ist das Ihr Wagen, Mister?«

Er vermochte nicht gefaßt zu antworten; sie sahen sein bleiches Gesicht und seine zitternden Lippen und ahnten, daß er mehr war als ein aufgebrachter Ehemann. Sie untersuchten den Sitz des T-Bird, und im Licht der Taschenlampe leuchteten die Blutflecke erschreckend rot auf dem beigefarbenen Polster. Noch einmal sahen sich die Beamten die Front des Wagens an und wandten sich dann an Del, der nur noch stammeln konnte.

»Ich bin schuldlos, ehrlich! Ich bin schuldlos. Es war ein Unfall...«

Zehn Minuten später saß er zusammengesunken und schicksalsergeben im Rücksitz des Streifenwagens und dirigierte die Beamten zu der einsamen Stelle, wo er seine Schande und seine Schuld hatte verstecken wollen.

Ein einziger Trost blieb ihm: als sie von seiner Verhaftung erfuhr, besuchte ihn Alma. Bei ihrem Anblick begann Del fast zu weinen und verwünschte die Drahtmaschen, die sie trennten. Er steckte die Finger durch das Geflecht und berührte ihre Hand.

»Warum hast du es getan, Alma?« fragte er. »Warum hast du mich ausgesperrt? Ich weiß, ich kam zu spät, viele Stunden zu spät. Aber das war doch nicht Grund genug...«

»Das war es auch nicht, Del.«

»Was dann? Was hat dich dazu gebracht?«

Sie wandte den Blick ab. »Margie Wright. Sie hat es getan, Del. Sie ist schuld.«

»Wright? Du meinst die alte Schachtel aus dem Bridgeklub?«

Sie nickte. »Sie – sie rief mich gegen halb zehn an und

sagte, sie müsse mir etwas sagen, in meinem eigenen Interesse. Etwas, das ich wissen müßte.«

»Wissen? Was denn wissen?«

»Margie war draußen vor ihrem Haus und rollte gerade den Gartenschlauch ein oder so, als sie deinen Wagen vorbeifahren sah. Sie erkannte den Wagen, sie erkannte dich. Und sie sagte –« Alma verdeckte die Augen –, »du hättest eine Frau im Wagen. Eine fremde Frau, und sehr hübsch.«

Die Sherlock-Methode

Ivers hätte nicht zu sagen gewußt, was ihm an Cardoza mißfiel – er mochte den Mann einfach nicht. Tief zurückgelehnt in Cardozas Tausend-Dollar-Ledersessel, ließ er Cardozas Eis in Cardozas Whiskey kreisen und sah sich in dem Junggesellenapartment um, auf der Suche nach etwas, worüber er lästern konnte. Cardoza selbst lieferte ihm schließlich einen Ansatzpunkt. Er stand in unnötiger Pose vor den Bücherregalen. (Normalerweise bekam er dreißig Dollar die Stunde; er war Dressman). Mit langen, schmalen Fingern nahm er ein Buch aus dem Regal und betrachtete entzückt den Rücken.

»Bist du ein Jünger, Hal?« fragte er.

»So jung nun auch wieder nicht«, knurrte Hal Ivers.

Cardoza lachte pflichtschuldig. »Ich meinte einen Baker-Street-Jünger. Bist du Sherlock-Holmes-Fan?«

»Ich habe ein paar Stories gelesen. Nicht schlecht, wenn man so etwas mag.«

»Nicht schlecht? Das ist die Untertreibung der Woche! Offen gestanden halte ich Holmes für die aufregendste literarische Figur, die je geschaffen wurde. Wahrscheinlich weißt du es nicht, aber als wir zusammen im College waren, habe ich Lehrbuchumschläge um den *Hund von Baskerville* und ähnliche Titel gelegt. Mit bestem Ergebnis. Alle hielten mich für lerneifrig, während ich mich nur amüsierte.«

Jungenhafte Begeisterung rötete sein hübsches Gesicht. Bei jedem anderen hätte sich Ivers großmütig-amüsiert gezeigt, nicht aber bei Cardoza.

»Sherlock Holmes«, sagte er langsam, »das ist alles nur Blödsinn.«

»Was?«

»Du hast mich schon verstanden. Das Getue um seine deduktiven Fähigkeiten ist doch nur Täuschung. Nach einem Blick auf die Schuhe eines Mannes behauptet er, der Kerl sei Junggeselle, stochert sich in den Zähnen herum, liebt dicke Frauen und nimmt Oboenunterricht. Meiner Meinung nach Blödsinn!«

»Ich finde das nicht fair«, antwortete Cardoza sichtlich gekränkt. »Die deduktive Methode gehört bei der Polizei zur Routine. Holmes hat keine Schlußfolgerung gezogen, die er nicht begründen konnte.«

»Klar. All seine Schlußfolgerungen waren begründet, denn so hat Conan Doyle die Geschichten ja angelegt. Doyle reichte Sherlock die Hinweise auf einem silbernen Tablett. Wenn Holmes feststellen sollte, daß ein Mann in der letzten Zeit viel geschrieben hatte, verpaßte er ihm bequemerweise Tintenflecke an den Fingern und abgestoßene Manschetten. So einfach machen es einem die Autoren – aber im richtigen Leben ist das nicht so.«

Während seiner Worte behielt er Cardoza im Auge. Die Wirkung seiner These spiegelte sich sofort auf dem Gesicht des anderen. Die kleinen Wangenmuskeln, die Ivers haßte (er selbst hatte ein glattes, fleischiges Kinn), begannen zu zucken, in Cardozas klaren grauen Augen (Ivers' waren dunkelbraun und zu klein für sein rundes Gesicht) stand ein schmerzlicher Ausdruck.

»Ich finde, du irrst dich«, antwortete Cardoza. »Vielleicht kann man nach einem kurzen Blick auf die Schuhe eines Mannes nicht gerade behaupten, er stochert in den Zähnen, aber aus der Erscheinung oder den Besitztümern einer Person läßt sich viel ableiten. Nehmen wir einmal dich. Ich brauche dich nur so anzuschauen, um zu wissen, daß du heute abend kein Rendezvous mit deiner Freundin hast.«

Ivers blinzelte. Seine Freundin Hilda hatte als Juwelierin regelmäßig in Providence zu tun.

»Na schön, du Schlauberger«, sagte er bitter. »Das war kein so toller Trick.«

»Aber ins Blaue geraten war es auch nicht«, entgegnete Cardoza. »Eine klare Schlußfolgerung. Wir haben Sonnabend nachmittag fünf Uhr, und du bist längst rasiert. Du hast einen sehr dünnen Bart und rasierst dich nur einmal am Tag. Wärst du mit deinem Mädchen verabredet, hättest du dir die Rasur bis heute abend aufgehoben. Außerdem bist du mit einer Tüte des Drugstore hier angekommen, darin zwei Taschenbücher. Das beweist mir, daß du einen ruhigen Abend zu Hause planst.«

Cardoza hatte sich wieder gefangen: er setzte sein Dressman-Lächeln auf. Wutschnaubend griff Ivers in die Tasche und holte eine Münze heraus.

»Hier hast du einen Zehner für die Charakteranalyse«, sagte er. »Mehr ist sie nicht wert.«

»Ach, ich weiß nicht. Mit der Sherlock-Methode kann man meines Erachtens viel über den Charakter eines Menschen herausfinden. Man braucht sich nur anzusehen, was der Betreffende besitzt, welche Bücher, welche Kleidung, welche Möbel...« Er machte eine umfassende Handbewegung, deutete unbescheiden auf die geschmackvoll-teure Einrichtung.

»Unsinn!« sagte Ivers gepreßt. »Eine verrückte Idee. Halb ausgegorene Vermutungen anstellen, das kannst du, mehr nicht.«

»Mag sein«, sagte Cardoza leise lachend. »Noch einen Drink?«

Ivers ließ sich an der gepolsterten Bar in der Ecke einen neuen Highball zurechtmachen. Er blickte auf Cardozas faltenlos sitzenden Maßanzug und kam zu dem Schluß, daß er den anderen haßte. Plötzlich fiel ihm etwas ein. Als Cardoza ihm das Glas reichte, meinte er:

»Ich mache dir einen Vorschlag, Kumpel. Hast du heute abend etwas vor?«

»Nichts Wichtiges. Warum?«

Ivers grinste schief. »Mir ist da eben eine Inspiration gekommen. Bist du eine Spielernatur?«

»Was meinst du?«

»Ich meine, wärst du bereit, in eine große Wette einzuschlagen, sagen wir um hundert Dollar? Keine gewöhnliche Wette. Etwas, das dir Spaß machen müßte.«

»Interessant. Bitte die Einzelheiten.«

Ivers setzte sich in dem Ledersessel zurecht. »Du hältst deine Sherlock-Methode für umwerfend, das sollst du beweisen. Wie schon du sagtest, ist meine Freundin heute außerhalb. Sie mußte nach Providence und dort einen Mann besuchen. Ich kenne Hildy inzwischen ganz gut, wir sind seit etwa einem Jahr zusammen.«

»Na und?«

»Hildy ist ein sehr interessantes Mädchen. Glaubst du, du könntest ihren Charakter analysieren, ohne sie überhaupt kennenzulernen?«

»Ich verstehe nicht, worauf du hinauswillst.«

»Ganz einfach«, sagte Ivers lächelnd, griff in die Hosentasche und holte einen kleinen Sicherheitsschlüssel hervor. »Ich habe einen Schlüssel zu ihrer Wohnung – seit acht Monaten schon. Ich schlage vor, du gehst in die Wohnung, siehst dich dort um und verbringst vielleicht sogar die Nacht dort. Schau dir ihre Bücher an, schau in den Kleiderschrank, wühl im Arzneifach herum, steck die Nase überall hin. Morgen früh schreibst du mir eine Analyse von Hildys Charakter. Ich verspreche dir, ich werde deinen Bericht wahrheitsgemäß beurteilen, sei er nun gut oder schlecht; du kannst sie später sogar kennenlernen und dich selbst überzeugen. Wenn du Hildy richtig beschreibst, gebe ich dir hundert Piepen. Wenn nicht, gibst du mir hundert. Was könnte fairer sein?«

Cardoza blickte ihn ausdruckslos an. »Fair ist es schon, aber...«

»Was kannst du dagegen haben? Es kann nichts passieren; Hildy kommt erst morgen nachmittag zurück, und ihre Wohnung liegt in einem großen Mietshaus, in dem keine Fragen gestellt werden. Wenn es dir lieber ist, lasse ich dich selbst rein.«

»Ach, ich weiß nicht, Hal, ich habe da eine Art Verabredung mit...«

Ivers lachte leise. »Schon kapiert! Ich gebe zu, es ist ein bißchen hart, wenn man seine Prahlerei mit Geld untermauern muß.«

»O nein, das meine ich nicht. Aber die ganze Sache kommt mir irgendwie gemein vor...«

»Das meine ich ja! Ich finde es gemein von Conan Doyle, daß er die Kegel zurechtstellt, damit Sherlock sie umwerfen kann. Ich nehme es dir nicht übel, wenn du jetzt kneifst.«

Cordoza stellte das Buch wieder an seinen Platz auf dem Regal und drehte sich um.

»Na schön«, sagte er. »Die Wette gilt.«

Zum Abendbrot verzehrten sie einige Brote in einer Cafeteria, und Ivers beherrschte das Gespräch, bis die Kellnerin die Rechnung brachte. Er fühlte sich ausgesprochen wohl. Er hatte bisher nicht oft über Cardoza triumphieren können; nicht weil Cardoza der Bessere war, sondern weil er so wenig Konfliktstoff bot.

Im Fahrstuhl von Hildys Wohnhaus wippte Ivers freudig auf den Zehenspitzen und genoß die zunehmende Blässe auf Cardozas Gesicht. Oben ließ er den Schlüssel zur Wohnung 6-D ins Schloß gleiten und öffnete schwungvoll die Tür.

Es war eine Wohnung, wie sie in Vermietungsbroschüren mit zweieinhalb Zimmern angezeigt wird: der halbe Raum, eine winzige Küche in einer Art Wandschrank, war eine dichterische Übertreibung des Maklers. Das Vorderzimmer, quadratisch, eierschalfarben angestrichen, war wie ein Geishahaus eingerichtet. Das Schlafzimmer, durch die halb geöffnete Tür sichtbar, war die Großmädchenversion eines Jungmädchenzimmers.

»Na bitte!« sagte Ivers großartig. »Mehr Hinweise, als man sich wünschen kann.«

Äußerlich lächelte er, doch innerlich schüttelte er sich vor Lachen. Er sah zu, wie sich Cardoza zögernd umblickte, wie die grauen Augen die Bücherregale und Schallplattenhüllen erfaßten, die japanischen Drucke an der Wand, die dünnbeinigen Lampen auf den Tischen. Die Situation war wirklich lächerlich, denn Ivers wußte etwas, von dem Cardoza nichts ahnte. Ivers hatte das Zimmer selbst eingerichtet – entzückt hatte er die hellen Möbel ausgesucht, die pastellfarbenen Seidenkissen, die auf dem spiegelglatten Holzboden verstreut lagen, den durchscheinenden Schirm mit Schmetterlingen auf Ölpapier. Da Hildy nur Filmstarmagazine las, hatte er eine Sammlung katholischer Titel herangeschafft, die dem Bücherbord einen würdigen und selbstbewußten Anstrich gaben. Hildy nahm die Bücher nie in die Hand, die nur zweimal in der Woche von der Putzfrau sorgfältig abgestaubt wurden. Mit dem Schlafzimmer, das in Rosa gehalten war, standen die Dinge anders. Beim Einzug hatte Hildy die Einrichtung von der Vormieterin, einer schlanken Ballettänzerin, für fünfundsiebzig Dollar übernommen. Hildy mochte die Sachen nicht, hatte sich aber von Ivers überzeugen lassen, daß ein Shirley-Temple-

Boudoir für ihr Liebesleben von besonderem Reiz sein konnte.

Alles in allem befand sich in der Wohnung nichts, das die Wahrheit über Hildy verraten konnte, über die lebensfrohe, langbeinige Blondine, der Hal Ivers zärtlich verbunden war. Die Verwirrung, die Cardoza bevorstand, freute ihn dermaßen, daß er dem anderen freundlich-grob auf die Schulter klopfte und aufgekratzt sagte:

»Viel Glück Kumpel. Gute Nacht.«

»Danke«, sagte Cardoza unsicher und näherte sich der Büchersammlung. »Plutarchs Leben«, sagte er und nahm ein Buch heraus.

»Gute Nacht«, wiederholte Hal Ivers grinsend und schloß die Tür hinter sich.

Eine Schlange glitt in Ivers' Wohnzimmer, und er fuhr auf seinem Sofabett hoch und wollte um Hilfe rufen. Aber kein Reptil störte die Strahlen der Morgensonne, die eine gelbe Bahn von seiner Bettdecke zur Wohnungstür zogen. Nur die Ecke eines unter der Tür hindurchgeschobenen weißen Umschlages; das leise Zischen hatte die Ankunft des Briefes angekündigt. Ivers warf die Decke zurück, öffnete die Tür und sah niemanden. Er nahm den Umschlag hoch, las seinen Namen und erkannte, daß es sich um eine Nachricht von Cardoza handelte.

Er blickte auf die Uhr. Es war Viertel nach zehn, zwei Stunden vor seiner üblichen Frühstückszeit am Sonntag. Er kehrte zum Bett zurück, setzte sich und riß den Umschlag auf.

Er enthielt ein mit Schreibmaschine beschriebenes Blatt:

Oh, welch Paradox ist Hildy!
Nach dem ersten Eindruck würde der Amateurdetektiv auf eine Persönlichkeit schließen, die nichts mit der Wirklichkeit

gemein hat. Aber die Sherlock-Methode gibt sich nicht mit äußerem Schein zufrieden: sie geht weitaus tiefer. Denn trotz der Eleganz des Mobiliars, trotz der Hochgestochenheit der Bibliothek, trotz der vornehmen Atmosphäre der Wohnung ist Deine Hildy ein temperamentvolles Wesen.

Deine Hildy, mein Freund, ist ein Geschöpf des Dschungels, eine Höhlenfrau, die nach Umarmungen lüstet. Wilde Tarzanlaute stößt sie aus, ihre langen Gliedmaßen suchen den Partner wie eine Python auf Jagd. Hüte dich vor falschen Eindrücken, mein Freund. In ihrer unschuldigen Höhle lauert Hildy, verrucht, unersättlich, fähig, ein unachtsames Männchen zu verschlingen wie eine Schwarze Witwe.

Mit einem zornigen Aufschrei warf Ivers den Brief zu Boden. Dann nahm er ihn auf und las den Text ein zweitesmal und schüttelte dabei ungläubig-verwirrt den Kopf. Als das Telefon klingelte, griff er nach dem Hörer, ohne den Blick von den Buchstaben zu nehmen.

»Hal.«

»Wer ist da?«

»Na, das ist aber prächtig! Erkennst du mich nicht mal?«

»Hildy? Du rufst aus Providence an?«

»Sag mal, was soll das? Du bist mir vielleicht ein Witzbold! Warum bist du heute früh einfach abgehauen?«

»Wie bitte?«

Ihre Stimme ließ erkennen, daß sie schmollte. »Das ist aber ehrlich nett von dir – du hast es fertiggebracht, daß ich mir wie ein Tramp vorkomme, besonders nach der letzten Nacht...«

»Wovon redest du denn, zum Teufel?« brüllte Ivers.

»Du weißt sehr gut, wovon ich rede!« Sie schnalzte plötzlich mit der Zunge. »Du warst richtig süß gestern nacht, wie ein kleiner Junge im Bett eingekuschelt. Danach hast du dich aber wie ein großer Junge aufgeführt.«

»Du bist gestern abend nach Hause zurückgekommen?« fragte Ivers.

»Natürlich, du Blödmann! Warum bist du abgehauen?« fragte sie vorwurfsvoll. »Komm sofort zurück, Tarzan, klar?«

»Klar«, sagte Ivers niedergeschlagen. »Bin gleich da. Ach, Hildy...«

»Ja?«

»Da ist noch eine Kleinigkeit. Kannst du mir hundert Dollar leihen?«

Liebling, ich bin tot

Ohne mich um die Glasscherben und heißen Metallbrocken unter meinen Händen und Knien zu kümmern, kroch ich aus dem umgestürzten Eisenbahnwaggon. Kaum spürte ich kalte Luft auf dem Gesicht, richtete ich mich auf und begann das pulverige Zeug abzustäuben, das meine Kleidung bedeckte. Im nächsten Augenblick brüllten die Flammen wie ein wildes Tier hinter mir auf, und ich brachte mich hastig in Sicherheit.

Es war erst zehn Minuten her, seit der erste Wagen kreischend aus den Schienen gesprungen war und den Rest des Boston-Expreß die Schotterböschung hinabgeschleudert hatte – doch schon waren die Gaffer zur Stelle. Nichts fasziniert die Menschen so sehr wie Blut und Fußball – und hier war der Zirkus bereits in vollem Gang. Man suchte den Unfallort mit Scheinwerfern ab, brüllte Befehle und hämmerte auf dem verbogenen Metall herum, um an die Überlebenden heranzukommen. Es war wirklich ein tolles Spektakel.

Mir war ziemlich mies zumute, doch lebte ich wenigstens noch, was zur Abwechslung mal ein Glücksfall war. In den letzten Monaten hatte ich ansonsten nur Pech gehabt; als ich das Ruckeln und Stoßen des Salonwagens spürte, glaubte ich gar mein letztes Stündchen gekommen.

Aber das war ein Irrtum. Irgendeine höhere Macht hatte sich offenbar ausgerechnet, daß ich noch für ein paar weitere sorgenvolle Jahre gut war. Ich wurde gegen ein Ledersofa geschleudert, das über mich fiel. Als dann die harten Brocken von der Decke prasselten, war ich einigermaßen geschützt. Alle anderen Fahrgäste hatten Pech –

auch der Betrunkene im Fischgrätenanzug, der mir eben noch drei Drinks hintereinander spendiert hatte für das Privileg, aus seinem Leben erzählen zu dürfen. Mein Magen geriet in Bewegung, wenn ich mir vorstellte, was das Feuer jetzt mit den armen Schluckern anstellte; ich schaltete meine Phantasie lieber ab.

Mit den Füßen voran rutschte ich einen Hang hinab und hob die Arme, um nicht die Balance zu verlieren. Einige Meter entfernt stand ein Mann in einem schmutzigen weißen Hemd. Er hielt eine Schaufel in der Hand.

»He! He, Mister, fehlt Ihnen was?« brüllte er.

»Nein!« sagte ich. »Nein, alles in Ordnung.«

»Sie sind gerade noch rausgekommen. Weiter unten an der Strecke wird eine Erstehilfestation eingerichtet. Schaffen Sie es bis dahin?«

»Sicher. Wo sind wir überhaupt? Was für eine Stadt ist das?«

»Dicht vor Hopkins Falls. Der Krach war bis in die Stadt zu hören. Klang wie eine Bombe.«

Er lief davon, sein Gesicht schimmerte hell im Schein des Flutlichts. Ich marschierte auf das Erstehilfezelt zu, und ein junger Bursche in verdreckter weißer Uniform führte mich ins Innere. Am Tisch saß eine matronenhaft wirkende Frau mit einem Klemmbrett und sah aus, als gehörte sie zur Jury einer Gartenschau. Sie fragte mich nach meinem Namen.

»Ich bin noch ganz durcheinander«, sagte ich, taumelte gegen den Tisch und spielte den Erschöpften. Aus irgendeinem Grund war mir nicht danach, dieser eiskalten Mamma meinen Namen zu sagen.

»Jerry!« fauchte sie.

Der weißgekleidete Pfleger nahm mich am Arm und grinste. »Sie sehen eigentlich ganz heil aus, Junge. Glück gehabt.«

»Ja«, sagte ich schwach. »Da haben Sie wohl recht.«

Ein dicker Mann in karierter Weste schob sich ins Zelt. »Wir richten in der Stadt eine Hospitalstation ein«, sagte er. »Wenn ganz schlimme Fälle vorkommen, verfrachten Sie sie in Jakes Lkw. Lincoln City schickt den Krankenwagen.«

Der Pfleger führte mich nach draußen, und zum erstenmal sah ich die Reihen der Toten und Verwundeten auf dem Boden liegen. Der Anblick tat meinem Magen nicht gerade wohl.

»Hören Sie, ich will weg von hier...«

»Verstehen wir, Mister. Autos und Lkws sind schon unterwegs. Bis zur Stadt ist es nur eine Viertelmeile.«

»Ich gehe zu Fuß«, sagte ich. »Ehrlich, mir geht es gut. Es wäre schlimmer für mich, wenn ich hier herumhängen müßte.«

Er zuckte die Achseln. »Wie Sie wollen.«

Er wies mir den Weg, und ich marschierte los. An der Straße angekommen, hatte ich Glück. Ein alter Ford näherte sich im Kriechgang, und ein Typ mit langen Koteletten steckte den Kopf aus dem Fenster und bot mir seinen Beifahrersitz an. Ich akzeptierte. Der Bursche bestürmte mich mit Fragen über den Unfall, doch ich tat, als sei ich zu krank zum Reden, bis er endlich den Mund hielt.

Die Stadt machte nicht gerade viel her. Ein paar Holzhäuser lehnten aneinander, und das einzige Neonschild am Ort zeigte die gewünschten Buchstaben: HOTEL. Ich stieg aus dem Ford, winkte dem alten Knaben zum Abschied zu und sah mich auf der Hauptstraße um. Man mußte Respekt haben vor solchen Orten. Hier gediehen all die netten fetten Lämmer, denen Burschen wie ich das Fell schoren. Am liebsten hätte ich respektvoll den Hut gezogen. Der Gedanke ermunterte mich; ich lachte und öffnete die Hoteltür.

Es dauerte eine Weile, bis ich hinter den Gummibäumen

des Foyers den »Portier« aufgespürt hatte. Er war ein spindeldürrer Knabe mit altmodischen Hosenträgern, die seine schmalen Schultern einkerbten. Er starrte mich neugierig an und drehte dann das Hotelregister zu mir herum. Beim Anblick der leeren Seite lachte ich leise; dieser Laden hätte Conrad Hilton nicht gerade vom Stuhl gehauen. Als ich den Mann nach einem Zimmer mit Bad fragte, verschluckte er fast sein falsches Gebiß. Vielleicht hielt er mich für einen Idiotenkollegen; mein Brooks-Brothers-Anzug sah nicht gerade neu aus. Ich trug mich als Benedict Arnold ein und suchte mein schäbiges Zimmer auf, das im Obergeschoß lag.

Die Federn des alten Bettes bogen sich mit rostigem Seufzen. Doch mir war alles egal. Schlaf überkam mich wie ein Schwinger auf den K.O.-Punkt.

Ich erwachte mit schmerzender Hüfte. Hastig legte ich die Hand auf die Stelle, besorgt, daß doch etwas gebrochen sein könnte. Doch es war nur die dicke Brieftasche in meiner Hose. Ich richtete mich auf und zog das Gebilde heraus.

Hundertundfünfzig Dollar steckten darin. Ich legte die Scheine nebeneinander auf das Bett, ins helle Sonnenlicht, das durch das staubige Fenster hereinfiel, und zählte sie ein zweitesmal. Hundertundfünfzig, es blieb dabei. Damit kam ich eine Weile hin.

Ich griff nach dem Zimmertelefon und mußte fünf Minuten lang warten, bis sich jemand meldete. Ich bestellte Toast, Kaffee und Zeitungen und rechnete mir aus, daß ich Glück hätte, von diesen drei Sachen zwei zu bekommen. Anschließend legte ich mich wieder auf das Bett, angelte eine Zigarette aus der zerdrückten Packung in meiner Tasche und paffte vor mich hin. Die Stille förderte das Nachdenken.

Eine halbe Stunde später kam Hosenträger-Kid und

brachte feuchten Toast, wäßrigen Kaffee und ein Exemplar der hiesigen Gazette: sämtliche vier Seiten. Ich beklagte mich nicht über den Service. Warum sollte ich dem nächsten Gast das Leben leichter machen? Ein Trinkgeld gab ich aber auch nicht.

Dann griff ich nach der Zeitung. Das Zugunglück füllte das Blatt von vorn bis hinten: wahrscheinlich die sensationellste Story, seit das Baby in den Trog fiel und vom Schwein gefressen wurde. Ich überschlug den Hauptartikel, der in blumiger Prosa das gigantische Ereignis darstellte, und wandte mich der Liste der Opfer zu. Sie war zwar noch nicht vollständig, enthielt aber das Gewünschte. Den Namen dort zu sehen war so schön wie die Liebe einer anständigen Frau.

Ich wischte die Zeitung vom Bett und griff wieder nach dem Telefon. Diesmal war mein Freund alarmbereit. Ich eröffnete ihm, daß ich ein Ferngespräch führen wollte, was ihn offenbar beeindruckte.

»Ich möchte gern eine Verbindung nach Boston«, sagte ich zur Dame des Fernamts. »Ein persönliches Gespräch mir Mrs. Walter Gorse, Lafayette Street 1240...«

Ich nannte die Telefonnummer des Hotels, und draußen im Land begann es zu summen. Die satten Töne im Hörer führten dazu, daß ich mich endlich wieder wie ein Mensch fühlte; es tat gut zu wissen, daß es da draußen noch eine Zivilisation gab. Schließlich gab man mir den Einsatz, und eine Frauenstimme meldete sich.

»Hallo?«

»Hallo. Myrna?«

»Wer ist da?«

»Hör mal, Myrna, ist jemand bei dir?«

»Was? Ich kann Sie nicht verstehen!«

»Ist jemand bei dir?« fragte ich ungeduldig. »Bist du allein?«

»Ja? Wer spricht denn da?«

»Ich, Walter«

Ihr stockte der Atem, und ich mußte lächeln. »*Walter!*«

»Ja doch«, sagte ich. »Bist du überrascht?«

»Walter! Gott sei Dank! Ich meine, ich hab's im Radio gehört. Ich wußte nicht, ob du lebendig oder tot...«

»Liebling, ich bin tot, mach dir deswegen keine Sorgen.«

»Was?«

Ich kuschelte mich mit dem Telefon tiefer ins Bett. »Myrna, hör mir mal gut zu. Man hat sich hier draußen geirrt, sehr sogar, und wir werden uns das zunutze machen. Verstehst du?«

»Nein.«

»Hör zu, was ich dir sage, dann begreifst du alles. Man hat mich hier auf die Totenliste gesetzt. Man hält mich für tot. Verstehst du? *Ich bin als Unfallopfer aufgeführt!*«

»Was?«

Wie blöd kann eine Frau überhaupt sein?

»Man hat sich geirrt und eine der Leichen als mich identifiziert. Na ja, vielleicht war es nicht nur ein Irrtum; ehe ich aus den Trümmern kletterte, hab ich mit einem anderen Kerl die Brieftasche gewechselt. Er ist im Feuer verbrannt; man wird ihn nie identifizieren können.«

»Aber warum denn das, Walter? Warum?«

Ich hatte irgendwo gelesen, daß Frauen etwa achtzig Prozent des Geldes im Lande kontrollieren. Eigentlich unvorstellbar. Ich machte ihr die Sache klar, langsam und geduldig, wie es die Pflicht und Schuldigkeit des Ehemannes ist.

»Was ist das einzig Wertvolle, das wir besitzen?«

»Ich weiß nicht, was du meinst.«

»Du weißt doch von der Versicherung, die ich abgeschlossen habe. Fünfundzwanzigtausend Dollar Lebensversicherung. *Fünfundzwanzig Riesen!* Mehr Geld, als wir in einem ganzen Leben zusammensparen könnten...«

»Aber das bekommen wir doch gar nicht! Nicht wenn du lebst!«

Ich betrachtete den Hörer und wünschte mir, hindurchgreifen und sie erwürgen zu können. »Ich bleibe aber tot, Myrna, kapiert? Du wirst um mich trauern. Dann besorgst du dir von der Versicherungsgesellschaft einen Scheck über fünfundzwanzigtausend Dollar. Das Geld kommt auf die Bank. Dann warten wir ein bißchen und ziehen fort. Du und ich und das Geld. Hast du jetzt begriffen?«

»Ja«, sagte sie nach einer langen Pause. »Ich habe verstanden, Walter.«

»Braves Mädchen. Ich rufe dich bald wieder an.«

»Na schön, Walter. Ich bin nicht sicher, ob wir das wirklich tun sollten. Aber du mußt ja immer deinen...«

»Wiederhören, Myrna.«

Ich legte auf, solange ich die Nase noch vorn hatte. Dann zerrte ich das Kissen vom Bett und drückte es wie ein aufgeregtes Kind an mich. Fünfundzwanzigtausend Dollar! Wurde auch langsam Zeit, daß ich mal Glück hatte.

Die hundertundfünfzig reichten eine Woche. Ich kleidete mich damit im Dorfladen neu ein und bezahlte mein Zimmer und mein Essen und eine Fahrkarte nach Boston. Außerdem erstand ich einen billigen Pappkoffer, dachte ich mir doch, daß ein Reisender mit Gepäck in der Menge weniger auffiel. An einem Freitag morgen tat ich das örtliche Telefonbuch, die Gideonbibel und etliche Handtücher in den Koffer und ging nach unten. Dort bezahlte ich die Rechnung und verabschiedete mich von meinem Freund mit den Hosenträgern.

»Wiedersehen, Mr. Arnold«, sagte er.

Ich lachte den ganzen Weg zum Bahnhof.

In Boston angekommen, marschierte ich sofort zu einer Telefonzelle und rief die gute alte Myrna an.

»Bist du allein?« fragte ich.

»Wer spricht da?«

»Walter«, flüsterte ich. »Ich hab dir doch gesagt, ich würde anrufen.«

»Wo bist du?«

»Am Bahnhof. Bin eben angekommen. Gibt's was Neues?«

Ich hörte sie schlucken. »Man – man hat mir deinen – die Leiche geschickt. Die Beerdigung war Dienstag.«

»Großartig!« sagte ich grinsend. »Waren viele da?«

»Nein, kann man nicht sagen. Sandy und Jane haben es nicht geschafft. Dafür sind Doris und Tom dagewesen. Mutter wollte aus Los Angeles herüberfliegen, aber ich habe ihr telegrafiert, sie soll sich nicht die Mühe machen. Ich meine, es wäre mir blöd vorgekommen...«

»Du hast ihr doch nichts verraten?« fragte ich besorgt.

»Natürlich nicht. Was hast du jetzt vor, Walter?«

»Das weiß ich selbst noch nicht genau. Ich bin pleite. Nicht mal mehr genug Geld für ein Hotelzimmer.«

»Hierher kannst du aber nicht kommen. Ich meine, wenn...«

Endlich begann sie mitzudenken. »Schon gut, Myrna, ich weiß, daß ich nicht nach Hause kommen kann. Aber ich muß essen, das ist ein Naturgesetz. Du machst folgendes. Du steckst ungefähr dreihundert Dollar in einen Umschlag und adressierst ihn an John Nolan im Montgomery Hotel. Hast du verstanden?«

»Ja. John Nolan.«

»Nichts aufschreiben; du kannst dir den Namen merken. John Nolan im Montgomery. Ich melde mich morgen früh dort an. Versuch dich nicht mit mir in Verbindung zu setzen, das wäre zu riskant. Kapiert?«

»Aber wenn dich nun jemand erkennt?«

»Mach dir deswegen keine Sorgen. Das Montgomery ist

weit über unserem Niveau. Versuch mir kleine Scheine zu schicken. Okay?«

»Schön.«

Ich hängte ein. Dann ging ich zum Zeitungsstand, kaufte mir von meinem letzten Geld eine Zeitung und etwas zu rauchen und suchte den Warteraum auf. Dort ermittelte ich die weichste Bank und verstaute meine Sachen darunter. An diesem Ort verbrachte ich die Nacht, auf einen Zug wartend, den ich nie nehmen würde.

Als ich erwachte, taten mir etliche Knochen weh, doch ansonsten war ich einigermaßen munter. Ich suchte die Toiletten auf und wusch mich, so gut es ging. Trotz der Bartstoppeln und des zerknitterten Anzugs sah der Kerl im Spiegel besser aus als siebzig Prozent aller Männer in der Stadt. Ein angenehmer Gedanke – und daß es so war, hatte seinen guten Grund: die Natur hatte es so gewollt. Jetzt brauchte ich nur noch das zu dem Gesicht passende Geld, dann war es geschafft.

Ich wanderte aus dem halbleeren Bahnhofsgebäude in einen sonnigen Tag hinaus. Das Wetter paßte zu meiner Stimmung. Sie wissen ja, wie das so ist. An manchen Tagen klappt eben alles.

Ich legte die Strecke zum Montgomery zu Fuß zurück. Das Hotel lag wirklich über meinem Niveau, ich meine: *lag*. Ein mächtiger weißer Sandsteinblock, der sich in klaren Linien achtzehn Stockwerke hoch emporschwang, umgeben von einem Zaun aus gleichmäßig gewachsenen Bäumen. Der Baldachin vor dem Eingang ragte fünf Meter auf die Straße hinaus, und der Portier sah aus, als hätte er jeden existierenden Orden gewonnen, angefangen bei der Kongreß-Medaille. Es war ein angenehmes Gefühl, über den weinfarbenen Teppich in das vornehme Foyer zu schreiten und zu wissen, daß Geld und ein Zimmer und eine warme Dusche auf mich warteten.

Wie ein gelangweilter Millionär ging ich zum Empfang. Ich kratzte mir gelassen die unrasierte Wange. Der zerknitterte Anzug und die Bartstoppeln machten mir keine Sorgen; schließlich hatte ich die reichen Vögel oft genug in der Stadt herumtorkeln sehen, mitgenommen nach durchzechter Nacht. Ich blinzelte dem Hotelangestellten zu und schenkte ihm mein breitestes Douglas-Fairbanks-Lächeln.

»Ein Zimmer bitte«, sagte ich. »Etwas Ordentliches.«

Der fischäugige Bursche hinter dem Tresen ließ nicht erkennen, ob er beeindruckt war. Jedenfalls gab er mir ein Zimmer im zehnten Stockwerk und schlug mit der Handfläche auf eine Glocke.

»Ich glaube, Sie haben Post für mich«, sagte ich. »Mr. John Nolan.«

Mit zweifelndem Blick drehte er sich zu den Fächern um. Ich hielt den Atem an. Erleichtert ließ ich die Luft wieder aus, als er einen dicken Umschlag zum Vorschein brachte.

Das Zimmer war in Ordnung. Vielleicht ein bißchen enttäuschend. Ich hatte mir immer vorgestellt, ein solches Haus müßte in Luxus ersaufen, dabei war es nur ein netter, gemütlicher Raum, ohne große Aussicht. Nach Dusche und Rasur gefiel mir die Unterkunft noch besser. Ich ließ mich auf das große weiche Bett fallen, öffnete den Umschlag, zündete mir eine Zigarette an und zählte das Geld.

Es waren zweihundertundvierzig Dollar mit einem Zettel: »*Tut mir leid. Mehr habe ich nicht zusammenbekommen.*«

Ich runzelte die Stirn und kam zu dem Schluß, daß die Differenz nichts änderte. Das Geld würde mich eine Zeitlang über Wasser halten. Inzwischen ließ sich bestimmt der Versicherungsagent bei Myrna blicken, dann waren solche Beträge ohnehin ein Klacks.

Ich blieb fast zwei Wochen lang im Montgomery. Dabei fiel mir auf, daß keiner der reichen Vögel, die hier wohnten, besser aussah oder klüger war als ich. Der einzige Unterschied zwischen uns war eben das Geld – ein Unterschied, den ich schleunigst auszugleichen gedachte.

Endlich war es an der Zeit, Myrna anzurufen.

»Hallo, mein Liebling. Hier Walter. Kannst du offen reden?«

»Ja. Wie geht es dir?«

»Großartig. Allerdings fehlst du mir.«

»Das ist nett«, sagte sie trocken.

»Was war los? Ist das Geld da?«

»Walter, mußt du denn andauernd flüstern? Ja, die Versicherung hat gezahlt. Letzte Woche schon.«

Ich schloß die Augen und begann von den Dingen zu träumen, die ich mir seit meiner Geburt gewünscht hatte.

»Schön. Hör mir gut zu. Ich sag dir, was wir jetzt machen. Bitte geh zur Chemical National Bank an der Clover Street. Du weißt schon, in der Nähe des Tors. Dort eröffnest du ein Gemeinschaftskonto auf den Namen John Nolan. Verstanden?«

»Aber, Walter...«

»Laß mich ausreden, ja? Du eröffnest das Konto und läßt dir alle Formulare aushändigen, die ich unterschreiben muß. Dann schickst du sie mir herüber, hier ins Hotel. Alles klar?«

»Verstanden.«

»Schön. Erledige das bitte gleich, heute früh noch. Anschließend sage ich dir, wie es weitergeht.«

»Ja, Walter.«

Ich lächelte und legte den Hörer auf.

Die gute alte Myrna funktionierte bestens. Am nächsten Morgen fand ich den Umschlag unter meiner Tür. Ich füllte den Kontoantrag aus, unterzeichnete schwungvoll mit »John Nolan«, steckte das Formular in einen neuen Umschlag und adressierte ihn an sie. Am nächsten Tag rief ich an und erkundigte mich, ob sie das Formular bei der Bank eingereicht hatte. Sie sagte ja.

Eine Woche später hatte ich das Kontobuch.

Die Chemical National Bank öffnete ihre Messingtüren um neun Uhr früh. Am Tag nachdem ich das Kontobuch erhalten hatte, stand ich um zehn Uhr vor der Bank, im besten Anzug, den ich mir von meiner schnell schwindenden Barschaft leisten konnte. Ich wollte meine Rolle überzeugend spielen – die des gepflegten, welterfahrenen Geschäftsmannes, der eine große Summe abhebt, als brauche er nur mal eben etwas Taschengeld.

Meine Absätze klickten auf dem Marmorboden, meine Augen waren auf den Schalter gerichtet, über dem die Buchstaben M-N-O standen. Aus den Augenwinkeln nahm ich die blaue Uniform eines Bankwächters wahr. Der Mann sah aus wie ein dicker, fauler Kater.

Ich trat vor den Schalter und wollte schon den blonden jungen Mann dahinter ansprechen. Im letzten Augenblick fiel mir ein, daß ich ja zunächst einen Auszahlungsschein ausfüllen mußte. Ich lächelte entschuldigend und ging zu dem mit Glas eingefaßten Tisch in der Mitte des Raums. Dort nahm ich das Kontobuch zur Hand, kritzelte die Kontonummer auf das weiße Blatt und trug den Betrag ein: *dreitausend Dollar*. Ich wollte nicht alles abheben, dazu war ich zu schlau. Solche Geldbewegungen fielen auf. Ich gedachte den Betrag stückweise in Angriff zu nehmen.

Nun ging ich zum Schalter zurück und mußte warten, während ein Jüngling in Lederjacke einen mageren Zehndollarscheck einlöste. Dann schob ich dem jungen Kassierer Kontobuch und Beleg hin.

Er hob den Kopf. »Mr. Nolan?«

»Richtig.«

Er lächelte. »Einen Augenblick.«

Er verließ seinen Schalter und ging zu einem Telefon. Ich blieb ganz ruhig. Dreitausend waren keine Kleinigkeit. Bankkassierer sicherten sich ab.

Noch immer lächelnd kam er zurück. »Wollen Sie nicht lieber einen bestätigten Scheck? Dreitausend Dollar sind ein bißchen viel Bargeld.«

Für dich vielleicht, dachte ich. »Lieber in bar«, sagte ich.

»Wie hätten Sie's denn gern?«

»Egal. Fünfhunderter, Hunderter, Fünfziger, ein paar Zwanziger. Ist mir gleich.« Ich stützte mich nonchalant auf den Schalter und lächelte.

»Jawohl, Sir«, sagte er. Das *Sir* klang mir gut in den Ohren.

Mit schnellen Bewegungen zählte er mir die Scheine hin. Ich bewunderte ihn und nahm an, daß er es in der Bank noch weit bringen würde. Ich war bester Stimmung.

»Bitte sehr, Sir!«

»Danke.« Ich ließ das Geld in meine Brieftasche gleiten, die nun aber nicht mehr zuging. Ein erfreuliches kleines Problem. Er bedachte mich mit einem verständnisvollen Lächeln, während ich einige Zwanziger abblätterte und in die Tasche schob. Dann marschierte ich los, ganz langsam.

Die beiden Kerle, die mich an der Tür abfingen, waren fast einen Kopf kleiner als ich. Doch ich brauchte mir nur anzusehen, wie sie ihre Arme hielten, um zu wissen, daß die Schußwaffen zu ihren Gunsten sprachen. Einer der beiden packte mich am Ellenbogen.

»John Nolan?« fragte der andere.

»Ja. Was ist denn?«

»Sie müssen uns leider begleiten, Mr. Nolan.«

»Wieso? Weshalb?«

Jetzt meldete sich der andere. »Der Staatsanwalt möchte sich mit Ihnen unterhalten, Mr. Nolan.«

Der Text war geradezu filmreif. Einen Augenblick lang spielte ich mit dem Gedanken, die beiden zur Seite zu schieben und zur Drehtür zu rennen, doch urplötzlich hatte ich weiche Knie und brachte nichts Klügeres heraus als: »Na schön, wenn Sie darauf bestehen.«

Im Büro des Staatsanwalts stand ich schließlich Myrna gegenüber. Sie starrte mich an, als käme ich von einem anderen Planeten. Sie trug Schwarz, was ihrer hageren Figur nicht gerade gut bekam.

Der Kerl hinter dem Tisch fragte: »Erkennen Sie ihn, Mrs. Gorse?«

»Nein. Nein, ich habe ihn noch nie gesehen«, antwortete sie und begann zu weinen.

Ich straffte die Schultern und spielte den harten Mann. »Na schön«, sagte ich. »Es hat also nicht geklappt. Ich komme dafür nicht gleich auf den Stuhl.«

»Mag sein«, sagte der Staatsanwalt. »Trotzdem müssen Sie auspacken.«

Und ich berichtete. Ich erzählte den Beamten, wie ich im Zug den Kerl kennengelernt hatte, den rosigen Burschen im Fischgrätenanzug, der zuviel trank und zuviel redete und mich andauernd mit Beschlag belegte, weil ich ein so freundliches Gesicht hatte. Der Bursche, der mir all seine Geldsorgen anvertraute, der mir von seiner dummen und gehorsamen Frau Myrna erzählte und von dem einzigen Vermögenswert, den er besaß: seiner Versicherung.

Dann berichtete ich von dem Zugunglück und dem Feuer und dem Einfall, der mir kam, als ich das schäbige Hotel in Hopkins Falls erreichte. Es war eine gute Idee, die ich raffiniert in die Tat umsetzte. Myrna merkte gar nicht, daß die Stimme am Telefon nicht ihrem Mann gehörte. Sie war nicht besonders helle, und ich hatte ihrem Mann lange genug zugehört, um seine Art des Sprechens nachahmen zu können.

»Sie waren sich Ihrer Sache zu sicher, Nolan«, stellte der Staatsanwalt fest. »Sie haben die Versicherungsgesellschaft unterschätzt. Die verlangte nämlich, daß die Leiche bis zu den Zähnen identifiziert werden mußte. Als auf diese Weise bestätigt wurde, daß der Tote tatsächlich Walter Gorse war und Mrs. Gorse diesen Umstand samt Begründung erfuhr, rief sie uns an. Wir baten sie, das Spiel mitzumachen, bis Sie das Geld tatsächlich in der Hand hätten. Wir waren Ihnen von Anfang an auf der Spur.«

»Schlau eingefädelt«, sagte ich spöttisch. Ja, er war schlau. Aber er hatte eine pickelige Nase und ungerade Zähne; zumindest sah ich besser aus als er.

Mir gefällt's in Wilmington

Für einen Mann, der sich mit Mordgedanken trug, brachte Harry Elton die Frage wunderbar gelassen heraus. »Nun, Roberta, gehen wir auf die Veranda?« Diese Worte sagte er jeden Abend nach dem Essen. Daraufhin suchten sie die wunderschöne, dreitausend Dollar teure umschlossene Veranda auf, deren Jalousien den Blick freigaben auf das herrliche Panorama der sanft geschwungenen Hügelrücken Wilmingtons. Bei gutem Wetter waren die Schiffe auf dem Christina River zu sehen. Dieses Panorama schenkte Zufriedenheit, dazu der gelassene Zug an einer guten Zigarre und die angenehm mütterliche Gesellschaft seiner Frau.

»Mir gefällt's in Wilmington«, pflegte Harry zu seufzen. Er lebte nur vierzig Kilometer von seiner Geburtsstadt Philadelphia entfernt, wo er als armer Junge geboren worden war, aber der Delaware war sein Rubikon. In Wilmington hatte er Marvin Castlemore kennengelernt, einen der besten Produktionsexperten der Textilindustrie; ihre Partnerschaft hatte sie reich gemacht. Harry baute sich sein Traumhaus, setzte Roberta hinein und sah zu, wie sie dicker wurde.

Jetzt saß Harry auf seiner dreitausend Dollar teuren Veranda und sagte: »Roberta, es ist etwas Schreckliches passiert. Die Firma steht vor dem Bankrott.«

»Bankrott!« keuchte seine Frau.

»Es ist alles meine Schuld«, sagte Harry offen. »Seit zwei Jahren redet Marvin auf mich ein, wir müßten entweder expandieren oder würden unsere Kundschaft an die großen Firmen verlieren. Ich habe nicht auf ihn gehört, und jetzt stehen die Probleme vor der Tür. Wenn wir unseren Zahlungsverpflichtungen nicht nachkommen, legt die Bank den Betrieb still, und es wird alles versteigert. Haus. Cadillac. Die Reise nach Europa können wir dann in den Schornstein schreiben. Zwanzig Jahre Arbeit futsch. Alles!«

Roberta begann zu weinen.

»Bitte verlang nicht, daß ich meinen Fonds angreife, Harry. Du weißt, ich habe Daddy auf dem Totenbett versprochen, ich würde...«

»Meine Liebe«, sagte Harry streng, »habe ich dir nicht schon hundertmal gesagt, ich respektiere die Wünsche deines Daddy wegen des Geldes? Nein«, fuhr er fort und blickte an seiner Zigarre entlang, »ich habe mir vielmehr folgendes überlegt. Marvin Castlemore wird die nötigen Beträge zur Verfügung stellen – und noch ein bißchen mehr.«

»Marvin? Aber wie denn?«

»Durch seine Versicherung, Liebling. Weißt du, Marvin und ich haben eine sogenannte Partnerschaftsversicherung abgeschlossen. Er ist der Begünstigte aus meiner Versicherung, und umgekehrt. Die Versicherungssumme seiner Police lautet auf 200000 Dollar.«

»Ja«, sagte Roberta. »Aber ehe man das Geld kassieren kann, muß er tot sein, nicht wahr?«

»Ah«, sagte Harry, »darauf bist du also auch schon gekommen.«

Roberta war entsetzt, ein wenig.

»Harry, was meinst du damit? Marvin ist dein Partner! Dein bester Freund! Ihr seid seit Jahren unzertrennlich.«

»Richtig«, sagte Harry. »Aber jetzt ist es Zeit, den Weg allein weiterzugehen, und mit zweihundert Riesen komme ich ein gutes Stück weiter. Außerdem«, fügte er aalglatt-überzeugend hinzu, »muß ich eine hundertprozentig sichere Methode finden, Marvin aus dem Weg zu räumen.«

»Hmm«, sagte Roberta, die sich mit Kriminalromanen auskannte. »Alle Mörder glauben den Stein der Weisen gefunden zu haben. Aber sie vergessen immer eine Kleinigkeit, die sie verrät.«

»Was für eine Kleinigkeit?«

»Woher soll ich das wissen? Aber auch du wirst etwas übersehen, Harry – vergiß die ganze Sache wieder. Wenn die Polizei dich nicht erwischt, dann bestimmt die Versicherung.«

»Aber sie können mich haben«, sagte Harry. »Ich ergebe mich. Wenn du mir hilfst, brauche ich nicht einmal einen Flucht*versuch* zu machen, nachdem ich Marvin umgebracht habe.«

»Was habe *ich* denn damit zu tun?«

»Alles, mein Liebling. Und weißt du, warum? Weil Marvin verrückt nach dir ist. Immer schon.«

Roberta errötete. »Sei doch kein Dummkopf, Harry!«

»Warum ist er Junggeselle geblieben? Er hat ein Auge auf dich geworfen, das ist der Grund. Du brauchtest nur den kleinen Finger zu krümmen, und er käme gelaufen.«

Roberta schnalzte mißbilligend mit der Zunge. »Das mag *früher* so gewesen sein. Aber ich bin kein junges Küken mehr.«

»Glaub mir!« sagte Harry inbrünstig. »Er mag dich noch immer. Und damit öffnet sich uns der Weg zu Marvins Versicherungsgeld. Du wirst den kleinen Finger krümmen.«

»Aber wie sollte das...«

»Delaware ist ein schöner Staat, Liebling, ein herrliches Fleckchen Erde. Es hier gibt kein Gesetz, kein ungeschriebenes Gesetz, sondern eine genau festgelegte Vorschrift. Die besagt, wenn ein Ehemann jemanden umbringt, den er beim Ehebruch ertappt, so handelt es sich nicht um Mord. Und auch nicht um Totschlag. Es ist ein Vergehen. Hörst du, Liebling? Eine kleine Gesetzesübertretung, Strafgeld zwischen hundert und tausend Dollar, Gefängnis bis zu höchstens einem Jahr. Vielleicht nicht einmal das.«

»Das ist alles – für den Tod eines Menschen?«

»Das ist alles«, sagte Harry entschlossen. »Wer kann dem Mann in einem solchen Augenblick einen Vorwurf machen? Ich bezahle die Geldstrafe. Vielleicht gehe ich auf ein paar Monate in den Knast. Aber danach – zweihunderttausend grüne Scheinchen.«

Das mußte Roberta erst verdauen. Nach einer Weile hellte sich ihr Gesicht auf.

»Oh«, sagte sie. »Jetzt weiß ich, was du von mir willst.«

Als Harry am nächsten Dienstag geschäftlich in New York zu tun hatte, stieß Roberta zufällig auf Marvin Castlemore in seinem Lieblingsrestaurant – in dem Lokal, in dem er immer zu Mittag aß. Marvin wirkte überrascht, erfreut und seltsam scheu, forderte sie aber auf, sich zu ihm zu setzen. Natürlich sprach sie mitfühlend über das bevorstehende schlimme Ende der Firma.

»Armer Harry«, sagte Marvin seufzend. »Er sieht die Schuld allein bei sich, aber es gab keine andere Möglichkeit. Für eine Expansion fehlte uns das Kapital, und unsere Kunden konnten wir nicht länger zufriedenstellen. Bloße hunderttausend Dollar würden genügen...«

»Weißt du«, sagte Roberta, »mein Vater hat mir Geld hinterlassen, aber in einem Treuhandfonds. Vielleicht gibt es eine Möglichkeit, dieses Vermögen zu beleihen.«

»Nein«, sagte Marvin traurig. »Das würde Harry nicht dulden. Er kennt deine Einstellung dazu.«

»Aber wir müssen doch etwas tun können! Hör mal, warum kommst du heute nicht zu uns, damit wir das durchsprechen können? Harry braucht nichts davon zu wissen.«

»Ich?« fragte Marvin, und seine blassen Brillenaugen waren geweitet. »Ich soll zu dir kommen? Allein?«

»Warum nicht?« Roberta kicherte.

Er klingelte um neun Uhr – in seinem besten Anzug, rasiert, gepudert, das gelichtete Haar sorgfältig gekämmt. Etwa eine Stunde lang unterhielten sie sich über Geld, dann hatte Roberta das Thema satt und sprang auf seinen Schoß. Ihr Gewicht ließ ihn beinahe aus dem Sessel kippen, doch er spannte die Muskeln an und tat das Erwartete.

Im nächsten Monat hatte Harry immer öfter auswärts zu tun, und immer öfter ließ sich Marvin bei Harrys Frau blicken. Es dauerte nicht lange, da bekamen die Angestellten der Firma etwas mit, ja, bald schien halb Wilmington Bescheid zu wissen – bis auf den Gehörnten Harry Elton, wie es nun mal so ist.

An einem Freitagnachmittag saß er gerade im Hotel Americana in New York mit Joe Skelly von der Firma Sagameer-Stoffe zusammen, als ihm ein Telegramm übergeben wurde. Er las den Text und riß die Augen auf.

»Joe«, sagte er mit bebender Stimme. »Joe, hören Sie sich das an! ›Wenn Sie wissen wollen, wo Ihr Partner ist, sollten Sie feststellen, wo sich Ihre Frau befindet.‹ Unterschrift: ›Ein Freund‹.«

»Hmm«, sagte Joe Skelly. »Das muß ein Witz sein!«

»Glauben Sie das wirklich, Joe? Ich meine, mein alter Freund Marvin würde mir das doch nicht antun, oder?«

»Hmm«, machte Joe Skelly.

»Ich glaube, ich fahre mit dem Abendzug«, meinte Harry.

Als er den Bahnhof von Wilmington erreichte, wählte er seine eigene Nummer. »Roberta?« fragte er mit leiser Stimme. »Vielen Dank für das Telegramm. Wann erwartest du Marvin?«

»Um halb elf. Wann kommst du?«

»Eine halbe Stunde später.«

»Gott sei Dank, daß dann alles vorbei ist«, sagte Roberta.

Fünf Minuten vor elf Uhr öffnete er lautlos die Tür zu seinem dunklen Haus. Auf Zehenspitzen ging er durch den Flur zum Telefontisch und öffnete die Schublade. Unter dem Adreßbuch lag ein geladener Revolver. Er packte ihn entschlossen und erstieg die teppichbespannte Treppe.

Dann stieß er die Schlafzimmertür auf und knallte die linke Hand auf den Lichtschalter an der Wand.

»Harry!« kreischte seine Frau.

»Harry!« kreischte sein Partner.

Er feuerte aus unmittelbarer Nähe. Roberta war sofort tot. Marvin sprang aus dem Bett und begann die Hosen anzuziehen.

»Zieh nicht zuviel an«, sagte Harry. »Es muß richtig aussehen. Warte hier, ich rufe die Polizei an.«

»Harry«, sagte Marvin aufgekratzt. »Du hast dich wegen des Treuhandfonds geirrt. Der enthält nicht hunderttausend, sondern hundertfünfundsiebzig. Damit könnten wir eine ganz neue Fabrik bauen. Vielleicht in Philadelphia.«

»Nein, nicht in Philadelphia«, sagte Harry und schüttelte den Kopf. »Mir gefällt es hier in Wilmington.«

Triumphzug

Die Nachricht von der Kapitulation wirkte auf die Frauen von New York wie ein anregendes Getränk, und schon Tage vor dem Triumphzug waren zahlreiche Mädchen aus der zerstörten Fünften Avenue unterwegs und räumten die Trümmer von den breiten Straßen, energisch und kichernd-begeistert, als gelte es, eine Schlafsaalparty vorzubereiten.

Als der Morgen der Siegesparade heraufdämmerte, waren die Angestellten der Gotham Corporation in einem der wenigen verschont gebliebenen Bürogebäude an der 57. Straße vollzählig vertreten. Niemand hatte etwas dagegen, an diesem Tag zur Arbeit zu kommen, denn die neun Stockwerke der Firma boten einen Blick auf den Triumphzug, der in der Stadt seinesgleichen suchte. Die Mädchen trafen pünktlich um neun Uhr ein und drängten sich in aufgeregten kleinen Gruppen um die Schreibtische und bleigeschützten Wasserspender und Ersatz-Kaffee-Maschinen. Einziges Thema war die Parade, und niemand hatte etwas dagegen, nicht einmal die ewig ernsten Vorgesetzten.

Erstaunlich, wie attraktiv die Mädchen heute aussahen! Die besten Kleider waren aus den Verstecken geholt und zusammengenäht und geflickt worden, bis sie wieder durchaus präsentabel waren. Die wenigen Mädchen, die ihre Lippenstiftration aufgehoben hatten, reichten die kleinen matten Bleiröhren an die anderen weiter. Die rotbraunen Kügelchen aus farbigem Wachs mußten über einem brennenden Streichholz erhitzt werden, ehe man sie aufstreichen konnte, aber niemand klagte über diese Unbequemlichkeit. Sogar die strenge Mrs. Pritchard, die Aufseherin des Schreibzimmers, unterwarf ihre Lippen einer leichten kosmetischen Behandlung und zwang sich zu einem Lächeln gegenüber den Mädchen. Mary Quade, deren herzförmiges kleines Gesicht von Strahlungsverbrennungen entstellt war, lehnte den Lippenstift ab, ließ sich von ihrer Freundin Bobo Anderson aber ein paar hübsche kleine Zöpfe flechten. Daß heute ein besonderer Tag war, wurde endgültig klar, als die alte Miss Gunderson, die Präsidentin der Firma, quer durch den Raum zu ihrem vorn gelegenen Büro tänzelte – in einem mit Blumen bedruckten Kleid anstelle der grauen khakiähnlichen Kostüme, die sie seit Kriegsbeginn trug.

Es war wirklich ein herrlicher Tag, und es hatte im Gotham-Gebäude kein so fröhliches Lärmen mehr gegeben, seit die erste Bombe gefallen war und die untere Spitze der Insel Manhattan abrasiert hatte. Aber das alles war jetzt vorbei, und die siegreichen Streitkräfte waren nach sieben schrecklichen Jahren endlich auf dem Heimweg.

Natürlich gab es keine Fernschreibstreifen mehr, da der Aktienmarkt längst zusammengebrochen war, aber es gab ausreichend dicke alte Telefonbücher, die nach dem totalen Versagen des Telefonsystems keine Daseinsberechtigung mehr hatten, und die Mädchen machten sich daran, die Seiten zu vielen tausend Streifen zu zerreißen, die fröhlich aus den Fenstern des Gotham-Gebäudes in die Tiefe schneien sollten. Sie waren wirklich sehr fleißig, und die Erregung wuchs mit jeder Minute. Eine Stunde vor Beginn der Parade stellte sich Bobo Anderson an einem der vorderen Fenster auf, neben ihr Mary Quade. Aber es gab genug Fenster im ganzen Haus, und niemand würde den großartigen Anblick missen müssen.

Um 10.30 Uhr waren die ersten schwachen Töne

Marschmusik im Büro zu hören, und die Frauen eilten schreiend zu den Fenstern. Aus luftiger Höhe vermochten sie die Gruppe der Schiffe am neugeschaffenen Dock an der 14. Straße auszumachen. Die Parade sollte dort am Pier beginnen, an der Spitze der Lautsprecherwagen mit den besten Sousa-Stücken – natürlich vom Tonband, da man die Militärkapellen schon im zweiten Kriegsjahr als überflüssigen Luxus abgeschafft hatte.

Und dann begann die Parade.

Zuerst kam der Donner der automatischen Tanks, riesige schwarze Hüllen mit robotgesteuerten Motoren und langgestreckten Waffen auf jeder Seite. Fahrerlos manövrierten sie langsam und majestätisch die Fünfte Avenue entlang, beseelt von einer ganz eigenen Intelligenz und Würde.

Dann kam der Pulk der Atomartillerie, elektronisch gesteuert, die konischen Läufe schimmerten im Sonnenlicht des Vormittags.

Dann die Raketenwerfer, deren kostbare Fracht in funkelnden Reihen angebracht war, die Sprengköpfe trotzig zum blauen Himmel gerichtet.

Es schlossen sich die Fernlenkgeschosse an, anderthalb Kilometer voller stromlinienförmiger Waffen auf den Plattformen robotgelenkter Lkws, tödliche kleine Sendboten mit einem eigenständigen elektronischen Instinkt. Luft–Luft, Boden–Boden, Boden–Luft, Luft–Boden – eine großartige Zurschaustellung der Macht.

Gleich darauf kreischten Jagdflugzeuge herbei und breiteten herrlich aussehende weiße Düsenstrahlen über den gefälligen Himmel, erzeugten hier und dort Wolken, wo es zuvor nur blaue Leere gegeben hatte. Die Robotpiloten steuerten die Formation sicher über die Parade, und die Frauen in den Bürofenstern verdrehten sich die Hälse, um die wunderschönen Flugzeuge mit den schmalen Rümpfen und den zurückgeneigten Flügeln zu sehen.

Langsam und unaufhaltsam wälzte sich die Parade der mächtigen Waffen vorbei, während die Frauen jubelnd hinabstarrten und eine Schneewolke aus Papierstreifen durch die Luft wirbeln ließen. Auf einem Fensterbrett des Gotham-Gebäudes begann die kleine Mary Quade plötzlich zu weinen und lehnte ihr schreckliches Gesicht an Bobo Andersons Schulter.

Endlich waren die Waffen an den Fenstern des Gotham-Gebäudes vorbeidefiliert, und die Erregung nahm wieder zu. Die Sousa-Musik verhallte im Norden der Stadt, und die Frauen drängten sich noch dichter zusammen, um den Rest der großartigen Parade zu sehen.

Sie wurden allmählich nervös, und einige begannen zu kichern. Dann schwiegen sie und warteten weiter, und in der Stille klang Mary Quades Schluchzen besonders laut und deprimierend. Mrs. Pritchard schien ihre neu entdeckte gute Laune zu verlieren und forderte Mary auf, den Mund zu halten. Bobo verteidigte ihre Freundin, doch ohne rechte Überzeugungskraft – ihr Blick war auf die Straße tief unten gerichtet. Die alte Mrs. Gunderson kam aus dem vorderen Büro, in der Hand eine braune Zigarette. Sie blickte die Mädchen an, als wollte sie etwas sagen, dann änderte sie ihre Absicht und zog sich in ihr Privatbüro zurück. Plötzlich war alles verdorben. Die Hochstimmung, mit der der Tag begonnen hatte, schien verflogen, unwiederbringlich verloren.

Sie warteten an den Fenstern, bis die Uhren zu laut tickten und sie sich überlegten, daß die Parade wohl vorbei war. Unglaublich! Irgend etwas war schief gegangen, irgendein technisches Detail am Pier, ein Versehen der Armee. Natürlich, das war es! Es hatte eine großartige Waffenschau gegeben, aber damit war die Parade doch nicht vorbei. Oder?

Dann senkte sich wieder Stille über die Fünfte Avenue.

Der letzte Papierstreifen wehte geräuschlos in die Tiefe und landete im Unrat auf der Straße. Da wußten sie, daß der Triumphzug wirklich zu Ende war.

Bobo Anderson sprach es als erste aus.

»Wo sind die Männer?« fragte sie. »Das waren doch nur Maschinen! Sind denn die Männer nicht zurückgekehrt?«

»Wo sind die Männer?« fragte Mrs. Pritchard, und sie hatte die Hände an den Hals gehoben. »Wo sind die Männer?« schluchzte Mary Quade. »Die Männer? Die Männer?« fragten die Frauen, fragten immer wieder, bis sich ihre Stimmen wie das Summen zorniger Insekten über die ganze Stadt ausbreiteten.

Gombers Armee

Nach zwei Jahren in einem fensterlosen Büro kündigte ich meinen Posten als stellvertretender Abteilungsleiter bei der Frazer Martin Corporation und übernahm bei der Devlin Company einen ähnlichen Posten. Gehalt und Titel waren zwar nur ein bißchen besser, doch hatte ich bei Devlin wenigstens ein Büro mit Ausblick. Gewiß, es war nur ein kümmerliches Fenster, doch immerhin besser als gar nichts. Das Zimmer war so klein, daß ich mich zur Seite drehen und den Bauch einziehen mußte, wenn ich an meinen Tisch wollte. Aus Sorge um die Luftzufuhr bemühte ich mich, nie mehr als einen Besucher auf einmal zu empfangen. Trotz allem fand ich das Büro und den neuen Posten ein wenig beengend und begann im Dschungel der leitenden Angestellten nach etwas Besserem herumzuschnüffeln. Meine Nase – genauer gesagt: eine Beratungsfirma – führte mich an die Tür der Gomber Corporation.

Ich war dermaßen geschmeichelt über das persönliche Gespräch mit Cyrus Gomber, daß ich sein erstes Angebot annahm, ohne groß nach Organisation oder Karrieremöglichkeiten zu fragen. Ich wußte, daß ich mit gewissen negativen Aspekten zu rechnen hatte. So war die Firma für meinen Geschmack ein wenig zu diversifiziert; das Herstellungsprogramm reichte von elektronischen Bauteilen bis zu Durchschlagpapier; und Gomber, der von seinen Angestellten und der Fachpresse auch »General« genannt wurde, stand im Ruf, seine Firma nach einem abgegriffenen Buch mit Armeevorschriften zu leiten, das er in der rechten Schreibtischschublade aufbewahrte. Als ich ihn an jenem ersten Tage im Eßraum für leitende Angestellte kennenlernte, war das einzige militärische an seiner Erscheinung eine kleine Messinginsignie am Aufschlag. Erst als ich ihn verlassen hatte, ging mir die Bedeutung des winzigen Symbols auf. Es war das Abzeichen für die ehrenvolle Entlassung aus der Armee, der Adler im Kreis, bei den Soldaten »alte Ente« genannt. Fast zwanzig Jahre mußten vergangen sein, seit Gomber die Auszeichnung erhalten hatte, doch sie schimmerte wie frisch gegossenes Gold.

Ich meldete mich zwei Wochen später zur Arbeit und stellte dabei wieder einmal fest, daß die Leiter des beruflichen Erfolgs glatte Sprossen hat. Das mir zugeteilte Büro war nur knapp einen Quadratmeter größer als der Raum, in dem ich bisher gearbeitet hatte, und dank eines raffinierten Systems von Metallwänden verfügte ich über genau anderthalb Fenster. Die andere Hälfte des einen Fensters gehörte Hal Simms, einem jungen Abteilungsleiter, der im Warten auf seine Beförderung frühzeitig ergraut war. Als ich mich beklagte, wie langsam es doch in der Welt des großen Geschäfts vorangehe, grinste Hal nur und sagte: »Wir alle sind hier nichts weiter als Unterleutnants, mein Freund. Stabsoffizier werden Sie bei Gomber nicht über Nacht.«

»Aber man kann doch sicher etwas tun! Carnegie, Lasker und ähnliche Leute – die haben doch nicht jahrelang in winzigen Büros herumgesessen und darauf gewartet, daß man von ihnen Notiz nahm.«

»Man muß die verschiedenen Dienstgrade durchmachen«, stellte Sims fest. »Langsam aber sicher. So ist das eben in der Armee.«

»Dann ist Gombers Militärtick also kein Scherz?«

»O nein, und es wird ständig schlimmer. Wenn er so weitermacht, müssen wir beide eines Tages mit dem Gewehr gegen Lambeth antreten.«

Lambeth Inc. war Gombers größter Konkurrent; die

Vorstellung einer Schießerei zwischen den beiden Firmen brachte mich zum Lachen.

»Ach, irgendwo ist doch etwas Wahres dran«, meinte Simms. »In mancher Hinsicht ist eine große Firma wie eine Armee. Nur hat Gomber eine ungefähre Analogie zum Lebenszweck erhoben. Ich bin müde.« Simms gähnte. »Jedenfalls bin ich froh, daß wir Sommer haben. Den Ausgang kann ich gebrauchen.«

Simms war gerade von seinem Ausgang zurück – damit war Urlaub gemeint –, als an sämtliche führenden Angestellten eine Einladung erging. Sie kam von Gomber persönlich und forderte formell unsere Teilnahme (ohne Frauen) an einem Nachmittagsausflug auf dem Gomber-Anwesen in Blaineport, Connecticut. Ich muß gestehen, daß mich die Einladung freute. Ich dachte an Cocktails, gebratene Rippchen, eine gelockerte Atmosphäre und vielleicht die Chance aufzufallen.

»Passiert so etwas oft?« fragte ich Simms.

»Soweit ich weiß, geschieht es zum erstenmal«, sagte Simms und betrachtete seine Einladungskarte. »Offen gestanden, gefällt mir das nicht so recht.«

Ich hielt Simms' pessimistische Einstellung für ungerechtfertigt – eine Ansicht, die ich auch noch am Tag des Ausflugs vertrat, obwohl zwischen meinen Erwartungen und der Wirklichkeit doch ein großer Unterschied bestand. Gomber (noch konnte ich ihn mir nicht als »General« vorstellen) hatte offenbar eine Zusammenkunft im Freien vorgesehen, denn auf seinem weitgeschwungenen Rasen standen Tische und Klappstühle. Ein anhaltendes Nieseln trieb die Party ins Haus, wo sich die etwa vierzig leitenden Angestellten in einem Wohnzimmer versammelten, das zwar groß genug war, Sitzplätze aber nur etwa für die Hälfte bot. Folglich war ich auf meine Füße angewiesen, als Gomber zum Kamin schritt und seine elektrisierende Ankündigung machte.

»Meine Herren«, sagte er. »Ich habe diese außerordentliche Stabsbesprechung einberufen, um eine Situation zu klären, die ich für so kritisch halte, daß die Zukunft jedes einzelnen Anwesenden betroffen ist.«

Zum erstenmal machte ich mir klar, daß die acht Männer, die Gomber flankierten, vier auf jeder Seite, gar nicht zu den Firmenangestellten gehörten. Es handelte sich um Gombers Fabrikwächter in Zivil.

»Meine Herren, in den letzten beiden Jahren hat unsere Firma bei mehreren wichtigen Vertragsverhandlungen den kürzeren gezogen, indem wir durch einen unserer größten Konkurrenten, Lambeth Inc., unterboten wurden. Dabei wurden nicht nur unsere Preise unterschritten, sondern auch einige unserer sorgfältig ausgearbeiteten Marketing- und Produktionspläne durch Gegenaktionen derselben Firma unwirksam gemacht. In den letzten sechs Monaten haben wir etliche neue Produkte oder Bauteile in den Markt eingeführt und mußten dabei feststellen, daß Lambeth uns zuvorgekommen war. Sogar unser Rekrutierungsprogramm für gute Techniker hat gelitten, da Lambeth uns immer wieder bei den Männern überbot, auf die wir ein Auge geworfen hatten.«

Es war still im Zimmer, und die Männer zogen dumme Gesichter angesichts der in der Luft liegenden Kritik.

»Meine Herren«, fuhr Gomber fort. »Wären diese Niederlagen als normale Folgen eines fairen Wettbewerbs anzusehen, hätten wir uns ohne Klage gefügt. Doch leider haben wir stichhaltige Beweise, wonach wir einer ausgedehnten *Spionagetätigkeit* zum Opfer gefallen sind.«

Das beendete die Stille. Die Männer machten ihrem Schock, ihrem Unmut und wohl auch ihrer Erleichterung lautstark Luft.

»Als wir auf die Möglichkeit stießen, daß Lambeth uns einen Spion untergeschoben hatte, bildeten wir sofort ein Gegenspionagekorps. In den Abteilungen wurde jedes mögliche Schlupfloch aufgespürt. Schließlich machten wir die unweigerliche Entdeckung, daß es sich bei dem Spion um ein Mitglied des Spitzenmanagements handelt, den Schlüsselgremien so nahe, daß der Betreffende jede große Entscheidung kennen mußte. Wochenlang wurde die Arbeit jedes Mannes eingehend ausgeforscht, bis der Sünder schließlich beim Vertrauensbruch ertappt wurde.«

Gomber eilte mit sechs Schritten in die Mitte des Zimmers. Dann machte er kehrt und deutete auf eine kleine rundliche Gestalt, in der ich Luther Maddox, den Ersten Vizepräsidenten der Firma, zuständig für die Verwaltung, erkannte.

Ich kannte Maddox, dem ich höchstens einmal die Hand gegeben hatte, kaum doch als er jetzt mit gerötetem Nakken aufsprang, fühlte ich, was jeder Anwesende in diesem Augenblick fühlen mußte – Überraschung und rechtschaffenen Zorn.

»Das ist eine Lüge!« rief er. »Eine verdammte Lüge!«

»Frohlich«, sagte Gomber energisch, und einer der Wächter trat vor und reichte ihm einen dicken gelben Aktenordner. Der General (ja, in diesem Augenblick war mir danach, ihn so zu nennen) hielt Maddox die Unterlagen hin und sagte: »Wollen Sie sich die Beweise selbst ansehen? Kopien Ihrer Briefe an Harvey Lipscomb, den Präsidenten von Lambeth? Berichte über Ihre Besuche im Detroit-Büro vom Lambeth? Mitschriften Ihrer Telefongespräche?«

Es war kaum zu glauben, daß die menschliche Physiognomie eine noch rötere Tönung erreichen konnte als die Färbung, die Maddox' Gesicht in diesem Augenblick aufwies, doch er schaffte es – in mehreren Etappen. »Ich kündige!« sagte er mit bebender Stimme. »Hören Sie, Cyrus! Ich mache Schluß.«

»*Schluß machen?*« bellte der General. »Glauben Sie wirklich, daß Ihnen dieser Ausweg noch bleibt? Meinen Sie, die Sache wäre so einfach zu bereinigen?«

Maddox trat einen Schritt zurück, stieß gegen seinen Stuhl und begann auf eine Verandatür zuzustolpern. Nach wenigen Schritten war er bereits von vier Firmenwächtern umringt. Gomber gab dem gehorsamen Frohlich einen neuen Befehl, den ich nicht verstand. Doch ich erfuhr sehr bald, worum es sich handelte; die verbleibenden vier Muskelmänner verließen das Zimmer und kehrten nach kürzester Zeit mit ihren Waffen zurück. Das sollte ich vielleicht noch einmal wiederholen: sie trugen Karabiner und 22er Revolver.

»Maddox«, sagte der General. »Es hat Ihnen nie geschmeckt, wie ich diese Firma geführt habe. Sie haben meine militärische Einstellung in geschäftlichen Belangen abgelehnt. Und doch waren Sie bereit, mit den Techniken der Militärspionage gegen mich vorzugehen. Nun, ich bin bereit, mich an die Kriegsregeln zu halten. Und Sie wissen, wie danach Spione behandelt werden.«

Nach knapp einer Minute hatte sich die Party trotz des Regens wieder ins Freie begeben. Die acht Wächter, die jeder eine Waffe trugen, umringten Maddox und drängten ihn auf eine hohe Gartenmauer zu. In der großgewachsenen Phalanx vermochte ich ihn nicht zu erkennen, dafür hörte ich ihn schreien: »Laßt mich los! Um Himmels willen, Cyrus! Das ist Mord, Mord!«

Auch ich konnte nicht fassen, was da geschah; für mich war es ein verrückter Witz, der sich gleich in einer befreienden Pointe auflösen würde. Die Gesichter ringsum spiegelten die gleiche Erstarrung und Verständnislosigkeit. Selbst als das Exekutionskommando etwa sieben Meter vor der

Mauer eine ungleichmäßige Reihe bildete, schritt niemand ein; alle starrten auf die unwirkliche Szene. Nur Gomber handelte. Er ging zu Maddox und bot ihm mit lauter Stimme eine Zigeratte an.

»Eine *Zigarette*?« fragte Maddox hysterisch. »Cyrus, hören Sie endlich auf, sich wie ein *Kind* zu benehmen! Rufen Sie die Kerle zurück, lassen Sie mich hier raus!«

Der General zuckte lediglich die Achseln, trat zur Seite und wandte sich dem Kommando zu.

»Also gut, meine Herren«, sagte er.

Die Waffen wurden gehoben. Maddox' dicke Schultern bebten vor dem Efeu, der die Mauer bedeckte, seine Hände hoben sich wie die kleinen Vorderpfoten eines Eichhörnchens.

»Fertig«, sagte der General.

»Bitte, Cyrus! Bitte seien Sie doch vernünftig...«

»Zielen!« Der General hob die Hand.

»*Cyrus!*«

Ich weiß nicht, wie ich meine Entscheidung traf; es blieb keine Zeit, die Motive abzuwägen. Ich riß dem mir am nächsten stehenden Wächter das Gewehr aus der Hand. Er war viel zu überrascht, um mich daran zu hindern. Mit vier Sätzen lief ich vor Maddox, fuhr herum und stellte mich seinem Hinrichtungskommando gegenüber, den Gewehrkolben gegen den Hüftknochen gestemmt, den Finger um den Abzugshebel gekrümmt, das Gesicht zu einer zornigen Grimasse verzogen, die dem Augenblick entsprach.

»Einen Moment!« brüllte ich. »Senkt die Waffen, Jungs, runter damit!«

Es tat gut, Gombers Handlanger so verblüfft zu sehen, wie ich es eben noch gewesen war. Obwohl die anderen sieben Waffen hatten, während ich nur eine Mündung aufbieten konnte, wollten sie sich nicht auf Diskussionen einlassen; auf eine Schießerei waren sie nicht gefaßt gewesen. Hände und Waffen senkten sich, und ich gab den Befehl, Gewehre und Pistolen ins Gras zu werfen. Dann trat ich zurück und packte Maddox am Arm.

»Kommen Sie«, sagte ich. »Wir verschwinden von hier.«

Er wimmerte leise und klammerte sich an mir fest. Rückwärtsgehend näherten wir uns dem Haupteingang von Gombers Besitz.

»Wo steht Ihr Wagen?« fragte ich.

»Da drüben!« keuchte er. »Auf dem Rasen!«

Wir saßen bereits, als mir aufging, daß Maddox' Kiste ein hübscher kleiner Silver Cloud mit butterweichen Lederpolstern und einem Armaturenbrett aus Mahagoni war, ein ansprechendes Souvenir für einen Topmanager. Um mögliche Verfolger zu entmutigen, steckte ich das Gewehr aus dem Fenster, und mit einer kleinen Bewegung des Ganghebels ließ Maddox die Maschine in Aktion treten. Wir rollten die Auffahrt hinab und bogen mit hundertunddreißig Sachen auf die Hauptstraße ein, und das Blut rauschte mir durch die Adern.

»Das vergesse ich Ihnen nie«, sagte Maddox. »Und Lambeth auch nicht.«

»Mein Büro muß drei Fenster haben«, sagte ich. »Haben Sie gehört? Mindestens drei Fenster!«

Liebevoll tätschelte ich den Gewehrkolben und hielt ihn im Schoß, bis die Türme Manhattans in Sicht kamen.

Falsche Perlen

Nun war auch Beggs an der Reihe. Während er seine Strafe verbüßte, war eine ganze Generation erwachsen geworden, und jetzt endlich öffneten sich die Gittertore für ihn. Während er im Büro des Direktors stand, unbehaglich in der fremden Zivilkluft, dachte er: Den ersten Einundzwanzigjährigen, der mir über den Weg läuft, haue ich an und sage: Junge, ich bin jemand, den du nie gesehen haben kannst, dem du an nichts die Schuld geben kannst, denn ich habe gesessen, seit du auf die Welt gekommen bist. Zwanzig Jahre.

»Fünfzig ist doch kein Alter«, sagte der Direktor gerade. »Es gibt viele Männer, die mit fünfzig noch eine neue Karriere beginnen, Beggs. Lassen Sie sich nicht entmutigen; Sie wissen ja, wohin das führt.«

»Was?« fragte Beggs verträumt. Er kannte die Antwort zwar, wollte aber, daß das Gerede noch nicht zu Ende war, daß der entscheidende Augenblick noch etwas hinausgezögert wurde.

»Na, Sie wissen schon – so etwas gibt Ärger. Sie wären nicht der erste, der sich an einem Tag verabschiedet und am nächsten schon wieder eingeliefert wird.« Er räusperte sich und raschelte mit seinen Papieren. »Wie ich sehe, haben Sie Familie.«

»Das war einmal«, sagte Beggs nicht ohne Bitterkeit.

»Ihre Frau hielt wohl nicht viel von Besuchen, wie?«

»Nein.«

»Das Geld, das Sie gestohlen haben…«

»Welches Geld?«

»Ach ja«, sagte der Gefängnisdirektor seufzend. »Sie

gehören ja zu den Unschuldigen! Na schön. Die Sorte lasse ich besonders gern wieder ziehen.« Die Hand wurde ausgestreckt. »Viel Glück, Beggs. Ich hoffe, Sie finden da draußen, was Sie suchen. Ich wünschte nur, ich könnte Ihnen einen guten Rat mit auf den Weg geben.«

»Schon gut, Herr Direktor. Trotzdem vielen Dank.«

»Einen Tip gebe ich Ihnen.« Er lächelte wohlwollend. »Färben Sie sich das Haar.«

»Vielen Dank«, sagte Beggs.

Er war draußen. Er wußte, daß Edith nicht vor dem Tor auf ihn warten würde; trotzdem blieb er stehen und blickte nach links und rechts und setzte sich schließlich zehn Meter von der Gefängnismauer entfernt auf einen Hydranten, um eine Zigarette zu rauchen. Auf dem Laufgang über sich hörte er einen Wächter lachen. Endlich stand er auf und ging zur Bushaltestelle. Er setzte sich auf die letzte Bank und ließ während der Fahrt in die Stadt sein weißhaariges Spiegelbild nicht aus den Augen. *Ich bin ja ein alter Mann*, dachte er. *Aber das ist schon recht so.*

In den nächsten Tagen lebte er von seinem Rehabilitationsgeld. Er gab es aus für Unterkunft, neue Kleidung, Essen und eine Bahnfahrt. Auf dem Bahnsteig von Purdys Landing sprach ihn ein Taxifahrer an. Er sagte ja und setzte sich auf den Beifahrersitz. »Kennen Sie die Cobbin-Farm?« fragte er.

»Nein«, antwortete der Fahrer. »Nie davon gehört.«

»War mal an der Edge Road.«

»Die ist bekannt.«

»Dorthin will ich. Ich sage Ihnen, wo ich aussteigen möchte.«

Als die kleine Siedlung auftauchte, bat er den Fahrer anzuhalten. Er bezahlte und wartete, bis der Wagen anfuhr, ehe er sich einem der Häuser näherte. Als er das Taxi nicht mehr sehen konnte, verließ er die Auffahrt wieder und begann die Straße entlangzugehen. Obgleich ihm die Umgebung sehr fremd vorkam, zeigte er keine Unruhe. Alles verändert sich. Gewisse Merkmale aber bleiben bestehen.

Er erblickte die zerklüftete Kante des Felshangs und wußte, daß er am richtigen Ort war. Er glitt die kleine Schräge hinab und stützte sich, damit er nicht stürzte. Vor zwanzig Jahren war er noch viel wendiger gewesen. Am Ende des Hanges begann ein steiles Waldstück, in dessen Mitte er vordrang. Er stolperte herum, bis er die ungleichmäßig aufgestapelten Steine erblickte, den alten, verkohlten Baumstumpf – die Stelle, an der er das Geld versteckt hatte.

Er begann die Steine zu entfernen. Es waren viele Steine. Er war zuversichtlich, daß man sein Versteck in der Zwischenzeit nicht entdeckt hatte. Diese Überzeugung erfüllte ihn wie ein Glaube.

Das Geld war tatsächlich noch da, im Lederkoffer, Bargeld, säuberlich nach Nennwerten getrennt, etwas feucht, aber noch immer neu aussehend und gültig. Er wischte den Koffer ab, der immerhin vierzig Dollar gekostet hatte, und betrachtete zungenschnalzend die Schimmelspuren an der Deckelkante. Aber noch war das Gepäckstück stabil und ließ sich an dem breiten Griff gut tragen.

Mit dem Koffer kehrte er zur Straße zurück. Diesmal blieb er vor einem der Häuser stehen und klopfte an die Tür. Eine Frau öffnete, blickte zweifelnd auf den Koffer, als rechne sie damit, daß er ihr etwas verkaufen wollte, und atmete auf, als sie sein schneeweißes Haar sah und seine Frage hörte. Ob er wohl einen Schluck Wasser haben könne? Natürlich. Dürfte er nach einem Taxi telefonieren? Bitte sehr, der Apparat steht hier. Sie war nicht mehr ganz jung und sehr nett. Mit gelindem Schock machte sich Beggs klar, daß Edith jetzt in ihrem Alter sein mußte.

Bei Anbruch der Dunkelheit erreichte er die alte Gegend. Der leichte Rougetupfer auf den Mauern der Mietshäuser verbesserte das Aussehen nicht; es sah vielmehr dirnenhaft herausgeputzt aus. Kaum verändert, dachte er, eher ist es noch schlimmer geworden. Alter und Verfall, der Schmutz von weiteren zwanzig Jahren auf dem Pflaster und an den Mauern. Dann aber sah er die Unterschiede; die vollverglaste Front des Drugstore an der Ecke, ein leerer Bauplatz, wo früher die Süßigkeitenbude gestanden hatte, die Kinder auf der Straße entstammten einer anderen Nationalität, ein neues Neonschild vor *Mike's Bar und Grill.* Das Schild verkündete: *Lucky's,* und bei jedem Aufflackern zischte und knisterte das *L* und schien kurz vor dem Durchbrennen zu sein.

Er betrat die Bar. In seiner Jugend, selbst noch nach seiner Heirat, hatte er hier so manche Stunde verbracht. Doch nur die Ausmaße des Raums waren unverändert. *Mike's* war schlicht möbliert und ehrlich beleuchtet geweset, und der Barmixer hatte schweißbedeckte Arme gehabt. *Lucky's Bar* war da von ganz anderem Zuschnitt. Der Raum war dunkel, zu dunkel für zwei alte Augen, herausgeputzt mit Chrom und Buntglas, eine miese Cocktailbude. Es waren sogar Frauen anwesend: er machte ein schwarzes Kleid und eine Perlenkette aus und hörte ein hartes Mädchenlachen. Der Barmixer trug eine weiße Uniform und hatte das Gesicht eines Wiesels. Er bediente die Kasse wie eine Hammondorgel.

»Bitte, Sir?« fragte er.

»Telefon?« fragte Beggs heiser.

Verachtung. »Hinten.«

Er stolperte über etwas, richtete sich auf, fand die Telefonzelle. Ungeschickt suchte er im Telefonbuch, dessen

Umfang er bestaunte, während die Alkoholdünste des Lokals ihn ein wenig schwindlig werden ließen; seit zwei Jahrzehnten hatte sein Gaumen keinen Whiskey mehr zu schmecken bekommen. Er fand die Eintragung: BEGGS, EDITH an der alten Anschrift, aber mit neuer Nummer. Fast kamen ihm die Tränen vor Dankbarkeit über seine sture Frau, die sich Veränderungen stets widersetzt hatte.

Er betrat die Zelle, zwängte den Koffer zwischen die Beine, holte einen Fünfer aus der Tasche, und merkte jetzt erst, daß sich der Preis geändert hatte. Er fand einen Zehner, steckte ihn aber noch nicht in den Schlitz, zu sehr zitterten seine Hände. Er konnte sich nicht überwinden anzurufen, er konnte nicht in dieser Glaszelle sitzen und sich die blecherne und körperlose Stimme aus der Vergangenheit anhören. Schwitzend verließ er die Telefonzelle.

Er setzte sich auf einen weich gepolsterten Barhocker, stemmte die Ellenbogen auf den Tresen und legte den Kopf in die Hände. Niemand leistete ihm Gesellschaft. Der Barmixer stürzte sich auf ihn wie ein Raubvogel. »Was darf es sein?« fragte er verführerisch. »Sie sehen aus, als brauchten Sie einen Schuß, mein Freund.«

Beggs hob den Kopf. »Was ist aus Mike geworden?« fragte er.

»Aus wem?«

»Ich – ich nehme einen Whiskey.«

Das Glas stand vor ihm und war bezahlt, was die Spannung zwischen den beiden Männern erheblich minderte; der Barmixer wurde etwas zugänglicher. »Sie meinen Mike Dram? Den früheren Besitzer hier?«

»Ja.«

»Schaut sich die Radieschen von unten an«, gab der Mann Auskunft und zeigte mit dem Daumen nach unten. »Vor etwa zehn Jahren. Seither hat es hier vier Wirte gegeben. Sind Sie ein Freund von Mike?«

»Ich habe ihn vor langer Zeit gekannt«, antwortete Beggs und stürzte den Alkohol hinunter, der wie eine Granate in seinem Kopf explodierte. Er verschluckte sich und begann krampfartig zu husten, wobei er fast mit dem Kopf auf die Mahagonibar schlug. Der Barmixer fluchte und holte ihm einen Schuß Wasser.

»Was sind Sie denn für ein Früchtchen?« fragte er. »Wollen Sie mir etwa vormachen, mein Whiskey taugt nichts?«

»Tut mir leid – es ist so lange her.«

»Ach, reden Sie doch keinen Unsinn!«

Gekränkt marschierte er davon. Beggs barg das Gesicht in den Händen. Im nächsten Augenblick spürte er eine Berührung am Rücken, drehte sich um und erblickte die billigen weißen Perlen und den schlanken Hals, die durch einen tiefen schwarzen Kleiderausschnitt getrennt waren.

»Hallo, Opa, sind Sie erkältet oder was?«

»Alles in Ordnung«, sagte er. Sie setzte sich auf den Hocker neben ihn, ein junges, hübsches Mädchen, deren Haut noch heller war als die falschen Perlen. »Ich bin nur nicht daran gewöhnt«, sagte er. »Vertrage das Zeug nicht mehr.«

»Sie brauchen Übung«, sagte sie lächelnd. Dann ging ihm auf, daß das Mädchen nicht aus Nächstenliebe freundlich zu ihm war; sie arbeitete hier. Er griff nach dem Koffer. »Bleiben Sie doch noch, Opa, auf einem Bein kann man nicht stehen.«

»Wie bitte?«

»Trinken Sie noch einen. Der schmeckt Ihnen bestimmt schon besser.«

»Ich glaube nicht.«

»Ich mache Ihnen einen Vorschlag. Sie bestellen sich einen und kosten ihn. Wenn er Ihnen nicht schmeckt, trinke ich für Sie weiter. Das ist wie bei einer garantierten Geldrückgabe bei Nichtgefallen. Nur kriegen Sie's gar nicht zurück.« Sie lachte hell.

Er hätte am liebsten abgelehnt, doch lag ihm daran, selbst ihr falsches Lächeln möglichst lange um sich zu haben. »Na schön«, sagte er mürrisch.

Der Barmixer kehrte aktionsbereit zurück. Er schob zwei Gläser zurecht und füllte beide bis zum Rand. Dann stellte er die Flasche vor Beggs hin und drehte sie so, daß die Marke sichtbar wurde. Reumütig grinste ihn Beggs an. Die dünnen bleichen Finger des Mädchens schlossen sich um ihr Glas und hoben es hoch. »Auf Sie«, sagte sie.

Der zweite Drink rutschte schon besser. Er fühlte sich noch nicht richtig entspannt, doch ließ sich mit seiner Depression schon etwas besser leben. Der Drink weckte Erinnerungen daran, wozu Alkohol gut war. Schüchtern betrachtete er das Mädchen, das ihm auf die Schulter klopfte. »Sie sind nett«, sagte sie herablassend. »Ihr weißes Haar gefällt mir.«

»Sie trinken ja gar nicht«, stellte er fest.

»Wenn ich ehrlich bin, möchte ich noch einen Schuß Ginger Ale dazu haben. Wollen wir uns nicht an einen Tisch setzen?«

Beggs blickte zum Ende der Bar; der Mixer trocknete Gläser ab und schien ganz zufrieden zu sein.

»Warum nicht?« antwortete er, nahm seinen Koffer und stieg vom Hocker. Als sein Fuß den Boden berührte, merkte er es zuerst gar nicht und lachte. »He, was ist los? Mein Fuß ist eingeschlafen.«

Sie kicherte und blickte auf den Koffer. Dann hakte sie sich bei ihm unter. »Ach, sind Sie süß!« sagte sie. »Ich bin froh, daß Sie bei uns eingekehrt sind.«

Er war in der Gefängniswerkstatt, zerschlagen vor Müdigkeit. Ringsum dröhnten die Maschinen, und der Kopf tat ihm weh. Er legte ihn auf die kühle Oberfläche der Werkbank, und der Wächter packte ihn an der Schulter und zerrte ihn hoch. »Wach auf, Kumpel!«

»Was?« fragte Beggs und hob den Kopf von der Plastiktischplatte. Seine Finger lagen um ein Glas, das jedoch leer war. »Was haben Sie gesagt?«

»Aufwachen!« knurrte der Barmixer. »Ich führe hier kein Hotel und muß zumachen.«

»Wie spät ist es?« Er richtete sich auf, und mehrere Gongs dröhnten in seinen Ohren. Seine Fingerspitzen kribbelten, und er hatte das Gefühl, Kleister im Mund zu haben. »Ich muß eingeschlafen sein«, stellte er fest.

»Wir haben ein Uhr durch«, verkündete der Barmixer. »Gehen Sie nach Hause.«

Beggs blickte auf die andere Seite des Tisches. Dort saß niemand. Er streckte die Hand nach seinem Koffer aus, griff aber ins Leere. »Mein Koffer«, sagte er leise.

»Ihr was?«

»Koffer. Vielleicht habe ich ihn an der Bar stehenlassen...« Er stand auf, taumelte auf die Barhocker zu und begann sie herumzuschieben. »Muß hier irgendwo sein«, murmelte er. »Haben Sie ihn nicht gesehen?«

»Hören Sie, Kumpel...«

»Mein Koffer«, sagte Beggs betont und blickte den Mann an. »Ich will meinen Koffer haben, verstehen Sie?«

»Ich habe keinen Koffer gesehen. Wollen Sie mich etwa beschuldigen...?«

»Das Mädchen, das mit mir zusammen war. Das hier arbeitet.«

»Mann, hier arbeiten keine Mädchen. Sie machen sich eine falsche Vorstellung von meinem Lokal.«

Beggs legte dem anderen eine Hand auf den Jackettaufschlag, doch keineswegs aggressiv. »Bitte machen Sie sich nicht über mich lustig«, sagte er und lächelte sogar. »Ich bin ein alter Mann. Sie sehen doch mein weißes Haar. Was haben Sie mit dem Koffer gemacht? Wo ist das Mädchen?«

»Mister, ich sag's Ihnen ein letztesmal.« Der Barmixer zerrte seine Hand zur Seite. »Ich habe Ihren verdammten Koffer nicht gesehen. Und ein Mädchen arbeitet hier auch nicht. Wenn Sie sich haben ausnehmen lassen, ist das allein Ihre Sache.«

»Sie *lügen*!«

Beggs stürzte sich auf den Mann, doch nicht um ihn anzugreifen; vielmehr waren seine Arme flehend ausgebreitet. Wieder schrie er den Barmixer an, der sich aber verächtlich abwandte. Er folgte ihm, und der Mann machte kehrt und äußerte böse Worte. Daraufhin begann Beggs zu schluchzen, und der Barmixer seufzte resigniert und sagte: »Ach, jetzt reicht's mir aber!« Er packte Beggs am Arm und begann ihn zur Tür zu drängen. Unterwegs zerrte er seinen Mantel vom Haken und warf ihn dem alten Mann über die Schulter. Beggs protestierte zwar, ging aber weiter. An der Tür gab ihm der Barmixer einen letzten Schubs, der ihn auf die Straße hinausbeförderte. Dann knallte die Tür zu, und Beggs hämmerte mit der Faust dagegen, aber nur einmal.

Er stand auf dem Bürgersteig und zog seinen Mantel an. In der Tasche befanden sich noch einige Zigaretten, zerdrückt und nutzlos. Er warf die zerkrümelte Packung in die Gosse.

Dann setzte er sich in Bewegung.

An der Treppe erinnerte er sich noch – drei Stockwerke mußte er ersteigen. Als junger Mann, frisch verheiratet, in der Vorfreude auf Edith, die ihn oben erwartete, war der Aufstieg ein Kinderspiel gewesen. Etwas schwieriger wurde es schon, wenn er nach einem arbeitslos vertrödelten Tag bei Mike ordentlich getankt hatte. Heute aber kam ihm die Treppe endlos vor, ein hölzerner Mount Everest. Er war außer Atem, als er endlich vor der Wohnungstür stand.

Er klopfte an, und nach einiger Zeit öffnete ihm eine Frau, die Ediths Mutter hätte sein können – aber es war Edith selbst. Sie starrte ihn an und schob sich dabei gelbgraue Haarsträhnen aus dem Gesicht, während die andere knochige Hand an einem herabhängenden Knopf ihres fleckigen Hauskleids herumfummelte. Da er nicht recht wußte, ob sie ihn erkannte, sagte er: »Ich bin's Edith – Harry.«

»Harry?«

»Ich weiß, es ist schon ziemlich spät«, sagte er leise. »Tut mir leid. Man hat mich heute entlassen. Kann ich mal reinkommen?«

»Mein Gott!« sagte Edith und legte die Hände vor die Augen. In den nächsten dreißig Sekunden bewegte sie sich kaum. Er wußte nicht, ob er sie berühren sollte oder nicht. Er trat von einem Fuß auf den anderen und fuhr sich mit der Zunge über die trockenen Lippen.

»Schrecklich durstig bin ich«, sagte er. »Kannst du mir ein Glas Wasser geben?«

Sie ließ ihn eintreten. Das Zimmer war dunkel, und seine Frau schaltete eine Tischlampe ein. Sie ging in die Küche und holte das Wasser. Sie reichte ihm das Glas, und er setzte sich, ehe er trank.

Als er ihr das leere Glas zurückgab, lächelte er scheu. »Vielen Dank«, sagte er. »Ich war verdammt durstig.«

»Was willst du, Harry?«

»Nichts«, sagte er leise. »Nur ein Glas Wasser. Mehr kann ich ja nicht von dir erwarten, oder?«

Sie wandte sich ab und fummelte an ihrem Haar herum.

»Mein Gott, ich sehe ja schrecklich aus! Warum hast du mir nicht Bescheid gesagt?«

»Tut mir leid, Edith«, sagte er. »Ich gehe jetzt lieber wieder.«

»Wohin denn?«

»Keine Ahnung«, sagte Beggs. »Ich habe noch nicht darüber nachgedacht.«

»Du hast keine Unterkunft?«

»Nein.«

Sie brachte das leere Glas in die Küche und kam zurück. Sie blieb auf der Schwelle stehen, verschränkte die Arme und lehnte sich an den Türrahmen.

»Du kannst hierbleiben«, sagte sie tonlos. »Wenn du keine Unterkunft hast, kann ich dich nicht gut hinauswerfen – das würde ich ja keinem Hund antun. Du darfst auf der Couch schlafen. Bist du damit einverstanden, Harry?«

Er rieb mit der Hand über das Kissen.

»Die Couch«, sagte er langsam. »Mir ist diese Couch lieber als jedes andere Prunkbett.« Er blickte sie an. Edith hatte zu weinen begonnen. »Ach, Edith!« sagte er.

»Kümmere dich nicht um mich!«

Er stand auf, trat neben sie und legte die Arme um sie.

»Bist du einverstanden, wenn ich bleibe? Nicht nur heute nacht?«

Sie nickte.

Beggs drückte sie fester an sich, umarmte sie wie ein junger Liebhaber. Edith schien zu merken, wie seltsam das aussehen mußte, denn sie lachte plötzlich auf und wischte sich mit der Handkante eine Träne von der Wange.

»Mein Gott, was für Gedanken mir kommen!« sagte sie. »Harry, weißt du, wie alt ich bin?«

»Ist mir egal…«

»Ich habe eine erwachsene Tochter. Harry! Du hast

deine Tochter noch nie gesehen.« Sie machte sich frei und ging zu einer geschlossenen Tür. Sie klopfte an, und ihre Stimme zitterte. »Harry, du kennst Angela überhaupt nicht. Sie war ein Baby, als... Angela! Angela, wach auf!«

Gleich darauf wurde die Tür geöffnet. Das blonde Mädchen in dem weiten Nachthemd gähnte und blinzelte ins Licht. Sie war hübsch und verärgert.

»Was zum Teufel geht hier vor?« fragte sie. »Was ist das für ein Geschrei?«

»Angela, ich möchte dich jemand vorstellen, jemand ganz Besonderem!«

Edith klatschte in die Hände und sah Beggs an. Beggs musterte das Mädchen und lächelte töricht-verlegen, ein Lächeln, das sofort erlosch. Edith bemerkte es und stieß einen Laut der Enttäuschung aus. Die beiden sahen sich an, der alte Mann und das Mädchen, und Angela zerrte nervös an der billigen weißen Perlenkette, die noch immer um ihren Hals hing.

Anweisung ignorieren

In einer langen stahlgrauen Kassette, die in den Tresoren der Merchants Industrial Bank ruhte, bewahrte Warren Maddox eine Anzahl von Papieren auf, die sein Vermögen und seine Klugheit dokumentierten. Da war zunächst sein Testament, welches die beträchtlichen Besitztümer zwischen seiner Frau Evelyn und seinem Bruder und Anwalt Emanuel aufteilte und strenge Anweisungen enthielt, wie die beiden ihr geschäftliches, gesellschaftliches und privates Leben nach seinem Tode zu gestalten hätten. Ferner befanden sich in dem Schließfach Versicherungspolicen, die seine Familie und seine Geschäftspartner der Maddox-Gerätefirma schützen sollten. Weiterhin erstklassige Wertpapiere, Urkunden über Eigentumsanteile, Hypotheken, Vermietungen, Regierungsanleihen und andere eindrucksvolle Dokumente, die erkennen ließen, daß sich Warren Maddox ein felsenfestes Fundament geschaffen hatte. Das interessanteste Dokument in der Sammlung war aber vermutlich ein Brief, der an seine Frau und an seinen Anwalt gerichtet war und ein Datum trug, das etwa sechs Jahre zurücklag.

Warren hatte keine Mühe, sich dieses Datums zu erinnern. Es fiel zusammen mit der Entführung Curtis F. Barnwrights, des ehemaligen Präsidenten des Wirtschaftsklubs. Warren war im gleichen Jahr als Mitglied aufgenommen worden, und als die Nachricht in die gepolsterte Stille des Lesezimmers platzte, fand seine Reaktion das erstaunte Interesse der anderen Mitglieder.

»Ich weiß genau, was *ich* tun würde«, sagte er grimmig. »Ich würde den Schweinehunden keinen Pfennig zahlen!

Ich würde sie von Anfang an wissen lassen, daß sie bei mir mit so etwas nicht durchkommen!«

Er schlug mit der Faust auf die rotlederne Armlehne seines Sessels und setzte ein grimmiges Gesicht auf. Das war keine Kleinigkeit, denn Warren war von Natur aus rosig-rund und wirkte wie ein übergroßer Säugling. Sein Verstand aber hatte nichts Säuglinghaftes; in der Gerätefirma wurde er insgeheim Peitschenschwinger genannt. Seine Aktennotizen schlugen ein wie Blitze. Seine Anweisungen hinsichtlich Bürostunden, Pünktlichkeit und Arbeitsleistung hatten den gnadenlosen Ton eines Diktators. Und nicht einmal nach Büroschluß legte er die Peitsche aus der Hand; seine Frau und Hausangestellten spürten sie nicht weniger als die Firmenangehörigen. Nur in den stillen Mauern des Wirtschaftsklubs entspannte sich Warren, doch selbst hier wußten die anderen Mitglieder, daß sie es mit einem Mann von unbeugsamem Willen zu tun hatten. Und wenn sie es nicht wußten, klärte Warren sie schnell auf.

Im Sessel neben Maddox verzog Brauereipräsident Berolzheimer den humorvoll geschwungenen Mund. Er gehörte zu den unaufgeklärten Mitgliedern, die Warrens strenge Lebenseinstellung nicht teilten.

»Warren, das verstehe ich nicht«, sagte er gelassen. »Soll das heißen, Sie würden sich weigern, Lösegeld zu zahlen?«

»Und ob! Das ist ja heute das Problem bei den Leuten – keine Willenskraft! Wenn die gemeinen Verbrecher genau wüßten, daß sie von Barnwrights Frau keinen roten Heller bekommen, müßten sie ihn freilassen.«

»Sie könnten ihn natürlich auch umbringen«, meinte Berolzheimer.

Warren bedachte den Einwand. »Nein, das wäre nicht vernünftig. Kidnapping ist eine Sache, Mord eine andere.

Sobald die Kerle wissen, daß es keinen Sinn hat, sind sie besser dran, wenn sie ihn unverletzt freilassen. Nur das ist eine gesunde Einstellung zum Geschäft.«

»Aber was ist, wenn es sich nicht um gute Geschäftsleute handelt? Nicht alle Verbrecher lesen das *Wall Street Journal.*« Berolzheimer hatte die Lacher auf seiner Seite, und Warrens Gesicht rötete sich.

»Dazu muß ich feststellen, daß gerade der alte Barnwright nicht als guter Geschäftsmann gehandelt hat. Hätte er eine Anweisung hinterlassen, niemals Lösegeld zu zahlen, wäre so etwas gar nicht erst passiert, garantiert.«

»Wirklich? Haben Sie es denn getan, Warren?« Dem Brauer schien das Gespräch Spaß zu machen, während Warren immer nervöser wurde.

»Nein, aber ich hole es so schnell wie möglich nach, bei Gott!« sagte er energisch. »Wenn diese Schurken *wissen*, daß wir nicht zahlen, lassen sie uns in Ruhe. Ist doch vernünftig, oder?«

»Mag schon sein. Ich will nur hoffen, Warren, daß Sie nicht mal auf Verbrecher stoßen, die vernunftwidrig handeln.«

Warren Maddox vergaß diese prophetischen Worte schnell wieder, doch erst nachdem er den Brief geschrieben hatte. Noch am gleichen Abend zog er sich in die Bibliothek seines eindrucksvollen Hauses zurück und bekritzelte ein halbes Dutzend teure Leinenbogen, ehe er das Dokument erstellt hatte, das seinen Geschäftssinn und sein literarisches Empfinden gleichermaßen zufriedenstellte:

An meine Frau Evelyn Maddox und meinen Rechtsanwalt Emanuel Maddox:

Sollte es je dazu kommen, daß ich entführt werde, ergeht hiermit die Anweisung, jedes Ersuchen um Lösegeld zu ignorieren, ob es nun von den Verbrechern oder von mir selbst ausgeht. Egal, welche

Mitteilungen eintreffen, egal, wie dringend ich darum ersuche, diese Anweisung zu ignorieren – es darf auf keinen Fall gezahlt werden.
Gezeichnet, Warren G. Maddox.

Nach dem Abendessen zeigte er den Brief seiner Frau, und sie sagte: »Aber Warren, das ist ja schrecklich! Wenn man dich nun *umbringt*? Das meinst du doch nicht ernst!«

»Unsinn! Wenn die Kerle wissen, daß ich nicht zahle, können sie gar nichts tun. Aber denk daran, Evelyn, laß dich nicht täuschen. Egal, wozu mich die Entführer zwingen – du ignorierst alles!«

»Glaubst du wirklich, daß so etwas passieren könnte?«

»Natürlich nicht. Aber für den Notfall – denk an meine Anweisungen! Das ist ein Befehl.«

Als sich die Nachricht von seinem mutigen Vorstoß bei Freunden und Klubkollegen herumsprach, stand Warren wie ein Held da. Der alte Barnwright, dessen nervöse und machtlose Frau das Lösegeld gezahlt hatte, das ihm die Freiheit zurückgab, ging in den Ruhestand und starb kurze Zeit später. Die Berichte über sein Leiden waren aber schneller wieder vergessen als Warren Maddox' Brief, der jetzt zwischen seinen Aktien und Rentenpapieren im Kellertresor der Merchants Industrial ruhte.

Natürlich hatte Warren wenig Grund zu der Besorgnis, daß seine Anweisungen jemals ausgeführt werden mußten. Das Risiko, daß sich ein weiterer Entführungsfall ereignen würde, war denkbar gering, auch wenn die reichen Mitglieder des Wirtschaftsklubs eine gewisse Verlockung darstellten. Leider aber wurde diese Unwahrscheinlichkeit gerade in Warrens Fall zur Realität.

Als es geschah, fuhr er gerade im besten der drei Wagen der Maddox-Familie, einem schicken schwarzen Fleetwood mit breiten Schwanzflossen, vom Golfplatz nach Hause. Er stoppte gehorsam vor einer roten Ampel und achtete kaum auf den linkischen Mann im schimmernden blauen Anzug, der aus einem geparkten Plymouth stieg und über die Straße auf ihn zukam. Als der Mann auf der Beifahrerseite an das Fenster klopfte, drückte er auf den Knopf, der das Glas heruntersurren ließ. Er nahm an, der Mann wollte eine Auskunft, doch statt dessen griff er herein und entriegelte die Tür, ließ sich auf den Beifahrersitz fallen und zog eine furchteinflößende graue Automatic.

»Fahren Sie weiter, Mr. Maddox. Bitte hübsch langsam. Und keine Tricks!«

Warren stotterte etwas, und der Mann, ein stämmig gewachsener Bursche mit schlechtem Teint, lachte und ließ sich gemütlich in das weiche Polster sinken.

Als sie etwa eine halbe Meile zurückgelegt hatten, sagte der Mann: »Jetzt nach rechts auf den Boulevard, dann weiter, bis sie ein Schild sehen, auf dem Macon Avenue steht. Dort sage ich, wie es weitergeht.«

»Was wollen Sie von mir?« fragte Warren mit schriller Stimme. »Ich habe nicht viel Geld bei mir...«

»Bleiben Sie ruhig, Mr. Maddox. Ihre Brieftasche interessiert uns nicht – sondern Ihr hübsches gepolstertes Bankkonto.«

In diesem Augenblick wurde Warren klar, daß er sich in den Händen von Entführern befand. Die Erkenntnis ließ einen eisigen Schauder über seinen Körper laufen, von der breiten haarlosen Stirn bis hinab zum Zeh, der auf das Gaspedal drückte. Er begann so heftig zu zittern, daß der Wagen im Zickzack fuhr und der linkische Mann seine Fahrkünste auf eine Weise verwünschte, die sich Evelyn, seine Frau, nie herausgenommen hatte.

Sie bogen in die Macon Avenue ein, und der Mann dirigierte ihn durch eine Vielzahl von Nebenstraßen, von deren Existenz er bis jetzt nichts gewußt hatte. Als sie eine Stunde später ihr Ziel erreichten, war er mit den Nerven herunter, und das Blechkleid des Cadillac war mit rötlichen Lehmspritzern bedeckt. Der linkische Mann richtete die Waffe auf ihn und ließ ihn aussteigen. Dann gingen sie ein Stück hügelaufwärts zu einem Bauernhaus, das ein ödes, ungepflügtes Feld überschaute. Links vom Haus erhob sich eine Scheune mit halb eingestürztem Dach; Warren sah das Heck des Plymouth in der Scheuneneinfahrt.

Drinnen wartete ein zweiter Mann, in der Hand eine nicht minder bedrohliche Waffe. Er ähnelte noch mehr einem Gangster als der andere; er hatte die dicke Zunge, die knochenlose Nase und das Narbengewebe eines Ex-Boxers.

»Hier ist unser Baby«, sagte der linkische Mann leise lachend und schloß die Tür mit einem Fußtritt hinter sich. »Verwöhn ihn, Leo, damit er sich wie zu Hause fühlt. Ich fahre zunächst den Caddy in die Scheune.«

Leo steckte die Waffe ein. »Haben Sie schon Mittag gegessen?« fragte er höflich. »Ich wollte uns gerade ein paar Eier braten.« Er rückte einen Holzstuhl zurecht, und Maddox setzte sich mit bleichem Gesicht. Der linkische Mann verschwand nach draußen, und gleich darauf war das leise Summen von Warrens Wagen zu hören, der in die Scheune gefahren wurde.

Als er von seinem Unternehmen zurückgekehrt war, sagte Warren: »Hören Sie mal gut zu, bitte. Sie machen einen schweren Fehler. Es bringt Ihnen nichts, mich hier festzuhalten; meine Familie wird kein Lösegeld bezahlen.«

»Warum nicht?« fragte Leo. »Sind Sie so unbeliebt?«

»Das ist es nicht«, sagte Warren verzweifelt. »Man wird kein Lösegeld bezahlen, weil ich eine entsprechende Anweisung hinterlassen habe. Vor langer Zeit schon. Es hat also gar keinen Sinn, überhaupt Geld zu fordern, verstehen Sie?«

Die beiden Männer blickten sich an, offenbar unberührt

von Warrens Worten. »Hören Sie«, fuhr Warren fort. »Sie müssen doch über mich Bescheid wissen, Sie müssen gehört haben...«

Der linkische Mann zuckte die Achseln. »Wir haben gar nichts gehört, Mr. Maddox. Wir haben Sie gewissermaßen durch Los ermittelt. Vor ein paar Wochen stand Ihr Bild in der Zeitung, wissen Sie noch? Irgendeine Stiftung. Wir haben uns ausgerechnet, wenn Sie für wohltätige Zwecke soviel Geld übrig haben, müßten auch ein paar Dollar für uns dabei herausspringen. Habe ich recht, Leo?«

»Und ob«, sagte sein Partner. »Was ist nun mit den Eiern, Mr. Maddox? Spiegel oder Rühr?«

»Aber Sie verstehen mich nicht! Ich habe meiner Frau und meinem Anwalt strengstens untersagt, Lösegeld zu zahlen – unter keinen Umständen! Sie verschwenden mit mir nur Ihre Zeit, begreifen Sie das denn nicht?«

»Aber wir haben Sie nun mal hier, Mr. Maddox. Machen Sie's uns also nicht unnötig schwer, ja? Leo...«

»Ja?«

»Vielleicht solltest du den Brief sofort abschicken.«

»Was ist mit dem Essen?«

»Später. Ich glaube nicht, daß Mr. Maddox großen Hunger hat. Habe ich nicht recht, Mr. Maddox?«

»Nein«, sagte Warren und fuhr sich mit der feuchten Handfläche über die schweißnasse Stirn.

Es dauerte fast dreißig Stunden, ehe Warren Maddox den Inhalt des Briefes erfuhr, den die Entführer abgeschickt hatten. Warren schwankte in dieser Zeit zwischen Entrüstung, Angst und hilfloser Langeweile. Seine Bewacher gewährten ihm freien Zugang zu den drei Räumen des Bauernhauses: eine schmutzige Küche, ein kahles Wohnzimmer und ein enger Schlafraum mit zwei Pritschen. Ein Kofferradio unterrichtete sie über die Außenwelt, doch dauerte es bis fünf Uhr am nächsten Nachmittag, ehe das Verbrechen bekanntgegeben wurde.

»... die Entführer Warren Maddox', des Präsidenten der Maddox-Gerätefirma, fordern zehntausend Dollar für die Freilassung des Geschäftsmannes. Emanuel Maddox, der Bruder und Anwalt des Opfers, erklärte dazu, das Lösegeld werde unter keinen Umständen gezahlt. Dies gehe auf eine Anweisung seines Bruders zurück...«

»Sehen Sie? Sehen Sie?« sagte Warren aufgeregt zu den beiden Entführern. »Sie zahlen nichts. Ich hab's Ihnen doch gleich gesagt! Sie verschwenden nur Ihre Zeit!«

»Leo«, sagte der linkische Mann leise. »Gib Mr. Maddox Papier und Füller. Mr. Maddox, Sie setzen sich jetzt hin und schreiben Ihrer Familie, sie soll die Anweisung vergessen und blechen. Los, schreiben Sie schon!«

»Aber das nützt doch nichts! Ich habe gleich darauf aufmerksam gemacht, daß man mich zwingen könnte, so etwas zu schreiben...«

»Schreiben Sie den Brief trotzdem, Mr. Maddox!«

Maddox schrieb den Brief, der die Entführer zufriedenstellte. Es handelte sich um eine geschäftsmäßig-nüchterne Nachricht an Evelyn, worin er zum Ausdruck brachte, er habe sich mit der ursprünglichen Anweisung geirrt und bäte sie, das Geld wie verlangt zu zahlen. Leo, der Exsträfling, gab den Brief in der Stadt auf.

Am folgenden Nachmittag kam die Antwort durch das Radio.

»... erhielt die Maddox-Familie eine neue Lösegeldforderung, vom Opfer der Entführung wohl unter Zwang geschrieben. Mrs. Evelyn Maddox, die Frau des bekannten Geschäftsmannes, sagte: ›Mein Mann rechnete damit, daß man ihn zwingen würde, einen solchen Brief zu schreiben, und hat mich angewiesen, alle Geldforderungen zu ignorieren...‹«

Der linkische Mann fluchte und schaltete das Radio aus. »Na schön«, sagte er gepreßt. »Wenn Sie das Spielchen so haben wollen, ändern wir die Regeln. Leo, hol mir ein Küchenmesser.«

»Aber klar«, sagte der Ex-Sträfling. Er ging in die Küche und kehrte mit einem Schneidemesser zurück, einer langen gekrümmten Klinge mit braunem Griff und funkelnder Spitze.

»Was haben Sie vor?« fragte Warren und verlor auch noch das letzte Quantum Farbe aus dem Gesicht.

»Wir werden beweisen, daß wir es ernst meinen. Wir legen dem nächsten Brief einen Ihrer Finger bei, damit Ihre Leute endlich erkennen, daß wir nicht mehr lange fackeln.«

»Aber das können Sie doch nicht tun! Es ist nicht fair!«

»Welche Hand soll es sein, Mr. Maddox?«

Warren versteckte die molligen Hände hinter dem Rükken.. »Nicht! Sie können das doch nicht tun!«

»Hören Sie, Mr. Maddox, mir gefällt diese Masche auch nicht besser als Ihnen. Aber die Kiste ist ziemlich verfahren, da haben wir kaum eine andere Wahl. Also ran ans Werk, Kumpel. Rechts oder links?«

»*Nein!*« kreischte Warren, als Leo sein Handgelenk packte. »Ich zahle das Geld doch, ja, ich versprech's Ihnen!«

»Ja? Wie denn?«

»Ich schreibe meiner Frau noch einmal! Diesmal überzeuge ich sie. Ich bringe sie dazu, die Anweisung außer acht zu lassen!«

»Sie glauben, das können Sie?«

»Natürlich kann ich das! Ich kenne doch meine Frau. Geben Sie mir Papier und Füllfederhalter!«

»Leo!« sagte der linkische Mann.

Mit unsicherer Hand und begleitet von zahlreichen Tintenflecken, schrieb Warren:

Liebe Evelyn,

dieser Brief wird nicht unter Zwang geschrieben. Man bedroht mich mit Verstümmelung. Du mußt alle früheren Anweisungen ignorieren und die zehntausend Dollar wie gefordert schicken. Dies ist ein Befehl.

Warren.

Doch vierundzwanzig Stunden später warteten die Männer noch immer vergeblich auf das Lösegeld.

»Ich habe jetzt genug!« sagte der linkische Mann zornig und trat so heftig gegen einen Holzstuhl, daß das Bein abbrach. »Wir haben mit Ihnen viel Zeit verschwendet, Kumpel, und kommen keinen Zentimeter vom Fleck!«

»Aber ich hab's Ihnen doch gleich gesagt!« jammerte Maddox. »Man wird mir nicht glauben...«

»Dann müssen wir's eben auf meine Art versuchen. Ein kleiner chirurgischer Eingriff wird sie überzeugen. Los, Leo, wo hast du das Messer gelassen?«

»Nein! Nein!« kreischte Warren, und Schweiß erschien in seinem dünnen blonden Bartflaum auf Wangen und Kinn. »Lassen Sie mich noch einmal schreiben, bitte. Ich *weiß*, daß ich Evelyn überzeugen kann! Ich *weiß* es! Bitte!«

»Beim letztenmal sah es aber anders aus.«

»Sie müssen es mich versuchen lassen! Sie müssen!«

Der linkische Mann seufzte.

»Leo«, sagte er müde.

Angespannt hockte Warren über dem Küchentisch und versuchte die Füllfeder in seine Gewalt zu bekommen. Das Ergebnis war kaum lesbar, doch der dahinterstehende Wille war klar.

Evelyn –

Du mußt mir glauben. Mir ist gleichgültig, was ich Dir vor sechs Jahren gesagt habe. Die Männer werden mir die Finger ab-

schneiden und sie Dir nacheinander schicken. Wenn Du das Geld nicht sofort schickst, erleide ich fürchterliche Folterqualen. Du mußt meine Anweisungen ignorieren und sofort das Lösegeld schicken.

Warren

Vierundzwanzig nervenaufreibende Stunden vergingen. Doch das Geld wurde nicht gezahlt.

»Das war's dann«, sagte der linkische Mann. »Dieser Kerl hat uns richtig hineingeritten! Ich glaube nicht, daß man die Sore rausrückt, selbst wenn wir seine Arme und Beine schicken.«

Leo blickte traurig drein. »Was machen wir?«

»Machen? Gibt nur eine Möglichkeit. Wir murksen ihn ab und vergraben ihn in der Scheune. Dauert bestimmt Jahre, bevor er dort gefunden wird, dann sind wir schon eine Million Meilen weg von hier...«

»Das können Sie doch nicht tun!« kreischte ein dünner, bleicher, heruntergekommener Warren Maddox. Er umklammerte den blauen Ärmel des Entführers und flehte ihn an: »Sie können mich doch nicht umbringen! Ich schicke Ihnen das Geld, ich schwör's! Ich schicke Ihnen *zwanzig*tausend Dollar, dreißig, was Sie wollen!«

»Was für hübsche Versprechungen!«

»Nein, ich meine es ernst! Wenn Sie mich freilassen, gebe ich Ihnen viel Geld. Ich schwör's! Sie können mir vertrauen! Bitte lassen Sie mich frei!«

Leo schnalzte mitfühlend mit der Zunge. »Ein hartes Los, wie? Nicht mal die eigene Familie will ihm aus der Patsche helfen...«

»Nein!« ächzte Warren Maddox haltlos. »Lassen Sie mich am Leben. Ich will es noch einmal versuchen. Lassen Sie mich noch einen Brief schreiben.«

Der linkische Mann warf widerwillig die Arme hoch.

»Na schön, na schön. Noch ein letztesmal. Aber dann ist Schluß. Wenn dieser Brief nichts bringt...«

»Tut er bestimmt!« schwor Warren. »Tut er bestimmt!« Er nahm den Füllfederhalter und schrieb:

Evelyn –

wenn Du mich überhaupt noch liebst, mußt Du mir glauben. Die Männer sind verzweifelt. Sie bringen mich um, wenn das Geld nicht gezahlt wird. Du mußt mir glauben! Sie werden mich foltern und töten, wenn Du nicht zahlst. Mir ist gleichgültig, was ich Dir früher gesagt habe. Du mußt das Geld schicken, oder ich bin ein toter Mann. Um Gottes willen, Evelyn, schick das Geld!

Warren

Am Nachmittag des sechsten Tages, den Warren Maddox in Gefangenschaft verbrachte, kam Ex-Sträfling Leo ins Haus gelaufen, in der Hand schwenkte er eine Einkaufstüte aus Papier.

»Ich hab's! Ich hab's!« brüllte er heiser.

Der linkische Mann stieß einen heiseren Freudenschrei aus, und die beiden schütteten den Inhalt der Tüte auf den Küchentisch. Zwischen Konservendosen und Gemüse lag ein fest verschnürtes braunes Paket. Sie rissen es auf und lachten beim Anblick der sauberen Banknoten mit den vielen Nullen.

»Hat funktioniert wie nichts«, meldete Leo eifrig. »Ich treibe mich auf dem Parkplatz des Supermarkts herum, da kommt der große Oldsmobile vorbei, mit etwa neunzig Sachen. Das Paket wird vom Rücksitz rausgeworfen, so wie wir's verlangt haben. Ich tue das Ding in die Einkaufstüte und gehe zum Wagen.«

»Bist du sicher, daß man dir nicht gefolgt ist?«

»Nein. Die haben uns ernst genommen, die haben wirklich geglaubt, wir murksen Maddox ab, wenn sie uns beschatten.«

Das Objekt ihres Gesprächs stand abgemagert und mit umflortem Blick in der Schlafzimmertür und traute seinen Augen kaum.

»Es ist da?« fragte Warren schwach. »Das Geld ist da?«

»Richtig, Kumpel. Deine Frau hat endlich geblecht.«

»Gott sei Dank!« flüsterte Warren.

Der linkische Mann musterte ihn abschätzend. »Das Problem ist nur – ich frage mich, ob es nicht trotzdem das Beste wäre, ihn...«

»Ach, laß mal«, sagte Leo. »Wir haben's ihm *versprochen*. Außerdem habe ich keine Lust auf eine Mordanklage. Laß den Burschen ziehen.«

»Er kann uns doch identifizieren, oder?«

»Na und?« fragte der Ex-Sträfling. Wir nehmen seinen Caddy mit und lassen ihn zu Fuß nach Hause gehen. Wenn der an der Schnellstraße ist, sind wir längst über die Grenze.«

»Na schön«, sagte der linkische Mann mürrisch. »Dann wollen wir mal...«

Evelyn Maddox umfaßte den Arm des Arztes, der das Schlafzimmer im Obergeschoß des Maddox-Hauses verließ.

»Wie geht es ihm, Doktor? Wird er wieder gesund?«

»Sie brauchen sich keine Sorgen zu machen, Mrs. Maddox. Ein bißchen Erschöpfung, ein kleiner Schock, nichts weiter. Stimmt es übrigens, daß man die Entführer gefaßt hat?«

»So kann man sagen.« Sie erschauderte. »Sie wurden von der Polizei verfolgt, und ihr Wagen überschlug sich. Leider sind beide...«

Der Arzt schüttelte den Kopf. »Schreckliche Dinge passieren heute. Aber wegen Ihres Mannes können Sie wirklich ganz unbesorgt sein, es geht im bestens. Übrigens hat er nach Ihnen gefragt.«

»Kann ich zu ihm?« fragte Evelyn.

»Natürlich.«

Langsam öffnete Evelyn die Tür. Die Jalousien waren herabgelassen. Im Zwielicht wirkte Warren Maddox' runder Kopf wie der eines Kindes.

»Warren?« fragte sie leise.

Seine Lider zuckten hoch, und seine Lippen preßten sich zusammen.

»Ach, du!«

»Ja. Ist etwas?«

»Und ob!« Er richtete sich auf und fuchtelte ihr mit einem dicklichen Finger unter der Nase herum. »Habe ich dir nicht gesagt, du sollst *niemals* Lösegeld zahlen? Na? Antworte!«

»Aber Warren...«

»Keine Entschuldigungen. Ich habe dir gesagt, du sollst den Schweinehunden keinen roten Heller zahlen, egal was für Briefe ich schicke, egal, was ich schreibe. Das ist das Problem mit dir, Evelyn. Überhaupt mit allen Leuten heutzutage. Es gibt keine Willenskraft mehr. Kein bißchen Willenskraft!«

Schuldiger gesucht

Die Blicke waren das Schlimmste. Der fragende Blick von Dennis, dem Kundenbetreuer. Der wissende und verlogen-mitfühlende Blick von Hargrove, dem Art Director. Der amüsierte Blick von Mead, dem Marketingmann der Agentur, der ihn für einen unterdrückten Ehekrüppel zu halten schien.

Bill Hendricks blickte seine Sekretärin mißbilligend an. »Ich habe Ihnen doch gesagt, Sie sollen mich nicht stören«, sagte er. »Richten Sie meiner Frau aus, ich rufe zurück.«

»Sie sagt aber, es sei wichtig, Mr. Hendricks.« Ihr Gesicht zeigte weder Zustimmung noch Ablehnung.

Hendricks schob den Stuhl zurück. Dennis gab mit einer Handbewegung seine Erlaubnis. »Schon gut, Bill«, sagte er tonlos. »Wir sind sowieso bald fertig.«

»Ich bin gleich zurück«, versprach Hendricks.

Er ging in sein Büro. Der Hörer lag auf der Schreibunterlage, und als er ihn hochhob, hatte er fast das Gefühl, daß der Apparat von seiner Frau beseelt war.

»Um Himmels willen, Karen!« fauchte er. »Ich hatte eine Besprechung! Ich habe dir schon tausendmal gesagt...«

»Schrei mich nicht an!« Die metallische Stimme reagierte automatisch. »Es ist fast vier Uhr, und da *muß* ich einfach wissen...«

»Was denn?«

»Na, ich muß Bescheid wissen wegen des Abendessens, was glaubst du wohl? Du hast versprochen, um drei Uhr anzurufen. Meinst du, ich kann Gedanken lesen?«

Hendricks preßte die Faust um den Hörer. Er zerrte an der verdrehten Schnur, ging langsam um den Tisch und ließ sich in seinen Sessel sinken. Mit der freien Hand griff er geistesabwesend nach einem Bleistift und stach damit auf einen Notizblock ein. Die Spitze brach ab und rollte vom Tisch.

»Jetzt hör mir mal gut zu, Karen«, sagte er beherrscht und blickte zur offenen Tür. »Es geht nicht, daß du mich andauernd aus Besprechungen herausholst. Das muß aufhören. Eine Million Abendessen sind das nicht wert, verstehst du?«

»Am Telefon streite ich nicht mit dir.« Karen sprach die Worte auf ihre entnervend bedächtige Art. Hendricks knirschte mit den Zähnen.

»Ich streite ja gar nicht«, sagte er. »Ich sage dir etwas in aller Offenheit. Deinetwegen stehe ich hier wie der letzte Blödmann da...«

»Liebling, das ist zuviel der Ehre!«

Hendricks machte Anstalten aufzulegen. Im letzten Augenblick riß er den Hörer von der Gabel zurück.

»Ich komme heute abend nicht nach Hause«, sagte er.

»Wiederhören«, sagte Karen.

»Wiederhören!«

Er knallte den Hörer zu laut hin und blickte schuldbewußt zur offenen Tür. Seine Hände zitterten, und er steckte sie in die Jackentasche und lehnte sich in seinem Stuhl zurück. Im Flur ertönte Stimmengemurmel, und er registrierte erleichtert, daß die Besprechung zu Ende war.

Mead steckte den Kopf durch die Türöffnung.

»Anruf erledigt?« fragte er lächelnd.

»Ja«, sagte Hendricks.

»Nicht viel passiert, nachdem Sie weg waren. Der Alte hat sich die Entscheidungen des Kampagneausschusses durchgelesen. Sie haben sich ja wohl Notizen gemacht?«

»Ja, eine Liste«, sagte Hendricks. »Muß sie im Konferenzraum liegengelassen haben.«

Mead hob einen gelben Block mit blauen Linien empor. »Das hier?« grinste er.

»Ja«, sagte Hendricks und fing den Block auf, den Mead ihm mit leichter Hand zuwarf. »Vielen Dank, Ralph.«

»Hübsche Notizen«, sagte Mead, der sich offenbar nicht entschließen konnte weiterzugehen. Hendricks tat, als wäre er in seine Aufzeichnungen vertieft. »Komplett und sauber«, sagte Mead. »Sie sollten sich in die Marketingabteilung versetzen lassen, Bill.«

»Ich muß alles aufschreiben. Habe ein mieses Gedächtnis.«

»Ja«, sagte Mead tonlos. Eine vage Befriedigung im runden Gesicht, stand er auf der Schwelle zu Hendricks' Büro und wippte auf den Zehenballen. Worauf wartet er? fragte sich Hendricks ärgerlich.

»Kommen Sie heute abend auf einen Drink mit, Bill?« fragte Mead schließlich. »Harry, Lew und ich sind unten verabredet.«

Hendricks schüttelte den Kopf. »Nein, vielen Dank. Muß noch ein paar Sachen wegarbeiten, ehe ich nach Hause fahre. Meine Bäckereiunterlagen sind ziemlich durcheinander.«

»Verstanden«, sagte Mead. »Na schön, Bill. Dann bis Montag, ja?«

»Ja«, sagte Hendricks.

Er seufzte, als der Mann aus der Marketingabteilung verschwunden war. Als müsse er die Ablehnung rechtfertigen, die er eben ausgesprochen hatte, machte er sich über seine Notizen her.

Es wurde fünf Uhr, und der Lärmpegel im Büro senkte sich. Die Sekretärinnen zogen Mäntel an, ihr Gelächter klang schriller und fröhlicher als sonst, denn heute war Freitag. An den Fahrstühlen hallten die unvermeidlichen scherzhaften Wortwechsel auf, und hier und dort lachte eine kleine Gruppe, die noch in einem Büro zusammensaß. Auch diese Nachzügler verließen schließlich die Agentur, und zuletzt war Bill Hendricks von dem gepolsterten Schweigen umgeben, das typisch war für ein verlassenes Wolkenkratzerbüro. Er starrte ausdruckslos auf seine kleine Schrift.

Etwa zehn Minuten lang hing er seinen Gedanken nach, dann nahm er sich zusammen. Wieder starrte er auf den Block. Die detaillierten Anweisungen, die er während des Gesprächs notiert hatte, kamen ihm plötzlich seltsam bedeutungslos und unwichtig vor. Er schob den Block widerwillig fort. Dann nahm er einen Schlüssel aus der obersten Schublade und öffnete die Hängeregistratur unten links an seinem Tisch.

In dem Fach lag ein einsamer Umschlag, der weitere Notizen enthielt – allerdings von besonderer Art.

Bill Hendricks studierte sie mit grimmiger Freude.

1. Geht mir jeden Abend arg auf die Nerven.

2. Gibt $ 500 aus für einen Mantel, den sie nicht braucht.

3. Hat mich vor meinen Freunden Lügner genannt.

4. Hat einen guten Satz Golfschläger weggeworfen.

5. Hat absichtlich mein bestes Sporthemd zerrissen.

6. Behält den Wagen zu Hause, so daß ich vom Bahnhof zu Fuß gehen oder ein Taxi nehmen muß.

7. Weigert sich, zum Urlaub dorthin zu fahren, wohin *ich* möchte, jedesmal wieder.

8. Läßt mich im Wohnzimmer schlafen, wenn sie sich wieder mal aufgeregt hat.

9. Beleidigt meine Sekretärin.

10. Nennt Joe Dennis einen Nichtsnutz, und zwar so laut, daß er es hören mußte.

11. Macht mir morgens nie das Frühstück.

12. Versteckt ewig die blöden Aschenbecher.

13. Nennt meine Familie einen Haufen Blutegel.

14. Gab mir eine Ohrfeige, als ich ihr mal die Augen über sich selbst öffnete.

15. Benutzt ohne Erlaubnis meine Toilettensachen.

16. Kümmert sich nie richtig um meine Kleidung – zuviel Stärke in den Hemden, Löcher in Socken und Unterzeug.

17. Benimmt sich bei wichtigen Geschäftsparties wie eine Idiotin.

Er überlas die letzte Eintragung, und seine Nasenflügel bebten. Dann griff er nach seinem Kugelschreiber und erweiterte die Liste um eine Eintragung.

18. Ruft mich immer zur ungünstigsten Zeit an und tut, als hätte sie etwas Wichtiges.

Er ging noch einmal die Liste durch, deren Länge ihn mit Zufriedenheit erfüllte. Dann steckte er den Bogen wieder sorgfältig in den Umschlag, verschloß die Lade und legte den Schlüssel an Ort und Stelle.

Schließlich fuhr er nach Hause.

»Bill?«

»Später«, sagte er, ging durch die Diele, erstieg die Treppe und verschwand im Schlafzimmer. Seine Frau hatte ein Glas in der Hand – nicht zu übersehen. Sie trank mal wieder. Das war noch so ein Problem. Sie schüttete das Zeug förmlich in sich hinein. Wäre nicht weiter überraschend, wenn sie den Pegel in der Bourbon-Flasche um gut eine Handbreit täglich senkte. Nummer 19, überlegte er sarkastisch-selbstzufrieden.

»Zwanzig«, sagte er laut und blickte sich im unaufgeräumten Zimmer um. Meistens *ihre* Sachen, aber auch ein paar von seinen, aber wer war dafür zuständig? Ordnung war das mindeste, was er von ihr verlangen konnte. Was hatte sie denn den ganzen Tag lang zu tun?

Er nahm ein Spitzenhemd vom Boden und knallte es auf

einen Stuhl. Er las ein zerdrücktes Papiertaschentuch auf und warf es in den kleinen Papierkorb. Er ergriff eine seiner Hosen, zog den Gürtel aus den Schleifen und hängte sie in den Schrank. Dann zog er sein Hemd aus, rollte es zusammen und warf es auf den Stuhl zu ihrer Wäsche.

Schließlich nahm er ein dickes Wollhemd aus der Schublade und streifte es langsam über. Im gleichen Augenblick fiel ihm die Pistole ein, und er durchwühlte die Kleidungsstapel, um zu sehen, ob die Waffe noch an Ort und Stelle lag. Ja, da war der Kasten, mit Klebeband fest verschlossen.

»Ich dachte, du wolltest nicht kommen«, sagte Karen anklagend, als er die Treppe herabkam.

»Ich hab's mir anders überlegt.«

»Mach dir keine Hoffnung auf ein Abendessen – ich hab dich beim Wort genommen.«

Er ließ sich schwer in einen Sessel fallen und nahm die Abendzeitung vom Tisch. »Ich habe im *Schuppen* ein bißchen gegessen.«

»Etwas Aufgetautes?« Sie stellte ihr Glas klirrend auf die Marmorplatte des Couchtisches. »Gefrierkartoffeln mit fetter Sauce und so?«

»Ja, Gefrierkartoffeln und so!« Gereizt raschelte er mit der Zeitung.

»Na, es ist dein Magen«, sagte sie achselzuckend. »Ich würde dir ja einen Drink anbieten, aber vermutlich kann das dein Dickdarm im Augenblick nicht ab.«

»Denk du nur an deinen eigenen Dickdarm«, sagte er zornig hinter der Zeitung. »Wie man sieht, führst du ihm ja reichlich Alkohol zu!«

»Oho! Worauf soll das nun wieder hinaus?«

»Das weißt du genau!« sagte er mit zornigem Bedacht. »Eine Flasche Bourbon ist neuerdings kein Problem mehr für dich, nicht wahr? Das große Hobby in den Vorstädten

– Hausfrauen, die sich hübsch einen ansaufen, während Papa im Büro sitzt...«

»Bill!«

Er ließ die Zeitung fallen. »Spiel nicht die zornige Unschuldige!« fauchte er. »Hältst du mich für blind? Du trinkst so manchen Quartalsäufer unter den Tisch, Kindchen, das weiß ich sehr wohl!«

»Oh, jetzt fühlen wir uns aber *echt* schuldig, wie?« gab Karen zurück. »Was ist denn mit dir, mein Schatz? Hattest du einen schlimmen Tag? Oder hast du dich mit deiner zuckrigen kleinen Sekretärin gestritten?«

»Hölle und Verdammnis...!«

»Ach, meinetwegen brauchst du nicht an die Decke zu gehen!« sagte sie. »Beherrsch dich lieber, Schätzchen. Selbst wenn ich nur ein Auge und drei Pullen Bourbon hinter der Binde hätte, wüßte ich doch, was zwischen dir und dieser schönrednerischen...«

»Jetzt reicht's!«

»O ja, es reicht!« rief sie. »Ich finde, es reicht durchaus! Du kommst nach Hause und erwartest, daß die treusorgende Annie dir Pfeife und Pantoffeln anschleppt und brav ihren Kakao trinkt. Aber der kleinen Annie steht es bis hier, verstehst du?« Sie packte ihr Glas und leerte es mit einem Schluck.

Hendricks stand auf.

»Wohin willst du?«

»Nach oben«, sagte er leise. »Ich bin gleich wieder da!«

Zielstrebig ging er die Treppe hinauf. Im Schlafzimmer begab er sich auf direktem Wege zur Schublade mit den Hemden und zog sie auf. Sorgfältig hob er die zusammengefalteten Hemden heraus und legte sie aufs Bett. Dann nahm er das zugeklebte Paket hinten aus der Lade und legte es auf Karens Schminktisch.

Er fummelte an dem Klebeband herum, brach sich aber

einen Fingernagel ab. Leise fluchend stellte er den Kasten fort und begab sich auf die Suche nach einer Schere.

Er fand nichts – auch kein anderes Werkzeug, das ihm scharf genug erschienen wäre. Er probierte es mit einer Nagelfeile seiner Frau, aber vergeblich.

»Verdammt!« knurrte er.

Er durchsuchte alle Schubladen, auf der Suche nach etwas, mit dem er den Kasten mit der Waffe öffnen konnte. Dabei verstreute er den Inhalt der Laden und der Ankleidekommode achtlos im Zimmer. Darauf kam es nicht mehr an. Die Unordnung konnte sogar von Vorteil sein, wenn er der Polizei von dem plötzlich auftauchenden Einbrecher erzählte, der ihn bedroht und seine arme Karen umgebracht hatte...

Die Suche blieb ergebnislos, und er fluchte so laut, daß er schon fürchtete, seine Frau würde ihn hören.

Schließlich fiel sein Blick auf Karens Nähkorb, einen mit Blumen geschmückten Strohbeutel, den er ihr aus einem längst vergessenen Anlaß geschenkt hatte. Hastig machte er sich darüber her, drehte ihn um, ließ den Inhalt auf den Teppich fallen.

Eine Zwirnsrolle, ein Fingerhut, ein Bandmaß, ein kleiner Revolver und ein zusammengefalteter Papierbogen.

Er griff zuerst nach dem Papier, entfaltete es und las:

1. Redet nie mit mir, wenn er abends nach Hause kommt.

2. Hat ein Verhältnis mit seiner Sekretärin.

3. Kümmert sich bei Parties nie um mich.

4. Läßt mich nie...

Kompliment an den Chef

Jules Roband saß einsam in seinem schäbigen Hotelzimmer an der Sechsundvierzigsten Straße und machte sich Gedanken über eine lange Vergangenheit und eine kurze Zukunft. Er saß auf dem schlecht gepolsterten Bett, den kleinen braunen Umschlag mit weißem Pulver in der Hand, und betrachtete in dem fleckigen Schrankspiegel einen Jules Roband, wie es ihn noch nie gegeben hatte. Verschwunden war der mächtige Balkon seines Bauches. Fort waren die vollen apfelroten Wangen und das Diamantenfunkeln seiner Augen. Vergangenheit war das hochherrschaftliche Gebaren, wie es einem berühmten Küchenchef aus Europa anstand.

Er öffnete den Umschlag und blickte hinein. Wie harmlos die tödliche Chemikalie aussah! Wie einige Prisen zerstampften Zuckers, weiter nichts. Es hatte ihn Wochen und etliche Dollar seines geschrumpften Vermögens gekostet, das Gift aufzutreiben – ein geschmackloses Pulver, das seine Aufgabe schnell erfüllen würde – es sollte Jules Roband aus dem Elend ins Paradies entführen.

Wie dieses Paradies aussah? Er wußte es genau und brauchte nicht weiter darüber nachzudenken. Wenn es existierte, war es eine riesige hellschimmernde Küche mit blitzenden Töpfen und Pfannen und einer Speisekammer, die niemals leer wurde. Wie früher würde er Herr sein über dieses Reich, eine spitze weiße Baumwollkrone auf dem Kopf, und er würde für seine engelhaften Gäste jene hervorragenden Gerichte zaubern, die ihm seinen irdischen Ruhm eingetragen hatten. Ein echtes Paradies für einen Küchenchef, ein Paradies, das vor allen Dingen keinen

Platz für jenen Mann hatte, der für sein vorzeitiges Ende verantwortlich war – Anton Verimee.

Verimee! M. Roband kam die Galle hoch, wenn er nur an den Namen dachte. Verimee! Wie konnte überhaupt soviel egoistische Grausamkeit in einem Namen enthalten sein, in einem kleinen, lächelnden Mann! Dabei war es nur ein Jahr, ein einziges kurzes Jahr her, daß Anton Verimee in sein Leben getreten war.

Damals war er Küchenchef des Martineau-Restaurants in New York, Anton dagegen nur ein kriecherischer Assistent, der mit schmeichelnden Worten nicht sparte. M. Roband amüsierte sich über die Lobhudeleien. Er hatte Komplimente von ganz anderen Kennern kulinarischer Genüsse vorzuweisen, von lebenslangen Mitgliedern der Escoffier-Gesellschaft, von den verwöhnten Gästen des *Tour d'Argent* und dreier anderer bekannter französischer Restaurants. Was kümmerten ihn da die Sprüche eines unbekannten zweiten Kochs? Unwichtig!

Doch Anton Verimee setzte seine Belagerung fort, und nach sechs Monaten trug die offensichtliche Ergebenheit und seine Bewunderung für M. Robands Spezialität, *Salmis de Bécasse*, erste Früchte. M. Roband erbarmte sich des jungen Mannes und begann ihn behutsam in dieses oder jenes seiner geheiligten kulinarischen Geheimnisse einzuführen, die Schätze seines Lebens.

Jules Roband war in jeder Beziehung ein großer Mann gewesen. Er war hochgewachsen, sein Leibesumfang eindrucksvoll und sein Appetit nicht minder. Er respektierte das Essen auf dem Herd wie auch auf dem Tisch, und natürlich waren ihm seine eigenen kulinarischen Schöpfungen die liebsten.

Anton Verimee war von anderem Kaliber. Er war ein schmächtiger Mann mit spitzen Gesichtszügen, der eher wie ein Friseur als wie ein Küchenchef aussah. Für Anton war die Gastronomie ein Mittel zum Zweck, doch er war nicht ohne Talent. Eines Tages, so sagte ihm M. Roband, würde er einen ganz ordentlichen Küchenchef abgeben in einem großen Chromrestaurant, in dem die Produktion von Mahlzeiten wichtiger war als die Schaffung von Meisterwerken.

Sechs Monate gingen ins Land – dann begannen die Schwierigkeiten. Der Anfang, so überlegte M. Roband später, wurde mit einer *Poitrine de veau farcie* gemacht. Als das Gericht fünf Minuten nach dem Auftragen in die Küche zurückgeschickt wurde, reagierte der Küchenchef schockiert-ungläubig.

»Der Gast sagt, das Fleisch wäre schrecklich«, verkündete der Kellner. »Soll nach Pfeffer schmecken.«

»Pfeffer?« fragte M. Roband und machte sich mit einer Gabel an dem gefüllten Kalbsbraten zu schaffen. Er schob einen Bissen in den Mund und ließ ihn auf der Zunge herumrollen. Dann stöhnte er auf, nicht aus Mitgefühl für den Kellner, sondern vor Kummer über das Verbrechen, das hier an dem alten Rezept verübt wurde. »Pfui!« sagte er. »Der Mann hat recht. Wirf das Zeug in den Müll. Ich sorge für Ersatz.«

Der Zwischenfall war beunruhigend, stellte aber nur den Anfang dar. Zur Mittagszeit wurde ein *Omelet Bretonne* zurückgeschickt, und M. Roband war viel zu entsetzt, um seinem Zorn Ausdruck zu verleihen.

»Der Gast findet es zu salzig«, sagte der Kellner.

»Salzig? Salzig?« M. Roband blies die Backen auf, als wolle er einen Sturm entfesseln. Er schob sich eine Gabel voll auf die Zunge und spuckte den Bissen aus. »Unmöglich! Unglaublich! Ich habe schon zehntausend *Omelets Bretonne* gemacht! Warum ist ausgerechnet dieses salzig?«

Zwei Tage später kam die *Sole à la Marguery* zurück – und dann wurden in einer geradezu alptraumhaften Parade sämtliche Schöpfungen M. Robands retourniert – sogar seine berühmte Spezialität *Salmis de Bécasse*! Immer wieder wurde geklagt, bis sich schließlich der Geschäftsführer persönlich einschaltete.

»Ich verstehe wirklich nicht viel vom Kochen«, sagte Mr. Jameson, der verbindliche Geschäftsmann. »Aber in letzter Zeit, M. Roband – nun, vielleicht sind Sie müde. Vielleicht brauchen Sie ein bißchen Erholung.«

»Vielleicht«, sagte M. Roband traurig.

»Natürlich müssen wir einen Ersatz finden...«

»Das ist kein Problem«, seufzte M. Roband. »Anton ist durchaus qualifiziert. Er hat im vergangenen Jahr viel gelernt.«

»Das verdanke ich Ihnen, *mon vieux*«, sagte Anton salbungsvoll.

M. Roband war nur zwei Wochen fort, doch für ihn waren es dreihundert einsame Stunden. Er war froh, als die »Erholung« vorbei war.

»Willkommen«, sagte Mr. Jameson lächelnd. »Es wird Sie freuen zu hören, daß sich Anton während Ihrer Abwesenheit gut gemacht hat.«

»Das freut mich«, sagte M. Roband schlicht.

Doch schon am ersten Tag ließen drei wichtige Gäste des Martineau ihre Bestellungen zurückgehen. Ihre Beschwerden fielen deutlich aus, und Mr. Jameson brach eine geheiligte Regel und drang in M. Robands Reich ein.

»M. Roband...«

»Ich weiß, ich weiß«, sagte der Küchenchef. »Ich verstehe überhaupt nichts mehr. Ich koste jedes Gericht. Anton tut es mir nach; ich verlasse mich nicht allein auf mein Urteil. Ist das nicht so, Anton?«

»Ja«, sagte der Assistent und blickte Mr. Jameson seltsam an. »Ich koste jedes Gericht, Mr. Jameson.«

»Und Sie finden ebenfalls alles in Ordnung?«

Anton zuckte die Achseln. »Dazu möchte ich lieber nichts sagen.«

M. Roband starrte ihn an. »Wozu möchten Sie lieber nichts sagen, *mon ami*?«

»Es stimmt mich unglücklich, M. Roband. Nach allem, was Sie für mich getan haben.«

Der Küchenchef blies die Wangen auf. »Was soll das heißen?«

Der Assistent wandte sich mit grimmigem Gesicht an den Geschäftsführer, als habe er einer Pflicht zu genügen, die ihm mißfiel.

»Die Gerichte sind nicht gut«, sagte er gepreßt. »Es beschämt mich, M. Roband dies sagen zu müssen. Schließlich war er einmal ein Genie. Aber heute...«

»*Anton!*« M. Robands Augen wurden groß wie Untertassen.

»Es schmerzt mich, so etwas zu sagen, Jules. Aber Sie haben nicht mehr das richtige Gespür.«

»Das ist eine Lüge!« brüllte der Küchenchef. »Dieser Mann ist ein Lügner, ein Verräter! Ich habe mich nicht geirrt...«

»Irgend jemand hat aber«, stellte Mr. Jameson leise fest. »Wir sprechen ein andermal darüber.«

»Nein!« M. Roband ergriff eine Kelle und knallte sie auf den Rand des Herds. »Wir sprechen sofort darüber! Wenn Sie mich hinauswerfen wollen, tun Sie's gleich! Es gibt hundert Restaurants, die mir sofort das Doppelte Ihres lächerlichen Lohns zahlen!«

»Ein andermal, M. Roband...«

»Ich bestehe darauf! Möchten Sie, daß ich gehe?«

»Wenn Sie das wünschen, M. Roband...«

»Na schön!« Er riß Mütze und Schürze herunter und warf sie auf den Boden. »Ich kündige! Ich mache Schluß! Ich überlasse Ihnen Anton Verimee, den lügnerischen *cochon*! Mögen sich Ihre Gäste vor Magengrimmen am Boden winden!«

Mr. Jameson machte mit zornrotem Gesicht kehrt und verließ die Küche, und M. Roband stampfte zum Garderobenschrank. Anton folgte ihm. Auf seinem kleinen spitzen Gesicht stand ein seltsames Lächeln.

»Zuviel Salz«, sagte er herablassend und hob den Finger. »Zuviel Pfeffer. Zuviel dies, zuviel das...«

M. Roband fuhr herum, und die Erkenntnis des an ihm begangenen Verrats traf ihn wie ein Keulenschlag.

»*Sie!*« sagte er heiser. »*Sie* waren das, Anton! Sie haben alles hinzugetan, den Pfeffer, das Salz...«

Anton verschränkte die Arme und lachte. »Sie behandeln mich wie ein Kind, wie einen Dummkopf. Aber jetzt erweist sich, wer in dieser Küche der Schlaue ist, nicht wahr, M. Roband?«

Diese Worte führten dazu, daß der beleibte Küchenchef mit Gegenständen zu werfen begann. Er zielte schlecht, der Zorn raubte ihm das Urteilsvermögen, und es dauerte nicht lange, bis Mr. Jameson die Polizei rief.

M. Roband erfuhr sehr schnell, welche bitteren Früchte dieser Tag brachte. Die besseren Küchen der Stadt, das erfuhr er in mehreren Anstellungsgesprächen, waren ihm verschlossen. Die Geschichte seines Versagens in der Martineau-Küche, die schockierenden Einzelheiten seiner Verhaftung sprachen sich schnell herum. Als er sich über seine Lage längst klar geworden war, verbrachte er noch viele Monate ohne Anstellung, ehe er sich überwand, die Räume eines zweitrangigen Restaurants an der oberen Lexington Avenue zu betreten. Der dortige Geschäftsführer war bei weitem nicht so pingelig, und

M. Robands Erfahrung beeindruckte ihn. So wurde er wieder Küchenchef.

Das Glück währte aber nicht lange. In M. Robands mächtigem Körper saß ein mächtiger Stolz, der seinen Sturz herbeiführte. Er mißachtete die Klagen der Geschäftsleitung über seine zu teuren Einkäufe und wurde nach einem Monat bereits wieder gekündigt. Die nächste Stelle war noch schlimmer. Hier beschwerten sich die Gäste. Nicht seine Fähigkeiten waren schuld daran, sondern der mangelhaft entwickelte Geschmack dieser Leute, und als er höflich aufgefordert wurde, »ein wenig einfacher« zu kochen, stürmte er auf die Straße, die weiße Mütze stolz auf dem Kopf.

Und so ging es abwärts, von Job zu Job, mit schwindendem Prestige, schrumpfendem Einkommen und sinkendem Selbstvertrauen. M. Roband, einst ein großer Star am kulinarischen Himmel, wurde zur sterbenden Sonne. Ein Fehlschlag löste den nächsten aus, und als ihn eine Schlägerei in der Küche eines Spaghettirestaurants am Broadway die letzte Stellung kostete, sah er das Ende kommen.

Den Namen des Gifts hatte er nach wochenlangem Suchen in der Städtischen Bibliothek gefunden. Das Pulver war geschmacklos – für M. Robands Plan von besonderer Bedeutung. Auf typisch bombastische Weise gedachte der Küchenchef aus dem Leben zu scheiden. Er wollte die unfreundliche Welt als Gourmet verlassen, den Geschmack eines hervorragenden Essens auf der Zunge.

Er schob sich von der Bettkante und kleidete sich so sorgfältig, wie es seine heruntergekommene Garderobe zuließ. Dann fuhr er mit dem Taxi zum Martineau-Restaurant in der Dreiundfünfzigsten Straße.

Das Lokal schien hervorragend zu gehen. Sämtliche

Tische waren besetzt. Hinter der Barriere des Samtseils wartete eine lange Schlange. Er fing den Blick des Oberkellners ein und stellte zu seinem Kummer fest, daß ihn der ehrfurchtgebietende Herr nicht erkannte.

»Tut mir leid, Sir«, begann er, doch M. Roband unterbrach ihn, ehe er die abgestoßenen Manschettenaufschläge und den zerfransten Hemdkragen bemerken konnte, und drückte ihm hastig eine Fünfdollarnote in die gestikulierende Hand. Der Oberkellner lächelte und führte ihn zu einem kleinen Tisch im hinteren Teil des Lokals.

»Bitte, Sir?« fragte der Kellner in herablassendem Ton.

»*Potage aux bouquets*«, bestellte M. Roband. »*Homard à la Morlaise*, *Salmis de Bécasse*, *Salade*, kein Nachtisch.«

»Jawohl, Sir«, antwortete der Kellner; sein spöttischer Ausdruck war verflogen.

Als er allein war, sah sich M. Roband unter den Gästen des Martineau um. Die zufriedenen Gesichter und die eifrig bewegten Bestecke bezeugten die Anerkennung, die das Essen fand. M. Roband war nicht unzufrieden, meinte er doch, daß er, Jules Roband, dem Martineau die besten Rezepte geschenkt hatte, ja sogar den Küchenchef.

Als die Suppe aufgetragen wurde, tauchte er den Löffel in die aromatischen Tiefen und beseufzte ekstatisch den herrlichen Geschmack. Der Hummer war nicht minder köstlich; dennoch wartete er nach diesem Gang gespannt auf die Hauptspeise, auf seinen *Salmis de Bécasse*.

Das Fleisch wurde aufgetragen, umgeben von einem Ring dampfender Kartoffeln, einen köstlichen Duft nach Lorbeer und Thymian verbreitend. Er betrachtete den Teller, die Erinnerungen genießend, die der Anblick heraufbeschwor, und zögerte den Augenblick hinaus, da er die letzte Zutat beimengen würde. Dann griff er in die Tasche, um den kleinen braunen Umschlag hervorzuholen.

Er wußte nicht, was ihn daran hinderte, die Bewegung zu vollenden – vielleicht ein Auflachen an einem benachbarten Tisch, die schnelle Bewegung eines Tabletts in Kellnerhand oder auch nur das instinktive Zurückzucken des Unterbewußtseins vor dem Gedanken an Selbstmord. Jedenfalls hielt er inne und starrte auf den Teller, während ihm der Schweiß auf die bleiche Stirn trat.

Dann schob er den Stuhl zurück und wischte sich mit der Serviette das Gesicht. Der Selbstmord war ihm so einfach erschienen, doch jetzt, da er wieder einmal die wahren Gaumenfreuden genießen durfte, kam ihm das Leben plötzlich wieder etwas lebenswerter vor.

Er wartete einen Augenblick und trank einen Schluck aus dem Wasserglas. Dann hob er langsam das Kinn von der Brust, als gebe es einen überraschenden Sonnenaufgang zu beobachten. Er riß eine Ecke des Umschlags ab und bestäubte das Gericht mit dem dünnen weißen Puder, der sich in der Buttersauce sofort auflöste.

»Kellner!« sagte er heiser.

Der rotbefrackte Mann blickte starr vor sich hin.

»Kellner!«

»Jawohl, Sir?«

»Dieser *Salmis de Bécasse*. Scheußlich!«

»Wie bitte?«

»Die Waldschnepfe schmeckt fürchterlich.«

»Aber Sir, das Gericht ist berühmt! Die Spezialität unseres Küchenchefs...«

»Egal. Das hier taugt jedenfalls nichts. Geben Sie mir die Rechnung, und bringen Sie den Mist fort.«

Der Kellner zuckte die Achseln, kritzelte etwas auf die Rechnung und nahm die Platte vom Tisch. »Wie Sie wollen«, sagte er steif und trug den *Salmis de Bécasse* in die Küche des Martineau.

M. Roband wartete noch etwa fünf Minuten lang und aß

von seinem Salat. Als er schließlich aus den Tiefen der Küche den abrupten Schrei hörte, einen Schrei, von dem er wußte, daß er aus der überraschten und mißhandelten Kehle Anton Verimees kam, stand er auf, legte Geld auf die Rechnung und ging mit großen Schritten zur Tür. Er war zwar noch immer hungrig, doch sehr befriedigt.

Die Abrechnung

Als Beverly Hazard einen Finanzberater engagierte, fühlte sich ihr Mann Eugene vor dem Ende einer Ära. Es war eine sehr angenehme Ära gewesen, eine Zeit, da Eugene, ein blonder byronesker Mann, neun Jahre jünger als Beverly, das Geld seiner Frau achtlos und ohne Gewissensbisse unter die Leute gestreut hatte.

»Das Lächerlichste, was mir je untergekommen ist!« sagte er zu seiner Frau, als er von der Neuerung erfuhr. »Ein Taschengeld von diesem – Fremden zu bekommen, wie ein Kind! Ihm alle unsere Rechnungen vorzulegen!«

»Freunden von mir hat er sehr geholfen«, sagte Beverly verträumt und drehte sich vor einem der achtundzwanzig Spiegel in ihrer Villa. »Mr. D. ist wirklich ein *sehr* kluger Mann, das sagen alle.«

Mr. D. (der mit vollem Namen Duprey hieß) war jedenfalls so klug, sich gleich bei der ersten Zusammenkunft gegen Eugene zu behaupten. Er musterte Eugene durch seine dicke Brille, kratzte sich den buschigen Schnurrbart und bemerkte: »Was soll das heißen – ›nicht genug‹? Ich hätte angenommen, hundert Dollar in der Woche müßten als Taschengeld ausreichen.«

»Das hängt von der Tasche ab«, sagte Eugene herablassend. »Die meine ist nun mal sehr tief. Ich bestehe darauf, daß Sie den Betrag erhöhen.«

»Tut mir leid«, sagte Mr. D. energisch. »Das geht leider nicht.«

»Wer hat Sie dazu ermächtigt, einen solchen Standpunkt zu vertreten?«

»Meine Auftraggeberin«, sagte Mr. D. heiser. »Wenn Sie

mich jetzt bitte entschuldigen würden, Mr. Hazard, ich habe viel zu tun. Meine Sekretärin gibt Ihnen draußen den Taschengeldscheck.«

Zwei Tage später rief Eugene bei Mr. D. an und sagte:

»Ich brauche nochmal hundert. Stellen Sie bitte einen zweiten Scheck aus.«

»Wofür ist das Geld bestimmt?«

»Ich glaube nicht, daß Sie das etwas angeht.«

»Tut mir leid, Mr. Hazard. Wenn Sie mir nicht darlegen, wofür das Geld benötigt wird, kann ich leider nichts für Sie tun.«

»Es geht um die Barrechnung meines Klubs«, sagte Eugene gereizt.

»Ich bezahle alle Ihre Rechnungen, Mr. Hazard. Bitten Sie Ihren Klub, sie an mich zu schicken.«

»Aber begreifen Sie nicht – man will nicht weiter anschreiben, ehe nicht bezahlt ist!«

»Dann trinken Sie doch zu Hause«, sagte Mr. D. tonlos.

Eugene befolgte den Rat. Als Beverly ihn an diesem Abend vorfand, suchte er betrunken in den Polsterritzen nach Münzen. Es wurde von Tag zu Tag schlimmer. Beverly äußerte sich zufrieden über die neue Ordnung in den Familienfinanzen, während sich Eugene in seiner Lebensfreude dermaßen beschnitten sah, daß er auf schlimme Gedanken kam.

Eines Tages suchte er die Stadtbibliothek auf, ein ganz und gar nicht teures Unterfangen, das Mr. D.s Zustimmung gefunden hätte. Im Lesezimmer studierte er vier Bücher über Kriminologie. Er verließ die Bibliothek mit dem unbefriedigenden Gefühl, sein Problem noch nicht gelöst zu haben.

Doch zwei Monate später war er froh über den Schnellkursus in Gewalt, den er sich verordnet hatte. Beverly kehrte von einem Skiausflug nach Aspen zurück und legte sich mit Lungenentzündung ins Bett, und zwar mit solchem Getue, daß Eugene zusätzlich zu seiner Mittellosigkeit nun auch noch mit einer Kranken belastet war: von Tag zu Tag hatte er größere Lust, sie zu erwürgen.

Diese Methode war allerdings zu gefährlich, das hatte ihm seine Lektüre klargemacht: Würger hinterließen Male am menschlichen Hals. Es gab eine einfachere, häuslichere Methode, die zu Eugenes Entzücken besonders auf Beverlys Krankheit paßte. Er hatte sie unter A wie Asphyxie gefunden, in einem Buch mit dem Titel »Mord und seine Aufklärung«.

»*... die Symptome der Asphyxie, ob nun durch Ersticken, Erhängen, Strangulierung, Gasvergiftung oder Krankheiten wie Lungenentzündung hervorgerufen, sind im allgemeinen die gleichen, einschließlich Fahlheit der Schleimhäute, blaue oder schwarze Lippen, blaue Finger- oder Zehennägel. Die Leiche gibt keinen Aufschluß darüber, daß der Tod nicht auf natürliche Ursachen zurückzuführen ist, deshalb muß sich die ermittelnde Stelle auf andere Beweisfaktoren verlassen, um die genaue Todesursache klarzustellen ...*«

Freitagabend, seine Frau schlief bereits, schickte Eugene das Hauspersonal ins Wochenende. Sonnabend servierte er ihr persönlich das Frühstück. Beverly begrüßte sein Eintreten mit einem erstaunten Ausruf: »Was ist denn plötzlich über dich gekommen, Eugene?«

Er grinste. »Soll ich dich füttern, mein kleines Kaninchen?«

Sie kicherte wie ein frisch verheiratetes Mädchen. Der Vormittag verging ausgesprochen angenehm, was Eugene freute, sollte es doch ihr letzter sein.

Als er um zehn Uhr das Zimmer verließ, nachdem er ihr die verschriebenen Medikamente gegeben hatte, fielen ihr bereits die Augen zu.

Er brauchte eine halbe Stunde, um im Erdgeschoß und

in der ersten Etage die Fenster zu überprüfen. Unter der Tür, die zu einer kleinen rückwärtigen Terrasse führte, zog es spürbar; er faltete ein Handtuch zusammen und legte es vor den Spalt. Dasselbe tat er mit der Küchentür. Dann ging er zum Gasherd, stellte alle Düsen auf höchste Leistung und blies die Flammen aus. Sofort machte sich der Gasgeruch unangenehm bemerkbar. Es würde aber einige Zeit dauern, bis sich das tödliche Element bis nach oben ausbreitete. Diese Zeit sollte das Gas bekommen – er gedachte das Wochenende woanders zu verbringen.

Wenige Minuten später verließ er das Haus, in der Hand den kleinen Koffer, den er am Abend noch gepackt hatte. Er nahm den kleineren der beiden Wagen und fuhr zu einem Hotel in der Innenstadt.

Am späten Sonntagabend kehrte er zurück. Er stand vor der Haustür, löschte sorgsam die Zigarette, die er in der Hand hielt, und schob den Schlüssel ins Schloß. Dann trat er ein.

Der stechende Gasgeruch reizte ihn sofort zum Husten. Ein Taschentuch vor den Mund gepreßt, eilte er in Beverlys Schlafzimmer, um sich das Ergebnis seiner Bemühungen anzuschauen.

Sie lag da, wie er sie verlassen hatte – doch ihr Schlaf war inzwischen ewig geworden.

Eugene wußte nicht genau, wie es weitergehen sollte. Erfreut stellte er fest, daß man ihm nicht mißtrauisch, sondern mitfühlend begegnete.

Der einzige Wermutstropfen kam von Mr. D., womit Eugene allerdings gerechnet hatte. Drei Wochen nach der Beerdigung erhielt der Finanzberater ein knappes Entlassungsschreiben. Daraufhin rief er Eugene an.

»Wenn Sie mich fragen, Mr. Hazard, brauchen Sie meine Dienste mehr denn je. Überlegen Sie es sich.«

»Ich hab's mir schon überlegt«, sagte Eugene und genoß seinen Triumph. »Sie sind entlassen, Meister.«

»Ich brauche mindestens einen Monat, um die Bücher in Ordnung zu bringen...«

»Lassen Sie sich Zeit. Aber vergessen Sie eins nicht: *Ich* bin jetzt der Boss. Und als erstes ersuche ich Sie, mir einen Scheck über fünftausend Dollar zu schicken.«

Das Geld wurde nutzbringend angelegt. Eugene machte eine kurze, doch erholsame Reise nach den Bermudas. Bei der Ankunft legte er Trauerflor und Ehering ab und stürzte sich in das Nachtleben. Es war eine schöne Zeit.

Zwei Wochen später kehrte er nach Hause zurück; der schwarze Streifen befand sich wieder am Arm, der Goldreif lag um den Finger. Knapp eine Stunde nach seiner Ankunft meldeten sich zwei Besucher von der Staatsanwaltschaft.

»Ich verstehe das nicht«, sagte er. »Ich soll Sie begleiten? Weshalb denn?«

»Es geht um Ihre Frau«, antwortete einer der Beamten. »Es haben sich hinsichtlich der Todesursache von Mrs. Hazard Zweifel ergeben.«

Eugene begann zu zittern. Er wußte, er mußte sich jetzt beherrschen, er wußte, er machte sich verdächtig – trotzdem begann er zu zittern. Als er schließlich dem Staatsanwalt gegenübersaß, hatte er sich wieder gefaßt und brüllte: »Ich habe nichts damit zu tun!«

»Das hat auch niemand behauptet, Mr. Hazard.«

»Warum belästigen Sie mich dann?«

Der Beamte zog eine Grimasse. »Wir haben gehört, Sie waren auf den Bermudas, Mr. Hazard.«

»Ich brauchte Erholung.«

»Angeblich haben Sie sich dort ziemlich amüsiert.«

»Vielleicht wollte ich das schlimme Ereignis vergessen. Was ich tue, geht Sie nichts an!«

»Damit haben Sie natürlich recht. Es geht uns nichts an, solange nicht etwas anderes dahintersteckt, Mr. Hazard. Zum Beispiel ein Mord.«

»Beverly hatte Lungenentzündung!« rief Eugene. »Sie muß sich zu Tode gehustet haben! Mir können Sie das nicht anhängen!«

»Es gibt auch andere Erstickungsmöglichkeiten«, sagte der Staatsanwalt, beugte sich über den Tisch und senkte die Stimme. »Und wir kennen die Methode, die Sie benutzt haben. Sie haben Ihre Frau vergast, nicht wahr? Sie drehten den Herd auf und ließen sie sterben. Ist es nicht so?«

Eugene schien nun selbst Erstickungssymptome zu haben. Seine Lippen wurden blau, sein Hals verkrampfte sich, er verlor das Bewußtsein.

Als er wieder zu sich kam, flüsterte er: »Um Himmels willen, woher haben Sie das nur gewußt?«

Die Antwort gab man ihm erst, als das Geständnis formuliert und unterschrieben war.

»Um ganz ehrlich zu sein, Mr. Hazard, wir wußten es nicht genau. Aber ein gewisser Duprey hat uns ein interessantes Beweisstück zugespielt. Kennen Sie ihn?«

»Mr. D.?« Eugene stockte der Atem.

»Ihr Finanzberater. Er erzählte uns einiges über Sie und Ihre Frau. Dann sagte er, er sei da auf etwas gestoßen, das sehr wichtig sein könnte.«

»Was denn? Was?« brüllte Eugene.

»Ihre Gasrechnung, Mr. Hazard. Ein Riesenbetrag. Die größte Gasrechnung, die es je im Haus gegeben hat. Wir fragten uns natürlich, weshalb der Betrag gerade in diesem Monat so in die Höhe geschnellt war. Mit ziemlicher Sicherheit doch deswegen, weil jemand besonders viel Gas verbraucht hatte!«

Muttergeist

Seine Show wurde abgesetzt, seine Mutter starb, und das Haar begann ihm auszugehen – eine Kombination von Ereignissen, die Raymond Schiff ernsthaft an Selbstmord denken ließ. Seine Show, die *Flapper* hieß, wurde von den Helfern schon bei der ersten Probe in *Flopper* umbenannt, ein Urteil, das bei der Premiere bestätigt wurde. Die Mutter, die Mama genannt wurde, erlag einem Stillstand ihres Herzens, das in den letzten vierzig Jahren einzig und allein für Raymond geschlagen hatte. Das Haar begann ihm büschelweise auszugehen an dem Tag, da die Bank ihm eine Überziehung von eintausendeinhundert Dollar anzeigte. Elfhundert Haare, schätzte Raymond bedrückt.

Da er mit der Miete zwei Monate im Rückstand war, verwehrte ihm die Wirtin nach Erscheinen der Kritiken die Rückkehr in sein Zimmer. Wie ein echter Theaterfan war sie die ganze Nacht aufgeblieben und hatte darauf gewartet, daß Kerr, Watts und die anderen Kritiker ihr verrieten, ob sie einen solventen Mieter hatte. Als Raymond von Lindy's zurückkam, voller Quarkkuchen und Reue, fand er seinen schäbigen Koffer vor der Tür – so rücksichtsvoll war die Dame immerhin. Er mietete sich in einem Hotel an der gleichen Straße ein.

Er lag im Unterzeug auf dem Bett und dachte eben an seinen alten Army-45er, als die 60-Watt-Birne der Deckenlampe wie eine Kerze im Wind ausging. Raymond spürte förmlich den Windhauch, der die Haare an seinen Waden bewegte. Sein Gehirn forderte ihn wild auf, sich zu fürchten. Doch er war ruhig, sogar erwartungsvoll – als sich plötzlich am Fußende des Bettes ein neues Licht materialisierte und langsam die vertrauten rundlichen Formen annahm.

»Mama!« rief Raymond Schiff.

»Raymond!« sagte der Geist seiner Mutter. »Schau dich an! Gerade bin ich zwei Monate fort, und schon liegst du nackt in zugigen Hotelzimmern!«

»Mama«, sagte Raymond mit zitternder Stimme und richtete sich auf. »Bist du's wirklich?«

»Wer sonst?« antwortete das Gespenst achselzuckend. »Hör zu, wir müssen uns beeilen, dies ist ein Ferngespräch. Man hat mich nur kommen lassen, weil du mich so dringend brauchst.«

»Ach, Mama!« ächzte Raymond mit einem Schluchzen in der Stimme. »Und wie ich dich brauche! Die Lage ist unbeschreiblich mies! Die Show ist abgesetzt – nach der ersten Vorstellung!«

Die körperlose Erscheinung bewies eine gewisse erdverbundene Nüchternheit. »Na schön, dann ist sie also abgesetzt. Du bekommst eine andere Show, mach dir keine Sorgen. Du hast immer gute Ideen gehabt, Raymond, schon seit deiner Kindheit.«

»Ideen, Ideen!« stöhnte Raymond. »Wer will die jetzt noch hören? Die japanischen Ringer, die ich ins Land geholt habe – durchgefallen! Der italienische Film mit den Gladiatoren – ein Minusgeschäft! Das Musical – ein Reinfall erster Güte! Ich bin geliefert, Mama, es ist aus mit mir!«

Sie hob einen gespenstischen Finger. »Was habe ich dir immer gesagt, Raymond? Habe ich dir nicht immer gepredigt, ich würde mich um dich kümmern? Wenn es um ein paar lumpige Dollar geht...«

»Du kannst mir nicht mehr helfen, Mama!«

»Heraus damit! Heraus damit!« sagte sie und schlug sich vor die Brust. »Was würde eine Mutter nicht für ihren Sohn tun? Tot oder lebendig, das macht keinen Unterschied!«

Tränen glitten über Raymonds Wangen. Plötzlich kniff er die Augen zusammen, und sein Blick belebte sich. Die Idee, die ihm gerade gekommen war, war so zündend, daß sie ihn beinahe blendete.

»Mama!« sagte er. »Würdest du deine Vorstellung wiederholen? Könntest du noch einmal zur Erde zurückkommen?«

»Na ja, vielleicht. Vielleicht läßt man mich noch einmal her, wenn du mich wirklich brauchst.«

»Wirklich, Mama, wirklich?«

»Wenn es so wichtig ist, schön. Ich komme!«

»Könntest du zu einer bestimmten Zeit einen bestimmten Ort aufsuchen?«

»Warum nicht?« fragte das Gespenst und hob die durchscheinenden Schultern. »Bin ich nicht auch in dieses schmutzige Hotelzimmer gekommen? Sag mir, wo du mich haben willst, dann komme ich.«

Hastig öffnete Raymond einen Taschenkalender.

»Könntest du in einem Theater erscheinen, Mama? Am Abend des, sagen wir, des 10. Oktober. Um neun Uhr abends?«

»Weshalb denn?«

»Zu einer Show«, flüsterte Raymond in entzückter Vorfreude. »Eine Show – mit dir als Star!«

»Raymond! Raymond!« sagte seine Mutter tadelnd. »Deine alte Mutter willst du als Bauchtänzerin verkaufen? Wer würde Geld bezahlen, um mich zu sehen?«

»Viele tausend Leute, Mama! Viele tausend. Das wird ein tolles Spektakel! Etwas, das noch nie auf die Bühne gebracht wurde. *Ein echtes Gespenst!*«

Er wartete atemlos auf die Reaktion des schwankenden Bildes.

»Na schön«, sagte seine Mutter seufzend. »Ich habe dir ja gesagt, daß ich mich um dich kümmern würde. Wenn du das möchtest – schön, dann tu ich's. Aber eine Bedingung habe ich!« Wieder wurde der Finger gehoben. »Die Sache muß anständig ablaufen, kapiert? Keine Nacktheiten!«

»Ich schwör's!« sagte Raymond Schiff aufgeregt.

Natürlich hielt Sid Salmon ihn für verrückt, als Raymond das geplante Unternehmen darlegte; ein einmaliges Auftreten in einem großen Haus, etwa im Madison Square Garden, in der Carnegie Hall oder im Winter Garden, fünf Dollar Eintritt, zehn und zwanzig Dollar für Leute, die sich den Geist seiner Mutter genauer ansehen wollten. Raymond verlangte von Sid nicht, daß er ihm glaubte, er sagte nur: »Wenn ich es wirklich schaffe, Sid, *wenn* – mehr sollst du mir gar nicht beantworten. Wenn es klappt – ist das fünf Dollar pro Karte wert? Bekäme man den Saal voll?«

Sid kicherte schrill. »Und was ist, wenn der Geist nicht kommt, Raymond? Dann gerät die Menge in Wut, zerschmettert die Einrichtung und bringt dich um! Was ist dann?«

»Ich gebe den Leuten eine Garantie!« sagte Raymond triumphierend. »Das Gespenst kommt – oder jeder kriegt sein Geld zurück. Was haben die Leute zu verlieren?«

»Die Leute – nichts. Aber du! Die Miete, die Platzanweiser, die Bühnenassistenten, das Orchester. Die Mindestlöhne der Gewerkschaft. Raymond, du solltest das Geld lieber für einen guten Psychiater ausgeben!«

Aber Raymond war in seinem Glauben nicht wankend zu machen. »Mama würde mich nicht enttäuschen«, sagte er. »Mama hat mir immer wieder versprochen, sich meiner anzunehmen. Sidney, diesmal ist Gott auf meiner Seite. Kannst du mir fünftausend leihen?«

»Frag doch Gott«, antwortete Sid. Doch am gleichen Abend schrieb er den Scheck aus; immerhin war er Raymonds Onkel.

Fünftausend reichten natürlich nicht, und so verkaufte Raymond einen Lincoln-Continental, der ihm eigentlich gar nicht gehörte, an seinen besten Freund Earl Steckel. Außerdem schrieb er seiner Ex-Frau, schilderte ihr, daß er eine kaputte Niere habe, und ging sie um Geld an. Als sie seinen Schuldschein über zweitausendfünfhundert Dollar in der Hand hatte, schickte sie ihm den Betrag. Noch fehlten etwa achttausend Dollar am erforderlichen Minimum, und er tat etwas, das er eigentlich nie tun wollte: er suchte den »Freund« auf, einen stiernackigen Gauner, der absolut keine Verbindung zur Chase-Manhattan-Bank hatte, dessen Kreditgeschäft aber dennoch florierte. (Die Kunden des »Freundes« gingen ein enormes Risiko ein; sie zahlten für jeden Ratenrückstand mit ihrem Wohlbefinden.)

Endlich hatte er das Geld zusammen, legte Datum und Ort fest und schickte seiner Mutter ein Stoßgebet.

»Mama«, sagte er, neben dem Hotelbett auf den Knien hockend. »Du bist für den 10. gebucht. Den 10., Mama! Laß mich nicht hängen! Der Kartenvorverkauf beginnt diese Woche.«

Die Werbung setzte ein, und die ganze Stadt lachte:

RAYMOND SCHIFF PRÄSENTIERT:
DER GEIST MEINER MUTTER
ZUM ERSTENMAL LIVE AUF DER BÜHNE
EINE ECHTE MANIFESTATION AUS DER GEISTERWELT
KEIN FILM – KEINE AUFZEICHNUNG
DER GEIST VON MRS. HANNA SCHIFF
GEBOREN 1896 – GESTORBEN 1965
ERSCHEINEN GARANTIERT – SONST GELD ZURÜCK
WINTER GARDEN – EINMALIGER AUFTRITT
10. OKTOBER, 21 UHR

Zuerst lachten die Menschen. Dann kauften die ersten mit beschämten Gesichtern ein paar Tickets. Dann bildete sich eine Schlange – und begann zu wachsen. Sie verlängerte sich und wand sich schließlich am Häuserblock entlang und um die Ecke. Die Kartenagenturen witterten Profite. Die Nachfrage begann das Angebot zu übersteigen. Plötzlich war eine Panik im Gange. Zwei Wochen vor der Vorstellung war der Saal ausverkauft, und Raymond Schiff sah eine Bilanz vor Augen, die in schwindelnden Höhen abschloß. Kredite, Kosten – nach dem 10. Oktober war er ein wohlhabender Mann.

Es gab einen letzten Ausgabenposten: er mußte sich einen Abendanzug leihen, war doch Raymond Schiff entschlossen, den Star des Abends persönlich vorzustellen. Er bezog die beste (das heißt, die am wenigsten heruntergekommene) Garderobe des Theaters und bereitete sich sorgfältig auf den Auftritt vor. In dem schmierigen Spiegel zeigte sein Gesicht frischen Optimismus und sogar schon ein paar neu sprießende Haare.

»Mama, Mama«, flüsterte er zur Decke empor. »Du kümmerst dich wirklich um mich, wie du es versprochen hast.« Er kannte nicht den geringsten Zweifel. Er war an diesem Abend der einzige – hinter der Bühne wie auch im Zuschauerraum –, der fest glaubte, daß die Show starten würde.

Zwanzig Minuten vor neun spielte die Band eine verjazzte Version von »Im Geiste bin ich bei dir«. Raymond summte die Melodie mit, als Sid Salmon in den Raum hastete. »Raymond, Raymond – was für ein Wahnsinn! Ich hätte nie gedacht, daß du wirklich ... Hast du die Leute da draußen gesehen – Raymond, was hast du getan?«

»Bleib ruhig!« sagte Raymond lachend. »Mama kommt, Sidney, ganz bestimmt!«

Raymond verließ kurz vor neun Uhr die Garderobe. Er trat auf die Bühne hinaus, vor die Kulisse, die ein sternenfunkelndes Universum zeigte. Er schaute kurz durch den Vorhang und war erschrocken. Sid hatte recht: es war eine Riesenmenge.

Aber dann dachte er wieder an Mama, konzentrierte sich auf ihre Güte und spürte die Zuversicht zurückkehren. Er marschierte in die Mitte der Bühne und richtete den Blick zum Himmel. Auf der anderen Seite des geschlossenen Vorhangs verstummte das Orchester. Das Murmeln des Publikums erstarb.

Raymond sagte: »Schön, Mama, dein Auftritt.«

Nichts geschah.

Raymonds Herz klopfte laut.

»Los, Mama«, sagte er. »Komm runter!«

Um 21.13 Uhr war das Murmeln in der Menge wieder hörbar geworden; und klugerweise warf sich das Orchester noch einmal in die Bresche.

Um 21.30 Uhr war Raymonds Gesicht schweißfeucht. »Mama!« flehte er. »Tu mir das nicht an, Mama! Du hast es mir versprochen. Du hast gesagt, du würdest dich um mich kümmern!«

Um 21.42 Uhr begann das Publikum im Takt zu stampfen, womit das ganze Gebäude bedroht war. Der Theatermanager eilte zu Raymond und sagte: »Tun Sie etwas, Mann, *tun* Sie doch etwas! Machen Sie wenigstens den Vorhang auf!«

Raymond war dankbar für jede Art von Ratschlag und nickte bedrückt. Der Vorhang hob sich. Als das Publikum ihn sah, begann es zu pfeifen, beruhigte sich aber hoffnungsvoll. Er hob die Arme und sagte: »Meine Damen und Herren, wenn Sie bitte noch etwas Geduld...«

Das war die falsche Eröffnung. Das rhythmische Stampfen begann von neuem, im Takt zu der leisen Orchesterversion von »Bin mit einem Engel verabredet.« Minuten später prallte das erste Wurfgeschoß gegen die Sternenkulisse. Es war ein Orangensaftbehälter – samt Inhalt. Gleich darauf hagelte es ein weiteres halbes Dutzend Getränke, und Raymond wurde zu seiner eigenen Sicherheit von Kulissenschiebern auf die Seite gezogen. Der Theaterdirektor ließ den Vorhang senken, was die Zuschauer noch mehr in Rage brachte.

»Mama! Mama!« schluchzte Raymond. »Wie konntest du mir das antun?«

Um 22.22 Uhr wagte sich der Direktor schüchtern vor den Vorhang und kündigte in knappen Worten an, daß die Eintrittsgelder zurückgezahlt würden. Das löste einen Sturm zu den Ausgängen aus, bei dem sechs Menschen auf der Strecke blieben.

Raymond steckte nun tiefer in der Klemme denn je. Er hatte etwa zwanzigtausend Dollar Schulden, in erster Linie beim »Freund«, dessen Abgesandte in der ersten Reihe gesessen hatte, um die Investition im Auge zu behalten. Raymond konnte das Theater unbehelligt verlassen.

Er kehrte in sein Hotelzimmer zurück und verschloß die Tür vor der Welt.

Im Bad starrte er in den Spiegel und sagte: »Mama, wie konntest du das nur tun? Sag es mir – wie konntest du?«

Er öffnete seinen Koffer und zog den 45er Colt unter dem Pyjama hervor. Er schaute nach, ob die Trommel geladen war. Ja, die Patronen steckten. Nicht alles würde ihm heute abend mißlingen.

Er setzte sich, trank ein halbes Glas Whisky und zählte dann im Geiste seine Sorgen auf. Aussichtslos. Er legte die Waffe an die Schläfe und drückte ab. Im gleichen Augenblick sah er seine Mutter auf dem Sofa gegenüber sitzen – als interessiertes Publikum.

Der Schuß löste sich.

»Jetzt«, sagte seine Mutter mit zufriedenem Lächeln, »jetzt kann ich mich *richtig* um dich kümmern.«

Auftritt für die Verteidigung

Miles Crawford, der wieder einmal von der Vergangenheit träumte, räkelte sich im Lehnsessel in der Bibliothek und wirkte trotz seiner grauen Haare geradezu jungenhaft. Jenny, das Hausmädchen, betrachtete ihn mütterlich, ehe sie ihn vorsichtig wachschüttelte.

»Mr. Crawford? Wissen Sie, daß Mr. Brody schon seit einer halben Stunde draußen wartet? Haben Sie ganz vergessen, daß er vorbeikommen wollte?«

»Sam?« Miles war noch überraschend beweglich für seine sechzig Jahre. Hastig stand er auf und ging zur Tür. »Was machst du denn da draußen? Warum hast du mich nicht geweckt?«

Sam Brody, der auf der Couch saß, hob die Bluthundaugen und prostete dem anderen zu. »Du bist ein alter Mann«, sagte er. »Du brauchst deine Ruhe.«

»Das mußt du ausgerechnet sagen«, knurrte Miles und machte kehrt, um einen dicken Wollpullover von seiner Stuhllehne zu holen. »Jenny!« brüllte er. »Stellen Sie den Thermostat hoch, hier ist es ja kalt wie in einem Eisschrank!« Er ließ sich in einen Sessel sinken und erzitterte. »Was meinst du, Sam? Fahren wir beide dieses Jahr in den goldenen Westen?«

»Pfui«, machte Sam. »Wofür hältst du mich? Ich brauche dich bloß auf zehn Meilen an eine Filmkamera heranzulassen, prompt redest du von deinem Comeback. Bleib in der Juristerei, da stehen wir uns nicht so übel.«

»Wir werden nicht gerade reich damit«, murrte Miles. »Weißt du, daß ich heute den Fall Dearborn abgeschlossen habe? Die alte Dame, die ihm den Wagen angefahren hat, bot dreihundert Dollar, und er hat eingewilligt. Wenn wir Glück haben, kriegen wir hundert vom Gericht.«

»Was kann man in einer solchen Stadt schon erwarten? Wenn du auf Fälle mit dem großen Geld aus bist, hast du dir den falschen Partner ausgesucht.«

»Ich habe schon den richtigen Partner«, sagte Miles lächelnd. »Es gibt niemanden auf der Welt, der beim Gin-Rommée so verliert wie du. Komm, wir spielen ein bißchen.«

Miles lachte leise, ging zur Anrichte und nahm aus der obersten Schublade ein neues Kartenspiel. Er öffnete eben die Verpackung, als er die Haustür zuknallen hörte. Er warf Sam einen Blick zu, in dem sich Neugier und Sorge mischten.

»Das ist sicher Ted«, flüsterte er. »Komisch – es ist doch noch ganz früh.«

Mit schnellen Schritten ging er zur Tür. Es war wirklich Ted. Miles' Besorgnis wuchs, als er das blasse Gesicht seines Sohnes sah. Ted war Anfang Zwanzig, hatte einen leichten Körperbau wie Miles, war aber einen halben Kopf größer. Er hatte die braunen Augen seiner Mutter, Miles' zweiter Frau Elena; die tiefen Augenhöhlen, die die Wärme dieser Augen verbargen, waren ein Erbe seines Vaters.

»Was sind denn das für neue Methoden?« fragte Miles mit gespielter Lässigkeit. »Wir haben erst zehn Uhr, und du bist schon zu Hause?«

Ted hielt sich den Ellenbogen seines linken Arms. Mürrisch sah er seinen Vater an, antwortete aber nicht. Dann ging er zu der steilen Treppe, die ins erste Stockwerk hinaufführte.

»Ted!« (Laß dir keinen Zorn anmerken, sagte sich Miles, du kennst doch deinen launenhaften Jungen.) »Du könntest mir wenigstens antworten. Ein einziges Wort!«

»Ich gehe nach oben«, sagte Ted.

Das tat er mit schnellen Schritten, und Miles hörte seine Tür zuknallen. Er machte kehrt und sah Sam neben sich stehen. Auf seinem Gesicht spiegelte sich die Besorgnis, die er empfand. »Was ist los?« wollte Sam wissen. »Alles in Ordnung mit dem Jungen?«

»Aber ja«, sagte Miles heftig. »Wie bei einem Tiger, der einem gerade ein Stück Fleisch aus dem Leib gerissen hat. Du müßtest ihn doch inzwischen kennen.«

Sam ging zur Treppe.

»Na, komm endlich. Worauf wartest du noch?« fragte Miles gereizt. »Du wolltest Karten spielen. Also spielen wir!«

»Miles«, sagte Sam.

»Was ist?«

»Schau doch mal. Bin ich verrückt, oder blutet hier jemand?«

Miles folgte seinem Freund, bückte sich an der bezeichneten Stelle, berührte den Punkt, den Sam berührt hatte, und starrte verständnislos auf den roten Fleck an seiner Fingerspitze. Dann verfolgte er die Richtung, aus der der junge Mann gekommen war, und entdeckte die anderen roten Spuren.

»Soll ich mit nach oben kommen?« fragte Sam, doch Miles schüttelte den Kopf. Er nahm zwei Stufen auf einmal und zögerte auch nicht wie üblich vor Teds Zimmer. Er war hier sowieso nicht willkommen.

Ted kam gerade aus dem Badezimmer; er hatte die Jacke ausgezogen. Sein linker Hemdsärmel war hochgerollt, und um den Unterarm lag ein weiches Handtuch. Er bedachte seinen Vater mit einem abwehrenden Blick, in dem zugleich ein Funken von Schuldbewußtsein und Scham lag. Das Handtuch wurde plötzlich zu einem unanständigen, demütigenden Gegenstand.

»Was ist passiert?« fragte Miles. »Wo hast du dich verletzt?«

»Ein kleiner Kratzer«, sagte Ted leise. »Ein Autounfall, nichts Ernstes. Würdest du mich bitte allein lassen, Vater? Ich möchte mich ein bißchen hinlegen.«

»Das ist kein Kratzer«, stellte Miles fest. »Die Wunde blutet ziemlich stark. Ich möchte sie mir anschauen.«

Er streckte die Hand aus, aber Ted wandte sich ab. »Ich habe dir doch gesagt, es ist nur eine Kleinigkeit. Hack nicht andauernd auf mir herum!« Die Handtuchkante schlug um, und Miles sah ein Stück von der Wunde. Er fuhr zusammen und hob hilflos die Hand.

»Laß mich einen Arzt rufen. Du könntest dir eine Blutvergiftung zuziehen. Wie ist es passiert? Hast du jemanden angefahren?«

»Der Wagen ist noch heil.«

»Der Wagen interessiert mich nicht! Ich will wissen, was passiert ist.« Er trat so schnell vor, daß Ted ihm nicht ausweichen konnte, und packte ihn an der Schulter. »Was für ein Unfall war das?«

»Na schön! Es war kein Unfall, sondern ein Kampf!«

»Ein Kampf? Was für ein Kampf?«

»Na, ein Kampf eben!«

Dumpfe Laute drangen von draußen herein; Sam kam schweratmend die Treppe herauf. »Miles«, sagte er und versuchte gleichzeitig zu atmen und zu sprechen, was ihm nicht ganz gelang. »Miles, du solltest lieber nach unten kommen.«

»Was ist denn?«

Sam lehnte keuchend in der Tür. »Ein Wagen ist vorgefahren, ein Streifenwagen. Die Beamten müssen gleich da sein. Alles in Ordnung mit Ted?« Seine kurzsichtigen Augen suchten das Zimmer ab. Ted wanderte hin und her und stieß leise Knurrlaute aus.

»Die Polizei?« fragte Miles. Er blickte seinen Sohn vorwurfsvoll an. »Ein kleiner Kampf, so? Um Himmels willen, Ted. Was hast du angerichtet?«

»Nichts, ich hab's dir doch schon gesagt!«

»Miles«, wiederholte Sam, »du kommst besser nach unten!«

»Ich komme! Ich komme!«

Sie gingen gemeinsam die Treppe hinab. Ted machte sich nicht die Mühe, die Tür hinter ihnen zu schließen. Als sie unten im Flur ankamen, klingelte es bereits.

Der Beamte war sehr höflich. »Wohnt hier Ted Crawford? Entschuldigen Sie, Mr. Crawford, ist Ihr Sohn zu sprechen? Wir haben da ein kleines Problem auf Route 4. Na, vielleicht sogar mehr als ein kleines Problem. Wir brauchen Ihren Sohn zum Verhör.«

Dann waren sie im Haus, beide Beamte noch immer höflich, aber auf der Hut, die Finger in die schimmernden Ledergurte gehakt, an denen die Waffen hingen.

»Ted!« rief Miles. »Ted, komm nach unten!« Als niemand antwortete, blickte er Sam flehend an. Beide Männer durchzuckte der angstvolle Gedanke an die Dinge, die Ted anrichten mochte.

Dann erschien Ted. Er musterte die Gruppe vom Geländer im Obergeschoß, das Handtuch um den verwundeten Arm verknotet, die Jacke über die rechte Schulter geworfen. Auf seinem Gesicht lag der spöttisch-abweisende Ausdruck eines Filmgangsters, doch Miles erkannte, daß das alles nur gespielt war. Hinter Miles klickte einer der Beamten mit dem Druckknopf seines Waffenhalfters. Aber es sollte keine Probleme geben. Ted kam nach unten.

»Sie heißen Ted Crawford?«

»Ja.«

»Hören Sie, Wachtmeister...« Miles stellte sich zwischen die beiden. Der Streifenbeamte runzelte die Stirn, trat von einem Fuß auf den anderen und forderte ihn auf, sich nicht einzumischen. Ted fand das komisch; er lächelte über den Widersinn der Szene.

»Kennen Sie denn meinen Alten nicht?« fragte er. »Kennen Sie etwa Miles Crawford den Filmstar nicht?« Seine Worte bewirkten, daß die Beamten die Köpfe wandten, doch ihr Blick war ohne Interesse oder Erkennen. »Schon gut«, sagte Ted. »Ich leiste keinen Widerstand. Soll ich etwas zum Übernachten mitnehmen?«

»Was hat er denn getan?« fragte Miles. »Um Himmels willen, Sie können ihn doch nicht einfach ohne Erklärung mitnehmen. Haben Sie einen Haftbefehl?«

»Jawohl, Sir, wir haben einen Haftbefehl. Ihr Sohn hat sich mit einem jungen Mann namens Jules Herman eingelassen. Die beiden haben auf Route 4 gegeneinander gekämpft. Dabei wurde der andere ziemlich übel zugerichtet.«

»Wie übel?« fragte Miles.

»Nehmen Sie Zahnbürste und Pyjama mit«, sagte der andere Beamte zu Ted. »Ihr Vater kann Ihnen ja morgen früh bringen, was noch fehlt. Tut mir leid, aber wir müssen jetzt los.«

»Moment, Moment!« sagte Miles hastig. »Ich begleite Sie.« Mit zwei großen Schritten eilte er zum Wandschrank im Flur und holte in fliegender Hast seinen Mantel heraus. »Wohin fahren wir? Von welchem Revier kommen Sie?«

»Vom achten, Mr. Crawford. Aber Sie müssen den eigenen Wagen nehmen. Vielleicht ist es überhaupt besser, wenn Sie bis morgen warten. Heute abend passiert sowieso nicht mehr viel.«

»Ich komme mit!« sagte Miles. »Mach dir keine Sorgen«, wandte er sich an Ted. »Ich bringe dir die Sachen, die du für heute abend brauchst. Morgen früh hole ich dich sofort auf Kaution frei.«

»Mr. Crawford...« Miles blinzelte den Polizeibeamten an. »Hören Sie, darauf sollten Sie sich nicht zu sehr versteifen. Auf die Kaution und so. Ich meine, Sie als Anwalt kennen sich da doch aus...«

»Was soll das heißen?«

»Der andere Junge, Jules Herman – ist tot.«

Sam packte Miles an der Schulter. »Du setzt dich nicht ans Steuer«, sagte er. »Ich fahre dich ins Revier. Du bist schon im Normalfall ein schlechter Fahrer. Komm jetzt, Miles.«

Sam ging seinen Mantel holen. Miles mußte wie ein Kind aus dem Haus geführt werden.

Es war nach zwei Uhr früh, als sie nach Hause zurückkehrten. Sie hatten wenig erreicht. Sie hatten nicht einmal mit Ted sprechen können; man hatte ihn eingeliefert, ihm die Fingerabdrücke abgenommen und ihn wie einen Quarantänefall eingeschlossen. Ein Kriminalbeamter namens Raphael hatte sie zehn Minuten lang empfangen, doch außer den nackten Tatsachen war nicht viel zu erfahren gewesen. Ted und zwei andere Jugendliche waren auf Sauf- und Autotour gegangen; offenbar nicht die erste. Es war zu einem Streit gekommen, den man am Straßenrand mit zehn Zentimeter langen Klingen austrug. Ted hatte den Kampf gewonnen, und Jules Herman, der Verlierer, lag im Kühlfach des Reviers, während seine geschiedene Mutter über dem Toten schluchzte und ihrem nichtsnutzigen Mann die Schuld gab. Jetzt waren sie wieder zu Hause, und Miles sah die Schuld einzig und allein bei sich.

»Was konnte ich tun?« fragte er seinen Anwaltspartner inbrünstig. »Was hätte ich anders machen können? Du kennst doch das verrückte Leben, das ich geführt habe. Zuerst die Karriere in Hollywood, dann der Zusammenbruch, dann die schäbige Anwaltspraxis...«

»Hör auf«, knurrte Sam. »Zerfleisch dich nicht selbst. Was kann das jetzt nützen?«

»Dann die Scheidung von Elena. Dadurch wurde mein

Leben nicht gerade vereinfacht. Du weißt, weshalb ich noch einmal geheiratet habe – für Ted. Das weißt du doch, Sam.«

»Ja«, sagte Sam, und seine Bluthundaugen sahen zu Boden.

»Na schön. Fern war nicht gerade der mütterliche Typ, aber glaubst du etwa, sie hätte es nicht versucht? Er ist ein launenhafter Junge, oft niedergeschlagen und unlustig. Ich kann es ihr nicht verdenken, daß sie den Versuch schnell aufgegeben hat.«

»Du mußt ins Bett«, sagte Sam.

»Als ich mit der Filmerei fertig war, hoffte ich, alles würde sich ändern. Ich wollte ihm ein schönes normales Leben verschaffen. Aber es steckt eine gewisse *Kälte* in ihm, Sam, wie eine chronische Erkrankung. Deshalb trinkt er auch soviel. Es heißt, er war heute abend betrunken, er hat nicht gewußt, was er tat. Das spricht doch sicher zu seinen Gunsten, oder?«

»Du kennst das Gesetz, Miles. Betrunken oder nüchtern – die Geschworenen haben für Mörder nichts übrig.«

Miles schlug mit der Faust auf den Couchtisch. »Ich rede selbst mit den Leuten, Sam. Ich erzähle ihnen, was für ein mieser Vater ich war. Dann verstehen sie, wo die Schuld liegt. Bei mir!«

Er barg das Gesicht in den Händen, und Sam stand auf und setzte sich neben ihn. Aber Miles weinte nicht, er versteckte lediglich sein Gesicht. Sam ging im Zimmer herum und schaltete nacheinander die Lampen aus, um Miles dazu zu bringen, sich schlafen zu legen. Als er sich umdrehte, betrachtete Miles das Teppichmuster.

»Warum eigentlich nicht?« fragte er leise. »Warum soll ich es nicht wirklich tun, Sam?«

»Was tun?«

»Ted vor Gericht verteidigen.«

»Hör mal, Miles, du bist kein Strafverteidiger. Mahnungen, Hausverkäufe, Zivilverfahren, solche Dinge – das kennst du. Aber so etwas nicht.« Sam rieb sich die schmerzende Brust. »Denkst du ernsthaft daran?«

»Warum nicht?« Miles' Augen funkelten. »Ich bin bei der Anwaltskammer zugelassen. Kein Gesetz verbietet mir, einen Angehörigen der eigenen Familie zu verteidigen. Wer wäre dazu besser in der Lage? Klar, ich besorge mir einen in Strafsachen erfahrenen Anwalt, jemanden, der mir den Prozeß vorbereitet, aber du weißt ja, was eine Jury ist, Sam. Du hast es oft selbst erlebt. Es sind zwölf Menschen, die man überzeugen muß. Menschen, die man dazu bringen muß, daß sie mit einem *fühlen*. Wer könnte das besser als ein Vater?«

»Meinst du einen Vater? Oder einen Schauspieler?«

»Ist denn das so schlimm?« fragte Miles hitzig. »Gott weiß, ich habe im Film schon ein Dutzend Anwälte gespielt. Schließlich bin ich dadurch ja auf mein Jurastudium gekommen. Ich schaffe es, Sam, ich weiß, daß ich es schaffe!«

»Hör mal, wofür hältst du das alles, für eine Filmvorstellung? Die Sache ist ernst, Miles!«

Miles stand auf. »Morgen rufe ich Charles Macklemore an und lasse mir von ihm einen guten Strafverteidiger empfehlen. Dann sehen wir weiter.«

Er ließ die Schuhe unter der Couch stehen und humpelte auf Strümpfen zur Tür. Es war spät, und er war müde – doch er ging in großer Pose die Treppe hinauf, würdevoll wie ein Star.

Macklemore zeigte sich nicht gerade erbaut, von Miles am nächsten Morgen um acht Uhr aus dem Schlaf geklingelt zu werden, doch er wurde sofort zugänglicher, als er den Grund für den Anruf erfuhr. Das Gespräch dauerte eine halbe Stunde. Schließlich notierte sich Miles den Namen eines Anwalts: EDWIN C. RUTHERFORD, 74 Wall Street. Macklemore zeigte sich von Miles' Plan kaum mehr angetan als Sam, ließ sich aber auf keine Diskussion ein. Offenbar wollte er die Auseinandersetzung Rutherford überlassen.

Rutherford war ein schlaksiger Mann, der sich auf seinen Schreibtisch hockte, als bestiege er ein Pferd. Während Miles den Fall vortrug, rutschte er unruhig hin und her, murmelte Unverständliches vor sich hin und kratzte sich Gesicht und Brust. Er schlürfte lautstark Kaffee aus einem Pappbecher, und beim Notizenmachen brachen seine ungeschickten dicken Finger zweimal den Bleistift ab. Doch schließlich überraschte er Miles mit einer knappen und zutreffenden Analyse von Teds Situation und rechtlichen Möglichkeiten und mit einer positiven Einstellung zu Miles' Idee vom Verteidigerteam.

»Warum nicht?« fragte er barsch. »Sie sind zugelassener Anwalt, auch wenn Sie Fälle dieser Art bisher nicht bearbeitet haben. Natürlich könnte Ihre persönliche Verwicklung ein Hemmschuh sein. Sie kennen ja den alten Spruch: ›Wer sich selbst berät, hat einen Dummkopf zum Anwalt.‹«

Miles lächelte. »Da habe ich noch ein besseres Zitat, Mr. Rutherford. ›Menschen verstehen oft nur jene Gesetze, die sie *fühlen*.‹ Lord Halifax.«

Rutherford schlug nach einer imaginären Fliege auf seiner Schreibunterlage.

»Und das trauen Sie sich zu, Mr. Crawford? Die *Gefühle* der Geschworenen anzusprechen? Ihre Emotionen zu wecken?«

»Ich bin der Vater des Jungen.«

»Aber das ist es nicht allein, oder? Ich meine, Charlie Macklemore hat mir einmal erzählt, Sie seien eine Art Schauspieler gewesen. Beim Film.«

»Das ist lange her, Mr. Rutherford, in den zwanziger Jahren. Meinen letzten Film habe ich 1933 gemacht. 1940 wurde ich von der Anwaltskammer zugelassen und habe seither in diesem Beruf gearbeitet.«

Rutherford musterte ihn mit seltsamem Blick.

»Na schön!« sagte Miles. »Vielleicht will ich wirklich darauf hinaus. Ich war Schauspieler. Ich kann die Menschen dazu bringen, etwas zu empfinden. Das war immerhin mein Job.«

»Ich verstehe.«

»Ich will Ihnen keineswegs vorschreiben, wie der Fall abgewickelt werden muß«, sagte Miles. »Ich will nur meine Rolle dabei spielen.« Die Worte waren vielleicht nicht ganz glücklich gewählt; Rutherford runzelte die Stirn und kratzte sich sichtlich gereizt an der Schulter, aber Miles berichtigte sich nicht.

»Na gut«, entschied der Anwalt. »Wollen mal sehen, wie es läuft. Das größte Fragezeichen ist für mich Ihr Junge. Wie heißt er doch gleich?«

»Ted.«

»Ted«, sagte Rutherford. »Er muß auf jeden Fall dazu Stellung nehmen. Woher wissen Sie, daß er mit Ihrem Vorgehen einverstanden ist? Immerhin geht es um eine Mordanklage. Er ist alt genug, um auf den elektrischen Stuhl zu kommen. Zumindest können Sie ihn fragen, ob er damit einverstanden ist.«

Unsicher geworden, rutschte Miles auf seinem Stuhl hin und her.

»Ja«, sagte er. »Sie haben natürlich recht. Ich muß ihn fragen.«

Er besuchte Ted am nächsten Morgen. Nachdem er vor der Grand Jury formell angeklagt worden war, hatte man den Jungen in das Bezirksgefängnis an der Fleet Avenue überführt und ihn bereits in die Routine eingegliedert. Als er das Besucherzimmer betrat, paßte ihm die graue Sträflingskleidung zu gut, und sein Verhalten hatte etwas Unterwürfiges.

»Wie geht es dir?« fragte Miles. »Wie wirst du hier behandelt?«

Ted zuckte die Achseln. Der Besuch schien ihn bereits zu langweilen.

»Es wird alles gut«, sagte Miles. »Ich habe mit Rutherford gesprochen, dem Anwalt, der dich gestern besucht hat. Leider bekommen wir dich auf Kaution nicht raus, aber...«

»Wann ist die Vorverhandlung, von der er mir erzählt hat?«

»Irgendwann in der nächsten Woche. Dabei werden wir auf Totschlag plädieren. Du begreifst den Unterschied, ja?«

Ted betrachtete seine Hände.

»Weißt du, die Kernfrage ist der Vorbedacht«, fuhr Miles fort und senkte die Stimme. »Hier liegt der große Unterschied zwischen Mord und Totschlag. Vorbedacht und Provokation. Weißt du überhaupt, wovon ich rede? Einen zweiseitigen Kampf, solange er nicht zum Zwecke des Tötens ausgelöst worden ist, nennt man eine provozierte Handlung. Hat Rutherford dir das nicht gesagt?«

»Er hat zwei Stunden lang geredet«, sagte Ted gleichgültig. »Ich konnte ihm nicht recht folgen.«

Miles beugte sich vor. »Hör zu, Ted. Ich möchte dich etwas fragen. Etwas Wichtiges.«

»Was?«

»Was würdest du dazu sagen, wenn ich als dein Verteidiger aufträte? Oh, nicht allein; Rutherford würde die eigentliche Arbeit tun. Ich wäre nur der Mann an der Front. Was meinst du dazu, Ted?«

Der Junge sah ihn verwirrt an.

»Das begreife ich nicht. Du bist doch gar kein Strafverteidiger.«

»Nein. Sonderlich geschickt stelle ich mich bestimmt nicht an, vielleicht mache ich sogar dumme Fehler. Rutherford hilft mir zwar, aber es könnte trotzdem sein, daß ich einen ziemlichen Narren aus mir mache. Aber ich glaube, ich kann die Geschworenen dazu bringen, mir *zuzuhören*, Ted. Ich glaube, ich kann sie dazu bringen, alles zu – verstehen.« Er schwieg einen Augenblick lang, gekränkt von der ausdruckslosen Leere im Gesicht seines Sohnes. »Ich tu's natürlich nur, wenn du damit einverstanden bist. Immerhin geht es um eine ernste Sache, das brauche ich dir nicht erst zu sagen. Du hast das Recht abzulehnen.«

»Du würdest das für mich tun?« fragte Ted leise.

Miles starrte in seine Augen, die sich langsam mit Tränen füllten.

»Mann, Dad!« sagte Ted.

Er streckte die Arme aus und umfaßte die Hände seines Vaters. Er klammerte sich fest daran und blickte voller Staunen in Miles' Gesicht, als hätte er dort eben etwas völlig Neues entdeckt.

Unmittelbar nach Teds Vorverhandlung veränderte sich Rutherford. Schlaksigkeit und Lässigkeit verschwanden, die schläfrigen Augen wurden hart und glitzernd. Der Blitzkursus, mit dem er Miles in die Strafprozeßordnung einführte, erwies sich als die reinste Qual – als eine Mischung aus Vortrag, Schelte und Kritik. Es verging kein Tag, da er Miles nicht sagte, er mache einen großen Fehler, er spiele mit dem Leben seines Sohnes, er werde sich vor Gericht blamieren. Er nannte Miles sensationslüstern und einmal sogar voller Verachtung einen Filmanwalt. Er drohte den Fall abzugeben, sollte Miles vor Gericht auch nur einen Hollywood-Trick anwenden. Doch gleichzeitig zimmerte er die Theorie der Verteidigung zurecht und studierte mit Miles Crawford die Rolle ein, diese Version den Geschworenen zu präsentieren.

Rutherford produzierte stapelweise Verweise. Er beschaffte Beispiele von juristischen Begriffen und zwang Miles, sich endlose Paragraphen anzuhören.

»›Der Vorbedacht muß der Tötung um eine faßbare Zeitspanne vorausgehen. Diese Zeit braucht allerdings nicht lang zu sein. Sie muß ausreichen für ein gewisses Maß an sachbezogener Überlegung, für die Entscheidung zum Töten oder Nichttöten und für die Bildung eines klaren Willens zu töten.‹ Zitat aus *Volk gg. Majone*«, sagte Rutherford. »Alles beruht auf der Definition von Vorbedacht. Das ist der Angelpunkt für unseren Fall. Kaltblütig gg. heißblütig – das müssen wir beweisen.«

»Aber können wir das? Sie haben Teds Schilderung gehört. Die jungen Leute parkten den Wagen. Sie parkten, stiegen aus und kämpften. Sie wußten, was sie taten, Ed!«

»Wirklich? Wir müssen aufzeigen, daß sie es nicht wußten. Die Grenze zwischen Mord und Totschlag ist verschwommen – wir müssen sie deutlich machen. Wir müssen klarstellen, daß es keinen Augenblick der Abkühlung gegeben hat, keine Minute zum Atemholen und Überlegen. Leicht wird es uns nicht fallen. Ich kenne Staatsanwalt Hanley. Er ist ein harter Brocken. Bei ihm geht es Auge-um-Auge...«

»Vielleicht haben Sie recht«, sagte Miles düster. »Vielleicht sollten Sie das Ganze allein...«

»Sprechen Sie im Ernst?«

Miles runzelte die Stirn.

»Nein! Sie haben es selbst gesagt. Hier geht es nicht nur um ein Bündel von Tatsachen. Wichtig ist, was in Teds Herz vorging. Und das habe ich im Griff. Das kann ich den Geschworenen sagen.«

Rutherford seufzte ergeben.

»Bis morgen um die gleiche Zeit«, sagte er.

Als Miles an diesem Abend nach Hause zurückkehrte, fand er eine erregt hin und her laufende Jenny und vier Reporter vor, die sein Haus belagerten. Er drängte sich an den Männern vorbei, und Jenny beklagte sich energisch über die Eindringlinge. Sam wartete auf ihn im Wohnzimmer. Er erbot, sich hinauszugehen und die Journalisten zu vertreiben. Miles lehnte ab, er wolle die Presse auf seiner Seite wissen, so etwas wäre gut für Ted, und Sam runzelte die Stirn und ließ sich in einer Ecke des Sofas nieder. Die Reporter wurden eingelassen, begleitet von Jennys besorgten Ausrufen: »Treten Sie sich die Schuhe ab!« und »Vorsicht mit der Asche!« Die Männer begannen sofort zu fragen. Sie wollten wissen, wie Miles die Verteidigung zu führen gedachte. Als sie vom Film zu reden begannen, stieß Sam ein leises Knurren aus und rutschte unruhig auf dem Sofa hin und her, aber Miles ließ sie reden.

»Wie ist das, Mr. Crawford?« fragte einer der Reporter. »Haben Sie im Film nicht oft einen Strafverteidiger gespielt?«

»Das stimmt schon, hat aber mit dieser Sache nichts zu tun.«

»Wie lange sind Sie schon weg vom Film, Mr. Crawford – ist das nicht bald fünfundzwanzig Jahre her?«

»Ja, ungefähr.«

»Miles!« Sam Brody stand auf und schüttelte warnend den Kopf. »Laß die Leute jetzt gehen, Miles!«

»Mr. Crawford, glauben Sie, Ihre Erfahrung vom Film kann Ihrem Sohn nützen?«

»Nein, natürlich nicht.«

»Haben Sie im Film schon mal einen Fall verloren?«

»Das ist eine dumme Frage...«

»Haben Sie die Absicht, wieder zu filmen, Mr. Crawford?«

»Reden Sie keinen Unsinn!« Aufgebracht starrte er den jungen Reporter an, der die letzte Frage gestellt hatte.

»Junger Mann, ich bin Rechtsanwalt – und zwar schon seit zwanzig Jahren.« Der Journalist lächelte freundlich.

»Ist das nicht eine Art Comeback für Sie, Mr. Crawford? Ich meine, wenn Sie Ihre Rolle vor Gericht gut spielen, wäre es dann nicht möglich, daß irgendein Produzent...«

Die Ohrfeige überraschte alle. Das Klatschen hallte in dem plötzlich stillen Zimmer nach, während der Abdruck von Miles Fingern auf der Wange des Reporters verblaßte. Sam reagierte als erster, er trat vor und riß das Gespräch an sich, er drängte die Reporter in den Flur hinaus, beruhigte die aufgebrachte Schar und beförderte sie ohne ein böses Wort und ohne auf ihre Fragen einzugehen aus dem Haus.

Als er in das Wohnzimmer zurückkehrte, saß Miles noch am gleichen Fleck. Er starrte auf die Hand, die den Schlag geführt hatte.

»Komm, trink einen«, sagte Sam. »Und beim nächstenmal solltest du nicht soviel reden. Der Fall wird vor Gericht verhandelt, nicht in den Zeitungen.«

Miles blickte ihn an.

»Sam«, sagte er, »was glaubst du?«

»Ich glaube, daß du müde bist.«

»Ich schwöre, daß das nicht mein Motiv ist. Nicht der Film, nicht der Wunsch, wieder dort anzufangen. Diese Hoffnung habe ich vor langer Zeit begraben. Das weißt du doch, oder?«

»Solange *du* es nur weißt«, sagte Sam Brody.

Dann machte er sich daran, Drinks einzuschenken.

Miles kannte sich in Gerichtssälen aus. Er hatte schon vor Geschworenenbänken und Richtern gestanden und die

Lage seiner Klienten dargelegt. Doch noch nie war es um etwas so Wichtiges und Persönliches gegangen, und als die Verhandlung begann, hätte er Rutherford am liebsten mitgeteilt, daß er es sich anders überlegt habe, daß er nicht befähigt sei, seine Rolle zu spielen, daß er zu den Zuschauern gehörte und nicht vor die Schranken des Gerichts.

Aber er sagte nichts. Die Gesetzesmaschine setzte sich in Bewegung – die Plazierung der Geschworenen, der Auftritt des Richters, eine feierliche Erscheinung in schwarzer Robe. Rutherford marschierte zu dem hohen Tisch und überreichte ein Exemplar der Darlegung, die er vorbereitet hatte. Dann erhob sich Hanley, ein erstaunlich gutmütig wirkender Ankläger Mitte Fünfzig, mit blondem Haar und einem Gelehrtenausdruck, der durch die randlose Brille noch unterstrichen wurde. Mit leiser, leidenschaftsloser Stimme gab er seine Eröffnungserklärung ab, und die einfachen beschreibenden Sätze, mit denen er die Ereignisse des fraglichen Abends darlegte, schienen die Geschworenen zu interessieren, ohne sie zu bewegen. Miles' Hoffnungen stiegen; der Mann hielt sich sehr zurück; es war eine langweilige Vorführung. Er flüsterte Rutherford seine Meinung zu, und der Anwalt schüttelte abwehrend den Kopf. Daraufhin hörte Miles genauer zu und erkannte, daß Hanley die Tatsachen bewußt untertrieb, daß er sich die dramatischen Details für die Zeugenaussagen aufsparte und große Enthüllungen und stichhaltige Beweise nur in Aussicht stellte. Als sich der Ankläger setzte, waren die Geschworenen noch immer ungerührt, doch bereit, sich überzeugen zu lassen.

Miles und Rutherford waren übereingekommen, ihre Darstellung vor den Geschworenen bis zu dem Augenblick zurückzustellen, da der Staatsanwalt seinen Fall schloß. Nun war es Zeit für die ersten Zeugen.

Hanley war mutig. Er rief den wichtigsten Zeugen von allen auf, den Angeklagten Ted Crawford.

Ted war wie in Trance. Er schien überrascht zu sein, sich im Zeugenstand wiederzufinden; mit dieser Entwicklung hatte er nicht gerechnet. Als Hanley ihn aufforderte, die Ereignisse des Abends zu schildern, stammelte er sie ohne Ordnung und Logik heraus und mußte schließlich vom Ankläger an den Ausgangspunkt zurückverwiesen und schrittweise geführt werden. Er erzählte von dem Trinkgelage und gab zu, daß so etwas laufend stattfinde. Er nannte die beiden anderen jungen Leute in seiner Gesellschaft und legte den Grund für die Auseinandersetzung dar.

»Wir wollten die Mädchen besuchen«, sagte er. »Sie wohnten auf der anderen Seite der Stadt und gaben eine Party. Juley hatte eine Flasche im Wagen, aus der wir alle tranken. Ich wollte nicht, daß er trank, denn er saß ja am Steuer, und der Wagen gehörte nicht mir, sondern meinem Vater. Darüber war er sauer und warf mir ein paar Sachen an den Kopf. Über ein Mädchen aus unserer Bekanntschaft. Das war auch der Augenblick, als er den Wagen stoppte und kämpfen wollte. Der andere, Rudy, zerrte uns auseinander, aber wir waren ziemlich in Fahrt. Dann schlug jemand vor, wir sollten die Sache doch auf der Straße bereinigen.«

»Wer?« fragte Hanley.

»Ich weiß nicht, erinnere mich nicht daran. Jedenfalls stiegen wir aus. Ich wußte aber nicht, daß Juley einen Messerkampf wollte, bis er die Klinge zeigte. Da hab ich mein Messer auch gezogen.«

»Sie hatten immer ein Messer bei sich?«

»Meistens.«

»Erzählen Sie weiter.«

»Das ist schon alles. Wir begannen zu kämpfen. Juley

verletzte mich zuerst, dann erwischte ich ihn. Ich wußte erst gar nicht, daß er tot war. Ich stieg einfach in den Wagen und fuhr nach Hause. Ich war ziemlich wütend und habe die beiden einfach zurückgelassen.«

»Sie ließen das Messer in seinem Körper stecken?«

»Ja«, sagte Ted.

Auf Rutherfords Hinweis verzichtete Miles auf ein Kreuzverhör; Ted sollte später noch als Zeuge der Verteidigung aufgerufen werden. Miles' erste Chance kam, als der Staatsanwalt Rudy Trask in den Zeugenstand rief. Hanley identifizierte Trask als den dritten jungen Mann im Wagen und holte dann seine Version der Ereignisse aus ihm heraus. Die Darstellung stimmte in jeder Hinsicht überein; doch zuletzt schob Hanley eine entscheidende Frage nach.

»Mr. Trask, hatte es zwischen Ted Crawford und Jules Herman schon vor dem fraglichen Abend Differenzen gegeben?«

»Jawohl, Sir«, erwiderte Trask leise.

»Was für Differenzen? Hatten die beiden schon einmal gegeneinander gekämpft?«

»Nicht mit Messern. Mit Fäusten.«

»Dann herrschte also eine deutliche Abneigung zwischen den beiden?«

»Na, mal mehr, mal weniger.«

»Was war denn die Ursache der Auseinandersetzungen?«

»Alles mögliche. Manchmal ging es um Mädchen, manchmal um Teds Alten.«

Während ein Murmeln durch die Zuschauerreihen lief, rutschte Miles auf der Verteidigerbank hin und her und hustete.

»Juley zog Ted immer wieder auf, daran hatte er Spaß. Er fragte ihn, warum er nicht nach Hollywood ginge und Filmstar würde wie sein Vater. Darüber regte sich Ted immer sehr auf. Ted konnte man nicht auf den Arm nehmen, er mochte so etwas nicht.«

»Wie ernst waren die Prügeleien?«

»Einmal holte sich Juley ein verknackstes Handgelenk.«

»Wurde der Vorfall der Polizei gemeldet?«

»Nein«, sagte Trask tonlos.

»Das ist alles.«

Nun war Miles an der Reihe. Er hatte Lampenfieber wie nie zuvor. Er stand auf und trat vor den Zeugenstand im Bewußtsein der intensiven Blicke, die auf ihm ruhten.

»Mr. Trask, wie lange kennt mein – kennt Ted Crawford Ihrer Meinung nach Jules Herman?«

»Etwa acht bis zehn Monate.«

»Wie oft haben sich die beiden gesehen?«

»Zwei- bis dreimal in der Woche.«

»Dann waren die beiden doch wohl befreundet und nicht verfeindet, meinen Sie nicht auch?«

Hanley stand auf und unterstellte mit leiser Stimme, daß Miles hier doch wohl Schlußfolgerungen verlange. Der Richter stimmte zu.

»Der Faustkampf«, fuhr Miles fort. »Der Kampf, bei dem Juley Herman sich die Hand verletzte. Hatten die beiden diesen Kampf geplant, so wie sie sich ›entschlossen‹, mit Messern gegeneinander zu kämpfen? Das müßten Sie doch wissen.«

»Nein, das war so eine Sache, wie sie eben mal passiert.«

»Ganz plötzlich – gewissermaßen aus heiterem Himmel?«

»Ja – so kann man wohl sagen. Juley ging auf Ted los, und...«

»*Juley* ging auf ihn los? Dann begann Juley also den Kampf?«

»Nun, Ted nannte Juley einen...«

»Es ist ohne Belang, was er ihn nannte! Juley Herman begann jedenfalls mit dem Kampf?«

»Richtig.«

»War es am Abend des 14. September genauso? Sie waren Zeuge der Auseinandersetzung, Mr. Trask. Hat Juley Herman auch diesen Kampf herbeigeführt? Hat er nicht als erster zugeschlagen?«

»Das ist schwer zu sagen.«

»Hat nicht Jules Herman Ted am Arm verletzt? War das nicht die erste Wunde, die die Auseinandersetzung forderte? Haben Sie den Kampf beobachtet, Mr. Trask, oder hatten Sie kein Interesse daran?«

»Natürlich habe ich zugesehen! Ted wurde als erster verletzt, das ist richtig, aber das heißt doch nicht...«

»Das ist alles, Mr. Trask!«

Miles machte auf dem Absatz kehrt und ging mit schnellen Schritten zum Verteidigertisch zurück. Sein Herz schlug heftig, und die Umgebung verschwamm vor seinen Augen. Dennoch sah er den Ausdruck in Rutherfords Augen. Das Lächeln war nur angedeutet, doch es war da, und Miles wußte, daß er sich gut geschlagen hatte.

Der Pferdefuß zeigte sich am zweiten Tag. Hanley betrat den Gerichtssaal – die gelehrtenhafte Zurückhaltung schien ihn völlig verlassen zu haben. Sein erster Zeuge war ein auffällig hübsches Mädchen mit rotem Mund namens Barbara Riordan; sie gab sich geringschätzig und war für ihr Alter – knapp siebzehn – zu sehr angemalt. Sie war das »Mädchen«, um das es bei den Auseinandersetzungen zwischen Jules und Ted gegangen war, und Miles wurde übel beim Anblick der kleinen Schlampe, um die sich sein Sohn geprügelt hatte. Rutherford hatte Miles vor Zeuginnen gewarnt – aus Frauenhaß oder Erfahrung; seiner Meinung nach waren sie angeboren parteiisch und neigten zu heftiger, unbeugsamer Loyalität für die Seite ihrer Wahl.

Seine Warnung erwies sich im Falle Barbara Riordan als wohlbegründet.

»Sie sahen Jules Herman und Ted Crawford streiten?« fragte Hanley. »Sie sahen sie sogar kämpfen?«

»Und ob!« sagte sie und warf das Haar zurück. »Sie stritten sich ja die ganze Zeit, um fast alles. Manchmal um mich.« Sie lächelte.

»Und doch waren die beiden ständig zusammen, nicht wahr? Fanden Sie das nicht seltsam?«

»Manchmal sind Leute eben befreundet, weil sie sich hassen.« Sie sprach's wie einen Aphorismus und blickte sich gefällig um.

»Sie meinen also, die beiden haben sich gehaßt?«

»Ich weiß es.«

»Weshalb sind Sie sich Ihrer Sache so sicher?«

»Nicht nur wegen der Auseinandersetzungen. Ted hat es mir immer wieder gesagt. Er sagte mir einmal, er würde Juley eines Tages noch umbringen. Wie gefällt Ihnen das?« Sie blickte Ted herausfordernd an und hörte mit Genugtuung auf die Reaktion, die ihre Worte im Gerichtssal auslösten.

»Soll das heißen, daß er Jules Herman tatsächlich bedrohte?«

»Mehr als einmal, und das ist die Wahrheit. Er sagte zu mir, wenn Juley nicht die Hände von mir ließe, würde er ihm die Kehle durchschneiden.«

Hastig instruierte Rutherford seinen Partner für das Kreuzverhör: er sollte ihren Charakter negativ zeichnen, eine Abneigung gegen Ted unterstellen, die ihre negative Aussage erklären würde. Doch als er versuchte, das Mädchen auf einen Groll gegen Ted festzulegen, lächelte sie süffisant und sagte:

»Natürlich mag ich Ted, ich habe ihn immer sehr gemocht. Es tut mir leid, daß er so in der Klemme steckt.

Mir liegt wirklich nichts daran, ihn in Schwierigkeiten zu bringen. Aber ich darf doch nicht lügen, wenn er es mir klar gesagt hat, oder?« Herausfordernd musterte sie Miles im Bewußtsein des Vorteils, den sie herausgeholt hatte.

Drei weitere Zeugen der Anklage traten auf und äußerten sich über Ted Crawfords wildes und unverantwortliches Verhalten, über die offensichtliche Feindschaft zwischen ihm und dem toten jungen Mann. Ein Polizeibeamter sagte über die Kampfszene aus, über das Messer, das Ted in Jules Hermans Körper zurückgelassen hatte, über seine hastige Flucht nach Hause, seine Verhaftung, sein bereitwilliges Schuldeingeständnis und über seinen anscheinenden Mangel an Reue – und dieser letzte Punkt wog vielleicht am schwersten.

Der Ankläger brauchte zwei weitere Tage, um seinen Fall darzulegen, und die Mauer der Indizien wuchs in die Höhe und in die Breite und wurde von Stunde zu Stunde unüberwindlicher. Die Kreuzverhöre der Verteidigung erwiesen sich als gefährlich, genau wie Rutherford vorausgesagt hatte. Zeugen der Gegenseite konnten doppelten Schaden anrichten, wenn ihre Aussagen durch die Fragen der Verteidiger wiederholt und zuweilen auch unterstrichen wurden. Dennoch gab es keine andere Möglichkeit; die Verteidigung hatte keine eigenen Zeugen aufzubieten und mußte mit dem auskommen, was zur Verfügung stand.

Die beiden Anwälte setzten nun ihre Hoffnungen auf Ted.

Er folgte der Aufforderung seines Vaters und trat in den Zeugenstand. Miles gab sich größte Mühe, seine Objektivität unter Beweis zu stellen, und befragte ihn barsch über den Tod von Jules Herman.

»Als du den Wagen verließest, hattest du da die *Absicht*, Jules Herman zu töten?«

»Nein.«

»Wolltest du ihn überhaupt verletzen? Oder hast du nur versucht, dich zu verteidigen?«

Ted zögerte. »Ich weiß nicht mehr, was ich gedacht habe, ich war betrunken und ganz durcheinander.«

Miles atmete tief ein.

»Hast du Jules Herman gehaßt?«

»Nein.«

»Aber ihr habt doch andauernd miteinander gestritten, nicht? Warum denn das?«

»Ich weiß nicht. Irgendwie sind wir uns wohl auf die Nerven gegangen. Aber wir haben uns jedesmal wieder vertragen.« Er schwieg einen Augenblick lang. »Bevor wir sie kennenlernten, stand es besser zwischen uns.«

»Damit meinst du Barbara Riordan?«

»Ja.«

»Hast du das Mädchen geliebt?«

»Ich weiß nicht. Vielleicht ein bißchen.«

»Hast du ihr je gesagt, du wolltest Jules umbringen?«

»Ich kann mich nicht erinnern, so etwas je gesagt zu haben.«

»Warum hat sie es dann deiner Meinung nach behauptet?«

Ted zuckte die Achseln. »Sie mochte Juley eben. Sie haßt mich wegen seines Todes. Sie will sich rächen.«

Gegen diese Antwort erhob der Ankläger Einspruch, dem stattgegeben wurde.

Miles schwitzte; in den letzten vier Wochen hatte er seine Kälteempfindlichkeit verloren. Der Schweiß tropfte ihm in die Augen, und er wischte sich ständig über das Gesicht.

»Ist dir überhaupt jemals der Gedanke gekommen, deinen Freund umzubringen?«

Ted blickte zu Boden.

»Nein«, erwiderte er. »Das habe ich ja schon ausgesagt.«

»Hattest du am Abend des Ereignisses eine Tötungsabsicht?«

Ted antwortete nicht. Das Schweigen sprach nicht gerade für ihn; Miles' Wangenmuskeln verkrampften sich, und er beugte sich vor.

»Beantworte bitte die Frage!«

»Ich weiß es nicht«, sagte Ted. »Ich weiß nicht mehr, was ich an dem Abend gedacht habe.«

»Aber dachtest du daran, ihn zu *ermorden*?«

Ted ließ die Schultern hängen.

»Ich habe an gar nichts gedacht. Ich habe getan, was ich tun mußte. Das war alles.«

Das nun eintretende Schweigen war schwer und sogar bedrückend im Gerichtssaal. Die Atmosphäre schien sich verändert zu haben. In den hinteren Reihen hustete jemand; es klang wie eine Explosion.

»Das ist alles«, flüsterte Miles.

Er ging zum Tisch zurück, und Rutherford trat in Aktion. Der Anwalt sprang auf und verkündete, die Verteidigung habe ihren Fall dargelegt. Dann bat er den Richter um eine direkte Einstufung der Tat als Totschlag. Der Richter lehnte dieses Ansinnen ab und forderte Miles und den Anwalt auf, ihre Schlußplädoyers für den Nachmittag vorzubereiten.

»Es wird alles gut«, sagte Miles zu Rutherford beim Verlassen des Gerichtssaals. »Sie werden's erleben, Ed. Ich bringe die Geschworenen dazu, mit Ted zu *empfinden*, und wie!«

Um vierzehn Uhr des gleichen Tages erhob sich Miles und richtete das Wort an die Geschworenen. Bisher hatte die Jury für ihn nur aus Gesichtern bestanden, die abwechselnd feindselig und mitfühlend aussahen, doch in diesem

Augenblick wurden sie zu einer Einheit – dem Publikum. Er stand vor ihnen, als verschlüge ihm die ungeheure Last seiner Verantwortung die Sprache. Es dauerte volle zehn Sekunden, ehe er seinen Vortrag mit leiser, monotoner Stimme begann.

»Meine Damen und Herren Geschworenen, ein junger Mensch ist tot, und Männer, die sich der menschlichen Gerechtigkeit angenommen haben, fordern ihre Rache. Sie sehen sie hier vor sich, wie sie ein Leben für das andere fordern, und das alles im Namen jener Statue mit der Augenbinde, die vor diesem Gerichtsgebäude steht. Wenn Sie diesen Raum verlassen, tragen Sie die Verantwortung, auf diese Forderung nach einer absoluten Strafe mit ja oder nein zu antworten. Doch ehe Sie diese Entscheidung treffen, möchte ich Sie bitten, über eine weitere Frage nachzudenken.

Gibt es wirklich die vollkommene Gerechtigkeit, absolut, unparteiisch, blind gegenüber Vorurteil und Sonderinteressen? Wenn ja, dann müssen wir Gott dafür danken, daß wir unvollkommenen Menschen eine so große Gabe mit auf den Weg bekommen haben, eine derartige Großzügigkeit gegenüber unserer eigenen Sünden, daß wir anderen Sündern die vollkommene Gerechtigkeit zumessen können.

Wenn Sie nie gesündigt haben, nicht einmal außerhalb des gesetzlichen Wirkungsbereichs, dann sind meine Worte nicht für Sie bestimmt. Wenn Sie absolut schuldlos sind, wenn Sie nie einen Fehler begangen haben, nie jemanden benachteiligt oder schwer gekränkt oder ihm leiblichen Schaden zugefügt haben, dann haben Sie das Recht, die Art und Weise zu bestimmen, wie dieser Junge bestraft werden soll.«

Seine Stimme wurde lauter und bekam einen durchdringenden Klang.

»Wenn Sie bereit sind, über Ted Crawford Bilanz zu ziehen – zu sagen, er habe mit der Tat eines Augenblicks, mit einer Handbewegung, einem Lidschlag, einer verwirrten Sekunde seines Lebens das Recht zum Weiterleben verwirkt, das Recht zu atmen, zu bereuen, sich zu ändern, seine früheren und gegenwärtigen Sünden wiedergutzumachen –, dann steht Ihnen das zu.

Aber vergewissern Sie sich Ihres Tuns!

Haben Sie niemals Ihrer Frau, Ihrem Manne, Ihrem Kind im Zorn ein kränkendes Wort gesagt und es dann bereut? Das war ja kein Problem, nicht wahr? Ein Kuß, ein stockender, verzeihungsheischender Satz, und alles war wieder gut. Haben Sie jemals einen Stein geworfen, einen Teller zerbrochen, einen Fluch hinausgebrüllt? Jemandem eine Ohrfeige versetzt? Ein Kind geschlagen? Eine Lüge ausgesprochen? Ein Versprechen gebrochen? Was war Ihre Strafe dafür? Reue, Selbstqual, Selbstvorwürfe? Doch wurde nicht Bilanz gezogen über Ihre Fehler, der Schlüssel hat sich nicht im Schloß herumgedreht und Ihnen die Chance verwehrt zu sagen: ›Ich bereue die Tat, es tut mir leid, ich will ein besserer Mensch werden.‹

Dieser Junge aber hat mehr getan, als einen Teller kaputtzuwerfen oder ein Versprechen nicht zu halten. Er hat einen Menschen getötet. In einer einzigen Sekunde, blind von sinnlosem Zorn über sein Leben in einer Welt, die er nicht verstand, nahm er einem anderen Menschen das Leben. Mit Vorbedacht? Nicht mehr als das zornige Wort, der zertrümmerte Teller, der geworfene Stein oder der Schlag ins Gesicht des Mitmenschen! Mit Vorbedacht? Mit Überlegung? Jemanden umzubringen vor Zeugen, vor Gott, unter den Augen eines rachedürstenden Gesetzes?«

Er hatte zu brüllen begonnen; er kämpfte um Selbstbeherrschung und senkte die Stimme wieder. Er stützte sich schwer auf das Geländer der Geschworenenbank.

»Sie können jetzt Bilanz ziehen über Ted Crawford. Das Gesetz gibt Ihnen dieses Recht. Er ist dreiundzwanzig Jahre alt. Vielleicht ist er alt genug, einer Gerechtigkeit ins Gesicht zu sehen, die göttlicher ist als die unsere.

Aber bedenken Sie eins. Vor jenem göttlichen Gericht muß Ted Crawford seine Aussage machen: ›Meine letzte Tat auf der Erde war es, einen Menschen umzubringen, der mein Freund war. Man ließ mir nicht die Zeit, mit meinem Leben mehr anzufangen.‹«

Miles löste die Finger vom Geländer und wandte sich langsam um. Im Bewußtsein der ehrfürchtigen Stille im Gerichtssaal kehrte er zum Verteidigertisch zurück – eine Stille, deren Bedeutung er nicht zu ergründen vermochte.

Im nächsten Augenblick gab es Beifall. Der Lärm brandete in den Zuschauerreihen auf, und Miles versuchte seine Freude zu verbergen, versuchte neben Rutherford Platz zu nehmen, ohne sich etwas anmerken zu lassen. Der Richter zögerte einen Augenblick lang, griff dann nach dem Hammer und rief das Publikum zur Ordnung. Der Beifall erstarb, doch das Echo hielt sich noch eine Weile.

Hanley war aufgesprungen. Mit seiner Ruhe war es vorbei. Der Vortrag hatte ihn sichtlich aufgewühlt; allerdings war er nicht ergriffen, sondern beherrschte nur mühsam seinen Zorn.

»Euer Ehren…«

»Ja, Mr. Hanley?«

»Euer Ehren. Im Hinblick auf die positive Aufnahme von Mr. Crawfords Rede durch das… äh… Publikum möchte ich das Plädoyer der Anklage bis morgen früh zurückstellen.«

»Einverstanden, Mr. Hanley. Das Gericht vertagt sich bis morgen vormittag zehn Uhr.«

Miles hörte die letzten Worte gar nicht; er beobachtete Rutherford, während Rutherford die Geschworenen im Auge behielt. Als sie den Gerichtssaal verließen, drückte der Anwalt Miles' Arm und flüsterte etwas, das Miles nicht verstand. Er wiederholte es im Korridor draußen.

»Ich habe nicht daran geglaubt«, sagte er. »Ich hätte es nicht für möglich gehalten, aber ich glaube, Sie haben es geschafft, Mr. Crawford!«

In diesem Augenblick ging Hanley vorüber; er trug die Tasche verkrampft unter dem Arm und hatte die Lippen zusammengepreßt. Gleich darauf blieb er stehen und kam einige Schritte zurück, und seine Lippen verzogen sich zu einem Glückwunschlächeln.

»Guter Vortrag«, sagte er zu Miles. »Sie sind ein talentierter Mann, Mr. Crawford. Dieser Meinung war ich schon immer.«

»Vielen Dank«, erwiderte Miles.

»Ja. Ich bin seit langem ein Fan von Ihnen«, fuhr Hanley fort und seine Augen glitzerten seltsam. »Sie werden das bitte nicht vergessen, auch morgen nicht?«

Dann lachte er trocken und ging davon. Rutherford blickte ihm besorgt nach.

»Was ist? Was bekümmert Sie?« fragte Miles.

»Ich weiß nicht. Aber ich kenne Hanley. Meiner Meinung nach war das eben eine Drohung.«

Am nächsten Tag sah der Tisch des Staatsanwalts irgendwie anders aus; Miles setzte sich neben Rutherford und betrachtete neugierig das seltsame Durcheinander von Gegenständen und erkannte mit einem Schock den Zweck der Apparatur.

Hanley war aufgesprungen und richtete das Wort an den Richter.

»Euer Ehren, ehe ich vor den Geschworenen meine

Schlußansprache halte, möchte ich eine einigermaßen ungewöhnliche Bitte aussprechen. Ich äußere sie in der ernsthaften Überzeugung, daß dieser Fall wie jeder andere nach den Tatsachen beurteilt werden muß und nicht nach den Gefühlsdarstellungen der Beteiligten.«

Der Richter verzog den Mund. »Davon sind wir doch wohl alle überzeugt, Herr Staatsanwalt. Bitte bringen Sie Ihre Anliegen vor.«

Hanley holte tief Atem.

»Euer Ehren, ich möchte Ihre Erlaubnis erbitten, dem Gericht ein Stück aus einem Spielfilm vorzuführen.«

Rutherford blickte Miles besorgt an; Miles starrte auf die tragbare Leinwand und den Projektor.

»Werden dadurch neue Beweise vorgelegt, Mr. Hanley?«

»Nein, Euer Ehren. Es handelt sich um die letzte Rolle eines Spielfilms mit dem Titel *Der Schuldige*, der 1931 von den Allied American Studios produziert wurde. Ich hatte Glück und machte in einem Lagerhaus in Long Island City diese Kopie ausfindig. Es handelt sich leider um einen Film, der nur zur sogenannten ›B‹-Qualität zählt; er kam als Zweitfilm in einem Doppelprogramm zur Aufführung und verschwand sehr schnell wieder in der Versenkung. Ich glaube aber, daß dieser Film einen Bezug hat, wenn schon nicht auf den Fall Ted Crawford, so doch auf die Art und Weise, wie er verteidigt wurde.« Hanley trat vor und senkte die Stimme. »Offen gesagt, Euer Ehren, könnte der Inhalt dieses Films Zweifel über die Qualität dieses Prozesses wecken, und ich finde, es ist im Interesse aller, daß der Film gezeigt wird. Darf ich vortreten?«

Der Richter nickte.

Hanley näherte sich der Richterbank und führte mit dem Mann in der schwarzen Robe ein kurzes Gespräch. Der Richter schien verblüfft zu sein; schließlich beendete er die Unterhaltung, indem er die Vorführung erlaubte.

Rutherford beobachtete Miles. Der alte Mann saß zusammengesunken auf seinem Stuhl, sein Blick war glasig, er schien mit den Gedanken nicht mehr bei der Sache zu sein. Der Anwalt stellte ihm flüsternd einige Fragen, doch Miles antwortete nicht.

Ein Beamter der Staatsanwaltschaft baute zusammen mit dem Gerichtsdiener die Leinwand vor dem Tisch des Richters auf; der Projektor wurde in der Mitte des Ganges auf einen kleinen Tisch gestellt. Die Zuschauer tuschelten erregt; das weiße Rechteck der Leinwand wurde zum Fragezeichen. Nur Miles zeigte kein Interesse, sein Blick richtete sich ins Leere.

»Wir sind fertig«, sagte der Assistent des Staatsanwalts. Der Gerichtsdiener schaltete die Beleuchtung aus.

Und auf der Leinwand erschien ein anderer Gerichtssaal.

Eine Schauspieler-Jury saß auf der Geschworenenbank. Ein grauhaariger Profi spielte ernst und würdevoll den Richter. Und vor der falschen Jury erschien der jugendlich-schlanke dunkelhaarige Miles Crawford. Alter: dreißig. Beruf: Star.

Es gab einige Schwierigkeiten mit dem Ton, dann aber waren die Worte deutlich aus dem Lautsprecher des Projektors zu hören und füllten den echten und den Atelier-Gerichtssaal mit der vollen, emotionsgeladenen Stimme des Schauspielers.

»Ein junger Mensch ist tot!« sagte der Filmanwalt. »Ein junger Mensch ist tot, und die Männer, die sich der Gerechtigkeit angenommen haben, fordern ihre Rache. Sie sehen sie hier vor sich, wie sie ein Leben für das andere fordern, und das alles im Namen jener Statue mit der Augenbinde, die vor diesem Gerichtsgebäude steht...«

Rutherford packte Miles am Arm. Auf der Leinwand bedeckte der junge Angeklagte, der trotz der breitschultrigen, doppelreihigen Mode der dreißiger Jahre recht anziehend wirkte, die verstörten Augen mit der Hand.

»Gerechtigkeit?« fragte der Schauspieler in die Kamera. »Absolute und unparteiische Gerechtigkeit?«

Das Murmeln in den Zuschauerreihen nahm zu, die Erkenntnis dessen, was da zu sehen und zu hören war, die schreckliche Bedeutung der Vorführung.

»... aber wenn Sie nie gesündigt haben, nicht einmal außerhalb des gesetzlichen Wirkungsbereiches, dann sind meine Worte nicht für Sie bestimmt. Wenn Sie schuldlos sind, wenn Sie nie einen Fehler begangen, nie jemanden ungerecht behandelt oder gekränkt oder ihm leiblichen Schaden zugefügt haben...«

»Aufhören!« sagte Miles zu Rutherford. »Um Himmels willen, Ed. Das muß aufhören!«

»Euer Ehren!« rief Rutherford. »Euer Ehren, bitte...«

»... mit einem Lidschlag, in einem verwirrten Augenblick seines Lebens«, sagte Miles Crawford auf der Leinwand, »wenn er damit das Recht zu leben aufgab, zu atmen, zu bedauern, sich zu ändern, vergangene und jetzige Sünden wiedergutzumachen...«

»*Halt!*« schrie Miles.

Hanley sagte etwas zu seinem Assistenten; jemand eilte zu den Lichtschaltern im hinteren Teil des Gerichtssaals, und eine Hand bewegte den Knopf, der das Licht auf der Leinwand ersterben und das Bild zu einem kahlen, niemanden belastenden Weiß verblassen ließ.

Hanley kehrte an seinen Platz zurück. Er hatte ein feierliches Gesicht aufgesetzt.

»Euer Ehren, ich sehe keinen Grund, den Film weiter vorzuführen, und gehe gern auf die Bitte der Verteidigung ein.« Er wandte sich an Miles. Dabei wirkte er nicht triumphierend, sah aber auch nicht beschämt aus. »Ich bin seit langem ein begeisterter Fan von Mr. Crawford. An seiner hübschen Rede vor den Geschworenen kam mir gleich etwas bekannt vor. Zum Glück konnte ich mich erinnern, wo ich die Worte schon einmal gehört hatte. Ich habe den Film nicht vorgeführt, um Mr. Crawford in Verlegenheit zu bringen, sondern um meine Worte von vorhin zu unterstreichen – mir liegt daran, daß das Ergebnis dieses Prozesses auf Tatsachen beruht und nicht auf der emotionellen Wirkung eines – sehr guten Schauspielers.«

Er kehrte zu seinem Sitz zurück.

Miles stand noch immer am Tisch und wirkte hilflos, als sich die Gesichter in seine Richtung wandten und wortlose Fragen stellten, auf die er keine Antwort wußte.

»Euer Ehren«, sagte er heiser. »Euer Ehren, es trifft zu. Die Rede stammt nicht von mir. Sie wurde vor vielen Jahren für mich geschrieben. Ich habe sie hier vorgetragen, weil sie mir damals wie heute sehr vernünftig erschien. Ich benutzte diese Worte, die zum Ausdruck bringen, worauf es mir ankam...«

Stille antwortete ihm. Er sah Teds Gesicht, das wieder leer, ausdruckslos, gleichgültig und resigniert wirkte. In den letzten Minuten hatte er die Rolle als Verteidiger seines Sohnes verloren; er war wieder der Schauspieler, der große Star, den Ted verachtete.

»Ich habe dich getäuscht«, sagte Miles. »Ich bin schuld daran, daß du dir töricht vorkommst – und habe mich dabei selbst noch mehr zum Narren gemacht. Dies alles gebe ich offen zu, ich muß die Schuld dafür auf mich nehmen. Aber lassen Sie meinen Sohn Ted nicht dafür leiden. Strafen Sie ihn nicht, wo ich derjenige bin, der bestraft werden müßte...«

Er kehrte zur Geschworenenbank zurück und stellte sich den kalten, gleichgültigen Blicken, die er zu sehen befürchtet hatte. Er machte einen Schritt auf seinen Stuhl zu.

Und blieb stehen.

»Einen Moment!« Er deutete auf den Mann, der in der Mitte des Saales den Projektor abbaute. »Euer Ehren, wenn ich etwas sagen dürfte...«

»Bitte sehr, Mr. Crawford. Niemand hindert Sie daran.«

Er näherte sich der Richterbank. »Euer Ehren, im Namen der Fairness...«

Der Richter erstarrte.

»Da Sie die Güte hatten, der Anklage die Vorführung dieses Films zu gestatten, wären Sie da auch einverstanden, den Film ganz zu zeigen? Würden Sie das bitte zulassen?«

»Ich verstehe nicht ganz, was das für einen Sinn haben soll, Mr. Crawford?«

»Euer Ehren, nach der Gerichtsverhandlung kommt nur noch eine Szene. Eine letzte Szene. Darf ich sie vorführen lassen?«

Hanley knurrte etwas vor sich hin und machte Anstalten, beim Abbau der Leinwand zu helfen. »Euer Ehren, es war nicht meine Absicht, diesen Gerichtssaal in ein Kino umzufunktionieren. Ich wollte nur zeigen...«

»Bitte!« sagte Miles. »Es wäre nur fair! Zeigen Sie den Film zu Ende. Sie sollen sehen, was geschieht. Mit ihm, dem Jungen im Film. Ich bitte Sie!«

Der Richter war gehalten, die Parteien gleich zu behandeln; unentschlossen rieb er sich über die Lippen. Schließlich seufzte er.

»Na schön. Da ich auf die erste Bitte eingegangen bin, ist es nur recht und billig, daß ich auch Ihrem Wunsch nachkomme. Mr. Hanley. Sie unterweisen bitte Ihren Assistenten, die Filmrolle bis zum Schluß zu zeigen.«

»Aber Euer Ehren...«

»Bitte, Mr. Hanley.«

Der Staatsanwalt zuckte die Achseln und forderte den Beamten mit nachlässiger Gebärde auf, die Anlage wieder zu installieren. Der Projektor wurde vorbereitet. Miles legte persönlich die Filmrolle ein und behielt dabei den Finger auf dem Knopf, der den Ton von der Tonspur lieferte. Die Lampen wurden ausgeschaltet, und er bediente den Hebel, der das Bild auf die Leinwand warf.

Die Gerichtsszene ging ihrem Ende zu. Die Jury kehrte von der Beratung zurück, und der Sprecher stand auf, um dem Gericht das Ergebnis mitzuteilen.

»Wir, die Jury, befinden den Angeklagten für schuldig im Sinne der Anklage...«

Das Bild blendete über.

Die Todeszelle.

Auf dem schmalen Bettgestell saß der Junge. Er hatte den Kopf in die Hände gestützt und erwartete die Schrecknisse seiner letzten Stunde.

Die Zellentür ging auf, und der Gefängnisgeistliche trat ein. Sein Gesicht war feierlich; er wollte trösten und keine Hoffnung bringen. Er legte dem Jungen die Hand auf die Schulter, und der Verurteilte weinte. Der Geistliche öffnete die Bibel, die er in der Hand hielt, und las die Worte vor, die den Jungen in die Ewigkeit begleiten sollten.

Der Gefängnisdirektor trat ein, flankiert von zwei Wächtern. Eine Begnadigung war nicht ausgesprochen worden. Die Hinrichtung sollte um elf Uhr stattfinden. Bis dahin waren es noch zehn Minuten.

Der junge Mann stand auf. Er hob flehend die Arme. Er schluchzte und gelobte Besserung und flehte im Namen seiner toten Mutter um Gnade. Der Gefängnisdirektor war gerührt, konnte aber nichts machen. Sanft schob er die Arme des anderen zur Seite und wandte sich an die Wächter.

Es war Zeit, den Verurteilten vorzubereiten. Ihm wurden die Schuhe abgenommen und durch Pantoffeln ersetzt. Man schlitzte ihm die Hosenbeine auf. Er wurde an den Armen gepackt und abgeführt. Willenlos hing er zwischen den Wächtern.

Dann begann der Marsch. Begleitet vom feierlichen Murmeln des Geistlichen und vom Schluchzen des Verurteilten, der um das Recht flehte, noch einen Tag, eine Stunde, eine Sekunde länger zu leben, setzte sich die Prozession in Bewegung.

Sie erreichte die kleine Tür am Ende des Korridors und verschwand dahinter. Als die Tür zufiel, verblaßte das Bild, und es erschien das Wort ENDE.

Die Lichter gingen an, und in dem plötzlichen Vakuum an Geräuschen und Bewegung musterte Ed Rutherford die Gesichter der Jury, um das noch nicht gesprochene Urteil vorwegzunehmen.

Die Entscheidung fiel nach kaum einer Stunde Beratung. Sie schickte Ted Crawford wegen Totschlag auf eine Zeit von nicht mehr als zwanzig Jahren ins Gefängnis. Miles Crawford begrüßte das Urteil mit Tränen in den Augen, die er aber heimlich abwischte, als er seinen Sohn lange und liebevoll in die Arme nahm.

Job für einen Amateur

Mit der Zeitung unter dem Arm betrat er Lampis Restaurant, blinzelte Kellner Phil zu und schob sich in die Nische, in der er jeden Tag aß. Sein Geschäft, Carl Kellers Krawattenladen, befand sich auf der anderen Straßenseite – Lampi lag also sehr günstig. Heute aber ließ Kellers Gesicht erkennen, daß er nicht nur zum Essen gekommen war.

Er bestellte Kalbsbraten und öffnete seine Zeitung. Er hörte auch nicht zu lesen auf, als das Essen serviert wurde, und murmelte statt dessen: »Großartig!«, womit er nicht das Fleisch meinte. Gemeint war vielmehr der Bericht mit der Schlagzeile: *Gary-Mord: Joe Lampi verdächtig...*

Es bereitete ihm besondere Freude, die Geschichte hier zu lesen, in dem Restaurant, das Lampis Namen trug. Die Tatsachen lagen simpel und klassisch und hätten geradewegs aus den vergilbten Seiten einer Zeitung von 1930 kommen können. Eine Rückkehr zu altmodischen Bandenmethoden, die Keller ein nostalgisches Lachen entlockte. Ein Mord in der Telefonzelle eines Drugstore, ein feindlicher Bandenführer, von Kugeln zerrissen und in seinem eigenen Blut zu Boden rutschend. Und Joe Lampi, ein schweigsamer kleiner Mann, der gute Kleidung liebte und schlechte Haarpomade benutzte, stand unter Verdacht. Wer kam sonst in Frage? überlegte Keller grinsend. Wer kam außer Lampi in Frage?

Er empfand Stolz, weil er Lampi kannte. Ab und zu nickte ihm der Mann zu. Er aß Lampis Mahlzeiten und brachte bei Lampis Kellnern Wetten unter. Carl Keller, der Schlipse verkaufte für einen Dollar das Stück – Carl Keller war stolz auf diese Bekanntschaft.

Kellner Phil stützte sich mit einer Hand auf den Tisch und fragte: »Wie geht es Ihnen, Mr. Keller? Laufen die Wetten gut?«

»In letzter Zeit nicht so«, antwortete Keller lächelnd. »Wie man hört, steckt Ihr Boss im Bau.«

»Wer, Lampi?« Phil verdrehte wissend die Augen. »Sie müssen nicht alles glauben, was in der Zeitung steht, Mr. Keller. Man hat gegen Joe nichts in der Hand; der ist morgen wieder hier.«

»Sie meinen, die Polizei kann ihn nicht festhalten? Hier steht aber...«

»Nichts da«, sagte Phil. »Er hat heute früh angerufen und gesagt, er wäre morgen zurück.«

»Ich verstehe.« Vorsichtig zerkleinerte Keller sein Kalbfleisch. »Und was ist mit Gary? In der Zeitung steht, Garys Freunde wären der Meinung, Lampi hätte es getan, und wollten Rache nehmen. Was meinen Sie?«

»Ich bediene hier nur, Mr. Keller. Ich stelle keine Mutmaßungen an.«

»Dieser Frank Rufer – Garys Kumpel. Meinen Sie nicht, daß er Ärger machen will? Ich würde hier ungern mit einem Tablett rumstehen, wenn er zu ballern anfängt.«

Phil zog ein unbehagliches Gesicht und ließ sich vom Blick eines anderen Gastes ablenken. »Entschuldigen Sie mich, Mr. Keller. Sie wollten heute nichts anlegen, oder?«

»Nein«, sagte Carl Keller und faltete die Zeitung zusammen. »Heute nicht. Aber wenn Ihr Boss zurückkommt, vielleicht machen wir dann ein paar große Geschäfte.«

Er verließ das Restaurant, nachdem er ein zu großes Trinkgeld auf dem Tischtuch ausgebreitet hatte. Er kam sich spendierfreudig vor; das Geld, mit dem er plante, befand sich zwar noch nicht in seiner Tasche, aber er fühlte sich reich. Er war ein hagerer, unscheinbarer Mann mit hellen Augen und vorstehendem Adamsapfel, den er mit einem breiten Kragen zu verdecken suchte. In diesem Augenblick jedoch, da er Lampis Restaurant verließ, die Straße überquerte und die Tür zum Krawattenladen öffnete, wirkte er ganz und gar nicht unscheinbar.

Als die Glocke bimmelte, hob Freddy den Kopf, runzelte beim Anblick seines Chefs die Stirn und setzte seine Eintragungen im Bestellbuch fort. Keller trug wieder mal sein hartes Gesicht zur Schau, und Freddy wußte ganz genau, daß es in solchen Momenten keinen Sinn hatte, Konversation zu machen.

Keller blieb am Tresen stehen. »Hören Sie mal«, sagte er aus dem Mundwinkel. »Wegen der Lieferung heute nachmittag. Sie machen das für mich, ja? Ich habe was zu erledigen.«

»Jawohl, Sir«, sagte Freddy.

»Wenn mich jemand sprechen will – also, ich bin nicht da.«

Niemand wollte je mit Keller sprechen; er war nichts weiter als ein Krawattenhändler, unverheiratet und ohne Freunde. Trotzdem sagte Freddie: »Aber klar, Mr. Keller.«

»Muß einen Mann besuchen«, gab Keller Auskunft und stellte sich vor den Wandspiegel, um unter dem wulstigen Kragen die Krawatte zurechtzurücken. »Gegen vier Uhr bin ich zurück.«

An der Ecke zur Neunundsechzigsten Straße wartete er auf ein Taxi und nannte dem Fahrer mit energischer Stimme sein Ziel. Dann zündete er sich eine Zigarette an, lehnte sich im Sitz zurück und starrte mit zusammengekniffenen Augen durch den Rauch. Von Minute zu Minute fühlte er sich besser, wie ein schwerer Junge. Ein gutes Gefühl, fand Keller.

Er rechnete damit, daß sich vor dem kleinen Turnklub,

der Rufer gehörte, eine Menschenmenge drängte (Reporter? Bullen?), aber die Straße war menschenleer, und der Fahrer bremste vor dem Eingang, als hätte er keine Ahnung, daß er seinen Passagier von einem notorischen Verbrechernest absetzte. Keller war enttäuscht, warf dem Fahrer aber trotzdem einen Geldschein in den Schoß und knurrte: »Für Sie.«

Er steckte die Hände in die Manteltaschen und marschierte in den Sportklub, ohne auf die Männer in T-Shirts zu achten, die im Ring mit großen Handschuhen aufeinander eindroschen. Ein dicker Mann im Rollkragenpullover musterte ihn von oben bis unten.

»Ja?« fragte er.

»Mr. Rufer. Ich habe eine Verabredung.«

»Er will heute niemand sehen.«

»Klar – aber ich bin mit ihm verabredet. Keller, Carl Keller. Sagen Sie Mr. Rufer, daß ich da bin.«

Der Mann im Pullover zuckte die Achseln. Dann ging er zum anderen Ende der Sporthalle und klopfte an die fleckige Bürotür. Alles in Ordnung. Rufer würde ihn empfangen; der Brief, den Keller geschrieben hatte, versprach viel, ohne etwas Konkretes zu sagen.

Als er eintrat, stocherte Rufer, ein kleiner, ziemlich kahler Mann, mit einer rostigen Gabel an einer Rouleaufeder herum und fluchte laut vor sich hin. Hinter ihm unterbrach ein hohes, kahles Fenster die Backsteinmauer. Rufer wirkte harmlos, fast zahm, doch als er das Rouleau ärgerlich in die Ecke schleuderte, glaubte Keller einen Hauch jener kriminellen Härte auszumachen, die er erwartet hatte.

»Na schön, Mr. Keller«, sagte Rufer mit heller Stimme. »Was für Geschäfte betreiben Sie?«

Keller lächelte. »Ich bin in der Krawattenbranche. Aber darauf bezog sich mein Brief nicht, Mr. Rufer. Ich meine, ich kann Ihnen bei etwas Wichtigerem aushelfen als Krawatten.«

»Und das wäre?« Rufer ließ sich hinter dem Tisch in einen Drehstuhl fallen und legte die Hände flach auf die Schreibunterlage. Er forderte Keller nicht auf, Platz zu nehmen. Keller setzte sich trotzdem.

»Vielleicht kann ich Ihnen bei Joe Lampi aushelfen.«

»Ich kenne keinen Joe Lampi.«

»Ich lese doch die Zeitungen, Mr. Rufer. Ich weiß, daß Sie Lampi nicht gerade mögen, besonders nach dem, was er Ihrem Kumpel Gary angetan hat.«

»Was sollen die Mätzchen?« fragte Rufer.

Die Frage kränkte Keller. »Ich spreche in vollem Ernst, Mr. Rufer. Ich weiß, daß Lampi Ihren Freund umgebracht hat – und Sie wissen das auch. Vielleicht haben Sie ja selbst schon überlegt, wie Sie ihn zur Rechenschaft ziehen wollen. Aber ich hätte einen anderen Vorschlag und dachte, daß Sie ihn sich anhören möchten.«

Rufer schloß die Augen. »Na, tun wir mal so, als kenne ich Lampi. Was ist mit ihm?«

Keller wurde unruhig. Das Gespräch entwickelte sich nicht ganz erwartungsgemäß. Er lockerte seine Krawatte.

»Ich habe einen Vorschlag zu machen«, sagte er. »Ich biete Ihnen eine Möglichkeit, Lampi zu erledigen, ohne daß Sie oder Ihre Freunde darin verwickelt werden. Eine echt gute Idee, Mr. Rufer. Wenn Sie daran interessiert sind – ein Wort genügt, und ich löse mein Versprechen ein.«

»An dieser Idee hängt doch auch ein Preisschild?«

»Klar. Zweitausend Scheinchen.«

»Und was habe ich davon?«

»Sie kriegen Lampi – mausetot. Nur gehen Sie dabei kein Risiko ein, denn der Job wird nicht von einem Profi erledigt. Niemand in Ihrem Haufen hat damit zu tun – eine klare und saubere Sache. Klingt gut, nicht?«

Rufer grinste.

»Ich kenne keinen Lampi. Aber reden Sie ruhig weiter.«

Keller fuhr sich mit der Zunge über die Lippen und ruckte ein Stück vor.

»Was wäre, wenn ein Amateur den Job erledigte, Mr. Rufer? Ein Mann, der mit Ihnen oder Ihren Freunden absolut keine Verbindung hat? Ein Mann, der nicht den geringsten Grund hätte, Joe Lampi umzubringen, der es aber trotzdem tut? Wie fänden Sie das?«

»Und wer soll der Amateur sein? Sie?«

»Aber ja«, sagte Carl Keller und lehnte sich seufzend zurück. »Das versuche ich Ihnen schon die ganze Zeit klarzumachen! Ich bringe Joe Lampi für Sie um.«

Im Krawattenladen angekommen, mißfiel ihm Freddys schiefes Grinsen. Lautstark beschwerte er sich über das Durcheinander an Pappschachteln im Hinterzimmer, über den Staub auf den Ladentischen, über Freddys Schlampigkeit. Freddy schmollte und antwortete nicht. Am Abend ging er ohne Gruß nach Hause.

Keller schloß den Laden ab und fuhr mit dem Taxi in seine Wohnung in der Siebenten Avenue. Der Zorn über Rufers spöttische Reaktion auf seine Idee war noch nicht verraucht. Rachegedanken schossen ihm durch den Kopf, Phantastereien mit schimmernden Automatikwaffen, und Rufer, der vor dem harten Glanz in Kellers Augen zurückwich und um Gnade flehte...

»Du Schweinehund!« flüsterte Keller noch im Taxi, während sich seine Hand einem eingebildeten Pistolenhalfter näherte. »Du elender, betrügerischer Schweinehund...«

In der Wohnung roch es noch immer nach gekochter Milch. Er machte sich neue heiß, belegte ein paar Eierbrote, trug das Essen ins Wohnzimmer und setzte sich vor das Fernsehgerät. Drei Stunden lang verfolgte er Krimifilme und Western. Allerdings vermochten die Sendungen sein großes Bedürfnis heute abend nicht zu befriedigen.

Er wollte schon zu Bett gehen, als das Telefon klingelte. Frank Rufers hohe Stimme war unverkennbar.

»Haben Sie noch Interesse?« fragte Rufer.

»Was?«

»Na, Ihr Vorschlag. Ich habe Sie ein bißchen unter die Lupe genommen, Mr. Keller. Sie wissen ja, wie so etwas ist. Wenn Sie noch interessiert sind, können Sie ja morgen mal im Sportklub vorbeikommen, gegen zehn Uhr. Okay?«

»Aber ja!« sagte Keller eifrig. Als schämte er sich der jungenhaften Reaktion, gab er seiner Stimme sofort einen härteren Klang. »Gegen zehn«, sagte er und knallte den Hörer auf die Gabel.

Er verbrachte eine unruhige Nacht und erwachte am nächsten Morgen so spät, daß er gar nicht erst in den Laden ging. Statt dessen fuhr er geradewegs zu Rufers Sportklub. Diesmal nickte ihm der dicke Mann im Pullover nur kurz zu, und er ging sofort in Rufers Büro. Das Rouleau hing wieder am Fenster, und neben Rufers Tisch saß ein Mann mit dicken Backen, schläfrigen Augen und Wurstfingern, die immer wieder an seinen Knien herumzupften.

»Das ist Mr. Costa«, sagte Frank Rufer und lächelte seinen Besucher an. »Mein Buchprüfer. Sie können offen vor ihm sprechen.«

»Schön«, sagte Keller spöttisch. »Worüber sprechen wir denn?«

Rufer lachte entzückt. »Sehen Sie, was habe ich Ihnen gesagt?« rief er rätselhaft. »Also gut, Mr. Keller, kommen wir zur Sache. Mr. Costa hat sich bei einer Auskunftei nach Ihnen erkundigt, und es liegt nichts gegen Sie vor.« Er nahm ein Blatt Papier zur Hand. »Carl Martin Keller, vierzig Jahre alt, unverheiratet, Besitzer eines Krawattenladens, Neunundsechzigste Straße Ost, keine Vorstrafen... Sie haben mir nichts vorgemacht. Sie sind wirklich nur ein Amateur.« Er lachte leise.

»Sicher. Aber ich kenne Lampi. Ich brauche nur in sein Privatbüro zu gehen...«

»Wie denn?«

»Ich hab's Ihnen doch gesagt. Lampi nimmt normalerweise keine Wetten entgegen – aber wenn der Einsatz hoch genug ist, sagen wir fünftausend, macht er bestimmt eine Ausnahme. Wenn ich fünf Riesen auf den Tisch lege, läßt er mich ohne weiteres in sein Büro. Und dann ist es ein Kinderspiel, ihn umzupusten.«

»Sie haben sich wohl alles genau überlegt, was?«

Keller lächelte. »Richtig. Ich gehe um zwölf Uhr in Lampis Restaurant und erzähle Lampi von der Wette, die ich unterbringen will. Ich sage ihm, ich will beim Betreten seines Büros nicht gesehen werden, wegen, na ja, wegen all der schlechten Publicity. Wenn er die Seitentür offenließe, könnte ich nach dem Essen das Lokal verlassen, ums Haus gehen und das Büro unbemerkt betreten. Verstehen Sie? Keine Zeugen!«

»Und wie soll's wieder rausgehen? Auf demselben Weg?«

»Aber ja. Wenn Lampi das Geld zählt, ziehe ich die Kanone und verpasse ihm eins. Die Waffe hat einen Schalldämpfer, klar? Sie können mir doch wohl einen Schalldämpfer besorgen, oder?«

Rufer zuckte die Achseln. »Wir beschaffen Ihnen die Waffe. Aber loswerden müssen Sie sie allein.«

»Machen Sie sich meinetwegen keine Sorgen.«

»Und was ist mit der Zahlung? Sie haben von zweitausend gesprochen.«

»Drei«, sagte Keller hastig. »Ich meinte dreitausend.

Immerhin trage ich das volle Risiko. Selbst wenn ich die Sache versaue, haben Sie ja nichts damit zu tun.«

»Da muß ich Mr. Costa fragen. Mr. Costa ist mein Finanzberater.«

»Drei sind okay«, knurrte Costa.

Keller seufzte. »Dann ist also alles abgemacht?«

»Abgemacht.« Rufer griff in eine Schreibtischschublade und nahm eine 45er Automatic heraus, deren Griff mit schwarzem Klebeband umwickelt war. Er reichte Keller die Waffe. Sie war größer und schwerer, als er erwartet hatte.

»Können Sie damit umgehen?«

»Sie können's mir ja zeigen«, antwortete Keller.

Keller kannte die Umgebung des Krawattenladens wie seine eigene Westentasche – heute aber sah er Lampis Restaurant an der Ecke mit völlig anderen Augen. In der Neunundsechzigsten Straße befand sich eine Seitentür, die direkt in Joe Lampis Büro führte; durch das gegenüberliegende Schaufenster des Krawattenladens hatte er den Gangster oft ein und aus gehen sehen. Es war bestimmt kein Problem, nach dem Job zu verschwinden. Er brauchte nur über die Straße zu gehen und sich hinter der Tür des eigenen Ladens in Sicherheit zu bringen. Ein großartiges Versteck – sehr günstig gelegen. Er lächelte und überlegte, wie raffiniert er doch war.

Zur Mittagsstunde suchte er Lampis Restaurant auf, war aber zu aufgeregt, um etwas zu essen. Lampi stand persönlich an der Bar und unterhielt sich leise mit dem Barmixer. Keller gab ihm ein Zeichen, woraufhin der kleine, elegant gekleidete Mann zu ihm kam und seinen Pomadenkopf über den Tisch streckte. »Guten Tag«, sagte er verbindlich.

»Hören Sie, Mr. Lampi, können wir beide heute abend mal ein kleines Geschäft besprechen? In Ihrem Büro?«

»Ein Geschäft, Mr. Keller?«

»Ich möchte eine große Wette plazieren.«

Lampi schien das Interesse zu verlieren. »Ach. Warum sprechen Sie deswegen nicht mit Phil? Der kümmert sich um Sie.«

»Nein, ich möchte das mit Ihnen abmachen. Es geht um eine *wirklich* große Wette. Fünf Riesen.«

Lampi schürzte die Lippen.

»Sie nehmen mich doch nicht etwa auf den Arm, Mr. Keller?«

»Wie käme ich dazu? Ich bringe das Geld heute abend vorbei. Ach, noch etwas...« Er berührte den Mann am Arm. »Hätten Sie etwas dagegen, wenn ich durch die Seitentür zu Ihnen komme? Sie wissen ja, wie das so ist...«

»Aber klar, Mr. Keller. Stimmt mit dem Kalbfleisch etwas nicht?«

»Alles in Ordnung, alles in Ordnung. Schmeckt großartig! Ich habe nur keinen Hunger«, sagte Keller.

Auch am Abend war er nicht hungrig. Trotzdem schlenderte er gegen acht Uhr in Lampis Restaurant und bestellte sich das teuerste Gericht auf der Speisekarte. Er aß langsam, ohne den Blick von der geschlossenen Bürotür im hinteren Teil des Lokals zu nehmen. Die beiden ungewohnten Gewichte in seinen Taschen ließen ihm keine Ruhe. Die Automatik war schwer, doch noch mehr mußte er an den dicken Packen Geldscheine in der Brieftasche denken – ein Betrag, den er vorhin erst vom Konto des Krawattenladens abgehoben hatte. Als er die Rechnung bezahlt hatte, stand er auf und verließ das Restaurant, wobei er sich von Kellner Phil betont verabschiedete. Dann marschierte er um die Ecke zur Seitentür, die in Lampis Büro führte. Er klopfte zweimal, und Joe Lampi forderte ihn auf einzutreten.

Die Einrichtung war bombastisch. Keller achtete nicht auf seine Umgebung und erinnerte sich später auch nicht an Einzelheiten, doch spürte er einen weichen Teppich unter den Füßen und registrierte das gedämpfte Licht. Lampi war allein und saß hinter einem lederbespannten Tisch. Verkrampft lächelnd stand er auf.

»Also«, sagte er.

Kellers Hände hatten zu zittern begonnen. Er verschränkte sie und nahm sich zusammen. Dann sagte er: »Ich möchte im Rennen von Donnerstag wetten, auf ein Pferd mit dem Namen April Chance.«

»Hätten Sie etwas dagegen, wenn ich mir erst Ihr Geld anschaue?«

»Oh, ich habe den Betrag mit, Mr. Lampi, wie angekündigt.« Er holte die dicke Brieftasche heraus, die unter seinen Fingern aufsprang und auf den Tisch fiel. Ungeschickt griff er danach und zog die Geldscheine heraus. Lampi nahm sie, setzte sich und begann zu zählen, wobei er die Hunderter und Fünfziger säuberlich trennte und auftürmte. Genauso hatte es Frank Rufer beschrieben. *Warten Sie, bis er zu zählen beginnt*, hatte Rufer gesagt. *Lampi liebt es, Geld zu zählen. Warten Sie, bis er die Augen auf der Sore hat, und dann...*

Lampis Augen waren auf die Sore gerichtet, und Carl Kellers nervöse rechte Hand bewegte sich langsam am Aufschlag seiner Jacke entlang und verschwand im Ausschnitt. Die Finger schlossen sich um die Waffe im Halfter und zerrten sie heraus. Im letzten Augenblick dachte er noch daran, die Automatik zu entsichern.

Als das Klicken ertönte, hob Lampi den Kopf.

Keller streckte den Arm aus und feuerte. Lampi stieß ein Ächzen aus und fiel über den Tisch, als wäre er aus seinem Drehstuhl katapultiert worden. Sein Körper verdeckte die gezählten und ungezählten Geldscheine.

Keller kicherte schrill und wollte eben zum zweitenmal abdrücken, als ihn ein Geräusch hinter seinem Rücken ablenkte. Er wirbelte herum und sah Phil in der geöffneten Bürotür stehen, einen Teller weiche Spaghetti in der Hand. Keller durchfuhr ein solcher Schreck, daß er Rufers Anweisungen vergaß und die Waffe auf den Teppich fallen ließ. Dann stürzte er zur Seitentür und knallte sie hinter sich zu. Kopflos rannte er über die Neunundsechzigste Straße, sprintete zwischen den Verkehrsströmen hindurch und drückte die Tür des Krawattenladens mit der Schulter auf. Obwohl die Strecke nicht weit war, atmete er schwer.

Er wußte, daß er in der Klemme steckte, und sein einziger Gedanke galt Rufer. Rufer mußte wissen, was zu tun war; er brauchte Rat. Hastig blätterte er einen ungeordneten Stapel Papiere durch und fand schließlich die gesuchte Nummer. Er ließ es achtmal klingeln, ehe ihm aufging, daß Rufer nicht da war.

Keller kämpfte gegen die aufsteigende Panik – ein Kampf, den er schnell verlor. Er konnte nicht im Laden warten, während der Kellner drüben den Bullen die Mordgeschichte auftischte. Er mußte verschwinden!

Er drehte die Lichter aus und starrte durch das Schaufenster auf die Straße. Drüben rührte sich nichts. Er ging das Risiko ein und schob sich aus der Tür. Zum Glück näherte sich gerade ein Taxi von der Ecke. Er stieg ein und war schon fast am Eingang seines Mietshauses, als ihm einfiel, daß er ja kein Geld bei sich hatte. Er lieh sich vom Pförtner einen Dollar, bezahlte den Fahrer und eilte nach oben.

Hier begann er in aller Hast zu packen, wobei er seinen wohlgeordneten Kleiderschrank völlig durcheinanderbrachte. Im Geheimfach des Schmuckkastens befand sich ein Notbetrag von dreihundert Dollar; er nahm die Scheine heraus und stopfte sie in die Hosentasche. Dann setzte er sich auf das Bett und griff nach dem Telefon. Wieder wählte er Rufers Sportklub; als es viermal geklingelt hatte, wollte er den Hörer schon wieder auflegen. Aber dann hörte er Frank Rufers Stimme und hätte vor Erleichterung fast zu weinen begonnen.

»Mr. Rufer? Hier Keller – Carl Keller.«

»Ja? Was ist los, Mr. Keller?«

»Ich hab's getan, Mr. Rufer! Ich habe mein Versprechen eingelöst. Leider ist etwas schiefgegangen...«

»Und ob!«

»Mr. Rufer, ich muß aus der Stadt verschwinden. Phil, Lampis Kellner, hat mich gesehen. Man wird mich suchen! Mr. Rufer, ich brauche das Geld!«

»Ha!«

»Hören Sie, man kann Sie nicht mit mir in Verbindung bringen. Geben Sie mir die dreitausend, und niemand erfährt etwas, das schwöre ich Ihnen. Meine ganze Sore liegt noch bei Lampi auf dem Tisch. Ich zahle sowieso drauf...«

»Und wie, Mr. Keller! Lampi ist nämlich gar nicht tot.«

»*Was?*«

»Sie haben danebengeschossen, Jungchen. Eine Meile daneben. Und für Fehlschüsse zahle ich nicht.«

»Aber ich habe doch nicht...«

»O doch, Sie Blödmann. Wenn Sie mir nicht glauben, rufen Sie mal im Restaurant an. Ich an Ihrer Stelle würde schleunigst verduften. Der Gag, den Sie sich da geleistet haben, dürfte Sie bei Joe Lampi nicht gerade beliebt machen. Leben Sie wohl, Sie Amateur.«

Das Klicken hatte etwas Endgültiges, und Keller starrte ungläubig auf den stummen Hörer. Dann durchschoß ihn Angst vor Lampi, eine Angst, die größer war als die vor der Polizei. Er packte seinen Koffer und hastete aus dem Zimmer. Der Pförtner sollte seinen Dollar nie zurückbekommen.

In seinem Büro bewegte Frank Rufer die Wählscheibe und wartete, daß Joe Lampi an den Apparat kam. Als er sich meldete, lachte Rufer und sagte: »Hallo, du totes Huhn. Alles in Ordnung?«

»Aber ja«, erwiderte Lampi. »Der Dummkopf hat mir mit seiner Platzpatrone die Jacke versengt. Aber das ist zu ertragen.«

»Allemal – für zweitausendfünfhundert. He, vergiß Phils Fünfziger nicht. Er hat ihn sich verdient. Ich komme auf einen Drink vorbei und hole mir meinen Anteil.«

»Klar«, sagte Lampi. »Nur darf ich nichts trinken, Joe. Du kennst ja meinen Magen. Ich habe ständig Sodbrennen und eine Art Stechen...«

»Ach, das tut mir aber leid«, erwiderte Rufer und hörte sich mitfühlend Joe Lampis Krankengeschichte an.

Herzenssache

Dr. Hazletine machte es sich in Dr. Winklers Wartezimmer bequem, so gut das jemandem möglich war, der Bequemlichkeit nicht mit Chrom, Plastik und Schaumgummi gleichsetzen konnte. Der fast sechzigjährige Hazletine zog die anheimelnde Wärme seiner Praxis dieser schwedisch-modernen Einrichtung vor – aber heute hing ja alles vom Image ab, und wer weiß, vielleicht ließen sich Joel Winklers Patienten von der modernen Einrichtung beruhigen und sahen darin Joels innere Einstellung reflektiert. Er lächelte und nahm sich vor, Nika beim Abendessen von dieser Theorie zu erzählen; sie würde lachen und ihn für klug halten.

Als Joel aus seinem Sprechzimmer kam, lächelte er nicht ganz so breit wie normal. Der jüngere Arzt wirkte erschöpft, das dünner werdende Haar stand ihm in einer Art Kranz um den Kopf. »Komm rein, Charlie«, sagte er und ergriff Hazletines Hand und Ellenbogen. »Tut mir leid, daß du warten mußtest. Ich hatte eine überspannte Patientin am Apparat, die sich nur besser fühlt, wenn sie mit mir telefonieren kann.« Er stimmte ein leises Lachen an, in das sein Freund einfiel.

Als sie in Joels Sprechzimmer saßen, wurde Winklers Grinsen von einem freundlichen Lächeln abgelöst, das seinem sympathischen Gesicht besondere Attraktivität verlieh. »Na, du alter Gauner«, sagte er. »Du willst es also wirklich wagen. Mit meiner Sprechstundenhilfe!«

»Du kannst nicht behaupten, daß ich überstürzt handle«, antwortete Hazletine. »Achtzehn Jahre bin ich jetzt Witwer, Joel, das ist eine lange Zeit.«

»Ich verstehe es trotzdem nicht«, sagte Joel mit humorvoll blitzenden Augen. »Nika ist zu gut für dich. Sie ist jünger, sieht besser aus, ist klüger...«

»Du weißt ja, wie die Frauen so sind«, sagte Hazletine lächelnd. »Sie meinen, ein Arzt ist ein guter Fang, selbst ein alter Knacker wie ich.« Er nahm sich eine Zigarette, hielt sie aber schuldbewußt in der Hand. »Erst die fünfte heute.«

»Ich wäre beinahe in Ohnmacht gefallen, als mir Nika vorhin die große Eröffnung machte. Ich meine, wenn man ein gewisses Alter erreicht, rechnet man nicht mehr damit, daß unverheiratete Freunde noch in den Ehehafen einfahren. Wie sieht es aus, Charlie? Spielst du schon lange mit dem Gedanken, oder ist es einfach – passiert?«

»Ach, schnell gegangen ist es schon. Wir waren gestern abend zusammen essen, und ich weiß nicht recht, vielleicht habe ich einen zuviel getrunken, vielleicht waren es auch die Kerzen auf dem Tisch, als ich jedenfalls so richtig zu mir kam...«

»... da zappeltest du schon an der Angel.«

Hazletine lachte. Dann warf er einen ernsten Blick auf die Zigarette in seiner Hand, drückte sie aus und blies eine Rauchwolke über Joels Schreibunterlage.

»Ich will ganz offen sein, Joel. Eine Zeitlang war ich mir wegen Nika nicht so sicher.«

»Sicher?«

Die Zigarette war erloschen, doch Hazletine hätte sich am liebsten eine neue angezündet. Er kämpfte einen Augenblick mit der Versuchung, siegte und lehnte sich seufzend zurück.

»Sie arbeitet erst seit einigen Monaten für dich. Ich aber kenne sie schon gut fünf Jahre. Du weißt, daß sie schon einmal verheiratet war?«

»Ja. Mehrmals sogar.«

»Dreimal«, sagte Hazletine. »Ihr erster Mann war Sam Cernak, erinnerst du dich an ihn? Ein Patient von mir.«

»Nein, nicht daß ich wüßte.«

»Wir haben in dem Fall zusammengearbeitet. Ich bat dich, sein EKG zu prüfen, und du bestätigtest meine Diagnose.«

»Ach ja, jetzt fällt es mir ein. Extreme Arrhythmie.«

»Nika hatte gerade bei mir angefangen, als Cernak mein Patient wurde; er war Witwer, und die beiden freundeten sich an. Nach einigen Monaten machte er ihr einen Antrag, und sie heiratete ihn. Als Cernaks Firma verlegt wurde, zogen sie nach Cleveland. Soweit ich weiß, starb er fünf oder sechs Monate nach der Hochzeit.«

»Als Ehemann war er ein schlechtes Risiko«, sagte Joel traurig. »Hast du Nika gesagt, wie krank der Mann war?«

»Sie wußte es«, antwortete Hazletine. »Trotzdem war das Ende ein Schock für sie. Sie kam natürlich zu mir zurück, sie kannte ja sonst niemanden in Cleveland. Ich konnte ihr sogar die alte Stelle anbieten; du weißt ja, wie tüchtig Nika ist, sie führt tadellose Krankenakten, und die Sprechstundenhilfe, die ich damals hatte, war ein kaugummikauendes junges Mädchen. Nika aber sagte, sie brauche nicht mehr zu arbeiten. Sams kleines Vermögen und seine Versicherung reichten aus.«

»Hast du sie damals oft gesehen?«

»Ach, etwa einmal im Monat gingen wir essen oder ins Theater. Sie interessierte sich noch immer für meine Arbeit und meine Patienten. Und so hat sie dann auch Bob Glass kennengelernt – sie schaute eines Nachmittags in der Praxis vorbei. Glass war der Mann, den Mittenger in Boston operiert hatte, erinnerst du dich? Was ich ihr von ihm erzählen konnte, interessierte sie: daß er früher Football gespielt und praktisch nur noch ein halbes Herz habe. Ich sagte ihr, sie dürfe Glass nicht ernst nehmen, wenn sie nicht wieder eine tragische Romanze erleben wolle; Mittenger oder nicht, ich glaubte nicht, daß Glass es schaffen würde, nicht bei seinem Temperament und seinem anstrengenden Leben. Aber Nika schien er leid zu tun – nach wenigen Monaten waren sie verheiratet.«

»Und Glass starb«, sagte Joel. Es war keine Frage mehr.

»Sehr schnell sogar«, sagte Hazletine seufzend. »Früher als alle vermutet hatten. Die beiden hatten als Hochzeitsreise eine Kreuzfahrt durch die Karibik gemacht und befanden sich auf dem Rückweg. Glass wurde tot in einem Deckstuhl gefunden. Natürlich eine schreckliche Sache für Nika.«

Joel erzeugte ein schnalzendes Geräusch mit den Lippen. Er stand auf und schenkte sich aus der Wassermaschine einen Becher ein.

»Und der dritte Ehemann, Charlie?«

Hazletine blickte zu ihm auf.

»Ach, du kommst also auch schon darauf«, sagte er. »Du empfindest dasselbe Mißtrauen, das in mir erwachte, als ich erfuhr, daß sich Nika zum drittenmal verlobt hatte...«

»Wieder mit einem Patienten von dir?«

»Nein, diesmal nicht. Es handelte sich um einen gewissen Simpson, Ray Simpson. Er wurde nicht von mir, sondern von Dr. Howell behandelt.«

»Also Herzprobleme.«

»Er hatte bereits zwei schlimme Herzanfälle hinter sich, als Howell ihn an mich verwies. Ich konnte dem armen Mann nicht helfen, seine Herzwände waren schon so dünn wie Papier.«

»Und Nika heiratete ihn.«

»Howell erzählte mir von der Heirat, von der er Simpson abgeraten hatte. Als er mir den Namen der Braut sagte, war ich überrascht – und wohl auch schockiert. Hier schienen sich meine schlimmsten Befürchtungen zu bestätigen, daß Nika nämlich eine Art... Raubtier war, das sich an kranken Männern gütlich tat...«

»Hast du je eine Erklärung dafür bekommen?«

»Nun, Zufälle waren es jedenfalls nicht. Ich hatte Nika Simpsons Namen gesagt, als sie mir sagte, sie wolle wieder arbeiten, aber als Privatschwester. Simpson brauchte Hilfe, und Nika brauchte Arbeit. Das ist alles. Du weißt ja, was zwischen Privatpflegerinnen und ihren unverheirateten Patienten oft geschieht. Simpson war seit vielen Jahren Junggeselle. Er verfiel Nika...«

»Und verfiel auch so?«

»Ja«, sagte Hazletine nervös. Er zog eine neue Zigarette aus der Packung und zündete sie an, diesmal ohne Kommentar. »Er starb schon einen Monat nach der Hochzeit.«

»Und er war reich.«

»Nein, nein«, sagte Hazletine hastig. »Bitte versteh mich nicht falsch, Joel, Simpson war nicht wirklich reich, ebensowenig wie die anderen beiden. Sie alle standen ziemlich gut da und hatten beträchtliche Versicherungen abgeschlossen... Mach dir keine Sorgen, ich habe viel darüber nachgedacht. Besonders nachdem Nika wieder in mein Leben trat. Ich will ganz offen sein, Joel, ich hatte ein bißchen Angst vor ihr, ich machte mir Sorgen, daß sie mich – auf besondere Weise *mißbraucht* hätte. Natürlich fühlte ich mich zu ihr hingezogen, das geht den meisten Männern so. Sie hat ja auch eine ganz besondere Art, sie bringt es immer wieder fertig, daß man sich klug und talentiert vorkommt – und dergleichen. Sie ist wirklich intelligent, Joel, wahrscheinlich hast du keine Ahnung, wie belesen sie ist. Sie hat das Versicherungsgeld nicht verplempert, sondern vernünftig und kultiviert eingesetzt, wenn du verstehst, was ich meine. Sie ist viel gereist; nach Cernaks Tod ging sie nach Europa. In den beiden Monaten vor der Reise lernte sie Französisch. Stell dir das vor! Sie besuchte eine

Sprachschule und lernte Französisch, mit links. Und wenn man sie wirklich kennt, Joel, kann sie niedlich und charmant sein wie eine Sechzehnjährige. Hör mal, du weißt, wovon ich rede, als Arzt erspürt man solche Charakterzüge, hat man nach einer gewissen Zeit eine besondere Menschenkenntnis. Deshalb weiß ich auch, daß ich mich in Nika getäuscht habe, daß sie nicht... das war, wofür ich sie hielt. Sie ist ein Engel, Joel. Das ist eine kindliche Ausdrucksweise, und ich bin weiß Gott kein Kind – aber das ist Nika nun mal. Ich werde mir größte Mühe geben, sie glücklich zu machen.« Er drückte die Zigarette aus und begegnete dem Blick seines Freundes. »Sieh mich nicht so an, Joel! Ich weiß, daß ich ein alter Dummkopf bin, aber ich liebe diese Frau nun mal, und das wäre sicher unmöglich, wenn sie... es nur auf mein Geld abgesehen hätte oder so. Verstehst du?« Er berührte die Ausbuchtung seines Jacketts, unter der sich die Zigaretten befanden, und lächelte. »Du mußt immerhin eins zugeben. In finanzieller Hinsicht bin ich nicht gerade König Midas, oder?«

Der jüngere Arzt schob den Stuhl zurück.

»Schon gut«, sagte Hazletine, »schon gut, ich weiß, daß ich zuviel darüber rede und daß ich eigentlich nicht deshalb hier bin. Kommen wir zum Kern der Sache, Joel. Was hast du da in der hübschen weißen Mappe? Ein sauber getipptes Patientenblatt, nicht wahr?«

»Ja«, sagte Joel matt. »Nika erstellt vorzügliche Unterlagen, Charlie. Es wird mir ehrlich leid tun, sie zu verlieren...«

»Na, wie sieht es aus? Was hat meine Untersuchung ergeben?«

Als Joel nicht antwortete, öffnete sich Dr. Hazletines Mund, und der obere Teil seines Gebisses, der ohnehin nicht besonders fest saß, klickte hörbar nach unten. Er fühlte sich gar nicht wohl. Ein Schmerz, vertraut aus jahrelangen Schilderungen von Patienten, zuckte von seinem Brustbein in den Arm. Wegen dieses Schmerzes hatte er vor einer Woche die Praxis seines Freundes aufgesucht.

»Es sieht gar nicht gut aus, Charlie«, sagte Joel Winkler ernst.

Dann reichte er Hazletine den Aktendeckel, so sauber geschrieben, so methodisch angelegt.

Der geheime Kummer

Policenanspruch Nr. 980113-C
Versicherungsnehmer: George Haley Trivell
Art der Versicherung: Gewöhnliche Lebensversicherung mit Unfallverdoppelung
Versicherungsbetrag: $ 80 000
Begünstigte(r): (Mrs.) Jane Trivell
Ermittler: William A. Spyker
Empfehlung: Anspruch abgelehnt

Es tut mir leid, daß die Sache sich so lange hingezogen hat. Ich habe mich lange täuschen lassen.

Am 9. April erhielt ich die Berichte über George Trivells Tod, die mir ganz in Ordnung vorkamen. Trivell war fünfunddreißig und wäre im kommenden Monat sechsunddreißig geworden, hätten auf der New Yorker Schnellstraße nicht seine Bremsen versagt und ihn auf einen Sattelschlepper auffahren lassen. Er war leitender Angestellter in einer Kleiderfabrik. Er hatte keine Kinder. Seine Frau ist die Alleinbegünstigte aus unserer Police.

Als erstes sprach ich mit Captain John LeMay von der Highway Police, North County. LeMay sagte, Trivell habe über hundert Sachen draufgehabt, nicht viel mehr, als an der Stelle erlaubt war. Es war früh am Morgen, und etliche große Lkws waren unterwegs in die Stadt. Der Wagen vor Trivell verlangsamte plötzlich die Fahrt, und er versuchte dasselbe zu tun, wobei seine Bremsen versagten. Er steuerte auf die linke Fahrspur und prallte gegen die Rückseite des Sattelschleppers. Man hat die Trümmer untersucht und im Bremsschlauch ein Loch gefunden; soweit feststellbar, war nichts Seltsames dran. LeMay sprach von »Pech«.

Dann besuchte ich die Witwe.

Es war nicht weiter schlimm. Sie hatte zu Anfang viel geweint, doch inzwischen ging es ihr schon besser, sie war gefaßt. Sie ist etwa einunddreißig und eine Augenweide. Schmale, hohe Wangen, doch ansonsten hübsch gerundet. Sie ließ nur einmal die Tränen strömen, als ich sie nach den Fahrkünsten ihres Mannes fragte.

»Er war ein guter Fahrer«, sagte sie. »Ich habe ihn immer wieder gescholten, weil er zu schnell fuhr, doch er hatte nichts gegen meine Klagen. Er war ja immer so tolerant.« Das war der Augenblick, als sie zu heulen begann.

In diesem Moment war ich so gut wie gewillt, meinen Abschlußbericht zu schreiben und die Auszahlung zu befürworten, aber dann hielt ich es doch für besser, mich noch anderweitig über die Trivells zu informieren, zuerst mal bei Bekannten. Die engsten Freunde waren ein Ehepaar namens Wolman, die in der Stadt Nachbarn gewesen waren, ehe die Trivells in den Vorort zogen. Die Wolmans lobten ihre Freunde in den höchsten Tönen. Ein glückliches Paar, sagten sie. Einander sehr zugetan. Wie das eben so ist.

Anschließend sprach ich bei einer gewissen Hortense Carver vor, einer altjüngferlichen Dame, die im Haus neben den Trivells wohnt. Das Haus der Carvers liegt etwa fünfzehn Meter von der Seitenfront der Trivells entfernt. Hortense Carver war von Jane Trivell etwa dreißig Jahre entfernt. Ihre Ansichten unterschieden sich nun radikal von denen der Wolmans.

»Glücklich?« fragte sie. »Das hängt davon ab, was Sie darunter verstehen.«

Da ich keine Haarspaltereien anfangen wollte, fragte ich: »Haben Sie die Trivells gut gekannt, Miss Carver?«

»Überhaupt nicht. Die Leute waren nicht sehr kontaktfreudig. Sie sind vor sechs Monaten eingezogen und haben mich noch nicht zu sich eingeladen.«

»Aber haben Sie einen Grund zu der Annahme, daß die beiden nicht miteinander auskommen?« fragte ich.

»Ich *weiß*, daß sie sich nicht vertragen haben.«

»Woher?«

»Oh, nicht daß sie sich stritten oder dergleichen. Kein Muckser war von drüben zu hören, weder am Tage noch bei Nacht. Sie waren ja auch viel unterwegs. Er hat laufend »Überstunden« gemacht. Jeder, der einigermaßen gute Augen hatte, wußte, daß da etwas nicht stimmte. Oder jedenfalls gute Ohren.«

»Ohren? Haben Sie nicht eben gesagt, daß sich die beiden nicht gestritten haben?«

Daraufhin begann Miss Carver zu flüstern.

»Von Streitereien habe ich nichts mitbekommen. Die arme Frau hat überhaupt nicht auf ihre Rechte gepocht. Trotzdem habe ich sie gehört. Im letzten Monat jeden Nachmittag. Sie hat sich die Augen ausgeweint.«

Natürlich erkundigte ich mich nach Einzelheiten. Miss Carver schloß das Fenster, ehe sie weitersprach.

»Man hört hier ziemlich gut«, verriet sie mir. »Ich sage Ihnen, der armen Mrs. Trivell war ziemlich mies zumute. Sie hätten sie schluchzen hören sollen, Mr. Spyker: herzzerreißend! Wenn Sie mich fragen, wußte sie von den Seitensprüngen ihres Mannes, doch blieb ihr nichts anderes übrig, als zu weinen.«

»Vielleicht haben Sie sich ja geirrt«, unterstellte ich. »Vielleicht haben Sie jemand anders gehört.«

»Nein, sie war es. Ich habe sie doch auch *gesehen*. Vielleicht meinen Sie jetzt, daß ich eine alte Schnüfflerin bin, aber ich konnte nicht anders, ich mußte gucken. Vom Dachgeschoß aus kann man in Mrs. Trivells Schlafzimmerfenster sehen. Eines Tages habe ich mal hinübergeschaut, und da saß sie auf dem Bett und hatte das Taschentuch vor dem Gesicht und weinte, als stünde der Weltuntergang bevor. Die Frau hatte heimlich Kummer, Mr. Spyker.«

Nun, das war der Grund, warum ich meinen Bericht in jener Woche noch zurückhielt. Ich suchte Charley Cooper auf, den Agenten, der die Versicherung abgeschlossen hatte, und fragte ihn, warum Jane Trivell seiner Meinung nach die ganze Zeit weinte.

»Woher soll ich das wissen?« antwortete Charley. »Vielleicht war sie schwanger.«

»War sie nicht.«

»Nun, vielleicht hat sie dann *deswegen* geheult.«

Das war nun mal ein Gedanke. Folglich suchte ich die Praxis von Dr. Jonas Levy auf, der die Trivells betreut hatte.

»Mit Mrs. Trivell war alles in Ordnung«, gab Dr. Levy Auskunft. »Die beiden hatten keine Kinder, aber sie waren noch keine zwei Jahre verheiratet. Bei der Frau war alles völlig normal.«

»Und George Trivell?«

»Dasselbe.«

»Und wie stand es mit der seelischen Verfassung? Neigten die beiden vielleicht zur Melancholie oder zu Depressionen?«

»Absolut nicht.«

In diesem Augenblick stand es mit meiner eigenen seelischen Verfassung nicht zum besten – trotzdem gab ich den Bericht noch nicht durch. Etwa zu dieser Zeit meldete sich die Firma bei mir. Man sagte mir, ich hätte schon zuviel Zeit auf den Fall verschwendet, und wenn ich keinen konkreten Verdacht vorlegen könne, solle ich meine Billigung zur Auszahlung innerhalb einer Woche aussprechen.

Eine Woche war nicht viel, doch ich suchte Jane Trivell

noch einmal auf. Als ich sie nach der möglichen Untreue ihres Mannes fragte, hätte sie mich beinahe hinausgeworfen. Ich verfolgte das Thema nicht weiter, faßte aber den Entschluß, mich einmal um Trivells »Überstunden« zu kümmern. Ich suchte seinen Chef auf, Joseph Seeworth von der Firma Seeworth Sportkleidung.

»George Trivell?« fragte Seeworth. »Verläßlich wie ein Felsbrocken. Der wäre in ein paar Jahren hier zu meinem Stellvertreter aufgestiegen. Die letzte Person, der ich einen Seitensprung zutrauen würde.

»Trifft es zu, daß er oft Überstunden machte?«

»Andauernd«, sagte Seeworth. »Der Mann blühte auf, wenn er arbeiten konnte. Wenn George seiner Frau sagte, er mache Überstunden, so entsprach das der Wahrheit.«

Mir kam die Sache inzwischen ziemlich hoffnungslos vor. Ich hatte noch drei Tage Zeit und eine vage Ahnung, wußte aber nicht, wo ich anfangen sollte. Was ich dann machte, war nicht besonders raffiniert. Mir fiel nur nichts anderes ein. Ich parkte gegenüber dem Haus der Trivells und wartete ab, ob etwas passierte. Um es genau festzuhalten: ich begann die Überwachung am Freitag, dem 4. Mai, um zehn Uhr früh.

Der erste Tag verlief ereignislos. Ein Botenjunge von einem benachbarten Supermarkt brachte eine Tüte Lebensmittel. Ein Bürstenvertreter wurde gegen halb vier abgebürstet. Jane Trivell drehte um Viertel vor elf das Licht aus. Ich hielt bis Mitternacht durch und fuhr dann in die Stadt zurück.

Am Sonnabend vormittag begab ich mich gegen elf Uhr auf meinen Posten. Das Haus lag unverändert still da.

Um halb zwölf kam Jane Trivell heraus und ging in die Garage. Die beiden hatten zwei Autos besessen. Sie stieg in ihren 1959er Combi und fuhr damit rückwärts auf die Straße. Ich folgte ihr zur einzigen Reparaturwerkstatt und

Tankstelle des Ortes, einer ordentlichen kleinen Firma, die sich *Bei Jimmy* nannte. Hier ließ sie den Tank auffüllen und ging einkaufen. Das war alles.

Doch um genau 19.42 Uhr am gleichen Abend verließ sie das Haus erneut, diesmal in einem schwarzen Kleid mit einer schimmernden Spange an der Schulter. Sie stieg in ihren Wagen und fuhr damit zu Jimmy zurück. Schon das stimmte mich neugierig, hatte ich doch am Vormittag gesehen, wie sie den Tank füllte. Benzin brauchte sie also nicht.

Der junge Mann, der am Motor herumfummelte und die Windschutzscheibe säuberte, unterhielt sich kurz mit ihr und verschwand dann im Büro. Sie wartete an der Zapfsäule, bis die Lichter ausgingen und der Jüngling wieder zum Vorschein kam. Er hatte sich umgezogen und trug statt der Tankstellenuniform nun einen braunen Tweedanzug. Er stieg zu ihr in den Wagen, und sie fuhr los.

Ich folgte den beiden natürlich. Etwa eine halbe Stunde lang blieben sie auf Route 23 und parkten schließlich vor einem Restaurant, das sich *Candlestick* nannte. Ich war inzwischen selbst hungrig geworden und folgte ihnen hinein. Leider bekam ich keinen Tisch, der so nahe war, daß ich sie im Auge behalten konnte, doch als sie wieder gingen, hielten sie sich an den Händen. Ich stürzte ihnen nach, den Magen nur halb gefüllt, dafür den Kopf voller interessanter Überlegungen.

Ich folgte den beiden zu ihrem letzten Ziel, hoch an einem Hang, umgeben von Bäumen, ein Mekka geparkter Wagen. Ein Treffpunkt für Liebespärchen!

Die weiteren schrecklichen Details sind in den beigefügten Polizeiberichten enthalten. Ich besuchte unseren guten Freund Lieutenant McMahon, der den Entschluß faßte, den alten Trick mit dem falschen Geständnis zu versuchen. McMahon verhaftete Mechaniker Jimmy und behauptete, Jane Trivell lege ihm den Mord an ihrem Mann zur Last. Jimmy protestierte wutschnaubend und sagte, das Ganze wäre doch wohl *ihre* Idee gewesen, er habe nichts weiter getan, als auf ihr Betreiben die Reparatur einer defekten Bremsleitung zu unterlassen. Anschließend hatte er George Trivell gesagt, es sei alles in Ordnung. Ein sauberes Verbrechen, bei dem keiner der beiden wirklich etwas *tat*. Sie ließen den armen George lediglich in dem Glauben, er führe einen sicheren Wagen, während er in Wirklichkeit in einem Todesgefährt saß. Die beiden werden sich wundern, wenn sie erfahren, daß eine solche Unterlassung auch unter die Verbrechen fällt.

Das ist die ganze Geschichte. Wie schon gesagt – es tut mir leid, daß alles so lange gedauert hat, aber Sie werden mir zustimmen, daß sich das Ergebnis lohnt. Immerhin achtzigtausend Dollar gespart.

Ach ja. Die Sache mit dem Weinen.

Es dauerte eine Weile, bis ich dahinterkam.

Jane Trivell hatte gar keinen geheimen Kummer.

Sie probte nur.

Lob und Preis des Bösen

Matthew Kiel füllte mit leisem Lachen das Glas seines Gastes und überging die schüchternen Proteste des Geistlichen, als der blutrote Wein bis zum Rand emporstieg. Dann hielt er die Flasche prüfend empor, seufzte mit der Zufriedenheit des Weinkenners und füllte sich das eigene Glas. Sein erster Schluck war wie eine Weihe. Er schloß die Augen, und sein fülliges Gesicht schien die kräftige Farbe des Getränks anzunehmen: die Wangen erröteten und erblaßten wieder. Er sagte: »Tokaier, Reverend, ein Wein, der zu oft verkannt wird. Diese Marke heißt Bullenblut von Eger; was halten Sie davon?«

»Ich kenne mich da nicht aus«, erwiderte Reverend Pomeroy und hüstelte in die hohle Hand.

»Ja, da dürften Sie recht haben. Das ist der eigentliche Unterschied zwischen uns, Reverend, unsere Einstellung zu den Freuden des Lebens. Ich begreife Ihre seelischen Freuden nicht, und Sie haben nichts für meinen Standpunkt übrig.« Er lehnte sich zurück, nahm die Serviette aus dem Schoß und betupfte sich damit die Lippen. »Trotzdem fühle ich mich in Ihrer Gesellschaft wohl, Reverend. Ich bin froh, daß Sie hier sind.«

»Sehr freundlich von Ihnen.«

»Das hat nichts mit Freundlichkeit zu tun. Ich will ganz ehrlich sein: ich trage seit einiger Zeit ein Anliegen mit mir herum. Jetzt scheint mir der richtige Augenblick dafür gekommen zu sein. Darf ich offen sprechen?«

»Aber natürlich.«

»Schön. An einem offenen Wort hat mir immer sehr gelegen, Reverend, ganz besonders mit einem intelligenten

Mann, dessen spezielle Ansichten ich für dumm halte – bitte verzeihen Sie die Ausdrucksweise.« Er lachte über die Verwirrung auf dem Gesicht des Geistlichen und nahm sich einen Hühnerknochen vom Teller. Er nagte geziert daran herum und fuhr fort: »Sehen Sie mich nicht so überrascht an: Sie wissen doch, daß ich Ihre Einstellung nie geteilt habe. Heute abend habe ich folgendes Anliegen an Sie: bitte vergessen Sie einmal Ihren komischen Kragen und beantworten Sie mir eine Frage von Mensch zu Mensch. Wollen Sie mir das versprechen?«

»Versuchen will ich es, Mr. Kiel. Allerdings liegt es nicht nur an dem... komischen Kragen. In Unterkleidung bin ich ganz derselbe.«

Kiel lächelte. »Zweifellos. Aber versuchen Sie es mal, Reverend. Stellen Sie sich vor, Sie wären Joe Pomeroy und sprächen mit Ihrem guten alten Freund Matty. Sie sollen mir nun folgende Frage beantworten. Glauben Sie wirklich, in allem Ernst und nach tiefster Überzeugung von Herz und Verstand, daß die Tugend immer ihren Lohn findet und daß das Böse kein Glück schenken kann?«

»Das ist eine komplizierte Frage, Mr. Kiel...«

»Weichen Sie mir nicht aus, Reverend. Ich spreche im Ernst. Und kommen Sie mir bitte nicht mit Himmel und Hölle. Mich interessiert nur das Hier und Jetzt. Glauben Sie, daß die Sünde keinen Lohn findet, Reverend – in diesem Leben?«

»Ja«, antwortete der Geistliche hastig.

»Sie antworten zu schnell«, sagte Kiel lächelnd. »Dahinter steckt ein gutes Stück Gewöhnung. Glauben Sie ehrlich, diese Antwort ließe sich untermauern, Reverend? Ich meine, durch beweisbare Tatsachen?«

»Sie schränken mich auf unfaire Weise ein, Mr. Kiel, wenn ich in meine Antwort den Himmel nicht mit einbeziehen darf.«

Kiel schnalzte mit der Zunge und griff nach einer Zigarre. »Nein, das kommt nicht in Frage, Reverend, tut mir leid. Ich spreche über das Böse in *dieser* Welt, über die bewußte schamlose Sünde, als Mittel zur Befriedigung von Wünschen und Sehnsüchten. So wie ich sie eingesetzt habe, Reverend.«

Der Geistliche blickte sein Gegenüber schockiert an.

»Nun regen Sie sich nicht gleich auf«, fuhr Kiel lachend fort und zündete sich die Zigarre an. »Mir liegt nicht daran, dieses Gespräch zu persönlich werden zu lassen, Reverend, aber ich habe keine andere Möglichkeit, meine Behauptungen zu beweisen. Ich werde Ihnen einige Dinge über mich anvertrauen, Reverend, Dinge, von denen Sie keine Ahnung haben. Ich baue dabei auf Ihr heiliges Dogma der Verschwiegenheit...«

»Ich bin kein Katholik, Mr. Kiel. Wenn Sie die Beichte meinen...«

»Nein, es soll keine Beichte werden, lediglich eine Geschichte, Reverend, eine Geschichte, die unter uns bleiben soll. Versprechen Sie mir das?«

Der Geistliche zögerte. »Ja.«

»Gut«, sagte Matthew Kiel und schenkte Wein nach. »Machen Sie es sich bequem und hören Sie zu, Reverend. Wenn ich fertig bin, sollen Sie mir sagen, ob die Tugend wirklich all die Public Relations verdient hat, die man ihr zukommen läßt, und ob die Sünde wirklich so schlimm ist...«

»Als ich zehn Jahre alt war – wir wohnten damals in Worcester – wurde meine Mutter von meinem Vater verlassen, wegen einer Frau oder einer Flasche, wir wußten es nicht genau. Meine Mutter war eine erstaunliche Frau. Sie reagierte gelassen auf seinen Schritt. Sie verschaffte sich Arbeit und war darin so erfolgreich, daß wir bald besser lebten als in der Zeit, da mein Vater die Brötchen verdiente. Etwa sechs Jahre später erfuhr ich, aus welcher Quelle das Einkommen meiner Mutter sprudelte; bei dem Kreditbüro, in dem sie arbeitete, hatte sie Geld unterschlagen. Schließlich erwischte man sie. Sie wurde verhaftet und erhielt ein überraschend mildes Urteil, doch ihre Strafe machte nicht halb soviel Eindruck auf mich wie das gute Leben. Es war die zweieinhalb Jahre Gefängnis durchaus wert; ich glaube, das erkannte sie ebenfalls. Leider starb sie kurz danach, bekehrt und voller Scham, ohne zu erkennen, daß sie auf eine Wahrheit gestoßen war, die noch umfassender war als ihre geliebte Religion: daß die Sünde Gutes bringen kann.

Mir aber war dieses Licht aufgegangen. Außerdem erkannte ich, daß man seine bösen Taten weitaus schlauer und raffinierter inszenieren mußte, als sie es getan hatte.

Mit Geld, das sie für mich gespart hatte, verschaffte ich mir Zugang zu einem guten College im Osten. Vier Jahre später machte ich als bester Student unseres Semesters den Abschluß. War das tugendsam, Reverend? Nur teilweise. Mir war klar, daß zum Erfolg Intelligenz gehörte, also gab ich mir Mühe zu lernen. Außerdem rechnete ich damit, daß ein Student *summa cum laude* es in der Welt der Erwachsenen leichter haben würde, und so sicherte ich mir meine Position, indem ich alles, was ich an geistigem Können nicht besaß, mit Geld heranschaffte. Ja, ich schummelte, Reverend, und diese Betrügereien waren bereits eine Demonstration meiner Geschicktheit und Schläue. Der Beweis? Man erwischte mich nie.

Als ich das College verlassen hatte, konnte ich aufgrund meiner vorzüglichen Noten in eine Maklerfirma eintreten – als ›vielversprechender junger Mitarbeiter‹. Meine Erwartungen erfüllten sich schon im ersten Jahr: ich erhielt die Verantwortung über mehrere kleine Depots, deren Besitzer mit meinen Bemühungen ausgesprochen zufrieden waren, ohne zu merken, daß ich das fremde Geld für eigene Investitionen nutzte. Ein bißchen Glück hatte ich wohl auch: meine Investitionen brachten so viel Einkommen, daß ich die Kundenkonten ausgleichen konnte, ehe die Fehlbeträge bemerkt wurden. Zwei Jahre später ernannte man mich zum Juniorpartner der Firma; zufällig war einer der älteren Firmenchefs gestorben. Er war über siebzig und mochte mich. Ich war in der Sterbenacht übrigens bei ihm. Sehen Sie mich nicht so seltsam an, Reverend. Ich habe den alten Mann nicht umgebracht. Als er jedoch zusammenbrach und mich anflehte, einen Arzt zu holen, stellte ich fest, daß ich kein Wort verstand.

Trotz meines Erfolges verließ ich die Maklerfirma im nächsten Jahr, denn ich fand einen anderen Weg zum Erfolg. Es gab da eine junge Dame namens Caroline Gribbley; ein unansehnliches und unbedarftes junges Ding, deren Attraktivität allein auf das Vermögen ihres Vaters zurückzuführen war. Nie werde ich die Szene vergessen, die ich in Mr. Gribbleys Wohnzimmer aufführte. Ich tobte und wütete und sagte dem Mann, ich würde seine Tochter nur unter der Bedingung heiraten, daß sie sich bereiterklärte, ausschließlich von meinem Einkommen zu leben. Er war verblüfft und natürlich erfreut über unsere Unabhängigkeit. Und in der Tat – acht Monate lang lebten wir von meinem Einkommen, bis der alte Mann einer Lebensmittelvergiftung erlag. Ich war bei ihm, als er starb. Reverend – bitte unterbrechen Sie mich nicht!

Mit sechsundzwanzig war ich ein recht vermögender junger Mann, dem allerdings eine wenig attraktive Frau am Hals hing. Bald jedoch vermochte ich meine Vorliebe für weibliche Schönheit zu befriedigen, indem ich die Bekanntschaft der jungen Schauspielerin Jewel machte. Es war eine ideale Beziehung für mich, und ich sah keinen

Grund, sie vor Caroline zu verheimlichen, die die Situation stoisch hinnahm. In dieser Zeit jedoch wirkte sich ein äußeres Ereignis störend auf mein Leben aus. Wir schrieben das Jahr 1929 – muß ich noch mehr sagen? Plötzlich mittellos, hatte ich keine Freude mehr an meiner Ehe und ließ mich von Caroline scheiden. Sie erhob Einwände, aber meine Gründe waren verständlich. Caroline war eine Ehebrecherin. Ein junger Freund von mir, der gute Beziehungen zum Brennereigewerbe hatte, arrangierte die Beweise für mich. Ich bekam die Scheidung, und ein Jahr später fand Caroline das Leben so unerträglich, daß sie Selbstmord beging. Nein, Reverend, ich war in ihrer Todesstunde nicht bei ihr. Gefühlsselige Szenen sind mir verhaßt.

In den nächsten vier Jahren war ich Partner des Freundes aus der Brennereibranche. Ich lieferte Bürofassade und Gehirn unseres Unternehmens, er sorgte für Personal und Grundstoffe. Auf diese Weise verdiente ich ganz hübsch, war aber so klug, die Branche zu verlassen, ehe die Gewinnspannen sanken. Ich investierte mein Geld in eine Bank, schob die alten Direktoren nach einiger Zeit ab und schwang mich schließlich zum Präsidenten empor. In der Folge brachte ich es in der Gemeinde zu einer gewissen Prominenz, einer Prominenz, die in Gefahr geriet, als Jewel, die in der Zwischenzeit ein wenig zu kalorienreich gelebt hatte, meinen guten Ruf zu beflecken drohte. Dabei kam mir wie üblich das Glück zu Hilfe, und Jewel geriet in einen schrecklichen Autounfall. Wie bitte, Reverend? Ja, wenn ich ehrlich sein will, ich saß am Steuer. Reine Vorsehung, daß ich aus dem Wagen geschleudert wurde und unverletzt blieb. Vorsehung habe ich gesagt. Davon haben Sie doch schon gehört!

Na, in den nächsten zehn Jahren ging es mit meiner Firma aufwärts, und ich hielt es für angebracht, neu zu heiraten. Meine Frau, die ehemalige Jane Sommers Hicks aus der Familie der Stahl-Hicks, war schön und reich – die ideale Partnerin. Lange Zeit hindurch war unser Glück ungetrübt. Wir verbrachten den Sommer an der Riviera und den Winter in der Karibik. Ich hatte drei Autos, eine hiesige und zwei ausländische Marken, dazu eine Yacht und ein Segelboot, ein Sandsteinhaus in New York und ein luxuriöses Anwesen in Connecticut, einen Koch, der unter dem großen Escoffier gelernt hatte, und den besten Weinkeller in den östlichen Vereinigten Staaten. Die einzige Belastung für mein Glück ergab sich im weiteren Verlauf, als ich erfuhr, daß Jane eine unnatürliche Zuneigung zu einem jungen Studenten gefaßt hatte. Und da passierte es mir zum erstenmal überhaupt, daß ich mich im Zorn zu voreiligem Handeln hinreißen ließ...

Das wäre es, Reverend. Vierzig Jahre Glück und Freude. Natürlich gab es Anfechtungen und Probleme, doch sie waren um so einfacher zu überstehen, als ich auf meiner Suche nach Lösungen keine moralischen Grenzen ziehen mußte. Ein Leben des Fortschritts, der Bequemlichkeit und Entspannung, alles durch bewußte Sünde. Reverend, machen Sie sich keine Illusionen. Ich wußte immer, was ich tat, ich habe nie versucht, meinen Sünden mit Logik beizukommen. Predigen Sie Güte, soviel Sie wollen, aber glauben Sie nur nicht, daß Sünde kein Glück hervorbringen kann. Das kann sie nämlich, Reverend. Sehen Sie mich an.«

»Ich muß jetzt wirklich gehen«, sagte Reverend Pomeroy und stand auf. »Meine Pflichten...«

»Ja, ja, natürlich«, sagte Kiel herzlich. »Kann ich Ihnen auch bestimmt nichts mehr anbieten? Vielleicht etwas zu essen?«

»Nein, nein.«

»In der Flasche ist noch ein Gläschen…«

»Trinken Sie es selbst, Mr. Kiel. Trinken Sie es selbst. Ich – dann bis heute abend.«

»Heute abend? Ach, natürlich. Gegen elf?«

»Ja. Gegen elf.«

»Ich glaube, ich trinke den Wein wirklich selbst«, sagte Matthew Kiel.

An der Zellentür angekommen, gab Reverend Pomeroy dem Wächter ein Zeichen. Als die Tür hinter ihm zugefallen war, ging er mit hastigen Schritten durch den Korridor, ohne noch einen Blick auf den Mann zu werfen, der soeben den letzten blutroten Tropfen aus dem langstieligen Weinglas trank.

Letztes Glück

Die Stimme des Psychiaters schien in einer Art Bauchrednereffekt von dem gerahmten Diplom über seinem Kopf auszugehen. Das eingravierte Gekritzel verlieh seinem ansonsten alltäglichen Namen – Harold Miller – eine gewisse Vornehmheit. Während er die schwungvollen Kringel und Schnörkel studierte, fragte sich Werther Oaks, ob Dr. Miller wohl seine eigene Unterschrift als Vorlage für diese feine Nachbildung durch eine italienische – oder vielleicht wienerische – Hand zur Verfügung gestellt hatte. Er kniff die Augen zusammen und ermittelte den Ort des Universitätsabschlusses: New Jersey. *Wo sind all die Wiener Psychiater geblieben?* Dr. Miller schien zu spüren, daß sein Gegenüber nicht mehr zuhörte. Ein Räuspern erklang.

»Tut mir leid«, sagte Werther. »Ich kann mich nicht so recht konzentrieren. Was Sie da sagen, ist... nun, ich kann es einfach nicht glauben.«

»Ich weiß«, sagte Dr. Miller, und seine ernste Stimme kam nun aus der naturgegebenen Richtung. »Es ist keine Kleinigkeit, so etwas über die eigene Frau zu erfahren. Aber ich glaube ehrlich, daß es so ist. Die Überdosis war kein Zufall. Wie Freud einmal gesagt hat – es gibt keine Zufälle.«

»Das ist nur schwer begreiflich. Ich meine – bei Sylvia. Bei allem, was sie so hat.« Der ironische Zusatz: »Darin will ich mich natürlich nicht einschließen. Ich bin ihr kein schlechter Mann gewesen, aber ich erwarte natürlich nicht, daß Sie das glauben.«

»Und ich habe Sie auch nicht zu mir gebeten, um anklagend den Finger zu erheben.«

Werther blickte auf Millers Finger. Sie waren kurz und rundlich. Werthers Hände dagegen waren wohlgeformt. Er hatte als Handmodell gearbeitet, als er Sylvia im Country Club von Grosse Pointe kennenlernte. Als sie von seinem seltsamen Beruf erfuhr, hatte sie beleidigend gelächelt. Ein wenig später hatte sie sich auf der Terrasse laut gefragt, wie es wohl sein würde, von zwei berühmten Händen berührt zu werden.

»Dr. Miller«, sagte Werther, »meine Frau hat mir geschworen, sie habe die zusätzlichen Tabletten versehentlich genommen. Wollen Sie behaupten, es habe Absicht dahintergestanden?«

»Ich würde sagen, hier ist ein unbewußter Wunsch zum Ausdruck gekommen. Wissen Sie, die Tatsache, daß Ihre Frau ›alles‹ hat, bedeutet nicht, daß sie – *alles* hat. Verstehen Sie, was ich meine?«

An jenem ersten Abend hatte sich Werther überlegt, ob er Sylvia mit seinen berühmten Händen eine Ohrfeige verpassen sollte. Statt dessen hatte er ihr Gesicht zwischen die Hände genommen und ihr einen sanften Kuß gegeben. Der Schlag hätte sie weniger überrascht.

Trotz energischer Einwände ihrer Freunde, die Werther offen einen Schürzenjäger und Schlimmeres nannten, heirateten sie zwei Monate später. Auf der Hochzeitsreise hatte sie seine Hände ergriffen und gerufen: »Die gehören jetzt mir!« Scherzhaft antwortete er, sie habe um seine Hände angehalten, und Sylvia hatte gelacht. Es war das letztemal, daß er sie lachen sah.

»Nun, sie ist nicht gerade eine lustige Frau«, sagte Werther zum Psychiater. »Das wußte ich seit dem Augenblick unseres Kennenlernens. Sie hat ihre Depressionen, aber ich hätte mir nie vorgestellt, daß sie wirklich ernsthaft sind.«

»Sie sagt mir, sie schließe sich drei oder vier Tage hintereinander ein.«

»Nun ja, das tut sie ab und zu. Das ist ihre Methode, von allen Belastungen abzurücken.«

»Was für Belastungen?«

»Geld zu haben bedeutet nicht, daß man alle Verpflichtungen los ist«, sagte Werther, womit er nur die Worte von Sylvias Finanzmanager Vossberg nachplapperte.

»Aha«, sagte Miller und sah jetzt doch beinahe wie ein Wiener aus. »Aber Geld zu besitzen garantiert nicht immer das seelische Gleichgewicht.«

»Man kann kein Glück damit kaufen.«

»Für einen Psychiater«, sagte Miller mit tiefer Stimme, »ist dieses Klischee sehr vieldeutig. Und dort liegt meiner Meinung nach der Schlüssel für die Probleme Ihrer Frau. Der silberne Löffel, mit dem sie geboren wurde, steckt ihr noch immer im Mund, und jetzt leidet sie an Atemnot. Vielleicht droht sie sogar daran zu ersticken.«

Werther blinzelte mehrmals.

»Geld macht sie niedergeschlagen«, fuhr Dr. Miller fort. »Das Geld hat sie in ein Leben ohne jede persönliche Befriedigung geführt. Sie kennt die kleinen Freuden des Lebens nicht – und hat daher überhaupt keine Freude mehr.«

»Das habe ich auch schon gemerkt«, sagte Werther leise. »Aber glauben Sie wirklich, daß sie so unglücklich ist, Selbstmord zu begehen?«

»Wenn nicht etwas passiert«, sagte Dr. Miller, »könnte es durchaus zu einem weiteren ›Versehen‹ kommen wie vorgestern. Und das geht vielleicht tödlich aus.«

Als Dr. Miller ihn zur Tür seines Sprechzimmers brachte, reichte ihm Werther eine seiner berühmten Hände, die heftig zitterte. Miller meinte, er müsse sich beruhigen.

Werther verließ das Gebäude und stellte überrascht fest, daß es draußen noch hell war. Sein XKL stand am Straßenrand, schon eine halbe Stunde über die Parkzeit, doch er nahm sich die Zeit für einen Spaziergang um den Block. Er mußte über das eben Erfahrene nachdenken.

Sylvia brachte sich vielleicht um.

Sylvia ging es so schlecht, daß sie daran vielleicht starb.

Die Bedeutung dieser Sätze erfüllte ihn mit Leben, mit einem Prickeln, als habe er Champagner getrunken. Wäre er unbeobachtet gewesen, hätte er jetzt einen Freudensprung gemacht.

Velvet spürte die Veränderung in ihm, wartete jedoch in katzenhafter Zufriedenheit ab, bis Werther die Sache selbst zur Sprache brachte. Sie rollte sich auf dem Boden zusammen, neben der Couch, auf der er steif saß, und rauchte eine kleine braune Zigarre, deren Rauch sie einatmete wie den der Zigarren, die er ihr verboten hatte. Sie zog eine seiner Socken herab und rieb sein Fußgelenk.

»Donnerstag abend«, sagte Werther langsam, »hat Sylvia vier oder fünf Schlaftabletten geschluckt. Hinterher sagte sie, sie habe sich geirrt, habe gedacht, es handele sich um Aspirin.«

»Wer nimmt schon fünf Aspirin?« fragte Velvet logisch.

»Ah«, sagte Werther und erkannte, daß er schon wie Dr. Miller redete.

»Wuschi-Muschi-Tuschi, sagst du mir bitte, worum es eigentlich geht?«

Unwillkürlich fuhr er bei dem Namen zusammen, den er jedoch gern erduldete. Velvet war das bestbezahlte Mädchen der Tilford-Modellagentur. Sie verdiente nicht weniger als hundert Dollar in der Stunde, womit sie ein höheres Einkommen erzielte als Werther aus seiner Apanage (die Vossberg ihm zuteilte). Unter diesen Umständen glaubte er von Glück sagen zu können, als Velvets spezieller Freund zu gelten. Sie hatten sich mehrere Monate vor seiner Begegnung mit Sylvia in der Agentur kennengelernt.

(Er war nach Detroit gefahren, um in einer Werbesendung für eine Autofirma teilzunehmen. »Beobachten Sie diese Hände am Steuer und erkennen Sie, was es in der Autotechnik Neues gibt!«) Als er Sylvia heiratete, hatte ihn Velvet fast eine Stunde lang angeschrien – und sich davon eine Halsentzündung zugezogen, die eine für den nächsten Tag vorgesehene Silk-Cream-Werbeaufnahme platzen ließ. Danach schickte sie ihm regelmäßig einmal im Monat eine Rechnung über Aufträge, die sie seinetwegen nicht erhielt. Schließlich hatte er seine Schulden mit einem Diamantarmband eingelöst, das bei Tiffany angeschrieben worden war. Vossberg glaubte noch heute, er habe das Stück für Sylvia ausgesucht.

»Meine Frau wird sich umbringen«, sagte Werther. »Darum geht es.«

»Im Ernst?«

»Vel«, sagte Werther gepreßt. »Glaubst du, ich würde über so etwas scherzen? Weißt du, was das bedeutet? Wir müssen den Plan mit dem Wagen nicht durchziehen, die riskante Sache mit der Bremse, wir können auf den ganzen verdammten miesen Mord verzichten!«

»Ach, Wischi«, klagte Velvet und hielt sich die Ohren zu. »Sag das Wort nicht! Wie kannst du es wagen, in meinem Haus so etwas auszusprechen? Wer weiß, wer dich hört? Du weißt, wir haben uns versprochen, nie ›mmmm‹ zu sagen.«

»Wir reden seit sechs Monaten über mmmm!« sagte Werther. »Jetzt mmmm die arme Sylvia sich vielleicht selbst.«

»Die *arme* Sylvia!«

»Ja«, sagte Werther. »Es steht schlimmer um sie, als ich dachte – sie ist innerlich völlig durcheinander, sie haßt ihr eigenes Geld. Ein schöner Witz, was? Sie haßt das Geld, das ich so sehr liebe!«

»Geld zu hassen – da muß man schon verrückt sein«, meinte Velvet. »Vielleicht geht sie deshalb zu dem Psychiater – weil sie verrückt ist.«

»Sie ist unglücklich«, sagte Werther und stieß seufzend eine Rauchwolke aus. »Sie ist seit ihrer Jugend unglücklich. Geld hat ihr nie etwas bedeutet – nicht so wie mir.«

»Und mir«, sagte Velvet. »Hör mal, Werther«, fuhr sie fort und deutete mit einem zentimeterlangen Fingernagel auf ihre Augenwinkel. »Schau dir an, wie sich die Krähenfüßchen breitmachen. In einem Jahr geht es mit den Honoraren in den Keller.«

»Man weiß natürlich nie, wann sie es tut«, fuhr Werther fort. »Wann sie es noch einmal versucht. Vielleicht nächste Woche, vielleicht nächstes Jahr, vielleicht auch erst in zwei Jahren.«

»He!«

»Der Psychiater konnte mir keine Voraussage geben, er weiß es nicht. Hängt eben alles davon ab.«

»Davon, wie *unglücklich* sie ist? Dann *mach* sie unglücklich, Wuschi!«

»Ja, toll, großartig!« Er runzelte die Stirn. »Und was ist mit dem Geld, dem Testament, der Erbschaft? Ich hänge am seidenen Faden, und bilde dir nur ja nicht ein, daß Vossberg nicht mit einer großen Schere bereitsteht! Nein«, sagte er traurig. »Ich *will* die arme Frau ja nicht unglücklich machen. Ich mag sie, Velvet, das arme, bedrückte Geschöpf tut mir ehrlich leid.«

»Das gefällt mir an dir«, sagte Velvet seufzend und lehnte eine weiche Wange an sein Fußgelenk. »Du bist ein Mensch mit Herz.«

»Mir bleibt also nichts anderes übrig«, fuhr Werther fort, »als ihr die Überdosis Schlaftabletten zu *geben*. Dr. Miller wird aussagen, daß eine solche Tat nervlich zu ihr paßt, und dann ist alles gelaufen.«

Als er das Schlafzimmer betrat, hatte Sylvia die Augen geschlossen. Sein Herz begann schneller zu schlagen, als er zu dem mit Seidenlaken bespannten ovalen Bett ging und seine Hand vor ihren Mund hielt. Ihr Atem ließ seine polierten Fingernägel beschlagen.

»Sylvia?« flüsterte er.

»Ich schlafe nicht«, sagte sie. Ihre Augen gingen auf und blickten ihn offen an; ihre Pupillen waren wie dunkle Schächte voller unvergossener Tränen. »Ich habe auf dich gewartet. Ich möchte wissen, was Dr. Miller dir erzählt hat.«

»Wie kommst du darauf, daß ich bei Dr. Miller war?«

»Es steht auf dem Notizblock am Telefon. Du hast dir seine Anschrift notiert. Offenbar hat er dich angerufen. Was hat er dir über mich gesagt?«

»Über dich – nichts.« Werther lächelte. »Er wollte lediglich wissen, was für ein mieser Ehemann nicht darauf achtet, was seine Frau aus dem Arzneischrank nimmt.«

»Wie kann er es wagen, dich einen miesen Ehemann zu nennen?«

»Aber das bin ich doch«, sagte er fröhlich. »Schau dir an, wie lange ich fort war. Wäre ich an dem Abend vor zehn Uhr hier gewesen, wäre das nicht geschehen.«

»Du arbeitest eben schwer«, sagte Sylvia. Natürlich wußte sie nichts Genaues; sie nahm lediglich an, daß alle Männer schwer arbeiteten. Ihr Vater hatte siebzig Millionen Dollar verdient, indem er sein Büro nur verließ, um zum Zahnarzt zu gehen. Werther, der nun bei der von ihrem Vater gegründeten Firma angestellt war (American Bit & Drill), war der untätigste Manager, den man sich nur denken konnte – aber das paßte allen Beteiligten recht gut. Ein ahnungsloser Manager schuldet seinen Kollegen die Meidung jedes Anflugs von Fleiß.

»Sag mir die Wahrheit«, verlangte Sylvia. »Was hat dir

Dr. Miller über mich erzählt? Hat er dir alle meine kleinen Traumas anvertraut?«

»Nein«, antwortete Werther. »Er sagte nur, du seist ein wunderbarer Mensch, der bisher noch nicht die Chance gehabt hatte, sich selbst zu verwirklichen.«

Einen Augenblick lang sah es so aus, als würden die Brunnen ihrer Augen heftig überfließen.

»Irgend etwas stimmt mit mir nicht, Werther. Warum kann ich kein Glück empfinden? Eigentlich müßte ich doch glücklich sein, das weiß ich, doch ich spüre nur eine große Leere in mir. Werther, sag mir, was ich tun soll!«

»Im Augenblick sollst du die Augen schließen und zu schlafen versuchen«, sagte ihr Mann. »Denk daran, morgen früh kommt Vossberg. Dafür mußt du dich stärken.«

»Du bist meine Stütze, Werther«, sagte sie und ergriff seine wunderschönen Hände.

Die Geste rührte ihn. Als sich ihre Augen wieder schlossen, noch immer tränenlos, spürte er Feuchtigkeit unter seinen Lidern. »Arme Sylvia«, flüsterte er.

Am nächsten Tag schleuderte er im Büro alle sechs Pfeile ins Ziel und griff entschlossen nach dem Telefon.

»Velvet«, sagte er. »Ich muß mit dir sprechen.«

»Ich höre.«

»Nicht am Telefon! Machst du den Shampoo-Job?«

»Schon fertig. Ich bin jetzt zu Hause, um mir die Haare zu waschen.«

»Ich komme rüber.«

Sie mußte sich auf die Couch setzen, während er im Zimmer auf und ab ging.

»Ich bringe es nicht fertig«, sagte er.

»Was denn?«

»Nun reg dich nicht auf.«

Sie regte sich nicht auf: sie war nur verwirrt.

»Das heißt nicht, daß ich es mir anders überlegt habe.

Ich bringe es nur *jetzt* nicht über mich, in diesem Augenblick. Es wäre nicht recht.«

»Was wäre dann recht? Sie zu mmmm?«

»Ja, sie zu mmmm! Aber nicht gleich, Velvet, ich schaffe das einfach nicht.«

»Du hast selbst gesagt, daß die Gelegenheit jetzt am günstigsten wäre, weil ihr Psychiater nun mal *weiß*, daß sie in Selbstmordstimmung ist und somit alles auf sie zurückfällt und nicht etwa auf dich.«

»Ich weiß selbst, was ich gesagt habe!«

»Warum sollen wir dann warten? Ich meine, wenn es ihr *jetzt* schlecht geht, dann würde sie es doch auch *jetzt* tun?«

»Aber das ist genau der Grund, warum ich es nicht fertigbringe, Vel. Weil sie so bedrückt ist. Weil die arme Frau in ihrem ganzen Leben keinen wirklich glücklichen Tag erlebt hat. Sie erstickt an ihrem Silberlöffel.«

»Was für ein Löffel?«

»Ach, laß nur«, sagte Werther. »Sie hatte eben nichts, worüber sie glücklich sein konnte. Nicht einmal mich.«

»Aber sie liebt dich doch.«

»Ich bin ihre Stütze«, sagte Werther und hörte sich in diesem Augenblick wie Sylvia an. »Das ist alles. Aber ich habe sie nicht glücklich gemacht, und das ist nicht recht. Es ist nicht fair, Velvet, ihr das ganze Geld abzuknöpfen, ohne ihr dafür wenigstens *etwas* zu geben.«

»Mann, du bist vielleicht ein komischer Kauz«, sagte Velvet nicht ohne Bewunderung.

»Ich habe mir also etwas überlegt«, sagte Werther. »Ich werde versuchen, sie glücklich zu machen, wirklich glücklich, ehe sie stirbt.«

»Wie bitte?«

»Ich weiß nicht, ob ich es schaffe. Ich weiß nicht, ob dieser Dr. Miller eine Ahnung hat, wovon er redet, ob seine

Theorie stimmt – daß das Geld sie so verdorben hat, daß sie an einfachen Dingen keine Freude mehr hat.«

»Was für einfache Sachen?«

»Du weißt schon – Dinge der Natur. Der Himmel, wenn die Wolken zusammenkommen, um über den Regen zu sprechen…«

»Oh, Werther, das ist wunderbar!«

Er hatte den Spruch von einem Kalenderblatt. »Der Himmel, wenn man ihn richtig anschaut, und die Art und Weise, wie sich der Ozean bewegt, und das Gefühl des Grases, wenn man sich hineinlegt, nachdem man zu weit gewandert ist…«

»Ja«, sagte Velvet nickend. »Ja, jetzt weiß ich, was du meinst, Wuschi. Mir machen diese Sachen auch Spaß, aber noch schöner sind sie, wenn man Geld hat.«

»Nein«, sagte er. »Es geht darum, daß man diese Dinge *ohne* Geld tut, ohne dafür zu bezahlen, ohne für alles eine Eintrittskarte zu kaufen und das Gefühl zu haben, man müsse seinen Spaß daran haben, nur weil ein Preisschild daran hängt… Verstehst du nicht, was ich meine?«

»Wuschi, sagst du mir bitte, was du vorhast?«

»Ich werde mit Sylvia eine Reise machen, eine ganz besondere Reise, ohne Erste-Klasse-Arrangements, ohne vornehme Hotels, nichts, das mit Geld zu haben wäre. Ich möchte feststellen, ob sie glücklich sein kann, wie die armen Leute glücklich sind, ohne an das Morgen zu denken, sich nur am Leben zu freuen und an der Gesellschaft des anderen – Mann und Frau, der Himmel, der Ozean, das Gras. Das klingt verrückt, ich weiß, vielleicht wird sie mich für verrückt halten, aber ich werde ihr den Vorschlag machen. Sie hat ein Anrecht darauf, Vel, ein bißchen Glück vor dem Ende. Du verstehst.«

»Ja«, sagte Velvet und blickte ihn ehrfürchtig an. »Und

weißt du, was ich noch begreife, Wuschi? Daß du mir ein phantastischer Ehemann sein wirst.«

Sylvia traute zuerst ihren Ohren nicht. »Eine Reise ohne Geld? Was meinst du damit?«

Er lachte. »Mit *der* Reaktion habe ich gerechnet, Liebling! Aber es ist mein voller Ernst. Nicht, daß wir völlig pleite sind. Wir nehmen vier- oder fünfhundert Dollar mit. Aber wir gehen nicht an die gewohnten Orte, wir schlafen nicht in Hotels, wir mieten keine Autos und tun auch sonst nichts, was ein paar verrückte junge Leute sich nicht leisten könnten.«

»Werther, ich glaube einfach nicht, daß du es ernst meinst. Auf unseren Reisen haben wir bisher immer ein Vermögen ausgegeben...«

»Und wieviel Spaß hast du daran gehabt? Sei ehrlich, Sylvia, wie sehr haben dir diese Reisen gefallen?«

»Aber wohin wollen wir denn fahren?«

»Wohin ziehen die Zigeuner? Überallhin und nirgends. Kein festes Ziel! Einfach auf die Straße!«

»In einem Pferdewagen?«

»Wie wär's mit einem Fahrrad? Oder zu Fuß? Oder mit den Daumen?«

»Als Anhalter?«

»Warum nicht? Du hast sehr hübsche Daumen zum Hochrecken, habe ich dir das schon einmal gesagt?«

»Von dir, Mr. Hand, ist das wirklich ein Kompliment!«

Er lachte wie ein Junge. »Wir leben wie die Tramps, Liebling! Wir schließen uns dem fahrenden Volk an, wir werden zu Wanderern, zu Nomaden! Wenn wir Glück haben, werden wir vielleicht sogar verhaftet...«

»Nein, danke!«

»Wir essen Hamburger in einfachen Imbißstuben und pflücken Blaubeeren in den Wäldern. Wir übernachten in den billigsten Motels und tragen uns als Mr. und Mrs. Smith ein, damit nur ja niemand ahnt, daß wir wirklich verheiratet sind...«

Sie hatte tatsächlich zu lächeln begonnen. »Werther, du scheinst mir ein bißchen überdreht zu sein!«

»Aber ich will, daß wir verrückt handeln, Sylvia. Wir wollen beide am eigenen Leibe erleben, wie Luft schmeckt, die nicht aus der Klimaanlage kommt, wie sich ungechlortes Wasser anfühlt, wir wollen billigen Wein trinken und das Essen von Mrs. Kleinbürger essen und vielleicht mal die Zeche prellen, wenn wir kein Bargeld mehr haben...«

»Du scheinst das wirklich ernst zu meinen.«

»Ich möchte, daß wir morgen abfahren – heute abend noch – jetzt gleich... Niemand soll wissen, wohin wir ziehen, nicht einmal Vossberg; sammle einfach alles Bargeld ein, das du im Haus hast, dann reisen wir ins Unbekannte. Ohne Kreditbrief, ohne Nachricht an die Bank, ohne Koffer...«

Sylvia verschlug es den Atem.

»Na gut, ein kleiner Koffer, aber wirklich klein, nur die notwendigsten Sachen.«

»Werther, das ist die verrückteste Idee, die ich je gehört habe. Ich glaube, wir halten das nicht mehr als eine Woche lang durch.«

»Wenn uns danach ist, können wir uns als blinde Passagiere auf ein Schiff schleichen, das nach Europa fährt. Vielleicht schaffen wir es quer über den ganzen Kontinent!«

»So habe ich dich noch nie erlebt, Werther!«

»Und ich habe noch nie gesehen, daß du am Leben soviel Spaß hattest, Sylvia«, antwortete er und nahm sie in die Arme. »Und deshalb sollst du ja sagen.«

»Und wir sollen Vossberg nichts sagen?«

Werther lächelte siegesgewiß. »Wir schicken ihm eine Postkarte«, sagte er aufgekratzt. »Wir schicken ihm eine Karte aus irgendeinem alten Andenkenladen und schreiben: ›Wir haben viel Spaß und freuen uns, daß Sie nicht hier sind!‹«

Zum zweitenmal seit ihrem Kennenlernen sah er Sylvia lachen.

Velvet erhielt zwei Monate später Werthers Brief. Sie hatte die Hoffnung, jemals wieder von ihm zu hören, fast schon aufgegeben, und die daraus resultierende Depression hatte ihren Tribut gefordert. Drei neue Krähenfüße hatten sich auf ihrem Gesicht bemerkbar gemacht, und prompt erhielt und akzeptierte die Agentur in ihrem Namen einen Auftrag für eine Bierreklame, der ihr nur neunzig Dollar in der Stunde brachte – eine Verschlechterung um zehn Prozent. Es war wie ein böses Vorzeichen.

Sie riß den Brief in solcher Erregung auf, daß auf der zweiten Seite einige Worte verlorengingen.

Der Rest des Briefes lautete:

Liebste Vel,

Es tut mir leid, daß ich nicht eher geschrieben habe, aber die Umstände haben es verhindert. Sylvia und ich sind gerade aus Big Sur zurück, wo wir in einer Kommune gelebt haben, in der es ehrlich unmöglich war, Männlein und Weiblein voneinander zu unterscheiden, jedenfalls mit den Augen. Dies liegt daran, daß die männliche Hälfte der Kommune (ich gehe davon aus, daß es ungefähr die Hälfte war) beschlossen hatte, Bärte wären dieses Jahr nicht in Mode, während langes Haar »in« blieb. Es wird Dich interessieren zu erfahren, daß ich einen herrlichen braunen Bart habe, der mir eine gewisse Ähnlichkeit mit Walt Whitman gibt, glaube ich, nur jünger und hübscher, wenn Du die Eitelkeit verzeihst. Sylvia unterscheidet sich völlig von der Frau, die vor zwei

Monaten mit mir ins große Abenteuer aufbrach. Sie hat seit der ersten Woche kein bißchen Make-up mehr getragen (sie hatte ein halbes Dutzend Töpfchen mit, die sie aber bald fortwarf). Trotzdem hat sie nie besser ausgesehen. Ihre Haut ist walnußbraun, doch pfirsichglatt. Sie hat mindestens zehn Pfund abgenommen, und ich hatte zuerst gedacht, daß sie wie eine Vogelscheuche aussehen würde, aber sie macht sich irgendwie sehr gut. Sie freut sich sehr über ihre tolle neue Figur, doch seltsamerweise hat sie es aufgegeben, in diesem Zusammenhang immer gleich an die Kleidung zu denken, in die sie ihren Körper hüllen möchte. Halston und Yves St. Laurent und Madame Gres sind ihr inzwischen völlig gleichgültig, ebenso die vornehmen Restaurants oder die Teilnahme bei tollen Parties. Genau genommen interessiert sich Sylvia kaum noch für die Dinge, die ihr in ihrem »schönen Leben« unentbehrlich waren. Das Wichtigste, das ich dir mitteilen möchte, ist jedoch der Umstand, daß Sylvia glücklich ist. Ich meine, sie ist glücklich, *Vel, nie in ihrem Leben ist sie glücklicher oder zufriedener gewesen. Seit unserer Abreise (mit genau vierhundertundzwölf Dollar in den Taschen und dem festen Entschluß, damit zwei Monate lang auszukommen) hat sie in ihrem Inneren eine völlig neue Persönlichkeit entdeckt, einen Gefangenen, der sich nach der Befreiung sehnte und die Welt so sehen wollte, wie sie wirklich war. Ich kann Dir unmöglich schildern, wie diese beiden Monate gewesen sind. Kannst Du Dir vorstellen, zum Abendessen als Hauptgang Ziegenfleisch zu essen oder zwei Nächte hintereinander in einem Heuschober zu schlafen, oder in einem Güterwagen zu fahren mit drei betrunkenen Tramps, die die ganze Nacht hindurch einen fürchterlichen Lärm mit ihren Mundharmonikas machen, oder Dich als Apfelpflücker zu verdingen und dabei so viele Äpfel zu essen, daß Du in deinem ganzen Leben keinen Apfel mehr sehen möchtest, oder Dich mit einer Bande Rock-and-Roll-Musiker anzufreunden, die uns in ihrem Bus bis nach Charlotteville, North Carolina, mitnahmen, volle neunzig Kilometer weit? Vel, ich kann Dir jetzt nicht alles erzählen; für den kompletten Bericht ist später noch Zeit. Du brauchst im Augenblick nur zu wissen, daß ich getan habe, was ich für richtig hielt, daß ich tat, was ich meiner Meinung nach tun mußte. Jetzt ist alles aus und vorbei, und Sylvia und ich kommen nach Hause. Sie ist ein anderer Mensch geworden, Vel, ein viel glücklicherer Mensch, doch ich wollte Dir sagen, daß ich mich nicht geändert habe – nicht im Hinblick auf die Dinge, die mir wichtig sind. Du weißt sicher, was ich meine. Rechne also erst in ein paar Tagen mit mir. Den Grund wirst Du bald erkennen. Bis dahin schicke ich Dir liebste Grüße, und vergiß nicht, diesen Brief zu verbrennen.*

Werther.

P.S.: Ich habe Dich gebeten, den Brief zu verbrennen. Worauf wartest Du noch?

Velvet verbrannte den Brief.

Genau eine Woche später las sie vom tragischen Tod von Sylvia Oaks. Nur eine Zeitung, die *News*, hielt die Meldung für so wichtig, daß man außerhalb der Nachrufspalte darauf einging, doch in allen Zeitungen, die überhaupt eine Meldung brachten, wurde sie »Millionenerbin« genannt. Die *Times* brachte sogar ihr Bild, offensichtlich aus der Zeit vor der make-uplosen, walnußbraunen Periode. Der größte Teil des Nachrufs galt ihrem Vater, nicht ihr; eine traurige, unverdiente Kränkung, überlegte Velvet. Als Ursache für den Tod war eine Überdosis Schlaftabletten angegeben. Sie hinterließ ihren Ehemann Werther. Der Artikel in der *News* beschrieb ihn als ›niedergeschlagen‹.

Als sich Werther am nächsten und übernächsten Tag nicht sehen ließ, begann sich Velvet Sorgen zu machen. Sie wollte ihn nicht zu Hause anrufen, vielleicht gab es dort noch Trauergäste, die fragend die Augenbrauen heben mochten. Als sie Ende der Woche noch immer ohne

Nachricht von ihm war, beschloß sie einen Anruf zu riskieren. Ein Zimmermädchen meldete sich und sagte, er habe eine Besprechung, und Velvet legte auf, nervöser als zuvor.

Am gleichen Abend rief Werther an und lieferte ihr die Erklärung. Er hatte mit Vossberg konferiert, dem Mann, von dem Werther stets mit großer Bitterkeit sprach. Dabei ging es um Geld. Es gab Probleme mit dem Nachlaß, mit der gerichtlichen Abwicklung des Testaments, Fragen, auf die Werther keine Antworten bekommen konnte. Er schien sich Sorgen zu machen. Kein Wunder bei einem Mann, der einen mmmm begangen hatte.

Schließlich rief Werther an und kündigte an, daß er sie besuchen werde. Seine Stimme hörte sich seltsam an.

»Du hast so seltsam gesprochen«, begrüßte ihn Velvet. Dann blickte sie ihn an und fügte hinzu: »Du siehst auch ganz komisch aus.«

»Das liegt am Bart«, sagte Werther. »Ich habe ihn abrasiert. Die Haut darunter war bleich, der Rest des Gesichts gebräunt. Deshalb sehe ich komisch aus.« Er setzte sich schwerfällig auf das Sofa und starrte ins Leere.

»Wuschi, du bist in der Kommune doch nicht etwa rauschgiftsüchtig geworden?«

»Nein«, antwortete Werther kopfschüttelnd, eine Bewegung, die seine Augen nicht mitmachten.

»Was ist also los? Warum siehst du so komisch aus?«

»Ich habe sie glücklich gemacht«, sagte Werther verträumt. »Ich habe genau das getan, was ich mir vorgenommen hatte, Vel. Ich machte Sylvia glücklich, ehe sie starb. Dann gab ich ihr die Pillen, und sie schlief ein. Sie lächelte! Ich schwöre, sie hat gelächelt, als man sie fand!«

»Bist du deshalb so komisch?« fragte Velvet.

»Nein«, sagte Werther und blickte auf seine eleganten Hände. Dabei fielen ihm die Falten auf dem Handrücken auf, wie Vogelspuren im Schnee. Dann wandte er sich an Velvet.

»Ich komme eben vom Rechtsanwalt«, sagte er. »Ich habe herausgefunden, was Sylvia nach der Rückkehr von der Reise getan hat. Sie hat ihr Testament geändert, Velvet.«

»*Was?*«

»Sie hat alles verschenkt. Ihr ganzes Geld. An die Wohlfahrt. Sie wollte arm sein, denn die Armut hatte ihr das Glück geschenkt.

»Glück«, wiederholte Werther, und das Wort klang wie der Beginn eines Trauerlieds.

Henry Slesar im Diogenes Verlag

Schlimme Geschichten für schlaue Leser
Deutsch von Thomas Schlück
Diogenes Sonderband
Auch als detebe 21036

Coole Geschichten für clevere Leser
Aus dem Amerikanischen von Thomas Schlück
Diogenes Sonderband. Auch als detebe 21046

Fiese Geschichten für fixe Leser
Deutsch von Thomas Schlück
Diogenes Evergreens

Das graue distinguierte Leichentuch
Roman. Deutsch von Paul Baudisch und Thomas Bodmer
detebe 20139

Vorhang auf, wir spielen Mord!
Roman. Deutsch von Thomas Schlück
detebe 20216

Erlesene Verbrechen und makellose Morde
Geschichten. Deutsch von Günter Eichel. Vorwort von
Alfred Hitchcock. Zeichnungen von Tomi Ungerer
detebe 20225

Ein Bündel Geschichten für lüsterne Leser
Deutsch von Günter Eichel. Vorwort von Alfred Hitchcock
Zeichnungen von Tomi Ungerer
detebe 20275

Hinter der Tür
Roman. Deutsch von Thomas Schlück
detebe 20540

Aktion Löwenbrücke
Roman. Deutsch von Günter Eichel
detebe 20656

Ruby Martinson
Geschichten vom größten erfolglosen Verbrecher der Welt
Deutsch von Helmut Degner
detebe 20657